Kopernikus?!

KOPERNIKUS?!

Bibliografische Information der Deutschen Nationalbibliothek:
Die Deutsche Nationalbibliothek verzeichnet diese
Publikation in der Deutschen Nationalbibliografie;
detaillierte bibliografische Daten sind im Internet über
http://dnb.dnb.de abrufbar.

Illustration: José „Kid Mindfreak" Lucas
Herstellung und Verlag:
BoD – Books on Demand, Norderstedt

ISBN: 978-3-7494-0725-5

Für alle,
die ein bisschen anders sind.

1. Kapitel

Egon hatte in seinem ärmlichen Leben bereits sehr viele sehr schlechte Tage erlebt. Viel zu viele, als dass er sich noch an die meisten von ihnen hätte erinnern können. Genau genommen verschwamm oft sein ganzes Leben vor seinem inneren Auge zu einem einzigen geradezu hundsmiserablen Tag. Der heutige Tag allerdings war anders. Dieser Tag würde ihm für immer und ewig unvergesslich bleiben als der absolut *furchtbarste* Tag seines gesamten bisherigen Daseins. Daran bestand nicht der Hauch eines Zweifels – vorausgesetzt natürlich, dass er ihn überlebte. Doch dieser Sache konnte er sich in diesem Moment leider alles andere als sicher sein.

»La-lass mich, la-lass mich los!« Immer und immer wieder trat Egon mit all der Kraft, die seine hageren Beine aufzubringen vermochten, gegen den halb verwesten Kopf des offensichtlich völlig ausgehungerten Untoten. Der widerlich stinkende Zombie war wie aus dem Nichts gekommen und hatte ihn mit seinen fauligen Zähnen an der Hose gepackt. Das Monstrum steckte in den fadenscheinigen Überbleibseln eines schwarzen T-Shirts, dessen Vorderseite ein grausiger Totenkopf zierte. Seine untere Hälfte hatte sich anscheinend bereits vor einiger Zeit dazu entschieden, in Zukunft getrennte Wege zu gehen. Außerdem – nun ja, außerdem besaß es ein geradezu penetrantes Faible für Hosenbeine. Denn trotz all der Tritte, die Egon ihm verpasste, wollte und wollte das modrige Ungetüm einfach nicht loslassen.

»*Hirn!*«

»*La-lass los*, habe ich gesagt!« Egon teilte einen weiteren beherzten Tritt aus und diesmal ertönte ein schreckliches, ja geradezu übelkeiterregendes Knacken. Zwar gab der Zombie immer noch nicht nach – sein Unterkiefer dafür allerdings schon. Widerwillig verließ dieser seinen gewöhnlichen Arbeitsplatz und polterte dumpf auf die Erde. Egon war frei!

Zeit zum Verschnaufen blieb ihm jedoch keine. Ein kurzer Blick über seine Schulter genügte ihm, um zu erkennen, dass hinter seinem Rücken noch immer die ganze Straße bis zum Bersten mit den untoten Bewohnern seiner Heimatstadt gefüllt war. Eine schreckliche Kakophonie aus tiefem Stöhnen, gierigem Schmatzen und den beunruhigenden Schleifgeräuschen zahlreicher stinkender Zombiefüße, die langsam, aber unaufhaltsam über den rauen Asphalt gezogen wurden, hallte von den Häuserwänden am Straßenrand wider. Hunderte glasige Augen hatten ihn mehr oder weniger fest im Visier und fast – aber nur fast – ebenso viele Arme und Hände wurden gierig in seine Richtung ausgestreckt.

Die meisten der bleichen Gesichter kannte er nur zu gut. Irgendwo in der Masse sah er nicht nur einige seiner Arbeitskollegen, sondern auch ehemalige Mitschüler, Lehrer und noch viele andere Menschen, die ihm sein tägliches Leben schwer machten oder irgendwann einmal schwer gemacht hatten. Zwar hatte er sich schon oft eingebildet, die gesamte Stadt

8

wolle ihm an den Kragen, doch im Gegensatz zu seiner alltäglichen Paranoia schien es in diesem Augenblick wirklich und wahrhaftig der Fall zu sein! Er zögerte daher nicht einen Augenblick länger, sondern nahm seine Beine in die Hand, so lange sie noch zu ihm gehörten, und rannte so schnell er nur konnte.

»*Hirn*!«

Zu seinem Glück kannte Egon in dieser Gegend jeden Winkel und jede Straßenecke. So wie sich ihm diese Winkel und Ecken momentan präsentierten, hatte er sie allerdings wirklich noch nie zu sehen bekommen. Seine ansonsten gleichermaßen beschauliche wie langweilige Heimatstadt war zu dem Schauplatz eines postapokalyptischen Albtraums geworden!

Es war tiefste Nacht. Die meisten Straßenlaternen waren bereits gestorben oder gaben in ihrem langwierigen Todeskampf nichts weiter als ein erstickendes Flackern von sich. Dafür sandte ein riesiger Vollmond, an dem nur vereinzelt ein paar schwarze Wölkchen müde vorüberglitten, sein helles Licht hinab zu der scheinbar völlig wahnsinnig gewordenen Welt. Links und rechts der Straße standen zahlreiche ausgebrannte Autos und als makabere Hintergrundmelodie erklang irgendwo in der Ferne das schiefe Heulen völlig sinn- und zweckloser Sirenen. Ein Kleinbus hatte einen Hydranten angefahren, aus dem das Wasser nun in einer riesigen Fontäne kraftvoll empordrängte, wieder hinabregnete und sich mit dem ausgelaufenen Öl und Benzin der Autos zu einem widerlich schmierigen schwarz-braunen Film vermischte.

Jede einzelne Sehne und Faser nicht nur Egons kraftloser Beine, sondern seines gesamten schmächtigen Körpers teilte ihm eindeutig und unmissverständlich mit, dass eine solche Anstrengung gegen ihren verbrieften Arbeitsvertrag verstieß und die außerordentliche Kündigung daher unmittelbar bevorstand. Der Schweiß rann ihm in Sturzbächen seine hohe Stirn und seinen schmalen Rücken hinab und ließ sein weißes Hemd unangenehm an seiner Haut kleben. Ständig musste er sich seine große Brille zurechtrücken, die durch die Last ihrer dicken Gläser einfach nicht an Ort und Stelle bleiben wollte. Dass sich zu allem Überfluss außerdem immer wieder einige Strähnen seiner dichten schwarzen Haare dazu entschieden, unerlaubt in sein Gesicht vorzudringen und seine Augen zu verdecken, erleichterte ihm die Flucht auch nicht gerade.

Endlich gelangte er an die nächste Straßenkreuzung. Schnell bog er um die Ecke und hechtete auf das nächste Grundstück. Dort durchquerte er die breite Einfahrt, rannte hinter das zu ihr gehörige Mehrfamilienhaus, kauerte sich schließlich an dessen Wand und vergrub das Gesicht in seinen schwitzigen Fingern. Sein Herz raste. Seine Hände zitterten. Er meinte, sich jeden Augenblick übergeben zu müssen. Diese verdammte Anstrengung war einfach zu viel für ihn! Sicher würde er bald einen Herzanfall bekommen, oder er würde sich einen Fuß verstauchen, oder sein Kreislauf würde kollabieren, oder, oder – er zwang sich zur Ruhe. Wenn alles klappte, wie er es sich erhoffte, würden die Zombies, sobald sie die Kreuzung erreichten, nicht wissen, wo er war und einfach an seinem Versteck vorbeischlurfen, ohne ihn auch nur zu bemerken. Ja, genau! Vielleicht würden sie ihn sogar ganz vergessen. Bei all ihrer Gier, die Klügsten schienen sie nicht gerade zu sein. Vielleicht war das ja auch der Grund, weshalb sie hinter seinem Gehirn her waren.

»Ach, mein lieber Egon, das hilft doch alles nichts! Was habe ich dir gesagt? Du musst aktiv gegen deine Angst ankämpfen! Du musst den Dingen ins Auge sehen und dich ihnen stellen. Ja, du musst dich zur Wehr setzen wie ein ganzer Mann!«

Egon nahm die Hände von seinem Gesicht und öffnete die Augen. Direkt vor ihm saß eine gar nicht so kleine, pummelige schwarze Ratte mit etwas struppigem Fell und strahlenden smaragdgrünen Augen. Sie betrachtete ihn kopfschüttelnd. »Du-du … «, begann er, doch er war noch immer viel zu erschöpft, um zu sprechen. Wie konnte das Tier nur ernsthaft von ihm verlangen, sich gegen eine solche Meute von Zombies zur Wehr zu setzten? Und das auch noch mit bloßen Händen!

Die Ratte legte den Kopf schief und zog eine Augenbraue hoch. »Weißt du Egon, du gibst einfach immer viel zu schnell auf. So funktioniert das nicht. Im Leben ist es dann und wann vonnöten, zu kämpfen. Berge wollen erklommen, Hindernisse überwunden werden. Das Dasein ist eine einzige große *Herausforderung*!«

»A-aber … « Egon holte tief Luft. »*Zombies*!«

»Ja, das sind Zombies«, bestätigte die Ratte. »Vollkommen richtig erkannt. Widerliche Kreaturen, ich gebe es ja zu. Aber wenn du dich vor ihnen versteckst, bringt uns das keinen Deut weiter.« Die Ratte schüttelte ihren spitzen Kopf. »Glaube mir bitte. Das, was ich jetzt tue, bereitet mir wirklich keinerlei Vergnügen. Aber du lässt mir leider überhaupt keine andere Wahl. Vertraue mir. Es ist nur zu deinem Besten.«

Egon schwante Übles. Seine Nackenhaare signalisierten Alarmbereitschaft. »Wa-was?! Wa-warte! *Nein!*«

Doch es war zu spät. Denn schon klemmte die Ratte sich das Ende ihres langen nackten Schwanzes in die Schnauze, atmete einmal tief ein und gab sodann einen derart schrillen Pfiff von sich, dass Egon meinte, seine Trommelfelle würden jeden Augenblick implodieren. Verfaulte Ohren hin oder her, das *mussten* die Zombies einfach gehört haben!

Doch offenbar wollte die Ratte auf Nummer sicher gehen. »*Hier! Hier hinten, ihr fauligen Ungetüme!*«, rief sie um einiges lauter, als man es ihren kleinen Stimmbändern zutrauen würde. »*Hier* hat er sich versteckt!«

Egon blickte die Ratte völlig entgeistert an, dann schlug er erneut die Hände vor das Gesicht. »*Wawarum nur, Ko-Kopernikus?!*«

Einen Moment später ertönte hinter ihm in der Einfahrt des Grundstückes ein erschreckend hungriges Stöhnen, gefolgt von einem geradezu zermürbenden Schleifgeräusch.

»*Hirn!*«

Grinsend präsentierte Kopernikus seine beiden strahlend weißen Vorderzähne. Offenbar war er schrecklich stolz darauf, sein Ziel erreicht zu haben.

Auffordernd deutete er mit seiner Schwanzspitze auf Egon, erhob seine kleinen Vorderpfoten, ballte sie zu Fäustchen und amte gestikulierend die Bewegungen eines Boxers nach. Es war wirklich nur zu offensichtlich, was er damit sagen wollte.

Gleichzeitig kamen die schleifenden Schritte immer näher und näher. Egon musste handeln! Doch ganz sicher würde er nicht einmal versuchen, was Kopernikus da von ihm verlangte. Hektisch suchte er stattdessen nach einer Fluchtgelegenheit. Außer der Einfahrt, durch die er gekommen war, schien kein weiterer Weg von dem Grundstück herunterzuführen. Glücklicherweise gehörte zu dem Haus allerdings ein recht großer Garten, welchen nur ein niedriger Jägerzaun von dem Nachbargrundstück trennte. *Das* war ein überwindbares Hindernis nach Egons Geschmack! Er sprang auf – und das nicht eine Sekunde zu früh! Denn in demselben Augenblick stürzten bereits die ersten Zombies um die Häuserecke und stolperten stöhnend in seine Richtung.

»Hirn!«

Egons Herz blieb beinahe stehen, als er die Anführerin der fauligen Meute erkannte. Es handelte sich um Martina, seine Friseurin – oder zumindest das groteske Etwas, in das sie sich verwandelt hatte. Das rechte Auge der jungen Blondine hing aus seiner Höhle, eine unglückliche Wendung des Schicksals hatte ihre Nase von ihrem angestammten Platz entfernt und die pinkfarbenen Reste ihrer Arbeitskleidung bedeckten nur noch notdürftig ihren gräulichen verwesenden Körper. Äußerst schwer konnte Egon sich in diesem Moment vorstellen, wie anziehend er Martina trotz ihrer typischen gehässigen Bemerkungen immer gefunden hatte. Viel Zeit dazu, jedes grauenhafte Detail dieses verstörenden Anblicks voll und ganz in sich aufzunehmen, blieb ihm aber nicht. Er musste zusehen, dass er davon kam.

Als er wenige Sekunden später den Jägerzaun erreichte, stand er kurz davor, zu hyperventilieren. Doch zu seiner Erleichterung waren auf dessen anderer Seite nirgendwo Untote zu entdecken. Ja, es schien gerade so, als hätte er tatsächlich eine klitzekleine Chance, diesem Albtraum unversehrt zu entkommen. Zuvor aber musste er sich ganz und gar seiner nächsten Aufgabe widmen.

Seit seiner Kindheit war er nicht mehr über einen Zaun geklettert. Dennoch war er zuversichtlich, diese Kleinigkeit trotz seiner butterweichen Knie ohne größere Schwierigkeiten meistern zu können. Der Zaun war da leider anderer Meinung. Denn kurz nachdem Egon seinen rechten Fuß auf die erste Latte gesetzt hatte, ertönte hinter seinem Rücken ein schriller Stoßseufzer Martinas. In einem akuten Anflug kopfloser Panik gepaart mit verhängnisvoller Selbstüberschätzung setzte Egon seinen zweiten Fuß daher sofort auf eine der Spitzen des Zaunes. Das war keine sonderlich gute Idee. Denn hierdurch blieb er mit dem rechten Fuß hängen, verlor das Gleichgewicht und fiel mit rudernden Armen kopfüber auf das andere Grundstück, wo sein Sturz jedoch durch den weichen Rasen etwas abgebremst wurde.

Kaum hatte er sich wieder aufgerappelt und seine verbogene Brille zurechtgerückt, da hatten die ersten Zombies unter Martinas Führung den Zaun erreicht und streckten gierig sämtliche ihnen noch zur Verfügung stehenden Extremitäten über diesen hinweg. Zwar waren sie offensichtlich zu dumm dazu, das eigentlich recht niedrige Hindernis zu übersteigen, doch begann es sich unter dem gemeinsamen Druck all ihrer stinkenden Leiber bereits bedenklich zu biegen. Schon jetzt hörte Egon das beunruhigende Knacken einzelner Latten. Lange würde das arme kleine Holzkonstrukt diesen gammeligen Monstern nicht standhalten.

So schnell er konnte sprang Egon auf und ergriff erneut die Flucht. Bald stand er wieder auf der Straße und blickte sich um. Die meisten der Zombies mussten mittlerweile in den Garten vorgedrungen sein, denn nur weit in der Ferne sah er vereinzelt ein paar offensichtlich besonders hirnlose Exemplare herumstolpern, die den Anschluss verloren zu haben schienen. Zumindest hatte er etwas Zeit gewonnen. Doch was nun?

»Du möchtest wirklich partout nicht auf mich hören, nicht wahr?« Nur wenige Zentimeter vor Egons Füßen saß Kopernikus. Er hatte seine kurzen Vorderläufe vorwurfsvoll übereinandergeschlagen, seine spitze Nase trotzig erhoben und blickte missbilligend zu ihm empor.

»I-ich kann nicht!«, stammelte Egon. Seine Stimme nahm einen geradezu flehenden Tonfall an. »U-und überhaupt! Da-das geht doch gar nicht! Wi-wie stellst du dir das denn bi-bitte vor? I-ich alleine ge-gegen die alle?«

Kopernikus rollte mit den Augen. Dann musterte er Egon wortlos. Er schien nachzudenken.

»Na gut«, sagte er nach einigen Sekunden – die sich für Egon allerdings eher nach Jahren angefühlt hatten. »Ich gebe zu, es ist möglich, dass ich ein klein wenig zu früh ein winziges bisschen zu viel von dir verlangt habe.« Er seufzte. »Wenn du mir bitte folgen würdest.«

Die zwei passierten Martinas Friseursalon. Seit langem hatte Egon den kleinen Laden an der Ecke jeden dritten Mittwoch im Monat aufgesucht. Doch damit schien es sich vorerst erledigt zu haben. Denn nicht nur seine junge Friseurin, nein auch ihr Arbeitsplatz war nichts weiter als ein blasser Schatten seiner selbst. Auf seinem letzten hoffnungslosen Einsatz war ein grobschlächtiges Löschfahrzeug der hiesigen Feuerwehr mit einer solchen Wucht in das kleine Lädchen hinein gerast, dass es den Großteil seiner Fassade mehrere Meter nach hinten versetzt hatte. Aus den kläglichen Überresten des völlig zerstörten Schaufensters hingen die letzten Bestandteile eines halb zerfressenen weißhaarigen Kunden heraus, an dessen Zustand die hungrige Martina sicherlich nicht völlig unschuldig war.

Auch Egons alte Schule, die sich in der unmittelbaren Nachbarschaft befand, erinnerte ihn an eine ausgebrannte Weltkriegsruine. Wie oft hatte er sich doch während seiner Jugend ein solches Schicksal für dieses Gebäude gewünscht! Hätte diese ganze

Angelegenheit mit dem Weltuntergang nicht auch ein paar Jahre früher stattfinden können? Unweigerlich dachte er an die zahllosen Schikanen seiner ehemaligen Mitschüler, allen voran der grausamen Raufbolde Toni und Billy, die ihm dann erspart geblieben wären. Mit besonderem Groll erinnerte er sich außerdem an seinen grummeligen Klassenlehrer Herrn Martin sowie an seine hysterische Mathematiklehrerin Frau Becker und an all ihre furchtbaren Unterrichtsstunden, durch die er sich Tag für Tag hatte quälen müssen.

Schließlich erreichten sie eine große Kreuzung, deren Ampeln seltsamerweise das Einzige in der gesamten Stadt waren, das noch einwandfrei funktionierte. Dennoch bog die schwarze Ratte, ohne auch nur im Geringsten auf ein geradezu provokant rotes Licht zu achten, im gestreckten Galopp in die nächste Straße. Hier blieb sie gleich wieder stehen und verkündete zufrieden: »Na also, da wären wir!«

Egon erreichte Kopernikus schwitzend und keuchend. »Wa-was? Wo?« Alles, was er sehen konnte, war ein großer, alter und außerdem vollkommen ramponierter Bus, der einige Meter vor ihnen die Straße blockierte. Bei genauerem Hinsehen meinte er, dass es sich dabei sogar um ein und dasselbe zerschundene Vehikel handelte, das ihn noch am heutigen Morgen zur Arbeit gebracht hatte.

»Dort drinnen«, sagte Kopernikus und deutete mit der Schwanzspitze auf das Wrack. »Komm! Oder würdest du es vielleicht lieber noch einmal mit den Zombies versuchen?« Die Ratte grinste. »Das wäre überhaupt gar kein Problem. Sieh nur!«

Egon wandte sich um – und sein Herz flüchtete in seine Hose. Tatsächlich war die Straße hinter ihnen schon wieder auf gesamter Breite mit Zombies gefüllt. Er saß in der Falle! Wie stellten die Biester das nur an? Sie waren definitiv um einiges schneller, als man es von ihnen erwarten würde.

»*Hirn*!«

»Wenn die nur wollen, sind die schon ganz schön flink, nicht wahr?«, sagte Kopernikus. »Also? Du hast die Wahl. Bus oder Zombies?«

Egon strich sich eine schweißnasse Strähne aus der Stirn. Sein grünäugiger Begleiter musste ihn auf den Arm nehmen wollen, dass er diese Frage überhaupt stellte. »*Bu-Bus*!«, schrie er. Das war doch wohl offensichtlich!

»Nun gut, wie du meinst«, sagte Kopernikus und legte – wesentlich langsamer, als es Egon lieb sein konnte – die letzten Meter zurück. Als sie den Bus dann endlich erreicht hatten, blieb er unmittelbar vor dessen verschlossener Hintertür stehen. »Na sowas. Eigentlich müsste dieses Vehikel doch offen sein.«

Egon traute seinen Ohren nicht. »Bi-bist du dir auch wirklich sicher, da-dass wir hier richtig sind?«

»Aber selbstverständlich!«, versicherte Kopernikus. Er klang überaus beleidigt. »Sag mal, wofür hältst du mich eigentlich?" Er tippte sich mit seiner kleinen Rattenkralle nachdenklich an sein spitzes Rattenkinn. „Aber wie wäre es denn, wenn du vielleicht einmal versuchen würdest, diese Tür zu öffnen? Ich bin dafür doch viel zu klein und zu schwach!«

Zwar wurde Egon das dumpfe Gefühl nicht los, dass dieses hinterhältige Nagetier schon wieder irgendetwas im Schilde führte, doch da er so schnell wie möglich in diesen klapprigen Bus hinein und aus dieser verzwickten Situation hinaus wollte, griff er ohne zu murren nach der von Rostflecken überzogenen Türklinke und zog so stark an ihr, wie er nur konnte. Die Tür allerdings zeigte sich davon wenig beeindruckt. Sie bewegte sich keinen Millimeter.

Egon versuchte es erneut. Diesmal stemmte er außerdem seinen Fuß gegen die Karosserie und wandte noch einmal alle Kraft auf, die seine schmalen Schultern hergaben. Empört quietschend gab die Tür daraufhin tatsächlich einige Zentimeter nach, der entstandene Spalt hätte allerdings höchstens für Kopernikus ausgereicht – nie im Leben für Egon.

»E-es geht einfach nicht!«, schrie er. »Si-sie klemmt!« Ihm wurde vor Angst schon ganz schwarz vor Augen. So sollte sein Leben also enden!

»Ich bedaure Egon, aber dabei kann ich dir leider wirklich nicht helfen. Entweder gelingt es dir jetzt, diese Tür zu öffnen, oder ich fürchte, du musst dich wohl oder übel doch noch einmal mit den Zombies beschäftigen. Was soll so eine hilflose kleine Ratte wie ich denn schon unternehmen?«

»*Hirn!*«

Zwar wusste Egon ganz genau, dass Kopernikus alles andere war als eine *hilflose kleine Ratte*, doch im Moment hatte er wirklich keine Zeit, über diese Angelegenheit zu diskutieren. Ja, schon jetzt kroch ihm der übelkeiterregende Gestank der Zombies tief in die Nase. Daher unterdrückte er die in ihm aufsteigende Panik so gut es ging und stemmte sich ein weiteres Mal mit aller Gewalt gegen das verbeulte Blech. Das Blut stieg ihm in den Schädel, pulsierte in seinen Schläfen und ließ kleine ungesunde Lichtblitze vor seinen Augen aufleuchten. Seine dicke Brille rutschte hinab auf seine Nasenspitze und drohte zu Boden zu fallen. Doch das alles war jetzt nebensächlich. Sein Leben, so oft und so sehr er es an diesem Tag bereits verflucht haben mochte, hing nun einzig und allein davon ab, dass er diese verdammte Tür öffnete!

Doch ohne sich noch auch nur im Geringsten zu rühren, gab diese noch immer nichts weiter als ein widerliches Knarzen, dann ein sogar noch widerlicheres Quietschen von sich und einen Moment lang sah es ganz danach aus, als würde Egons mittlerweile arg malträtiertes Gehirn den Zombies als kleiner Mitternachtssnack dienen.

Dann aber geschah das Unfassbare. Zu beidseitiger Überraschung öffnete sich die Tür mit einem derart plötzlichen Ruck, dass Egon mehrere Schritte zurücktaumelte und den Zombies damit um ein Haar in die Arme gefallen wäre. Als er sich wieder aufrappelte, meinte er, bereits die ersten fauligen Finger auf seiner Schulter zu spüren, die ihn zu seinem Glück jedoch nicht richtig zu fassen bekamen. Schnell hechtete er in das vermeintlich sichere Innere des alten Busses.

Das aber hätte er am liebsten sofort wieder rückwärts verlassen. Der süßlich-faulige Verwesungsgestank, der ihn hier willkommen hieß, übertraf an Intensität alles, was er in seinem Leben bisher kennengelernt hatte. Auf mehreren der Plätze saßen – offensichtlich schon seit geraumer Zeit – einige Passagiere und warteten noch immer auf ihre Haltestelle. Egon erkannte die ledrigen Überreste einer alten Frau, deren steinharter Dauerwelle sogar der Tod persönlich nichts hatte anhaben können. Die fest verschlossene Tür hatte gewissenhaft dafür gesorgt, dass sie und all die anderen Insassen ihren konzentrierten Gestank einzig und allein für sein völlig überwältigtes Riechorgan aufgespart hatten.

»Ko – per – ni – kus!«, hustete Egon. Er benötigte all seine schwache Willenskraft, um einen schier überwältigenden Brechreiz zu unterdrücken. »Wo-wo geht es denn jetzt hi-hier raus?«

Kopernikus hatte direkt hinter Egon ebenfalls den Bus betreten. Mit drei kurzen Sätzen war er vollkommen ungerührt an den Mumien vorübergesprungen und hatte schließlich gleich neben dem Fahrersitz an dem gegenüberliegenden Ende des schrottreifen Gefährts Platz genommen. Von dort aus beobachtete er Egon aufmerksam, ohne einen Ton von sich zu geben.

Egon hegte einen schrecklichen Verdacht. »Ko-Kopernikus?!«

»*Hirn*!«

Die ersten Zombies drängten in den Bus. Ihre fauligen Arme griffen nach Egon. Krank vor Angst wich er weiter und immer weiter zurück. Doch er saß erneut in der Falle. Wenn Kopernikus ihm jetzt nicht half, war es wirklich und wahrhaftig um ihn geschehen!

Der aber schien überhaupt nicht an so etwas zu denken.

»*Ko-Kopernikus*?!« Mittlerweile war Egon beinahe bis zu der schwarzen Ratte selbst zurückgewichen. Dort, ganz am Ende des Busses, machte er sich so dünn, wie es es ihm möglich war. Jeden Augenblick würden die Zombies ihre Zähne in sein mageres Fleisch schlagen.

Doch endlich gab Kopernikus ein enttäuschtes Seufzen von sich. »Ich sehe schon. Das mit dir wird sogar noch um einiges schwieriger, als ich vermutet hatte.«

In diesem Moment erschien mitten zwischen Egon und den Zombies wie aus dem Nichts eine alte vollkommen verwitterte Tür, deren weißer Lack schon vor langer Zeit begonnen hatte, sich freiwillig von dem Holz ihres Rahmens zu schälen. Ihr goldener Messingknauf war matt und abgegriffen und ein unansehnlicher Riss zog sich einmal quer durch ihren gesamten oberen Teil. Doch trotz all dieser Schönheitsfehler war die Tür für Egon in diesem Moment der wundervollste Anblick, den er sich überhaupt nur vorstellen konnte.

»Bitte sehr«, stöhnte Kopernikus.

»*Da-danke*!«, schrie Egon und ohne auch nur eine Sekunde länger zu zögern, ergriff er den Knauf, riss die Tür mit einem Ruck auf und sprang mit einem kräftigen Satz durch sie hindurch.

2. Kapitel

Einige Stunden zuvor

Als Egon am Morgen dieses Tages erwachte, rechnete er natürlich nicht im Geringsten mit jenen furchtbaren Ereignissen, welche die nächsten Stunden mit sich bringen sollten. Was sich allerdings von der allerersten Sekunde an deutlich abzeichnete, war, dass es kein besonders guter Tag werden würde. Das Erste, das seine vom Schlaf noch völlig verkrusteten Augen an diesem Morgen nämlich gezwungen waren zu sehen, war die leblose Hülle seines während der Nacht vermutlich an akuter Altersschwäche gestorbenen Weckers. Und als hätte dieser tragische Verlust nicht bereits genügt, verriet ihm ein zweiter schneller Blick auf sein Handy auch noch, dass er fast eine ganze Stunde verschlafen hatte!

»Ve-verdammte …«

Erschrocken schleuderte er seine Bettwäsche von sich, als stünde sie lichterloh in Flammen und sprang auf, als wäre er neben dem Teufel persönlich aufgewacht. Derselbe Schrecken, der ihn damit fast senkrecht aus dem Bett katapultierte, sorgte ebenfalls dafür, dass er sich dabei seinen kleinen Zeh an der unteren Kante des Bettkastens anstieß – weshalb er sofort in ein lautes schrilles Jaulen verfiel. Wer auch immer behauptete, dass es so etwas wie schlechte Omen nicht gab, hatte wirklich überhaupt keine Ahnung, wovon er da eigentlich sprach.

Die Tatsache, dass Egon sowohl dieses als auch alle anderen Vorzeichen auf die ungewöhnlichen Ereignisse, mit denen er im Verlauf der kommenden Stunden konfrontiert werden sollte, vollkommen unbemerkt blieben, braucht jedoch nicht zu überraschen. An die perfiden kleinen Gemeinheiten, mit denen ihn sein Alltag zu necken pflegte, hatte er sich bereits viel zu sehr gewöhnt, als dass er in Dingen wie einem angedellten Zeh oder einem dahingeschiedenen Wecker noch die Vorboten eines größeren Unglücks hätten erkennen können. Ja, tatsächlich waren sie das Einzige, das etwas Abwechslung in sein ansonsten sterbenslangweiliges Leben brachte. Eine Abwechslung allerdings, auf die er dann doch gerne verzichtet hätte.

Auch an diesem Morgen setzte die hochmotivierte kleine Pechsträhne, die höchstpersönlich für Egon zuständig war, ihre Arbeit unbeirrt fort. Denn kaum hatte er humpelnd das Wohnzimmer durchquert und endlich das Badezimmer erreicht, da hörte er, wie sein Handy – das selbstverständlich noch im Schlafzimmer lag – empört klingelnd seine Aufmerksamkeit verlangte.

Eigentlich wusste Egon sehr gut, dass er es einfach klingeln lassen sollte. Sein Chef würde ihm sowieso schon den Kopf abreißen! Andererseits konnte es sich bei dem Anrufer um niemand anderen handeln als um seine Mutter. Wenn er jetzt nicht an sein Handy ginge, würde er sich später stunden-, wenn nicht sogar tagelang dafür rechtfertigen müssen. Also seufzte er, machte kehrt und stolperte mit einem nach wie vor intensiven schmerzhaften Puckern in seinem kleinen Zeh zurück ins Schlafzimmer – während er gleichzeitig versuchte, etwas Zahnpasta auf seine Zahnbürste aufzutragen.

»Egon?!«, ertönte die schmerzhaft schrille Stimme seiner Erzeugerin am anderen Ende der Leitung.

»Ja-ja Mu-Mutter«, antwortete Egon, der bereits wieder damit beschäftigt war, ins Badezimmer zurückzuhumpeln. Außer auf seinem Nachthemd, seinem linken Fuß und seinem Handgelenk befand sich mittlerweile sogar ein wenig Zahnpasta auf seiner Zahnbürste. »Du-du i-ich habe ge-gerade überhaupt …«

Doch wie immer dachte Egons Mutter nicht einmal im Traum daran, ihn zu Wort kommen zu lassen. »Du machst dich doch bestimmt gleich auf den Weg zur Arbeit, oder?«

»Ja, na ja, also ei-eigentlich …«

»Gut. Dann steig doch eine Station früher aus dem Bus und hole meine Sachen aus der Reinigung ab, ja? Die machen doch immer so schrecklich früh zu.«

»A-also Mutter, ei-eigentlich …«, begann Egon erneut – und bereute seine Worte bereits kurz nachdem sie seinen unvorsichtigen Mund verlassen hatten.

»Was heißt hier eigentlich?! Du Nichtsnutz wirst ja wohl noch so eine winzige Kleinigkeit erledigen können! Immerhin tust du ja sonst kaum etwas für mich!«

Egon schluckte. Er wusste, dass seine Mutter wie immer schamlos übertrieb – deswegen taten ihm ihre Worte allerdings nicht weniger weh. Er erledigte ständig Dinge für sie. Er holte ihre Wäsche nicht nur aus der Reinigung, er war es auch, der sie überhaupt erst dorthin gebracht hatte. Er kaufte für sie ein, er begleitete sie zu jedem einzelnen ihrer übertrieben zahlreichen Arzttermine und er kümmerte sich um all die anderen Kleinigkeiten, die sie von so furchtbar wichtigen Dingen hätten abhalten können wie, nun ja, wie sich mit ihren grauhaarigen Freundinnen zum Kaffee zu treffen oder ihre Lieblingsseifenoper im Fernsehen anzusehen.

»Do-doch, du-du weißt doch, nor-normalerweise gerne«, versuchte Egon sie zu beschwichtigen. »Nu-nur gerade heute ..., wei-weißt du, ich ...« Doch exakt in diesem Moment legte Egons Pechsträhne den nächsten Gang ein.

Gerade als die Schmerzen in seinem kleinen Zeh etwas abzuklingen begannen, verschätzte er sich aufgrund seiner Aufregung um wenige Millimeter und stieß erneut mit ein und demselben Zeh gegen die leider besonders spitze hölzerne Schwelle der Badezimmertür. Ein scharfer Schmerz durchfuhr sein gesamtes Bein – und er geriet ins Stolpern. Dies alleine hätte noch kein sonderlich großes Problem dargestellt. Da er jedoch in der einen Hand sein Handy hielt, während die andere dummerweise damit beschäftigt war, seine Zahnbürste zu balancieren, konnte er sich nirgendwo abstützen. Rückblickend betrachtet hätte er selbstverständlich einfach seine Zahnbürste fallen lassen sollen. Doch wann in all den Jahren seit Erschaffung der Welt hätte ein Reflex schon jemals eine wohl überlegte und vor allem vernünftig durchdachte Entscheidung getroffen? Als

Egon also stolperte und sein aufgeschrecktes Klein-
hirn bemerkte, dass es, sofern es nichts unternahm,
zusammen mit seinem gewöhnlichen Aufenthaltsort
– Egons Kopf – eine unsanfte Bekanntschaft mit den
harten Fliesen des Badezimmerbodens machen würde, zog es die Notbremse und sorgte dafür, dass
Egon sein Handy im hohen Bogen von sich schmiss.

Plutsch!

»Schei-Scheibenkleister!« Egon ahnte bereits, wo
sein Handy gelandet war.

Ein kurzer Blick in die Toilette bestätigte seinen
schlimmsten Verdacht. Mit einer für ihn eigentlich
vollkommen ungewöhnlichen Treffsicherheit hatte
er nicht nur sein Handy, sondern zusammen mit diesem – was noch um einiges schlimmer war – auch
seine Mutter im Klo versenkt. Mit einem tiefen Seufzer schlug er sich die Hand vors Gesicht. Jetzt würde
er nicht nur zu spät zur Arbeit kommen, er würde
außerdem auch noch seiner Mutter erklären müssen,
warum er das Gespräch mit ihr einfach abgebrochen
und ihre Wäsche nicht aus der Reinigung geholt hatte. Ja, in diesem Moment fragte er sich tatsächlich,
ob ein Tag, der auf diese Art und Weise begann,
noch viel schlimmer werden konnte. Ach, er hatte ja
keine Ahnung!

Als Egon nach einer in hygienischer Hinsicht bedenklich kurzen Katzenwäsche seine Duschkabine

wieder verließ, hatte er längst den Entschluss gefasst, das Frühstück heute ausfallen zu lassen. Bereits wenig später warf er sich seinen fleckigen alten Rucksack über die Schulter und trat – nach einer kurzen Fahrt in einem nicht nur engen, sondern vor allen Dingen stinkenden Fahrstuhl – hinaus aus dem schmucklosen aschgrauen Gebäude, das er sein Zuhause nannte.

Es war recht kühl – um nicht zu sagen saukalt. Der Himmel war mit tiefhängenden Wolken bedeckt und die feinen Tröpfchen eines leichten Nieselregens wurden ihm von einer wiederum gar nicht so leichten Brise zu Hunderten gegen die Gläser seiner Brille geweht. Seine widerspenstigen Haare hatte er nur hastig zur Seite gekämmt, seinem knittrigen weißen Hemd war deutlich anzusehen, dass er es bereits mehrmals getragen hatte, und die schludrig gebundene Schleife seines rechten Schuhs stand schon jetzt im Begriff, sich wieder in ihre Bestandteile aufzulösen. Dafür allerdings war er guter Dinge, den Bus noch zu erwischen, auf den er es abgesehen hatte. Ein flüchtiger Blick auf seine Armbanduhr verriet ihm, dass er sogar noch ein paar Minuten Zeit hatte, die nur wenige hundert Meter entfernte Haltestelle zu erreichen. Er konnte es schaffen, wenn er sich bloß ein wenig beeilte.

Als er deswegen zu einem kleinen Sprint ansetzte – kam er sofort wieder stolpernd zum Stehen. Denn ausgerechnet in diesem Moment hatte sich eine große schwarze Katze dazu entschlossen, unmittelbar vor seinen Füßen den Gehweg zu überqueren – selbstverständlich von links nach rechts. Um ein

Haar hätte er das Tier getreten. »He-Hey! Pa-pass doch auf!«, rief Egon.

Doch die Katze zeigte sich sichtlich unbeeindruckt von Egons Aufforderung. Ohne ihn vorerst auch nur eines Blickes zu würdigen, stolzierte sie völlig ungerührt weiter und sprang schließlich mit einem kraftvollen Satz auf eine Mauer. Dort drehte sie sich geradezu schon arrogant herum und schaute zu Egon herab – während sie demonstrativ sorgfältig begann, sich ihre rechte Pfote zu lecken.

Das Fell des Tieres war von einer absolut makellosen, glänzenden Schwärze. Es trug kein Halsband. Außerdem war die Katze nicht nur recht groß, sondern regelrecht pummelig. Wirklich beeindruckend, ja geradezu unheimlich jedoch waren ihre Augen. Denn diese waren von einem derart intensiv leuchtenden Smaragdgrün, wie Egon es bisher noch nie bei einem Tier gesehen hatte. Ja, für einen Moment ließen ihn diese Augen sogar vollkommen vergessen, dass er sich in akuter Zeitnot befand. Dann aber wurde er von der siedend heißen Realität eingeholt. Er musste doch seinen Bus erwischen! Ohne einen weiteren Blick auf die Katze zu werfen, rannte er los so schnell er nur konnte.

Da er seinen schon von Natur aus eher unsportlichen Körper einer solchen Ertüchtigung bereits seit Jahren nicht mehr ausgesetzt hatte, erreichte Egon die Bushaltestelle schwer schnaufend und schwitzend – aber pünktlich! In der Ferne erkannte er, dass sich der klapprige Bus, der ihn an sein Ziel bringen sollte, bereits näherte. Erschöpft stützte er die Hände auf die Knie und atmete mehrmals tief durch. Zumindest das war geschafft.

Als der Bus vor ihm zum Stehen kam, erkannte Egon schon von Außen, dass das Innere des altersschwachen Vehikels derart überfüllt war, dass selbst er seine liebe Mühe haben würde, sich noch hineinzuquetschen. Und selbstverständlich entschied sich nicht ein einziger Fahrgast dazu, an dieser Haltestelle auszusteigen. Dafür begrüßten ihn die dicht an dicht stehenden Menschen kollektiv mit einem solch anklagenden Blick, als stünde der Innenraum ihnen ganz alleine zu. Am liebsten hätte Egon ihrem unausgesprochenen Wunsch, sich gefälligst zur Hölle zu scheren, umgehend Folge geleistet und auf dem Absatz kehrtgemacht. Er hasste derartige Menschenansammlungen ebenso sehr wie sie ihn. Doch leider hatte er keine andere Wahl. Seufzend betrat der den Bus.

Nachdem er sich dort ein wenig hin- und hergewunden hatte, kam er schließlich wie ein schlecht passender Tetris-Stein in einer nicht allzu bequemen Pose zwischen einer leicht brüskiert dreinblickenden alten Frau mit einer helmartigen Dauerwelle und einem hageren jungen Mann mit langen rotblonden Haaren zum Stehen. Die übergroße grüne Handtasche der Frau drückte sich unnachgiebig in Egons Rücken, während der Mann ein schwarzes T-Shirt trug, von dem aus ihm ein widerlicher Totenkopf leicht debil entgegengrinste. So gut er es in der Enge des Gefährts bewerkstelligen konnte, drehte Egon sich zur Seite und schaute aus dem Fenster auf die gemächlich vorbeiziehende Stadt.

Gerade passierte der Bus seinen Friseursalon. Durch dessen großes Schaufenster erkannte Egon, dass seine Friseurin Martina in diesem Moment damit beschäftigt war, einem älteren Herren seine bereits schlohweißen Haare zu schneiden. Wie bei all ihren Kunden – mit Ausnahme von Egon – drückte die junge Blondine sich dabei eng an das Ohr des zufrieden grinsenden Mannes. Doch dieser flüchtige Eindruck verflog ebenso schnell, wie er gekommen war. Genauso erging es kurz darauf auch Egons alter Schule, des ihm für Jahre verhasstesten Ortes auf diesem Planeten.

Egon kannte die Strecke, die er schon sein ganzes Leben lang jeden einzelnen Morgen mit dem Bus zurücklegte, derart in- und auswendig, dass er die Augen schließen konnte und, bevor er sie wieder öffnete, exakt wusste, was er sehen würde. Manchmal fragte er sich, ob er dieser Stadt jemals den Rücken kehren, ob sich sein Leben jemals auch nur ein klein wenig verändern würde. Doch derartige Gedanken schob er meistens ebenso schnell wieder beiseite, wie sie gekommen waren. Hier hatte er schließlich nicht nur seine Arbeit, hier lebten auch seine Mutter und seine einzige Freundin Lotte. Wohin auch immer er gehen würde, dort wäre er vollkommen alleine. Nein, ob es ihm gefiel oder nicht, sein Platz – so langweilig und deprimierend er auch sein mochte – war hier. Alles würde für immer genau so bleiben, wie es war. Manche Menschen waren dazu geboren, in die Welt hinauszugehen und sie zu erobern. Egon gehörte nicht dazu.

Nach ein paar Minuten hielt der Bus an jener Haltestelle, an der Egon hätte aussteigen müssen, wenn er die Sachen seiner Mutter aus der Wäscherei hätte abholen wollen. Für den kurzen Moment, in dem die Türen direkt vor seiner Nase offen standen, war er unschlüssig. Sollte er nicht vielleicht doch schnell herausspringen? Herr Kruschinski, sein Chef, würde ihn vermutlich so oder so in der Luft zerreißen. Ein paar Minuten mehr oder weniger würden daran überhaupt nichts ändern. Aber nach einem kurzen Blick auf die Uhr besann er sich eines Besseren. Dadurch, dass er sich so sehr beeilt hatte, hatte er schon eine Menge Zeit gut gemacht. Wenn er jetzt ausstieg, wäre das alles dahin. Auch wenn eine kräftige, mit spitzen Krallen bewehrte Hand – die sich sehr nach den runzeligen Fingern seiner Mutter anfühlte – in diesem Moment nach seinem Magen griff, er blieb dennoch stehen. Um seine Mutter würde er sich kümmern, wenn es soweit war.

Als er endlich die drückende Enge des Busses verlassen konnte, trennten ihn nur noch ein paar wenige Querstraßen von dem trostlosen beigefarbenen Gebäude, das seine Firma beheimatete. Die Arbeit, der er dort tagein tagaus nachging, war ihm oft selbst ein Rätsel. Er verbrachte den Großteil seiner Stunden damit, in einem prall gefüllten Großraumbüro unglaubliche Mengen eintöniger Daten auszuwerten, die ihm Personen zusandten, die er in seinem Leben noch nie getroffen hatte, und seine Ergebnisse dann weiterzuleiten an andere Personen, von denen er nichts kannte außer ihren E-Mail-Adressen. Vor Jahren hatte er einmal die Vermutung gehabt, dass das Ganze irgendetwas mit Versicherungen zu tun haben könnte. Inzwischen war er sich da aber nicht mehr ganz so sicher. Und eigentlich war es ihm auch vollkommen egal.

Mit wenigen Schritten erklomm er die große breite Treppe vor dem Eingang des Gebäudes. Dann zog er wie jeden Morgen seine bereits vollkommen zer-kratzte Karte durch den abgewetzten Schlitz neben dem Schloss, wartete auf das auffordernde Surren und öffnete die Tür.

Das erste, das Egon sah, als sich die silberfarbenen Fahrstuhltüren auf seiner Etage wenig später wieder für ihn öffneten, war das kantige Gesicht seines bös-artigen Kollegen Ronnie. »Na Mensch, Egon. Da bist du ja endlich!«

Egon sackte ein kleines Stück in sich zusammen.

3. Kapitel

Unmittelbar nachdem Egon jene alte und vollkommen verwitterte Tür durchquert hatte, die im wirklich allerletzten Moment in dem stinkenden Bus voller Zombies erschienen war, fand er sich mitten in der Schwerelosigkeit wieder. Diese völlig unerwartete Veränderung der grundlegenden physikalischen Gesetze überraschte ihn derart, dass er nicht einmal dazu kam, seine neue Umgebung genauer in Augenschein zu nehmen – bevor sie ihn mit einem harten Schlag gegen den Schädel willkommen hieß.

»A-aua!« Egon rieb sich die schmerzende Stelle nur wenige Zentimeter über seinem rechten Ohr. Trotz seiner dichten Haare bemerkte er deutlich einen eckigen Abdruck. Er benötigte einen Augenblick, um die vielen kleinen Sternchen zu verscheuchen, die um seinen Kopf kreisten, dann aber sah er, dass die unhöfliche Kante, deren unerwünschte Bekanntschaft er soeben gemacht hatte, zu einem riesigen Schaltpult gehörte, auf dem nicht nur Tausende bunter Lämpchen leuchteten, sondern mindestens ebenso viele silberne Schalterchen glitzerten.

Dieses merkwürdige Objekt war allerdings nicht das einzig Seltsame an Egons jetzigem Aufenthaltsort. Wie sich herausstellte, schwebte er im Inneren eines langen Korridors, dessen Enden mit zwei schweren Luken verschlossen waren. An den weißen Wänden des Raumes verliefen dicke blaue Rohre sowie zahlreiche dünne Kabel in allen möglichen

Farben, hier und dort flackerten außerdem kleine Bildschirme. Für Egons Geschmack wirkte alles viel zu futuristisch – bis auf einen angebissenen Apfel, der unmittelbar an ihm vorüberschwebte.

»Wo-wo bin ich denn jetzt schon wieder ge-gelandet?«

»Weißt du, mein lieber Egon, diese Frage ist gar nicht so einfach zu beantworten, wie du vielleicht denken magst.«

Die Stimme gehörte Kopernikus. Doch konnte Egon seinen grünäugigen Begleiter nirgendwo entdecken. Vielleicht lag es an der Schwerelosigkeit, aufgrund derer es an diesem Ort kein wirkliches Oben und kein wirkliches Unten gab – vielleicht aber auch einfach an seiner generellen Orientierungsschwäche. Jedenfalls hatte Egon wirklich nicht die leiseste Ahnung, aus welcher Richtung Kopernikus' Worte gekommen waren. Als er deswegen versuchte, sich nach ihm umzusehen, geriet er schnell in eine unfreiwillige Rotationsbewegung, deren Gefährlichkeit er erst bemerkte, als es längst zu spät war. Denn ehe er sich versah, drehte er sich mit einer solchen Geschwindigkeit um die eigene Achse, dass die spitzen Ecken des Schaltpultes nicht viel weniger lebensbedrohlich waren als die abgebrochenen Zähne eines fauligen Untoten.

»Hi-Hilfe!«, schrie Egon. Dann aber spürte er, wie ihn eine kräftige kleine Hand an seinem Knöchel ergriff und die Rotation zum Erliegen brachte. Erleichtert atmete er auf. Doch als endlich auch sein Verstand wieder aufhörte sich zu drehen, sah er sich Angesicht zu Angesicht mit etwas konfrontiert, das ihn erneut in panische Angst versetzte. Und dieses Etwas schwebte direkt vor seinen Augen. »Hi-Hilfe!«, wiederholte er sich.

»Egon! Ich bitte dich!«, tadelte ihn Kopernikus. »Du weißt doch, dass du von meiner Wenigkeit nichts zu befürchten hast.«

Das mochte im Grunde zwar richtig sein, doch hätten diese beruhigenden Worte ihren Sinn und Zweck sicherlich um einiges besser erfüllt, wären sie einem Mund oder wenigstens einem Maul entsprungen. Das aber war keineswegs der Fall. Vielmehr verließen sie eine seltsame Art von gebogenem Schnabel inmitten einer widerlichen Ansammlung von schlabberigen, schleimigen Saugnäpfen und Fangarmen. Mit anderen Worten: Das Wesen, das direkt vor Egons Augen in der Luft schwebte, glich am ehesten einem Tintenfisch. Einem pechschwarzen Tintenfisch um genau zu sein, der neben seinen acht Armen über einen mehr oder weniger normalen – wenn auch eher kleinen und pummeligen – menschlichen Körper verfügte, der wiederum in einem grau-blauen Raumanzug steckte. Direkt über dem Schnabel und exakt in der Mitte all jener glitschigen Extremitäten funkelten zwei große smaragdgrüne Glubschaugen.

Egon kam wieder etwas zur Ruhe. »Ko-Kopernikus?«

»In Persona«, erwiderte das Ungetüm.

»E-Entschuldigung«, sagte Egon und rang sich ein gequältes Lächeln ab. Er empfand Kopernikus' neues Äußeres als derart widerwärtig, dass es ihm beinahe den Magen umgedreht hätte, doch er riss sich zusammen und verkniff sich jeglichen Kommentar. Das Letzte, was er wollte, war, Kopernikus zu beleidigen. Wer wusste schließlich schon, was der alles mit ihm anstellen konnte? »Ähm, wo-wo sind wir jetzt also?«, kehrte er schnell zu seiner ursprünglichen Frage zurück.

»Nun, wie ich bereits sagte, das ist gar keine so einfach zu beantwortende Frage.« Kopernikus schlug seine menschlichen Arme übereinander und führte gleichzeitig einen seiner Tentakel an das ihm nächstgelegene Rohr. Ein kleiner Schubser genügte und er schwebte gekonnt einmal quer durch den Korridor, um schließlich an einem schmalen runden Fensterchen anzukommen, das Egon zuvor zwischen all den Lämpchen und Bildschirmen überhaupt nicht aufgefallen war. Kopernikus warf einen kurzen Blick hindurch, dann gestikulierte er Egon mit einer Hand. »Würdest du bitte einmal hier zu mir herüberkommen?«

Egon versuchte Kopernikus nachzuahmen so gut er konnte. Auch er stieß sich ab und schwebte quer durch den Korridor. Im Gegensatz zu seinem grünäugigen Bekannten verschätzte er sich allerdings, weshalb sein Flug unsanft durch seine Stirn abgebremst wurde. Es würde sicher noch ein wenig dauern, bis er sich an diese neue Art der Fortbewegung gewöhnte.

Als er dann blinzelnd durch das kleine Fenster schaute, hatte er alle Mühe seinen Augen zu trauen. Dass er sich in einer Art Raumschiff befinden musste, hatte er sich selbstverständlich bereits gedacht. Die Schwerelosigkeit und all die vielen rätselhaften

Apparaturen an den Wänden um ihn herum stellten einen ziemlich eindeutigen Hinweis dar. Bis zu diesem Moment hatte er die Bedeutung dieser Erkenntnis jedoch nicht in ihrer ganzen Tragweite an sich herangelassen. Und auch jetzt, trotz des absolut phantastischen Anblicks, der sich ihm auf der anderen Seite des Fensterchens darbot, hielt noch immer ein kleiner erzkonservativer Bereich seines Gehirns hartnäckig die Stellung und weigerte sich kategorisch, diesen letzten Schritt zu gehen.

Das Universum war eine wahre Pracht! Dort draußen funkelten Millionen, nein Milliarden von Sternen, als wären riesige Diamanten einfach so in den Himmel geklebt worden. Weit in der Ferne erkannte Egon einen riesigen violett-rot-blauen Gasnebel, vor dem ein majestätischer Komet seinen langen weiß-blauen Schweif hinter sich herzog. Seinem Gehirn fehlten die passenden Superlative, um wirklich zu begreifen, was er sah. Mit einer Mischung aus Staunen und Schrecken bemerkte er ebenfalls, dass nur wenige Meter vor dem Fenster des Raumschiffes immer wieder kleine Meteoriten mit einer schier unfassbaren Geschwindigkeit vorübersausten. Gleichzeitig sah er, dass sich das glitzernde Licht der Sterne in der glatten Oberfläche eines gewaltigen silbernen Flügels widerspiegelte, der von einem großen blauen Globus verziert wurde. Auf was für einer Mission mochte sich dieses Gefährt nur befinden?

»Meinen persönlichen Schätzungen zufolge«, sagte Kopernikus und in seinen Glubschaugen schimmerte eine gewisse Selbstsicherheit, »trennen uns in diesem Augenblick noch etwa 500.000 Kilometer von der felsigen Oberfläche des Mars. Plus minus ein paar Tausend Kilometer, versteht sich.«

Egon meinte sich verhört zu haben. »Vo-vom Mars?!«

»Allerdings!«, bestätigte Kopernikus. »Siehst du diesen winzigen blauen Punkt dort drüben?«

Egon nickte.

»Das ist die Erde.«

»Di-die Erde?«, wiederholte Egon Kopernikus' Worte ebenso entsetzt wie zuvor – obwohl er eigentlich mit dieser Antwort gerechnet hatte. Dennoch fühlte er sich, als hätte man ihm in diesem Augenblick im wahrsten Sinne des Wortes den Boden unter den Füßen weggezogen. »U-und wir sind auf dem We-Weg zum Mars?«

»Exakt. Genau das habe ich gerade gesagt. Ja.«

»A-aber wa-was machen wir denn hier?!«

»Das ist eine sehr gute Frage. Wenn du mir bitte folgen würdest!« Erneut stieß Kopernikus sich mit einem seiner schleimigen Tentakel ab und schwebte quer durch den Korridor. Diesmal war sein Ziel eine der großen Luken an dessen Ende. Dort angekommen räusperte er sich auffordernd. »Würdest du mir hier wohl bitte kurz zur Hand gehen?«, sagte er und deutete auf ein großes Rad, mit dem die Luke geöffnet werden konnte.

Nachdem Egon – diesmal schon ein wenig geschickter – zu Kopernikus hinübergeschwebt war, stellte er bei seinem ersten Versuch an dem Rad zu drehen fest, dass sich die Physik einen kleinen Spaß mit ihm erlauben wollte. Denn nicht das Rad, sondern er selbst begann sich zu drehen. Nachdem er

aber seinen Fuß zwischen zwei an den Wänden ver-
laufenden Rohren festgeklemmt hatte, öffnete sich
die Luke mit erstaunlicher Leichtigkeit.

»Wunderbar. Ich danke dir.« Kopernikus zeigte
auf den Durchgang. »Bitte nach dir.«

Unmittelbar hinter der Luke befand sich ein
schmaler Schacht mit einer hageren kleinen Leiter.
Egon hangelte sich an deren dürren Sprossen entlang und kam auf diese Weise recht schnell in der
Schwerelosigkeit vorwärts. Zügig erreichte er die
nächste Luke. Er öffnete auch diese und sein Blick
fiel in einen halbrunden Raum, der vollständig in
ein kräftiges dunkelrotes Licht getaucht war. Er
schluckte. Rote Lichter wie dieses deuteten überaus
selten darauf hin, dass alles in bester Ordnung war.

»Wir werden alle sterben!«, kreischte eine weibliche Stimme unter dem Einsatz für das menschliche
Ohr kaum noch hörbarer Frequenzen – und bestätigte somit Egons schlimmsten Verdacht. Am liebsten
hätte er sofort auf dem Absatz kehrtgemacht, doch
wusste er leider nur zu gut, dass ihm diese Option
nicht zur Verfügung stand. Widerwillig stieß er sich
ab und schwebte so langsam und vorsichtig wie
möglich in den Raum hinein.

Offenbar befand er sich jetzt in dem Cockpit des
Raumschiffes, das neben dem bedrohlichen Schein
der tiefdunkelroten Beleuchtung nur noch von dem

flackernden Licht zahlreicher großer und kleiner Bildschirme erhellt wurde. Unmittelbar vor Egon befanden sich drei Sitze, die allesamt auf eine große Scheibe hin ausgerichtet waren. In diesen Sitzen saßen drei Menschen in grauen Raumanzügen, von denen Egon allerdings nichts weiter sah als ihre behelmten Köpfe, die ein Stück über die Lehnen hinausragten. Hinter der großen Scheibe zeigte sich der Mars in all seiner roten Pracht. Das Raumschiff war dem Planeten bereits so nahe, dass Egon ohne größere Mühe zahlreiche Details der von tiefen Kratern und hohen Gebirgszügen zerfurchten Oberfläche erkennen konnte.

Zwar war Egon sich nicht sicher, welche der drei Personen ihrer Verzweiflung zuvor derart ausdrucksstark Luft gemacht hatte, doch die tiefe und selbstsichere Stimme, die er als nächstes hörte, war es eindeutig nicht gewesen: »Immer mit der Ruhe. Noch haben wir eine Chance.«

Egon stutzte. Den missmutig-sachlichen Tonfall erkannte er sofort. Jahrelang hatte er ihn tagein tagaus gehört, ob er gewollt hatte oder nicht. Es handelte sich um die Stimme seines alten Klassenlehrers Herrn Martin.

Vermutlich hätte Egon sich in diesem Moment darüber wundern sollen, was der Lehrer hier – Millionen Kilometer von seinem Klassenzimmer entfernt – im Cockpit eines futuristischen Raumschiffes und im Anflug auf den roten Planeten zu suchen hatte. Tatsächlich jedoch tat er das nicht. Schließlich hatte er ja kaum eine Ahnung, was genau er selbst hier eigentlich tat. Wie käme er also dazu, sich über

die Anwesenheit irgendeiner anderen Person zu beschweren?

»Und welche bitte?«, meldete sich wieder die
weibliche Stimme zu Wort. »Was können wir denn
schon tun?!« Da sich ihre Frequenz zumindest halbwegs zurück in den für normale Menschen hörbaren
Bereich verlagert hatte, erkannte Egon nun auch diese Person. Es handelte sich um Frau Becker, seine
ehemalige Mathematiklehrerin.

»Na, das ist doch wohl offensichtlich. Jemand
muss da raus gehen und das verdammte Ding von
Hand entriegeln«, brummte Herr Martin.

»Ja, bist du denn jetzt vollkommen irre geworden?«

»Nein. Ich bin Realist. Das ist alles. Wenn wir es
nicht versuchen, sterben wir ganz sicher. Es ist unsere einzige Chance.«

»Ich mache das«, knarzte nun die dritte Person
und auch dieses verrauchte Organ, das klang, als
würde man ein Stück Schmirgelpapier mit purer Gewalt über eine Trommel ziehen, erkannte Egon sofort.
Einem einstigen Lehrer von ihm gehörte es jedoch
nicht. Es war die Stimme des steinalten kettenrauch-
enden Hausmeisters der Schule, Herrn Sören. »Ihr
zwei bleibt hier und sagt mir, was ich tun soll.«

Einen Moment lang herrschte vollkommene Stille.
Niemand reagierte auf die Worte des alten Mannes.
Und auch wenn Egon gerade erst hinzugekommen
war, meinte er trotzdem, zumindest einigermaßen
zu verstehen, was sich hier abspielte. Offensichtlich
hatte das Raumschiff irgendeine Art von Defekt.
Dieser konnte nur dann behoben werden, wenn je-

mand nach draußen kletterte und eine Reparatur vornahm. Hierfür hatte sich Herr Sören gerade freiwillig gemeldet. Egon konnte es nicht fassen. Auch er war wie versteinert.

»In Ordnung«, durchbrach Herr Martin die Stille. »Wir haben schließlich gar keine andere Wahl. Aber schnell. Uns bleibt nicht viel Zeit.«

»Na dann los!« Herr Sören löste die Gurte, die ihn an seinem Sitz festgehalten hatten, hustete zweimal kräftig und stand auf. »Dann wollen wir uns die Sache doch einmal ansehen. Wäre ja wohl gelacht, wenn sich das nicht regeln ließe. Ich habe schon ganz andere Sachen wieder zum Laufen gebracht!« Der alte Hausmeister drehte sich herum und blickte Egon direkt in die Augen. Er sah wirklich exakt so aus, wie Egon ihn von früher kannte – und das obwohl er sich keineswegs sicher war, ob der Mann überhaupt noch lebte. »Na, sieh mal einer an«, krächzte Herr Sören. »Wen haben wir denn da? Den kleinen Egon!«

Herr Martin und Frau Becker drehten sich ebenfalls in ihren Sitzen herum. Auch sie hatten sich seit Egons Schulzeit nicht im Geringsten verändert. Herr Martins unrasiertes Doppelkinn berührte beinahe die Scheibe seines Helmes, während das Innere von Frau Beckers Kopfbedeckung fast vollständig von ihren wasserstoffblonden Locken ausgefüllt wurde.

»Egon?«, fragte die Mathematiklehrerin. »Was hast du denn hier vorne zu suchen?«

Sofort fühlte Egon sich wieder wie ein kleines Kind. »I-ich. Äh. I-ich.« Hilfesuchend schaute er sich nach Kopernikus um – doch der war selbstverständlich nirgendwo zu sehen. Er schluckte. »I-ich weiß au-auch nicht so recht.«

»Wie auch immer«, sagte Herr Sören und winkte ab. »Mach dich gefälligst dünn und schwebe mir nicht im Weg rum. Das hier ist eine Aufgabe für echte Männer. Nicht für so kränkliches junges Gemüse wie dich.«

Frau Becker nickte zustimmend. »Du hast den Mann gehört.«

Egon gehorchte, wich zurück und machte Herrn Sören Platz. Der alte Hausmeister glitt gekonnt an ihm vorbei und verließ das Cockpit auf demselben Wege, auf dem Egon es soeben betreten hatte.

Kaum war Herr Sören fort, da verschwendeten auch Frau Becker und Herr Martin keine weitere Sekunde mehr damit, sich mit Egon zu beschäftigen. Stattdessen wandten sie sich wieder von ihm ab und hefteten ihre Blicke aufmerksam an einen der kleinen Monitore vor ihnen.

Egon übermannte die Neugier. Mithilfe eines kleinen Schubsers durchquerte er das Cockpit und hielt sich schließlich an der Lehne von Frau Beckers Sitz fest. Herr Martin drückte ein paar bunte Knöpfe und schon zeigte der Bildschirm die Außenseite des Raumschiffes.

Zuerst geschah dort draußen jedoch rein gar nichts. Allein die Tatsache, dass ab und an ein kleiner Meteorit durch das Sichtfeld der Kamera sauste, verriet, dass sie nicht einfach nur ein Standbild vor sich hatten. Nach einer Weile fasste Egon sich ein Herz und stellte eine Frage, die ihm wirklich sehr auf der Seele brannte: »Ähm, wa-was, ge-genau ist eigentlich das Problem?«

Herr Martins Stimme klang genau so genervt, wie Egon sie aus zahllosen Unterrichtsstunden noch bestens in Erinnerung hatte. »Wir können nicht bremsen, Kleiner. Siehst du das denn nicht?« Er deutete mit dem Finger auf eine lange rote Ziffer auf einer der vielen Armaturen, die Egon überhaupt gar nichts sagte. »Wir sind viel zu schnell. Wenn wir mit diesem Tempo weiterfliegen, macht der Mars seine erste Bekanntschaft mit der Menschheit in Form einer spektakulären Bruchlandung.«

Egon schluckte. »A-aber …«

»Ruhe Herrgott!«, unterbrach ihn Frau Becker. »Herr Sören muss jeden Augenblick da sein!«

Sie behielt Recht. »Ich bin draußen!«, ertönte kurz darauf Herr Sörens knarzige Stimme aus einem kleinen Lautsprecher und schon im nächsten Moment wurde der alte Mann auf dem Monitor sichtbar. Er trug denselben Raumanzug wie zuvor. Allerdings erkannte Egon auf seinem Rücken jetzt einen großen grauen Kanister, der mit einigen Schläuchen an seinem Helm und dem Anzug befestigt war. Außerdem zog er eine lange weiße Sicherheitsleine hinter sich her, die sich in der Schwerelosigkeit schlängelte wie – nun ja, wie eine lange und irgendwie orientierungslose Schlange.

Zwar recht langsam, aber für sein gehobenes Alter doch überaus sicher und zielstrebig hangelte Herr Sören sich an einigen der an der Außenseite des Raumschiffes befestigten Sprossen entlang. Sein Ziel war ein kleiner Kasten, der schon jetzt nur noch wenige Meter von ihm entfernt war. Egon bewunderte den Mann. Sie bewegten sich mit einer geradezu wahnwitzigen Geschwindigkeit quer durch den Weltraum und Herr Sören stellte dieselbe Seelenruhe zur Schau, als befände er sich auf einem sonntäglichen Angelausflug.

»Ich bin da!«, rief der Hausmeister, als er den Kasten erreicht hatte.

»Ausgezeichnet!«, sagte Herr Martin. »Jetzt öffne das Modul und entferne die kleine gelbe Sicherung. Dann gib den Code 4345 ein und zerschneide das rote Kabel. Das sollte genügen. Wenn nicht, dann ist eh alles verloren!«

»Verstanden!«

»Pass auf dich auf!«, rief Frau Becker und für einen winzigen Augenblick glaubte Egon tatsächlich, sie sei aufrichtig besorgt um Herrn Sörens Wohlbefinden. Doch dann fügte sie in einem harschen Tonfall hinzu: »Aber beeile dich! Hörst du? Es geht hier um mein – äh unser Leben!«

Herr Sören hingegen machte nicht den Eindruck, als wäre er durch irgendetwas aus der Ruhe zu bringen – und schon ganz bestimmt nicht durch eine hysterische Mathematiklehrerin. Er hatte bereits einen langen Schraubenzieher hervorgeholt und war konzentriert in seine Aufgabe vertieft. Trotz der geringen Größe des Bildschirmes konnte Egon gut erkennen, was genau der alte Hausmeister in jedem einzelnen Moment gerade tat.

Es dauerte nicht lange und er hatte einige Schrauben entfernt und das Modul geöffnet. Das kleine gelbe Bauteil, das er kurz darauf dem Vakuum überantwortete, musste die Sicherung sein, von der Herr Martin gesprochen hatte. Alles schien bestens zu laufen. Jetzt musste er nur noch den Code eingeben und das Kabel durchschneiden. Dann wäre die Sache geritzt und das Raumschiff würde den Mars sicher und ohne Probleme erreichen. Egon hatte das dumme Gefühl, dass das alles viel zu reibungslos ablief.

Gerade machte Herr Sören sich daran, auf einem kleinen Nummernblock den Code einzutippen. »4345!«, wiederholte Herr Martin die Ziffern – vermutlich um auf Nummer sicher zu gehen, dass der alte Mann sie nicht schon wieder vergessen hatte.

»Ja doch! Ich weiß!«, blaffte Herr Sören und begann zu husten. Als er sich wieder eingekriegt hatte, fügte er hinzu: »Noch bin ich nicht dement!«

Gebannt schauten die drei Insassen des Cockpits dabei zu, wie der Hausmeister mit seinen durch die dicken Handschuhe des Raumanzugs behinderten Fingern langsam, aber sicher eine Taste nach der anderen betätigte. Das Ganze schien Stunden zu dauern. Schließlich aber leuchtete im Inneren des Cockpits ein kleines grünes Licht auf.

Frau Becker jauchzte vor Freude. »Juhu! Der alte Teufelskerl hat es wirklich geschafft! Jetzt muss er nur noch dieses verdammte Kabel durchschneiden und …«

In diesem Augenblick wurde Herr Sören von einem Meteoriten getroffen.

In einen Moment stand er noch kurz davor, seine Aufgabe zu vollenden, im nächsten verwandelte er sich in eine große dunkelrote Wolke. Wenige Sekundenbruchteile später verschwand auch diese in den unendlichen Weiten des Weltalls und es schien ganz so, als hätte es den Mann nie gegeben.

Egon gefror das Blut in den Adern.

»Wir werden sterben!«, kreischte Frau Becker. »Oh mein Gott! Wir werden alle sterben!«

Frau Becker hatte sich von ihrem Sitz gelöst und schwebte in kniender Haltung und mit gefalteten Händen durch das Cockpit. Sie hatte begonnen zu beten. Egon war sich nicht sicher, ob sie dies tat, um den lieben Gott um Rettung anzuflehen, oder um sich selbst darauf vorzubereiten, ihm demnächst gegenüberzutreten. Verstanden hätte er beides. Und auch wenn er selbst nicht sonderlich religiös war, so dachte er im Moment doch ernsthaft darüber nach, sich ihr anzuschließen. Schaden konnte es ja zumindest auch nicht. Und was sollte er sonst schon tun?

»Wir haben noch eine Chance!«, sagte Herr Martin in einem Brustton der Überzeugung, der Egon aufhorchen ließ.

Frau Becker unterbrach ihr drittes Vaterunser mitten im Satz. »Ach ja? Welche?«

»Ihn!« Herr Martin deutete auf Egon.

»Bi-bitte was?«, stammelte Egon.

»Jetzt musst du aber wirklich ausgeflippt sein«, stellte Frau Becker fest. »Wie soll uns dieser kleine Dreikäsehoch denn Bitteschön helfen? Der ist doch vollkommen nutzlos!«

Zwar hatte Egon mittlerweile verstanden, dass seine Lehrer ihn offensichtlich nicht als jenen erwachsenen Mann wahrnahmen, zu dem er in den Jahren seit dem Ende seiner Schulzeit herangewachsen war, diese Bemerkung ging dann aber doch zu weit. »Ähm. A-also, bitte, i-ich ...«

»Halt die Klappe!«, schnauzte Herr Martin.

Egon gehorchte. Zwar mochte er kein Dreikäsehoch mehr sein, doch Herrn Martin gelang es spielend, dass er sich wieder so fühlte.

Sein ehemaliger Klassenlehrer redete mit seiner Mathematiklehrerin, als hätte Egon selbst mit der ganzen Angelegenheit eigentlich überhaupt nichts zu tun. »Hast du etwa eine bessere Idee? Er ist unsere letzte Chance. Man braucht zwei Personen, um das Schiff zu steuern, das weißt du genauso gut wie ich. Also kann es keiner von uns übernehmen. Außerdem muss er doch nur noch den Draht durchschneiden. So schwer kann das ja wohl nicht sein!«

Egon erhob seinen Zeigefinger und meldete sich wie das kleine Schulkind, das Herr Martin in ihm sah.

»Ja?«

»I-ich, ähm. Nu-nun ja, i-ich würde das lieber nicht machen. Gi-gibt es de-denn keinen anderen Weg?«

»Nein«, stellte Herr Martin fest. »Den gibt es nicht. Entweder du gehst da jetzt raus, oder wir werden alle drei in der Atmosphäre verglühen. Und zwar in wenigen Minuten. Siehst du?« Er deutete mit dem Daumen über seine Schulter hinweg zu der Frontscheibe des Cockpits.

Dort war deutlich zu erkennen, was er meinte. Der Mars nahm mittlerweile einen beträchtlichen Teil des Sichtfeldes für sich in Beschlag. Und mit jeder einzelnen Sekunde kam die Oberfläche des roten Planeten immer näher und näher.

4. Kapitel

Noch immer einige Stunden zuvor

Gu-guten Morgen Ro-Ronnie«, murmelte Egon und schlich mit tief herabhängenden Schultern hinein in das nach frischem Kaffee, altem Achselschweiß und einer salzigen Prise Depressionen muffelnde Großraumbüro.

Sein riesiger Arbeitskollege hatte sich wie ein übereifriger Sicherheitsmann mit übereinandergeschlagenen Armen nur wenige Meter hinter dem Fahrstuhl aufgebaut. »Warte, warte, warte«, sagte er und stoppte Egon, indem er ihm eine seiner riesigen Pranken auf die Schulter legte. »Wo möchtest du denn so schnell hin? Du bist ganze fünfzehn Minuten zu spät!«

Ronnie war wirklich eine beeindruckende, oder doch besser furchteinflößende Erscheinung. Egon, der sich selbst im Wesentlichen aus Haut, Knochen und – zumindest im Moment – eimerweise Angstschweiß zusammensetzte, hätte nicht nur zweimal in seinen Kollegen hineingepasst, nein, einer dieser zwei Egons hätte dann außerdem aus nichts anderem bestanden als aus purer Muskelmasse. Vermutlich wäre Ronnie dazu in der Lage gewesen, ihn im allerwahrsten Sinne des Wortes am ausgestreckten Arm verhungern zu lassen. Und es waren Momente wie dieser, in denen Egon sich beinahe wünschte, dass er genau das auch tat. Zumindest wäre es um einiges gnädiger gewesen

53

als viele der Dinge, mit denen Ronnie ihn sonst so schikanierte.

Egon seufzte. »I-ich weiß. Mei-mein alter Wecker ist ka-kaputt gegangen. U-und da-da habe ich den Bus verpasst u-und musste den nächsten nehmen. I-ich habe mich schon beeilt, so-so sehr ich konnte. Wi-wirklich!«

»Och! Dein Wecker ist kaputt gegangen? Sowas Blödes aber auch!«, sagte Ronnie und ließ Egons Schulter los. »Na dann. Das kann ja schließlich jedem einmal passieren.« Der grobschlächtige Hüne mochte sich noch so sehr bemühen, seine dümmliche Stimme war schlicht nicht dazu in der Lage, Ironie zum Vorschein zu bringen. Das heißt, sofern er überhaupt wusste, was das war. Egons Meinung nach handelte es sich bei dieser Bemerkung vermutlich um nichts anderes als um einen rhetorischen Glücksgriff.

Aber wie dem auch sein mochte, Egon schenkte den freundlichen Worten seines Kollegen keinerlei Vertrauen, auch wenn er noch so sehr das trügerische Verlangen spürte, dies doch zu tun. »Da-danke«, flüsterte er so kleinlaut wie möglich, um den Gorilla bloß nicht weiter zu reizen. Dann schlich er so schnell er konnte an einem Dutzend seiner mit müden Augen auf ihre Bildschirme starrenden Kollegen vorbei und eilte der vermeintlichen Sicherheit seines eigenen Arbeitsplatzes entgegen. Gleichzeitig meinte er, die zwei kleinen roten Brandlöcher, die Ronnies stechender Blick in seinem Rücken verursachte, deutlich zu spüren. Jeden Moment konnte er sich auf ihn stürzen. Doch zu seiner großen Überraschung passierte vorerst nichts desgleichen.

Egons eigene Stellwände, hinter denen er zusammengekauert den Großteil dieses wie auch aller anderen Tage verbringen würde, befanden sich an der äußersten Ecke des Raumes. Ausgesondert wie ein trockener Donut oder eine Kaffeetasse mit einem hässlichen Sprung saß er im wahrsten Sinne des Wortes am Rande der Bürogesellschaft. Der große Vorteil, den dieser Platz allerdings besaß, bestand darin, dass er sich direkt neben dem Fenster befand. Zwischen einigen traurigen Topfpflanzen hindurch gewährte er Egon somit einen Ausblick auf ein kleines Stück grauen Asphalts sowie ein paar vom Wind zerrupfte Bäume auf der anderen Straßenseite. Zumindest hatte er dadurch einen Ort, an dem er seinen Blick parken konnte, wenn ihn die monotone Enge in dem Büro wieder einmal zu erdrücken drohte.

Nachdem er mit einem weiteren kleinen Seufzer seinen Rucksack unter dem Schreibtisch abgestellt und sich auf seinem quietschenden Bürostuhl niedergelassen hatte, schaltete er seinen Computer an und schaute aus dem Fenster. Ja, kurzzeitig gelang es ihm sogar, zu träumen, dass der Vormittag bereits vorbei sei und er sich endlich mit Lotte zum Mittagessen treffen könnte.

Doch bevor er sich wirklich in diesem Traum einmummeln konnte, riss Ronnies gewaltiger Bass ihn brutal zurück in das Hier und Jetzt. »Da!«, blaffte er und knallte einen dicken schwarzen Ordner mit einer solchen Wucht auf Egons Schreibtisch, dass mehrere Kugelschreiber durch die Erschütterung ins Rollen kamen und kurz darauf scheppernd zu Boden fielen. »Das muss bis zur Mittagspause fertig sein. Sonst bekomme ich Ärger mit Herrn Kruschinski.« Ronnie beugte sich ein wenig zu Egon herab. »Und du weißt ja, was passiert, wenn ich Ärger mit dem Chef bekomme, oder?«

In der Tat wusste Egon das nur zu gut. Genau genommen verging kaum ein Tag, an dem er nicht von Ronnie daran erinnert wurde. »Da-dann be-bekomme ich noch vie-viel größeren Ärger«, stammelte er.

»Genau!«, bestätigte Ronnie. »Also los! Selbst schuld, dass du heute so spät gekommen bist!«

Egon sackte so sehr in sich zusammen, als hätte Ronnie den Ordner nicht auf seinem Schreibtisch, sondern auf seinem Kopf abgelegt. »I-in Ordnung.«

»Was?!«

Egon zog den Ordner vor sich und öffnete ihn. »I-ich fa-fange gleich da-damit an.«

»Gut«, schnaubte Ronnie und machte sich von dannen.

Bereits seit einigen Monaten benutzte der Hüne Egon nun als seinen höchstpersönlichen Arbeitssklaven. Hierbei handelte es sich um das erniedrigende Ende einer längeren und durchaus konsequent fortgeführten Entwicklung. Denn schon wenige Tage nachdem Egon angefangen hatte, in dieser Abteilung zu arbeiten, hatte Ronnie ihn sich als sein neues Opfer auserkoren. Zuerst hatte er nur hier und dort eine hämische Bemerkung fallen lassen, doch nachdem er gemerkt hatte, dass von dem völlig verängstigten Egon wirklich nicht die geringste Gegenwehr zu erwarten war, hatten sich seine Attacken von Woche zu Woche verschlimmert. Ein absichtlich verschütteter Kaffee hier, ein demütigender neuer

Spitzname dort – dies war die einzige Hinsicht, in der Ronnies Kreativität überraschenderweise keine Grenzen kannte.

Vor einiger Zeit allerdings war ihm das alles offenbar zu langweilig geworden und ein gehässiger kleiner Dämon hatte ihm einen neuen Einfall eingepflanzt. Denn von einem auf den anderen Tag begann er damit, Egon einen nicht unerheblichen Teil seiner Arbeit zuzuschieben. Seitdem hatte Egon in dem verzweifelten Versuch, irgendwie mit der Mehrbelastung fertig zu werden, nicht nur bereits sehr oft Überstunden eingelegt, sondern sogar in Kauf genommen, dass er mit seiner eigenen Arbeit nicht mehr hinterherkam. Tagtäglich lebte er daher in der Angst, dass sein Chef auf sein Defizit aufmerksam werden könnte und er sich zwischen zwei großen Übeln zu entscheiden hätte: Entweder konnte er Herrn Kruschinski die Wahrheit erzählen, um anschließend von Ronnie gelyncht zu werden, oder aber er riskierte seine Kündigung. Ein gutes Ende konnte das Ganze jedenfalls nicht nehmen. Soviel stand fest.

Egon seufzte. Während er noch Ronnies klobige Schritte hinter seinem Rücken verklingen hörte, begann er damit, durch die dicht beschriebenen Formulare zu blättern. Zwar handelte es sich bei diesem nicht um den ersten derartigen Ordner, den Ronnie ihm auf den Tisch geknallt hatte, dafür aber sicherlich um den mit Abstand dicksten. Egon fragte sich, wie Ronnie es nur schaffte, ganz alleine so viel Arbeit anzusammeln. Arbeitete er selbst etwa überhaupt nicht mehr?

Er warf einen flüchtigen Blick auf die Uhr. Bis zur Mittagspause blieben ihm nur noch knappe drei Stunden. Ihm wurde vor Angst ganz schwummrig. Wie sollte er diese Aufgabe in der kurzen Zeit nur bewerkstelligen? Ganz zu schweigen davon, dass er ja eigentlich auch noch seine eigene Arbeit zu erledigen hatte und außerdem seine Mutter, die vor Wut sicherlich bereits kochte, noch immer auf seinen Rückruf wartete. Doch all diese Dinge waren jetzt zweitrangig. Wenn er den Tag heil überstehen wollte, hatte Ronnies Ordner absolute Priorität!

Gerade als er damit begonnen hatte, die Datenfülle des ersten Formulars in Angriff zu nehmen, erklang hinter ihm ein tiefes selbstgefälliges Glucksen, das klang, als entstamme es dem Schnabel einer viel zu fetten Großstadttaube. Diesem folgte dicht darauf ein wesentlich höheres und furchtbar gehässiges Schmatzen. Egon musste sich nicht umdrehen, um zu wissen, wer sich dort derart köstlich amüsierte. Nur wenige Meter hinter seinem Rücken befanden sich die Arbeitsplätze von Herbert und Uwe, zweier Kollegen, die durchaus als Zwillinge durchgegangen wären, wenn sie nicht so grundverschieden ausgesehen hätten.

Während der dicke Wanst des kahlköpfigen Uwe bereits hässliche Schwielen haben musste, weil er permanent gegen die Unterkante seines Schreibtisches drückte, bestand Herberts hageres Gesicht ausschließlich aus den verfilzten Haaren eines vollkommen ungepflegten Bartes, in dem sich sicherlich noch die trockenen Kuchenkrümel der letzten Weihnachtsfeier finden ließen. Im Gegensatz zu Egon, der vor Arbeit oft nicht wusste, wo ihm der Kopf stand, schien dieses

Traumpaar den lieben langen Tag nichts weiter zu tun zu haben, als sich über ihn lustig zu machen und sich nebenbei im Internet durch einen schlechten Witz nach dem anderen zu klicken.

Doch im Verlauf der letzten Jahre war Egon ein wahrer Großmeister darin geworden, derartige Vorkommnisse zu ignorieren, den verbliebenen kleinen Rest seines Selbstwertgefühles mit einem Happs herunterzuschlucken, die Schultern noch ein Stück weiter zusammenzuziehen und so gut es eben ging durch den Tag zu kommen. Und um gut durch diesen Tag zu kommen, durfte er sich jetzt durch nichts und niemanden von seiner Arbeit ablenken lassen. Weder durch Herbert und Uwe, noch durch …

»Hey! Hallo Egon!«

Der Kugelschreiber in Egons rechter Hand hinterließ einen hässlichen krakeligen Strich auf dem dicht beschriebenen Formular. Doch das war für den Augenblick nebensächlich. Schüchtern reckte er sich etwas empor und schob seine dicken Brillengläser zusammen mit seiner Nasenspitze über die Oberkante der Trennwand.

Der freundliche Gruß stammte von Babett, die nur wenige Meter von Egon entfernt an einem großen Kopierer lehnte, der schwer keuchend damit beschäftigt war, einen enormen Stapel schneeweißer Blätter eines nach dem anderen zu verspeisen, um sie kurz darauf verdreckt mit allerlei unansehnlichen Tabellen und Graphen wieder auszuspucken.

»Ha-hallo«, stammelte Egon, ohne Babett dabei in die Augen zu sehen, und hob langsam und unsicher seine Hand zum Gruß.

Babett war Herr Kruschinskis Sekretärin – und Egons absolute Traumfrau. Sie trug ihre blonden Haare hochgesteckt und ihr enger schwarzer Rock endete gerade weit genug über ihren schlanken Knien, um Egon den Schweiß auf die Stirn und ein Zittern in die Beine zu treiben. Seit langem hatte Babett nicht nur ihn, sondern eigentlich die ganze Abteilung um ihre zuckersüßen Finger gewickelt. Ja, auf der gesamten Etage gab es nicht einen Mann, der nicht einfach alles für sie getan hätte.

Schnell ließ Egon sich zurück in seinen Bürostuhl sinken – der sich quietschend über diese unhöfliche abrupte Belastung beschwerte – und tat so, als wäre er sofort wieder schwer in seine Arbeit vertieft. In Wirklichkeit aber hätte er jetzt genauso gut ein chinesisches Handbuch für die Gärtnerei oder eine portugiesische Abhandlung über Quantenphysik vor sich haben können. Ach, was hätte er nicht alles darum gegeben, auch nur ein wenig selbstbewusster zu sein! Vor seinem inneren Auge sah er deutlich, wie er unter den staunenden Blicken seiner Kollegen lässig mit den Händen in den Taschen zu Babett hinüberging und sie – ganz so als sei es die normalste, ja die absolut selbstverständlichste Sache auf der ganzen Welt – fragte, ob sie nicht einen Kaffee mit ihm trinken wollte. Tatsächlich jedoch stand das natürlich überhaupt nicht zur Debatte. Bereits nach den ersten zwei Schritten wäre er vermutlich vor Angst gestorben.

Um sich irgendwie wieder auf andere Gedanken zu bringen, warf Egon einen Blick aus dem Fenster. Dort draußen hatte das Wetter offensichtlich beschlossen, sich seiner seelischen Stimmungslage anzupassen. Es regnete in Strömen. Die wenigen Menschen, die flüchtig an dem Gebäude vorüberhuschten, hatten die Kapuzen ihrer dicken Jacken tief in ihre Gesichter gezogen oder ihre bunten Regenschirme über ihren Köpfen aufgespannt. Erneut fragte sich Egon, ob dieser Tag noch schlimmer werden konnte. Leider kam er diesmal allerdings zu dem Schluss, dass das in der Tat sehr gut möglich war. Auch wenn er sich auf den Kopf stellte, er rechnete sich kaum eine Chance aus, bis zur Mittagspause mit all diesen Formularen fertigzuwerden. Und er mochte gar nicht daran denken, was sich Ronnie für diesen Fall ausgedacht hatte.

Gerade wollte er sich wieder von dem Anblick der regennassen Straße abwenden, der seine Stimmung nun auch nicht gerade verbesserte, da blieben seine Augen an zwei grünen Blitzen kleben, welche ihren Ursprung in den Bäumen auf der anderen Straßenseite hatten.

Egon stutzte. Dann schaute er etwas genauer hin – und traute seinen Augen dennoch nicht. Konnte es wirklich sein? Er blinzelte mehrmals und riskierte einen zweiten Blick. Nein, er hatte sich tatsächlich nicht verguckt. Dort, zwischen den Ästen eines besonders ramponierten kleinen Bäumchens saß jene pummelige schwarze Katze, die ihm auf seinem Weg zur Arbeit begegnet war. Sie saß dort, leckte sich sorgfältig ihre Pfote – und schaute ihm direkt in die Augen!

5. Kapitel

K o-Kopernikus?!«, rief Egon, während er gleichzeitig mit dem ersten Bein in den Raumanzug stieg, den ihm Frau Becker vor wenigen Sekunden aus einer Art Spind an der Seite des Cockpits gereicht hatte. Besonders glücklich hatte sie dabei nicht ausgesehen. Egons alte Mathematiklehrerin hegte offensichtlich einen ganzen Berg an Vorbehalten dagegen, dass ihr Überleben einzig und allein von ihm abhing. In dieser Hinsicht waren sie sich jedoch vollkommen einig. Auch Egon hätte sein Überleben lieber jedem anderen anvertraut.

»Ko-Kopernikus?!« Seltsamerweise war Egons Raumanzug nicht in demselben einfachen Grau gehalten wie die seiner ehemaligen Lehrer. Stattdessen war er orangefarben und regelrecht übersät von gelben, roten und blauen Verzierungen aus glänzendem Plastik. Irgendwie erinnerte er Egon eher an ein Spielzeug als an ein unverzichtbares Utensil für das Überleben im tödlichen Vakuum des Weltalls. Während er sich stirnrunzelnd die Ärmel überzog, holte er tief Luft und versuchte es noch ein drittes und letztes Mal. »Ko-Kopernikus?!«, rief er erneut, hielt inne und blickte sich um. Selbstverständlich ließ sich der widerliche schwarze Tintenfisch nirgendwo blicken.

»Wen zur Hölle rufst du denn da bloß immerzu?«, grummelte Herr Martin.

»I-ich, ähm, ich su-suche nur nach einem Freund von mir.«

Herr Martin guckte Egon an, als hätte er gerade etwas unglaublich Dummes gesagt. »Kleiner, du weißt aber schon, dass in diesem Raumschiff niemand ist außer uns drei?«

»Ähm – na-natürlich!«, versicherte Egon, obwohl er davon in Wirklichkeit überhaupt gar keine Ahnung gehabt hatte. Außerdem war er sich hundertprozentig sicher, dass sein grünäugiger Begleiter hier irgendwo herumschweben musste. Dennoch kam er sich vor wie ein kleines Kind, das dabei ertappt worden war, wie es sich mit seinem imaginären Freund unterhielt. Schnell fuhr er damit fort, sich anzukleiden.

Nachdem Herr Martin kurz darauf den Reißverschluss auf dem Rücken von Egons Anzug zugezogen hatte, stülpte er ihm als letztes den dazugehörigen Helm über den Kopf. Wie schon der gesamte Raumanzug sah auch dieser ganz und gar nicht aus wie die Helme von Herrn Martin und Frau Becker. Machten deren Kopfbedeckungen einen überaus stabilen, ja alles in allem sehr professionellen Eindruck, so erinnerte sein eigener Helm Egon viel eher an ein schlichtes Goldfischglas. »Ähm. Si-sind Sie sicher, da-dass dieser A-Anzug auch sicher ist?«

»Was?« Herr Martin schien Egon nur mit einem halben Ohr zugehört zu haben. »Ach so. Aber natürlich ist das Ding sicher«, brummte er und tätschelte Egon den Helm. »Bombensicher!« Doch ausgerechnet in diesem Moment besaß die Stimme seines alten Klassenlehrers, zum ersten Mal seit Egon sich erinnern konnte, nicht ihre gewöhnliche selbstsichere Überzeugungskraft. »Bist du jetzt endlich fertig, ja?

Klasse. Dann lass die dummen Fragen und komm mit, Kleiner. Ich bringe dich zur Schleuse.«

Egon hätte es sehr begrüßt, wenn Herr Martin ihn nicht immerzu Kleiner genannt hätte. Mit seinem Selbstwertgefühl war es für gewöhnlich sowieso nicht sonderlich weit her, diese Behandlung aber machte es nicht wirklich besser. Und wenn er so darüber nachdachte, welch halsbrecherische Aufgabe ihm unmittelbar bevorstand, war er sich sicher, dass er jedes noch so kleine Fitzelchen Selbstbewusstsein, das er irgendwo in den hinterletzten Winkeln seines Inneren zusammenkratzen konnte, dringend benötigen würde.

Denn gleich war es soweit. Er sollte – geschützt durch nichts weiter als durch diesen alles andere als vertrauenerweckenden Spielzeuganzug – aus einem Raumschiff aussteigen, das mit einer absolut unerhörten Geschwindigkeit auf die unfreundlich steinige Oberfläche des Mars zuraste. Ganz alleine würde er sich dem unerbittlichen Nichts des Weltalls ausgesetzt sehen. Einem Nichts allerdings, das – wie Herr Sören ihm ebenso eindrucksvoll wie unfreiwillig vor Augen geführt hatte – von zahllosen todbringenden Meteoriten bevölkert wurde, die wahrscheinlich schon voller Vorfreude darauf warteten, ihn in winzige Stückchen zu zerfetzen. Zumindest ein klein wenig emotionale Unterstützung wäre daher doch wirklich nicht zu viel verlangt gewesen.

Herr Martin sah das offenbar anders. Ohne ein weiteres Wort zu verlieren öffnete er die Luke und verließ das Cockpit. Egon folgte ihm mit klappernden Zähnen. Hintereinander hangelten sie sich an den Sprossen entlang durch den schmalen Schacht und schwebten in dem dahinter liegenden Korridor vorbei an dem großen glitzernden Schaltpult, das ihn zuvor so rüde willkommen geheißen hatte. Am anderen Ende angekommen öffnete Herr Martin auch hier die verschlossene Luke. Hinter dieser befand sich kein weiterer enger Schacht, sondern ein viereckiger Raum, der um einiges größer war als das Cockpit. Es war offensichtlich, dass es sich um den Wohnbereich des Raumschiffes handelte. Sonderlich ordentlich war es hier jedoch nicht.

An den Wänden waren drei bettartige Liegen befestigt, welche die spartanischen Schlafstätten von Herrn Sören und Egons Lehrern hier im Weltall darstellen mussten. Die dreckige Wäsche der drei war nur notdürftig an diesen Liegen festgezurrt und waberte geradezu gespenstisch in der Schwerelosigkeit herum, als besäße sie ein unheiliges Eigenleben. Quer durch den Raum schwebten zahlreiche leere Packungen flüssiger Astronautennahrung, angebissenes Obst und leider auch eine herrenlose Unterhose. An den Wänden wiederum klebte ein wildes Durcheinander einer Vielzahl von Fotos. Vermutlich hatten die drei sie dort angebracht, um sich den langen Aufenthalt in dem Raumschiff etwas erträglicher zu machen. Als Egon an diesen Bildern vorüberschwebte und unweigerlich einen Blick auf sie warf, bemerkte er zwischen den vielen Gesichtern ihm völlig fremder Personen auch ein Bild seiner eigenen Schulklasse, die damals von Herrn Martin unterrichtet worden war. Er hielt sich an einer der Liegen fest und betrachtete das Bild etwas genauer.

Es dauerte einen Moment, bis er sich selbst zwischen all jenen mehr oder weniger zufrieden dreinblickenden Schülern entdeckt hatte. Dann aber traute er seinen Augen kaum. Das Bild offenbarte Egon eine deprimierende Wahrheit, die er bisher überaus gekonnt verdrängt hatte. Das kleine Häufchen Elend, welches dort in der ersten Reihe – und ganz am äußersten Rand – auf dem Boden kauerte, unterschied sich erschreckenderweise nicht wirklich von jenem Gesicht, das ihm noch am heutigen Morgen aus dem Spiegel seines Badezimmers entgegengeblickt hatte. Sicher, er war einige Jahre älter geworden und trug jetzt außerdem eine etwas dickere Brille, das aber war eigentlich auch schon alles. Nein, in all den Jahren, die seit der Aufnahme des Bildes bereits vergangen waren, hatte er sich kaum verändert. Schon damals hatte seine Mutter ihm seine widerspenstigen Haare jeden Morgen mit etwas zu viel Haargel zu jenem Scheitel gezwungen, den er heute noch trug. Schon damals fristete er sein Dasein ganz am Rande der Menschen, mit denen er jeden Tag zu tun hatte. Und schon damals war er das Opfer ihrer ständigen Schikanen gewesen. Es stimmte: Sein Leben hatte sich im Wesentlichen nicht verändert.

Egon brauchte nicht lange zu suchen, um auf dem Foto die zwei Menschen ausfindig zu machen, die damals für den Großteil jener Schikanen verantwortlich gewesen waren. Sie standen direkt nebeneinander im Zentrum des Bildes und grinsten bis über beide Ohren selbstzufrieden in das Okular der Kamera: Toni und Billy. Wie oft nur hatten die zwei ihn damals auf dem Schulhof und im Klassenzimmer bloßgestellt? Und nie hatte Egon gewusst, wie er sich gegen sie zur Wehr setzen sollte. Schließlich hatten sie den ganzen Rest der Klasse, ja der gesamten Schule auf ihrer Seite gehabt – oder zumindest hatte es sich für Egon immer so angefühlt. Ganz sicher jedoch war ihm nie jemand zur Hilfe gekommen, wenn sie ihn mit Kakao bespritzt, mit Radiergummis beworfen oder lautstark als Bettnässer bezeichnet hatten. Niemand hatte ihm geholfen. Niemand. Nicht einmal seine Lehrer. Vor allem nicht seine Lehrer.

»Hey Kleiner! Lass dir ruhig noch etwas mehr Zeit! Davon haben wir ja genug!«, rief Herr Martin vom anderen Ende des Raumes, wo er mit ungeduldig übereinandergeschlagenen Armen vor einer großen gläsernen Tür schwebte. »Ich meine, es ist ja nicht so, dass wir jeden Augenblick auf dem Mars abstürzen würden oder so!«

Egon riss sich von dem Bild los. Die Erinnerung an jene Zeit sowie die Scham und die Wut, die sie mit sich brachte, hatten seine Angst verschwinden lassen. Plötzlich war er felsenfest entschlossen, seine Aufgabe zu erfüllen. Er würde seinen Lehrern schon zeigen, dass er kein hilfloser kleiner Schuljunge mehr war! Jawohl! Er würde sie und dieses Raumschiff retten und sich ein für alle Mal ihren Respekt verdienen! Er konnte es direkt vor sich sehen, wie Frau Becker sich auf Knien für ihre herablassende Art entschuldigte und ihm mit Freudentränen in den Augen um den Hals fiel. Und überhaupt, so schwer konnte es ja wohl nicht sein, diesen einen klitzekleinen Draht durchzuschneiden!

Bestimmt stieß Egon sich von der Liege ab und schwebte hinüber zu Herrn Martin. »A-also gut. Wa-was muss ich tun?«

»Erst einmal überhaupt nichts außer stillhalten, Kleiner. Ich muss noch diesen Sauerstofftank auf deinem Rücken anbringen.« Herr Martin deutete auf ein ähnliches Objekt wie jenes, das Egon durch das Auge der Kamera auch auf Herrn Sörens Rücken gesehen hatte – bevor es sich zusammen mit dem alten Hausmeister einfach in Luft aufgelöst hatte. »Dann gehst du durch diese erste Tür der Schleuse. Da drinnen wartet schon das Halteseil auf dich. Das klinkst du an diesem Haken hier an deinem Anzug ein und dann drückst du auf den großen roten Knopf da hinten. Siehst du?«

Egon nickte.

»Gut. Dann öffnet sich die andere Seite der Schleuse und du bist im Freien. Das ist alles ganz kinderleicht. Von da an werden Frau Becker und ich dir aus dem Cockpit weitere Anweisungen geben. Verstanden?«

Egon nickte erneut. Die meterhohen Wogen von Entschlossenheit, die ihn gerade noch durchspült hatten, begannen sich allerdings bereits wieder zu glätten. Doch er riss sich zusammen. Er würde das schon irgendwie hinbekommen. Er musste nur die Nerven behalten. Das war alles.

»Ahh!!!« Egon schrie, wie er in seinem Leben noch nie geschrien hatte. Dummerweise hatte sich auch noch der letzte kleine Rest seiner Entschlossenheit in exakt dem Augenblick in die Tiefen seines gemütlichen alten Schneckenhauses zurückgezogen, als sich die andere Seite der Schleuse geöffnet und er damit begonnen hatte, in den offenen Weltraum hinauszuschweben. Und mit jeder einzelnen Sprosse, an der er sich an der Außenseite des Raumschiffes entlang hangelte, wurde seine Angst schlimmer und schlimmer.

»Mein lieber Egon, wäre es dir vielleicht möglich, dich ein klein wenig zusammenzureißen?«, fragte Kopernikus.

Egon hörte sofort auf zu schreien. Wo auch immer er bis eben gesteckt hatte, jetzt schwebte sein kleiner schwarzer Begleiter plötzlich wieder direkt neben ihm. Auch er hatte seinen schwabbeligen Tintenfischschädel in ein ähnliches Goldfischglas gezwängt wie Egon. Da in dessen Inneren jedoch eindeutig zu wenig Platz für seinen Kopf und seine Tentakel vorhanden war, erkannte Egon nicht viel mehr von ihm als eine widerlich schleimige Masse aus glibberiger schwarzer Tintenfischhaut und pinkfarbenen Saugnäpfen, durch die irgendwo zwei schmale smaragdgrüne Blitze hindurchschimmerten.

»Hi-Hilfe!«, schrie Egon. »I-ich! Wi-will! Hi-hier! We-weg!«

In diesem Moment sauste ein kleiner Meteor derart dicht an seinem Helm vorbei, dass vor seinen Augen bereits die ersten Szenen seiner frühen Kindheit abzulaufen begannen und es eine Sekunde dauerte, bis sein geschocktes Großhirn bemerkte, dass sein letztes Stündlein doch noch nicht geschlagen hatte.

Egon begann erneut jämmerlich zu schreien: »Ahh!«

»Nun aber!«, sagte Kopernikus. »Beruhige dich ein wenig und schneide dieses kleine Drähtchen dort drüben durch. Dann hast du es doch schon hinter dir.«

»A-aber…«

Doch Kopernikus ließ ihn nicht einmal aussprechen. Einhalt gebietend erhob er seinen kleinen pummeligen Zeigefinger und deutete mit ihm auf die Spitze des Raumschiffes.

Egon brauchte nicht lange nachzudenken, was sein grünäugiger Bekannter ihm damit sagen wollte. Ein flüchtiger Blick über seine Schulter genügte, um zu erkennen, wie nahe das Raumschiff dem Mars bereits gekommen war. Außerdem spürte er, dass seine gesamte Umgebung nicht nur damit begonnen hatte, von Sekunde zu Sekunde immer stärker zu vibrieren, sondern sich außerdem bereits bedenklich aufheizte. Sie mussten inzwischen den äußersten Bereich der dünnen Marsatmosphäre erreicht haben. Lange würde er es hier draußen nicht mehr aushalten. Wollte er heil aus der Angelegenheit herauskommen, dann musste er sich jetzt wirklich beeilen.

»Bist du da draußen etwa eingeschlafen, Kleiner?!«, erschallte Herr Martins tiefe Stimme in Egons Helm. »Langsam kommt es hier auf jede Sekunde an!«

»I-ist ja gu-gut!«, rief Egon – und sein Überlebenswille übernahm die Führung. So schnell wie möglich hangelte er sich an den letzten Sprossen entlang, die ihn noch von dem Modul trennten.

Dessen Luke stand noch immer offen. Doch das erste, das er erkannte, als er einen Blick in den Kasten warf, waren leider nicht die drahtigen Innereien, auf die er es abgesehen hatte – sondern ein kleines wabbeliges Bröckchen Herr Sören, das sich zwischen diesen verfangen hatte. Beinahe hätte Egon sich spontan übergeben. Doch er riss sich zusammen und schluckte den Ekel hinunter. Er musste sich auf seine Aufgabe konzentrieren. Eine Ladung Erbrochenes in seinem Goldfischglas war wirklich das Allerletzte, das er jetzt gebrauchen konnte.

»W-welcher Draht i-ist es?!«, rief er. »Hi-hier sind so-so viele!«

»Mensch, weißt du denn überhaupt gar nichts?!«, schrie Frau Becker, die anscheinend bereits wieder in Panik verfallen war. Die Mathematiklehrerin wurde jedoch kurz darauf von Herrn Martin abgeschnitten.

»Halt deine Klappe, du hysterische Kuh!« Dann wandte er sich an Egon. »Der dünne rote«, sagte er in einem bestimmt ruhigen Tonfall. Nur um dann hinzuzufügen: »So schwer kann es doch aber auch wirklich nicht sein.«

Hektisch durchsuchten Egons Augen den Kasten. Dort war alles voll von gelben, blauen, grünen und sogar braunen Drähten – nur ein roter war nirgendwo zu sehen. Er schluckte, als ihm bewusst wurde, was das bedeutete. Es konnte gar nicht anders sein. Der Draht musste sich hinter dem Bröckchen Herr Sören verstecken.

Ohne weiter darüber nachzudenken, griff er in den Kasten, zog den blutigen Brocken daraus hervor und überantwortete mit ihm auch noch den letzten kleinen Rest des alten Hausmeisters dem Weltall. Anschließend zog er so vorsichtig wie es ihm mit seinen zittrigen Fingern möglich war – die zu allem Überfluss auch noch in den klobigen Handschuhen des Raumanzuges steckten – einen zierlichen kleinen Seitenschneider aus der Tasche und führte ihn langsam und vorsichtig an den roten Draht heran. Jetzt musste er ihn nur noch durchschneiden, dann wäre dieser Albtraum endlich überstanden …

»Wunderbar! Gleich hast du es geschafft!«, rief Kopernikus und klopfte Egon anerkennend auf die Schulter. »Ich bin wirklich stolz auf dich!«

Egon war vollkommen machtlos. Ohne dass er auch nur die geringste Chance gehabt hätte, es zu verhindern, entwich der Seitenschneider seinen behandschuhten Fingern und verlor sich zusammen mit den Resten von Herrn Sören im unendlichen Nichts. Er war wieder einmal starr vor Entsetzen.

»Das war unerwartet«, stellte Kopernikus fest.

»Du-du …« Egon konnte es nicht fassen. »Wa-was ha-hast du getan?! Je-jetzt werden wir abstürzen!«

»Ich korrigiere«, sagte Kopernikus. »Wir nicht.« Er deutete auf das Cockpit. »Die beiden dort allerdings schon.«

»Was ist da gerade passiert?!«, kreischte Frau Becker. »Waaaas iiiist daaa …« Ihre zweite Frage verlor sich in einem vollkommen unartikulierten Schrei.

Herr Martin wiederum schien das Unvermeidliche mit einer gewissen Fassung zu ertragen – vielleicht schrie ihm Frau Becker aber auch einfach genug für sie beide.

Plötzlich wurde Egon von einem gewaltigen Stoß durchgeschüttelt. Nur mühsam gelang es ihm, sich mit letzter Kraft an einer der Sprossen festzuklammern. Das Raumschiff musste endgültig die Atmosphäre des Mars erreicht haben. Er warf einen Blick über seine Schulter und sah, dass er Recht hatte. Die Spitze des Gefährts hatte durch die enorme Reibungshitze bereits damit begonnen, sich schwarz zu färben. Und auch in Egons buntem Spielzeuganzug wurde es mit jeder Sekunde heißer und heißer.

»Hi-Hilfe Kopernikus!!!«

»Aber selbstverständlich«, sagte Kopernikus, der sich offensichtlich darüber bewusst war, dass er an der momentanen Situation nicht ganz unschuldig war. Bereits einen Wimpernschlag später erschien unmittelbar vor Egon eine schwarz-braune, halb zerfallene Tür. Das schleimige schwarze Alien schwebte zielsicher zu dieser hinüber, ergriff ihre abgegriffene Klinke und öffnete sie mit einem Ruck. »Darf ich bitten?«

Egon fiel ein riesiger Stein vom Herzen. Mit aller Kraft stieß er sich von dem Flügel des Raumschiffes ab und steuerte wild mit den Armen rudernd auf die Tür zu. Gerade noch rechtzeitig erreichte er das wurmstichige Holz ihres abgewetzten Rahmens und zog sich unter Aufwendung all seiner Kraftreserven durch diesen hindurch.

Das letzte, das er aus dem Augenwinkel erkannte, war, wie die mittlerweile vollkommen schwarze Spitze des Raumschiffes hinter ihm lichterloh aufglühte und schließlich mit einem ohrenbetäubenden Knall die Frontscheibe des Cockpits zerbarst. Im Inneren seines Helmes verstummte Frau Beckers allerletzter spitzer hoher Schrei.

Dann hatte die Schwerkraft ihn wieder.

Egons Goldfischglas bekam einen zarten, aber doch deutlich sichtbaren Riss, als es zusammen mit seinem Kopf und dem Rest seines geschundenen Körpers die Bekanntschaft des harten Bodens seiner neuen Umgebung machte. Schmerzhaft überschlug er sich ein, zwei, drei Mal und als er endlich zum Liegen kam, klappte der vermeintliche Schutz gegen das unerbittliche Vakuum des Weltalls auseinander wie die zwei Hälften eines Überraschungseis.

»A-Aua …«

Das Erste, das Egon sah, als seine Welt sich wieder aufgehört hatte zu drehen, war das glimmende Ende des vor seinen Augen auf dem Boden liegenden Halteseiles, mit dem er an der Außenseite des Raumschiffes gesichert gewesen war. Als sonderlich nützlich hatte sich das Teil nicht gerade herausgestellt.

Doch bevor er sich noch weitere Gedanken über den Sinn und Unsinn derartiger Sicherheitsvorkehrungen beim Verlassen eines abstürzenden Raumschiffes machen konnte, erklang ganz in seiner Nähe Kopernikus' auffordernde Stimme: »Mein lieber

Egon, würdest du bitte von der Straße herunterkommen?«

Gleichzeitig bemerkte Egon, wie er von einem grellen, sich schnell vergrößernden Lichtkegel erfasst wurde. Er zögerte keine Sekunde, sondern sprang so schnell und so kräftig auf wie er nur konnte – auch wenn er noch nicht die leiseste Ahnung hatte, wo genau er sich überhaupt befand.

Dieser Sprung rettete ihm das Leben. Denn in exakt dem Moment, in dem er wieder Boden unter seinen schwankenden Füßen spürte, sauste ein großer dunkler Oldtimer mit weit ausladenden Kotflügeln in einem geradezu lebensgefährlich geringen Abstand unmittelbar an ihm vorbei und gab ein empörtes Hupen von sich.

Kaum war der museumsreife Wagen vorüber, da erkannte Egon, dass er in der Tat mitten auf einer Straße gelegen hatte. Auf einer Straße zudem, an deren Rändern eine ganze Armada ähnlicher Oldtimer geparkt war. Durch die Wucht seines Sprunges – und behindert durch seine generell eher eingeschränkten motorischen Fähigkeiten – konnte er sich noch immer nicht halten. Er stolperte einige Schritte und schaffte es nur mit Müh und Not sich halb taumelnd, halb gehend zwischen zwei der Autos hindurch auf den Bürgersteig zu bugsieren, wobei er rücklings mit einem Passantenpärchen zusammenstieß.

»Hey! Pass doch auf, du Clown!«, schnauzte der Mann und versetzte Egon einen solchen Stoß, dass er – als wäre er die lebendig gewordene Kugel eines übergroßen Flipperautomaten – unmittelbar erneut

ins Stolpern geriet, bis er endlich gegen die nahege-
legene Häuserwand krachte und dort das erste Mal
seit seiner Ankunft in dieser neuen Umgebung etwas zur Ruhe kam.

Er befand sich inmitten einer belebten Großstadt.
Nicht nur folgten dem ersten Oldtimer, der ihn soeben beinahe auf die Hörner genommen hätte,
schnell ein zweiter, dritter, fünfter und zehnter, die
riesigen Häuser in seiner Umgebung erstreckten sich
außerdem derart viele Stockwerke hinauf in den
Himmel, dass sie irgendwo dort oben in tiefhängenden grau-schwarzen Wolken verschwanden. Die
zahlreichen Menschen, die auf den Bürgersteigen
auf- und abflanierten, trugen die zu den Autos passende Kleidung: die Männer stattliche Anzüge und
Hüte, die Frauen zierliche Kappen und knappe Klei-
der.

»Herzlich willkommen im Land der unbegrenz-
ten Möglichkeiten!«, rief Kopernikus irgendwo ganz
in Egons Nähe. Doch sehen konnte er seinen Begleiter ebenso wenig wie zuvor bei seiner Ankunft in
dem Raumschiff.

»Wo-wo bist du de-denn nun scho-schon
wieder?«, fragte Egon und sah sich suchend um.
Musste der grünäugige Kerl sich denn immer so vor
ihm verstecken? Das machte der doch absichtlich!

»Na hier! Auf deiner Schulter!«

»Wa-was? Wo-wo? I-igitt!« Das letzte dieser Wörter platzte viel zu automatisch aus Egons Mund hervor, als dass er es hätte aufhalten können.

Zugegeben, im Vergleich zu jenem widerlichen
Tintenfisch stellte Kopernikus' jetzige Gestalt eigent-

lich sogar eine geringfügige Verbesserung dar. Wirklich appetitlich war sie deswegen jedoch noch lange nicht. Auf Egons hagerer Schulter saß eine recht große und noch dazu pechschwarze Kakerlake – mit einem deutlichen Bauchansatz. Auf dem Kopf dieser Kakerlake glänzten zwei strahlend smaragdgrüne Fühler.

»Ich darf doch wohl sehr bitten!«, empörte sich Kopernikus.

Egon ließ den Kopf hängen. »E-Entschuldigung. Tu-tut mir leid.«

»Entschuldigung akzeptiert!« Kopernikus reckte seinen kleinen Kakerlakenhals. »Doch wäre es dir vielleicht möglich, dich, ich meine, bevor wir uns weiter unterreden, dort drüben in die kleine Gasse zwischen den Häusern zu begeben?«

Egon wandte seinen Kopf und stöhnte. Die Gasse, die Kopernikus meinte, befand sich auf der anderen Straßenseite und schien ihm damit im Moment Hunderte von Kilometern entfernt zu sein. Alles, was er wollte, war doch nur, sich für ein paar Minuten von den hinter ihm liegenden Strapazen zu erholen. »A-aber wa-warum denn?«, seufzte er.

»Mein lieber Egon, dürfte ich dich bitte darauf aufmerksam machen, dass du dich in diesem Moment mitten auf einer überfüllten Straße befindest, einen geradezu lächerlich bunten Raumanzug trägst und dich mit einer Kakerlake unterhältst?«

»Oh.« Egon schoss das Blut in die Wangen. Mittlerweile fühlte er sich derart aus der Realität entrückt, dass er sich über solche Dinge schon gar keine Gedanken mehr machte.

»Man guckt dich schon ganz schräg an«, flüsterte Kopernikus.

»I-ist ja gut«, sagte Egon, stand auf und machte sich auf den Weg. Vorsichtig überquerte er unter den verwirrten Blicken der Passanten die Straße und danach den gegenüberliegenden Bürgersteig. Als er die Gasse endlich erreicht hatte, begann er sofort damit, sich von dem Raumanzug zu befreien – musste dabei aber sehr schnell feststellen, dass sich diese Aufgabe weitaus schwieriger gestaltete, als er vermutet hatte.

Kopernikus sprang von Egons Schulter herab auf den Deckel einer von mehreren am Rande der Gasse stehenden Mülltonnen. Wären da nicht seine grünen Fühler gewesen, er hätte eine ganz normale Kakerlake sein können. »Sehr gut. Kommen wir also dazu, wie es jetzt weiter geht.«

Egon stöhnte. Sein ganzer hagerer Körper weigerte sich gegen die Vorstellung weiterer Strapazen. Vor nur ein paar Augenblicken war er um ein Haar aus einem abstürzenden Raumschiff entkommen und das nur wenige Minuten nachdem es ihm gerade noch rechtzeitig gelungen war, vor einer riesigen Meute nach seinem Gehirn gierender Untoter zu fliehen. Unmöglich konnte er sich sofort in das nächste Abenteuer stürzen.

»Wei-weißt du, ei-eigentlich glaube ich, i-ich habe wi-wirklich genug«, stotterte er, während er gleichzeitig damit beschäftigt war, seinen Arm in einem abenteuerlichen Winkel hinter seinen Rücken zu biegen, um den Verschluss des Anzuges zu erreichen. »I-ich glaube, i-ich würde das Ga-Ganze jetzt gerne abbrechen.«

»Das steht überhaupt nicht zur Diskussion.«

»A-aber i-ich hatte mir da-das alles ga-ganz anders vorgestellt!« Egons Schulter gab ein bedenkliches Knacken von sich und für einen kurzen Moment spürte er seine Hand nicht mehr. Dann aber bekam er den Verschluss geradezu spielend leicht zu fassen. »Wei-weißt du, du ha-hast mir da schon ei-ein paar Dinge verschwiegen.«

Kopernikus versuchte nicht einmal, ihm zu widersprechen. »Ich gestehe, es ist möglich, dass ich das ein oder andere Detail ausgespart habe«, gab er zu und bewegte sich trippelnd einige kleine Kakerlakenschritte auf ein wenige Zentimeter neben ihm liegendes angebissenes Sandwich zu, um welches bereits zahlreiche dicke schwarze Fliegen kreisten. »Aber wer hat heutzutage schon die Zeit, sich mit Details zu beschäftigen?«

Während Egon dabei war, erst den ersten, dann den zweiten Ärmel des Raumanzuges abzustreifen, um schließlich ganz aus ihm herauszusteigen, empörte er sich innerlich lautstark über Kopernikus' schamlose Untertreibungen. Alleine in der jüngsten Vergangenheit wäre er beinahe auf zwei ebenso ungewöhnliche wie grausame Arten zu Tode gekommen. Details waren das in seinen Augen nicht gerade. Leider gelang es ihm wie immer nicht, besonders viel von dieser Empörung in seine Worte zu übertragen: »Na-naja, a-also ich je-jedenfalls …«

»Mein lieber Egon, entschuldige bitte, dass ich dich so rüde unterbreche. Aber ich denke, du hast mich da eben falsch verstanden«, sagte Kopernikus, dem der Anblick des gammligen Sandwiches scheinbar immer verlockender vorkam. Mittlerweile hatte er es schon beinahe erreicht. »Als ich sagte, das stünde überhaupt nicht zur Diskussion, da meinte ich das leider durchaus wörtlich. Du kannst nicht abbrechen. Es ist schlicht nicht möglich. Es tut mir leid.«

Egon fühlte sich wie ein Hochseilartist, der gerade dabei zuschauen musste, wie zwei gehässige kleine Kinder mitten während seiner Vorführung das Netz unter ihm entfernten. Er starrte Kopernikus mit weit aufgerissenen Augen an. »Wi-wie bitte? A-aber i-ich dachte …« Ihm blieben die Worte im Halse stecken.

Kopernikus war drauf und dran in das Sandwich zu beißen. Sein kleiner Kakerlakenmund war bereits weit geöffnet. Erst im allerletzten Moment gelang es ihm, die Triebe, die seine neue Form offensichtlich mit sich brachte, unter Kontrolle zu zwingen. Mit einem angewiderten Kopfschütteln wandte er sich von dem halb verfaulten Objekt ab, erhob seine Vorderbeine und brachte es irgendwie fertig, mit seinen kleinen Kakerlakenschultern zu zucken – oder mit was auch immer Kakerlaken anstelle von Schultern zucken mochten.

»Nun, was soll ich dir sagen? Mein Einfluss in dieser Hinsicht hält sich leider sehr in Grenzen. Im Grunde ist die Angelegenheit allerdings recht einfach. Wann du wieder hier herauskommst, das haben weder du noch ich zu entscheiden.«

Egon war noch immer sprachlos. Aber schließlich schmiss er seinen unnötig gewordenen Raumanzug in eine der Mülltonnen und überwand somit seine Schockstarre. »So-sondern Ma-Madame Priscilla«, sagte er und sprach damit jenen Namen aus, der wie ein großer pinkfarbener Elefant mitten zwischen ihm und Kopernikus in der Luft schwebte.

»Exakt.«

Egons Verblüffung war seinen Worten deutlich anzumerken. »A-aber du-du hast doch gesagt, si-sie wäre …«

»Ich weiß durchaus, was ich gesagt habe«, stellte Kopernikus fest. »Und ich versichere dir, mein Freund, dass ich dich nie anlügen würde. Nun verhält es sich aber so, dass das eine in ihrem speziellen Fall leider überhaupt gar nichts mit dem anderen zu tun hat. Und glaube mir, niemanden betrübt das mehr als mich.«

Egon verstand kein Wort. Spätestens jetzt ergab aber auch überhaupt gar nichts mehr einen Sinn. Andererseits sah alles danach aus, als hätte es keinen Zweck, sich weiter zu sträuben.

Kopernikus' Blick wanderte wieder zurück zu dem Sandwich. Gleichzeit machte der erste seiner kleinen Kakerlakenfüße wie ferngesteuert erneut einen Schritt in dieselbe Richtung. Er hatte sichtlich alle Mühe, sich unter Kontrolle zu halten. Entsprechend genervt klang seine Stimme. »Nun gut. Könnten wir jetzt bitte fortfahren?«

Egon ließ die Schultern hängen. »I-in Ordnung«, stöhnte er und ergab sich resignierend in sein Schicksal.

»Wunderbar! Sehr gut« Kopernikus machte einen ungeahnt großen Satz und landete direkt auf Egons Schulter. »Dann, mein lieber Egon, höre mir jetzt bitte ganz genau zu.«

»I-ich ve-verstehe das immer noch nicht«, stellte Egon fest, nachdem er die große und sich viel zu schnell bewegende Drehtür durchschritten hatte. »I-ich soll hier nu-nur ein bisschen Geld abheben? Da-das ist alles?«

Das Bankgebäude, das er soeben zusammen mit Kopernikus, der noch immer auf seiner Schulter saß, betreten hatte, war das größte, das er in seinem ganzen Leben bisher gesehen hatte. Bereits von außen war seine kunstvoll verzierte Fassade eine eindrucksvolle Erscheinung gewesen, sein Inneres jedoch war geradezu gigantisch. Viele Meter über Egons widerspenstigen Haaren prangte eine enorme gläserne Kuppel, durch die die hellen Strahlen der Sonne in Bündeln hereinfielen, sich in zahllosen bronzenen Ornamenten brachen und den prachtvoll geäderten Marmor der Wände zum Erstrahlen brachten. Was Egon allerdings noch viel stärker beeindruckte, war, dass er noch nie zuvor eine Bank gesehen hatte, die von derart vielen Menschen gleichzeitig aufgesucht wurde. All die vielen Schalter an den Seiten des Raumes, an denen zahlreiche fleißige Bankiers die Kunden durch verzierte Gitterstäbe hindurch bedienten, waren ausnahmslos besetzt und trotzdem zeigte sich vor jedem einzelnen von ihnen eine lange Schlange.

»Nein, nein, nein.« Kopernikus schüttelte seinen kleinen Kakerlakenschädel mit einem solchen Nachdruck, dass seine smaragdgrünen Fühler in heftige Vibration gerieten. »Du möchtest dich bitte hier anstellen, als ob du Geld abheben wolltest. Das wäre dann erst einmal alles.«

Egon legte zweifelnd seine Stirn in Falten. Das Ganze kam ihm nicht nur überaus seltsam, sondern vor allem auch furchtbar unlogisch vor. »U-und was so-soll ich sagen, we-wenn ich dran komme? I-ich meine, i-ich habe hier doch überhaupt kein Konto.«

Diesmal war es Kopernikus, der einen lauten Stoßseufzer von sich gab. »Mein lieber Egon! Ich bitte dich! Ich wäre dir wirklich überaus verbunden, wenn du mir den Gefallen tätest und dich ohne weitere Fragen an einer der Schlangen anstellen würdest.«

»Na-na gut.« Egon bemerkte, dass Kopernikus immer gereizter wurde. Ohne sich daher um eine der zahllosen anderen Fragen zu erleichtern, die aufgeregt in seinem Kopf herumschwirrten, tat er, worum ihn sein kleiner schwarzer Begleiter so nachdrücklich bat. Er blickte sich kurz um, suchte sich aus reiner Gewohnheit die scheinbar kürzeste Schlange aus und reihte sich ein.

Unmittelbar vor Egon wartete ein dicker Mann in einem knittrigen grauen Anzug, dessen schwarzer Hut nur leicht auf seinen spärlichen verschwitzten Haaren auflag. Wie Egon schnell feststellen musste, war der Mann von der ganz besonders ungeduldigen Sorte. Alle paar Sekunden warf er einen Blick auf seine Armbanduhr.

»Mensch, immer diese beschissene Warterei!«, begann er schließlich lautstark zu meckern und verschob sein beachtliches Körpergewicht ungeduldig von einem Plattfuß auf den anderen. »Mensch, Mensch, nun macht doch verdammt noch mal hin da, ihr Schnarchtüten! Ich habe heute auch noch was Wichtigeres zu erledigen!«

Es dauerte nicht lange und Egon schämte sich regelrecht wegen des Aufstandes, den der Mann machte, nach dem sich natürlich bald alle anderen Besucher der Bank umzusehen begannen. Andererseits stellte er fest, dass seine Schlange – sowie allerdings auch all die anderen – wirklich nur beeindruckend langsam voran kam. Paradoxerweise ergriff dadurch auch von ihm eine gewisse Ungeduld Besitz und das obwohl er auf überhaupt nichts Bestimmtes wartete. Woran mochte es nur liegen, dass es einfach nicht weiter ging? Die Angestellten schienen doch alle recht fleißig zu sein. Irgendetwas ging hier nicht mit rechten Dingen zu.

Egon beschloss, sich abzulenken, indem er die anderen Menschen, die mit ihm in derselben Situation gefangen waren, beobachtete. Doch abgesehen von ihrer altmodischen Kleidung gab es leider kaum etwas Interessantes zu sehen: halb im Stehen schlafende Jugendliche mit müden roten Augen, Rentner, die eigentlich auch zu jeder anderen Tageszeit in die Bank hätten gehen können, sich aber wahrscheinlich aus purer Gehässigkeit für diese Stoßzeit entschieden hatten, und noch mehrere weitere keinen Deut weniger genervt dreinblickende Männer wie der unbequeme Zeitgenosse vor Egon. Das waren im Wesentlichen alle Bestandteile, aus denen sich diese Gesellschaft zusammensetzte.

Das vergleichsweise interessanteste Geschehen spielte sich in Egons unmittelbarer Nachbarschlange ab. Dort führte eine wirklich bemitleidenswerte junge Mutter einen Kampf auf verlorenem Posten gegen ihre beiden offensichtlich überaus gelangweilten Kinder – einen kleinen Jungen und ein kleines Mädchen, die um einiges liebenswürdiger aussahen, als sie sich verhielten. Die zwei nutzten wirklich jede Gelegenheit dazu, ganz nach der typischen Art kleiner Geschwister – will heißen: ganz nach der Art eingeschworener Todfeinde – mit allen ihnen zur Verfügung stehenden Mitteln übereinander herzufallen. Der Junge zog mit besonderer Vorliebe an den langen Zöpfen des Mädchens, welches sich wiederum dessen Schienbeine als favorisiertes Ziel beeindruckend kraftvoller Tritte auserkoren hatte. Die Mutter stand kurz vor der völligen Verzweiflung.

»Mensch, Mensch, Mensch«, stöhnte der Dicke vor Egon. »Wie lange soll das denn hier bloß noch dauern?«

Doch gerade als Egon wegen dieses andauernden Gemeckers ernsthaft darüber nachzudenken begann, seinen Platz zu verlassen und sich in eine der anderen Schlangen einzureihen, da erschallte am Eingang der Bank das ohrenbetäubende Knattern eines Maschinengewehres – unmittelbar gefolgt von dem schrillen Klirren brechenden Glases.

Die ganze Bank gab einen kollektiven Aufschrei des Entsetzens von sich und ein heilloses Chaos brach aus. Egon und einige weitere Menschen warfen sich sofort auf den Boden, andere stoben ebenso kopf- wie planlos in alle Himmelsrichtungen auseinander, stolperten über Egon und traten ihm auf seine Hände und Finger. Schnell machte er sich so klein wie er nur konnte. Sein Herz raste. Das Blut pulsierte in seinen Schläfen.

»Ruhe, ihr Wichser!«, schrie eine offensichtlich überaus unhöfliche Person am Eingang der Bank. »Das ist ein Banküberfall! Alles auf den Boden! Aber schnell!«

Egon traute seinen Ohren nicht. Wie zuvor bereits die seiner ehemaligen Lehrer, so erkannte er auch diese Stimme sofort – und das trotz des allgegenwärtigen Lärms. Bereits vor Jahren hatte sie sich unauslöschbar in sein Gedächtnis eingefressen. Vorsichtig hob er ein klein wenig seinen Kopf und riskierte einen Blick. Nein, es bestand kein Zweifel. Er irrte sich nicht.

Hinter der großen Drehtür, die sich dienstbeflissen noch immer in unablässiger Bewegung befand, obwohl schon längst niemand mehr durch sie hindurchtrat, standen zwei halbstarke Gangster in ihnen viel zu großen Nadelstreifenanzügen. Einer der beiden, dessen schwarzes Maschinengewehr in seinen jungen Händen geradezu grotesk riesig erschien, hatte soeben die gläserne Kuppel in der Decke des Bankgebäudes zerschossen.

»Ihr habt ihn gehört!«, keifte der andere und schob sich mit dem Lauf einer seiner zwei silbernen Pistolen die Krempe seines ebenfalls viel zu großen Hutes aus dem Gesicht. »Und bleibt gefälligst liegen, ihr Spastis!«

Dort am Eingang der Bank standen Toni und Billy – die Jungen, die Egon das Leben während seiner Schulzeit zur Hölle gemacht hatten!

6. Kapitel

Ein paar Stunden weniger zuvor

Als Egon sich endlich von seinem Schreibtisch trennte und in die Mittagspause schleppte, war er drauf und dran, wieder an den Weihnachtsmann zu glauben. Der Grund dafür war so einfach wie unglaublich: Unter der kompromisslosen Ausnutzung all seiner mentalen Fähigkeiten hatte er es tatsächlich fertiggebracht, sich rechtzeitig durch den riesigen Ordner durchzuarbeiten, den Ronnie ihm derart unsanft auf seinen Schreibtisch gelegt hatte. Wie genau er das zustande gebracht hatte, wusste er allerdings selbst nicht so recht – worin er ein klares Anzeichen dafür erkannte, dass einige seiner armen kleinen grauen Zellen bei diesem Gewaltmarsch bleibenden Schaden davongetragen hatten.

Im Moment spielte das jedoch überhaupt keine Rolle. Alles was zählte war, dass er Ronnie den großen Ordner auf seinem Weg aus dem Büro rechtzeitig zurückgeben und sich somit zumindest für den Moment in Sicherheit fühlen konnte. Der dumpfe Hüne kommentierte das selbstverständlich nicht mit lobenden Worten, doch aber mit einem überraschten Grunzen, welches Egon als Bestätigung seines Erfolges vollkommen ausreichte.

Leider blieb ihm ebenso wenig Zeit zum Ausruhen, wie er einen Grund für dauerhafte Freude besaß. Denn am Horizont zeichnete sich bereits deutlich das gefürchtete Telefongespräch mit seiner Mutter ab.

Zuvor allerdings benötigten sowohl sein Körper als auch seine Seele eine kleine Stärkung. Wesentlich mehr noch als auf das eigentliche Mittagessen freute er sich deswegen auf das kurze Treffen mit Lotte, seiner besten – aber leider auch einzigen – Freundin. Diese arbeitete in einer anderen Abteilung der Firma und verbrachte daher den Großteil des Tages zwei Stockwerke über ihm. Doch noch bevor er sich mit seinem Plastiktablett in der Kantine im Erdgeschoss an dem etwas schief geratenen kleinen Tisch, der zu Lottes und seinem Stammplatz geworden war, niedersetzen konnte, musste er wie an jedem Tag eine nicht zu unterschätzende Hürde überwinden. Und diese Hürde besaß einen Namen: Frau Unkenstock.

Frau Unkenstock war nicht nur die Kantinenköchin, sie war gleichzeitig auch diejenige, die den von ihr fabrizierten Fraß austeilte. Zudem war sie erschreckenderweise der einzige Mensch in der gesamten Firma, der es an Körpermasse durchaus mit Ronnie aufzunehmen vermochte – auch wenn es sich bei ihrer Masse nicht nur um Muskeln handelte. Dieses zierliche Wesen war für Egon ebenso unansehnlich wie alterslos. Ihr militärischer Kurzhaarschnitt und ihre schwabbeligen tätowierten Oberarme verschmolzen mit ihrer warzenverzierten Rübennase zu einem solch schrecklichen Äußeren, dass sogar die Zeit selbst es scheinbar bevorzugte, sich von ihr fernzuhalten. Denn zumindest Egons Meinung nach hatte sich Frau Unkenstock in den Jahren, die er bereits in der Firma arbeitete, nicht im

Geringsten verändert. Andererseits war sie sehr gut darin, ihre Mitmenschen vorzeitig altern zu lassen.

Wahrscheinlich hätte Egon ein wenig anders über die füllige Kantinenköchin gedacht und geurteilt, hätte sie sich ihm als ein lieber, netter und vielleicht sogar warmherziger Mensch präsentiert. Das aber war keineswegs der Fall. Genau genommen waren es sogar die exakten Gegenteile dieser Wörter, die ihr Verhalten am treffendsten charakterisierten.

Wie an jedem anderen Tag begannen Egons Knie daher auch heute – obwohl sie das Prozedere mittlerweile wirklich hätten gewohnt sein sollen – zu zittern wie Espenlaub, als er sie dazu zwang, sich in die Warteschlange an der Essensausgabe einzureihen. Ja, in gewisser Hinsicht funktionierten sie, was Frau Unkenstock anging, wie eine Art übereifrige Wünschelrute. Umso näher sie der Quelle von Egons Angst kamen, desto heftiger vibrierten sie.

»Was darf es sein?!«, brüllte Frau Unkenstock ihre beliebte Fangfrage über die Theke. Das Problem bei ihrer Beantwortung bestand schlicht und ergreifend darin, dass es jeden Tag genau zwei Gerichte zur Auswahl gab. Und egal welches der beiden Egon auswählte, Frau Unkenstock tat jedes einzelne Mal so, als würde es ihr das Herz zerreißen, dass er sich gegen das jeweils andere entschied. Es gab keinen Ausweg aus dieser Misere.

»I-ich hä-hätte ge-gerne da-das Schnitzel mi-mit Kartoffelbrei«, stammelte Egon.

»Ach! Und was hast du gegen meine wunderschönen Eierkuchen? Häh?«, empörte sich Frau Unkenstock – und verteilte kleine Flöckchen schaumigen Speichels auf dem vor ihr ausgebreiteten Essen. Kurz darauf katapultierte sie mit einer verbeulten Kelle lieblos einen großen Flatschen viel zu dünnen Kartoffelbreis auf Egons Teller. »Die haben schön viel Eiweiß mein Kleiner, damit du es weißt! Das bringt ordentlich Tinte auf den Füller, wenn du verstehst, was ich meine!« Kurz darauf brach sie in schallendes Gelächter aus, während sie mit einer vor altem eingebrannten Fett schon ganz schwarzen Zange ein nur halb durchgebratenes Schnitzel hervorholte und mitten in dem bereits völlig zerlaufenen Kartoffelbrei platzierte. »Aber das ist bei dir ja egal, nicht wahr? Du brauchst deinen Füller sowieso nur zum Pippimachen! Ha Ha!« Sie streckte Egon den Teller entgegen. »Hier! Dann lass es dir mal schmecken!«

Wesentlich stärker zerschlagen als er es eigentlich hätte sein dürfen, nahm Egon seinen Teller entgegen, stellte ihn auf sein Tablett und trottete davon. Eines stand fest: Frau Unkenstock besaß die einmalige Gabe, selbst einen bereits abgrundtief furchtbaren Tag noch zu verschlimmern.

Als er kurz darauf herausfinden musste, dass Lottes und sein Stammplatz noch vollkommen leer war, verbesserte sich seine Stimmung auch nicht gerade. Irritiert blickte er auf die Uhr. Eigentlich war er sogar einige Minuten später dran als sonst und normalerweise wartete Lotte hier bereits auf ihn. War sie vielleicht krank? Durch die unglückliche Seebestattung seines Handys konnte es natürlich durchaus sein, dass sie ihm eine Nachricht geschickt hatte, die ihm entgangen war.

Seufzend setzte Egon sich auf seinen Platz, stützte einen Arm unter sein Kinn und stocherte lieblos in dem flüssigen Kartoffelbrei herum. Trübsinnig schaufelte er mit seiner Gabel die wenigen Bestandteile des Breis, die nicht durch die Zinken hindurchliefen, auf das Schnitzel und verteilte sie dort wie eine Art Brotaufstrich. Auch wenn er sein Frühstück hatte ausfallen lassen, Frau Unkenstock im Verein mit Lottes Abwesenheit schafften es, dass ihm sein Hunger bereits wieder vergangen war.

»Hey Brillenschlange, warum so niedergeschlagen?«

Egons Herz machte einen freudigen kleinen Hüpfer. Er blickte von seinem Teller auf und schaute in Lottes Augen, die wie immer leicht mürrisch unter ihren wolligen braunen Haaren hervorlugten.

Egons beste Freundin war der einzige Mensch auf der ganzen Welt, der ihn auf eine nett gemeinte Art und Weise beleidigte. Zudem war sie in der Firma ebenso ein Außenseiter wie er selbst. Der große Unterschied zwischen ihnen bestand jedoch darin, dass Lotte sich ihren Platz am Rande der Bürogesellschaft selbst ausgesucht hatte. Weshalb hatte Egon bisher noch nie wirklich verstanden. Gemobbt wurde sie von niemanden und sogar die Tatsache, dass sie sich mit Egon abgab, hatte ihr bisher keinerlei Probleme bereitet. Genau genommen verhielt es sich sogar andersherum. Während der Zeit, die er mit ihr verbrachte, konnte Egon sich vollkommen sicher fühlen. Niemand in der Firma hätte es gewagt, sich mit Lotte anzulegen. Und das obwohl sie eine eher kleine und zierliche Person war.

»He-hey«, erwiderte Egon den Gruß seiner Freundin. »A-ach nichts. I-ist schon alles in Ordnung.«

Lotte stellte ihr Tablett ab, zog ihren Stuhl zurecht und setzte sich. »Bah! Man sollte die Firma für den Fraß verklagen, den die olle Kuh da heute wieder zusammengekocht hat!« Auf ihrem Teller lagen übereinandergestapelt mehrere Eierkuchen – oder zumindest das, was Frau Unkenstock sich darunter vorstellte. Diese waren derart hell und an manchen Stellen sogar noch halb flüssig, als hätten sie mit der Pfanne nicht viel mehr als eine flüchtige Bekanntschaft gemacht. Hinzu kam, dass Egon aus ihrer welligen Oberfläche hier und da kleine weiße und braune Stückchen Eierschale heraustehen sah. Er war wirklich heilfroh, sich für das Schnitzel mit dem Kartoffelbrei oder besser der Kartoffelsuppe entschieden zu haben. Als Vegetarierin hatte Lotte im Gegensatz zu ihm jedoch keine Wahl gehabt.

Angewidert griff Lotte nach Messer und Gabel und begann trotz allem damit, die Eierkuchen in kleine mundgerechte Häppchen zu zerteilen. »Erzähl mir nichts. Dir liegt etwas auf der Seele.« Sie funkelte Egon auffordernd an und deutete mit der Spitze ihres Messers auf ihn. »Und weißt du, woher ich das weiß? Ganz einfach. Du siehst heute noch deprimierter und niedergeschlagener aus als sonst.« Lotte grinste. »Normalerweise erinnerst du mich an eine freundliche Wasserleiche. Heute aber siehst du eher aus wie eine traurige Wasserleiche. Also spann mich gefälligst nicht länger auf die Folter, sondern schieß los!«

Egon musste unweigerlich lachen. Er mochte Lottes morbiden Humor, auch wenn er ihm gelegentlich ein wenig zu weit ging. Flüchtig bemerkte er, dass dies der erste Moment des heutigen Tages war, an dem etwas von seiner Niedergeschlagenheit von ihm abfiel. »Di-dieser Tag möchte mich umbringen«, seufzte er und entschied sich gleichzeitig dazu, das Schnitzel doch zu versuchen. Und sei es nur, um seine Freundin nicht alleine essen zu lassen.

»Ist das bei dir nicht eher der Normalfall?«, bemerkte Lotte und spießte mehrere Stückchen Eierkuchen mit ihrer Gabel auf. Sie betrachtete sie einen Moment lang zögernd, schob ihre dichten Augenbrauen skeptisch zusammen, entschied sich dann aber doch dazu, sie sich in den Mund zu stecken.

»Na-na ja, ei-einerseits schon«, gestand Egon etwas widerwillig. »A-aber manche Tage si-sind halt scho-schon schlimmer als andere.«

Hierauf begann er Lotte die bisherigen Ereignisse zu berichten. Er startete mit dem Anruf seiner Mutter und damit, wie er sein Handy ertränkt hatte. Dies brachte Lotte so laut zum Lachen, dass sich nicht nur ihre Mitarbeiter an den anderen Tischen irritiert nach ihr umdrehten, sondern Egon sich zuerst auch ein wenig auf den Schlips getreten fühlte. Als er aber einen Moment darüber nachdachte, musste er sich eingestehen, dass die Sache eigentlich wirklich zum Schreien komisch war. Manchmal sah er die Dinge vielleicht etwas zu verbissen.

Nachdem Lotte sich wieder eingekriegt hatte, erzählte ihr Egon von seiner Angst vor dem Telefongespräch mit seiner Mutter und auch von Ronnies heutigem Versuch, noch die letzten Stückchen seines Selbstwertgefühles zu zertreten. »A-aber ei-einen kleinen Triumph ha-habe ich doch eingefahren«, beendete er seinen wirklich bemitleidenswerten Vortrag. »I-ich habe es ta-tatsächlich geschafft, di-diese ganzen Formulare rechtzeitig du-durchzuarbeiten. Ste-stell dir das mal vor! Ha! Da-da hat Ronnie si-sich aber bestimmt ga-ganz schön gewundert.«

Während Egons letzter Sätze hatte Lotte kein Wort von sich gegeben, sondern nur langsam, aber sicher ihre Eierkuchen verspeist – wobei sie ab und an kleine Stückchen Eierschale aus ihrem Mund hervorgeholt und sie zu einem ordentlichen kleinen Häufchen auf ihrem Teller aufgetürmt hatte. Jetzt aber konnte sie sich nicht mehr zurückhalten: »Oh ja! Mensch, da kannst du aber auch wirklich verdammt stolz auf dich sein! Es ist dir gelungen, dem Arschloch fristgerecht die Zwangsarbeit abzuliefern, die er von dir verlangt hat. Wahnsinn! Damit hast du es ihm bestimmt so richtig gegeben! Ich wette, der traut sich jetzt nie wieder, dir so einen Ordner zu geben.«

Lottes Sarkasmus versetzte Egon einen brennenden Stich.

»Weißt du Egon, dieser ganze Mist liegt auf deiner Seele wie ein verdammt großer Haufen Scheiße. Und jeden einzelnen Tag, wenn Ronnie dich malträtiert, deine Mutter dich zurechtweist oder dir auch nur die dicke fette Planschkuh da drüben eine ihrer infantilen Beleidigungen an den Kopf wirft, kommt ein kleines bisschen mehr dazu.«

Egon seufzte und blickte bedrückt hinunter auf seinen leeren Teller. Natürlich wusste er, dass Lotte

Recht hatte. »A-aber was so-soll ich denn schon tun?«

Lotte zögerte einen Augenblick und es schien Egon, als läge ihr etwas auf der Zungenspitze. Dann aber entschied sie sich offenbar anders und sagte: »Du, ich glaube, dabei kann dir leider niemand helfen. Da musst du dich ganz alleine herausgraben.«

Egon nickte. Das war ja klar. Wann hätte ihm auch schon jemals irgendwer geholfen?

Er warf einen Blick auf seine Uhr – und bekam einen Schreck. Die Mittagspause näherte sich bereits ihrem Ende! Wenn er sich noch bei seiner Mutter melden wollte, dann musste er jetzt langsam an seinen Arbeitsplatz zurückkehren. Ein flaues Gefühl legte sich auf seinen Magen. »Na-na ja, wi-wie auch immer«, sagte er und stand auf. »Da-danke auf je-jeden Fall, dass du mir zugehört hast.«

Ein mitleidiger Ausdruck trat in Lottes Augen. »Kein Problem. Und du bist sicher, dass es dir halbwegs gut geht?«

»A-ach klar. Da-das wird schon.« Egon nahm sein Tablett, um es wegzuräumen. »Fa-falls wir uns heute nicht mehr ü-über den Weg …« Er stutzte. Gerade als er die Worte über den Weg laufen aussprechen wollte, fiel ihm etwas ein. Abrupt setzte er sich wieder hin. »Me-Mensch, ei-eine Sache wo-wollte ich dir noch erzählen.«

»Immer doch.«

»Ha-hast du schon einmal ei-eine schwarze Ka-Katze mit grünen Augen gesehen? So-so richtig sma-smaragdgrünen Augen meine ich?«

Lotte dachte einen Moment nach. »Hm. Um ehrlich zu sein, keine Ahnung. Aber ich denke schon, dass ich irgendwann mal so eine Katze gesehen habe. Katzen haben doch oft grünliche Augen. Aber die Kombination dürfte eher selten sein. Wieso?«

Egon nickte aufgeregt. »Ge-genau da-das ist es nämlich! A-aber, a-als ich heute morgen auf dem Weg zum Bus war, wä-wäre ich bei-beinahe auf so eine drauf getreten.«

»Ha!« Lotte prustete los. Das war genau ihr Humor. Erneut dauerte es einen Moment, bis sie sich wieder eingekriegt hatte. »Und?«, fragte sie dann. »Das wolltest du mir erzählen? Danke.«

»Nei-nein, na-natürlich nicht. Da-das ist ja noch la-lange nicht alles. Da-das wirklich Ve-Verrückte kommt ja e-erst noch.« Egon zögerte er einen Moment. Er wusste, dass sich das, was er im Begriff war zu sagen, mindestens etwas verwirrt anhören musste. »Di-die Sache ist die. A-als ich vo-vorhin im Büro saß. A-also kurz na-nachdem mir Ronnie di-diesen Ordner au-auf den Tisch ge-geknallt hatte. Da-da habe ich au-aus dem Fenster geguckt.« Er zögerte erneut.

»Und?«

Egon atmete einmal tief durch. Dann haspelte er die Worte so schnell herunter, wie es ihm sein Stottern erlaubte. »U-und da-da saß dieselbe Ka-Katze in einem Baum au-auf der anderen Stra-Straßenseite u-und hat zu mir he-herübergeschaut!«

»Dieselbe Katze?« Lotte war ihre Skepsis deutlich anzusehen. »Und sie hat zu dir herübergeschaut?« Offensichtlich wollte sie sich versichern, dass sie Egon auch ganz bestimmt richtig verstanden hatte.

»We-wenn ich es dir do-doch sage! U-und nicht nur da-das. Si-sie hat mi-mir direkt in die Au-Augen geschaut.«

»Ok.« Jetzt wirkte Lotte wirklich besorgt. »Und du bist dir zu einhundert Prozent sicher, dass mit dir alles in Ordnung ist?«

Egon winkte ab. »De-denk blo-bloß nicht i-ich wüsste nicht, wie ve-verrückt das klingen muss.«

Lotte nickte. »Tut mir leid. Aber ich weiß wirklich nicht, was ich dazu sagen soll.«

»Brau-brauchst du auch nicht«, sagte Egon. Lottes Reaktion war ihm unangenehm. Er hatte gehofft, dass sie mit ihm ein wenig über die Sache lachen und sie ihm dann ausreden würde. Sie aber schien zu denken, dass mit seinem Kopf etwas nicht in Ordnung sein könnte. Er zuckte mit den Schultern. »Na-na ja, ich wollte es dir au-auch nur mal er-er-zählt haben. Ver-vermutlich wa-war es nicht ei-ein-mal dieselbe Katze.«

Lotte nickte. »Vermutlich nicht.«

Egon blickte erneut auf seine Uhr. Er schluckte. Jetzt wurde seine Zeit wirklich knapp. »Ver-ver-dammt! I-ich muss los!«

Bei jedem einzelnen Rufton, der am anderen Ende der Leitung ertönte, lief Egon ein leichter Schauer den Nacken herunter. Zwar hätte er nicht behauptet, dass er in ständiger Angst vor seiner Mutter lebte, aber die Dinge, die sie ihm an den Kopf warf, taten ihm oft mehr weh als alle Ohrfeigen dieser Welt.

Seit seiner Kindheit fragte Egon sich, warum sie so – nun ja, warum sie so war, wie sie war. Vielleicht hatte ihre Art etwas damit zu tun, dass sein Vater sie beide – aus Gründen, die Egon nicht kannte – verlassen hatte, als er noch ein Baby gewesen war. Ja, vielleicht war sie damals in eine Rolle gedrängt worden, in der sie sich hilflos gefühlt und daher versucht hatte, ihre Unsicherheit zu überspielen, indem sie sich eine besonders harte Schale zulegte. Eine Schale, die dann ein Teil ihrer selbst geworden war. Das war eine durchaus plausible Erklärung und es gab Momente, in denen Egon diese Möglichkeit ernsthaft in Erwägung zog. Meistens jedoch kam er zu einem ganz anderen Schluss: Höchstwahrscheinlich war sie einfach von Natur aus ein selbstsüchtiger alter Drache.

»Ja?! Hallo?!«, meldete sich Egons Mutter nach einigen weiteren Sekunden des bangen Wartens. »Ich kaufe nichts und ich möchte auch nichts gewinnen!«

»Ha-Hallo Mutter. I-ich bin's«, murmelte Egon. Er wollte so gut es ging vermeiden, dass irgendjemand in seiner Nähe mitbekam, mit wem er da am helllichten Tag telefonierte.

»Ach! Hast du dich auch mal dazu entschieden, dich zu melden, nachdem du mich heute morgen so rüde abgewürgt hast?«

»Da-dafür wo-wollte ich mi-mich gerade e-entschuldigen. Da-das wa-war ein Versehen. I-ich ha-habe mein Handy – i-ich war in Eile und da-da ist mir mein Ha-Handy he-heruntergefallen u-und kaputtgegangen.« In die Details des Vorganges brauchte Egon seine

100

Mutter nun wirklich nicht einzuweihen. »U-und hier au-auf der Arbeit ha-hatte ich gleich vo-von Anfang an so-so viel um die O-Ohren, dass …«

»Ausreden! Nichts als Ausreden! Du bist genauso ein verdammter Nichtsnutz wie dein Vater! Das ist alles!«

Egon stockte. Er wusste, dass es nicht den geringsten Sinn hatte, ihr zu widersprechen. Dadurch würde er alles nur noch viel schlimmer machen. Er kannte die ganze Litanei nur allzu gut: Er war wie sein Vater. Er war zu nichts zu gebrauchen. Und vor allem: Er tat nie auch nur irgendetwas für seine arme alte Mutter.

Dann jedoch erinnerte er sich an Lottes Worte. Wollte er wirklich, dass die große Last, die bereits auf ihm lag, immer weiter und weiter anwuchs? Er hatte absolut nichts Falsches getan und deswegen hatte er es auch nicht verdient, so behandelt zu werden. Nein, wenn er wollte, dass sich jemals etwas änderte, dann musste er sich jetzt zur Wehr setzen! Nicht erst irgendwann.

Alleine bei dem Gedanken trat Egon der Schweiß auf die Stirn und seine Hände wurden feucht. Aber er war fest entschlossen. Er würde seiner Mutter zeigen, dass sie nicht länger so mit ihm umspringen konnte. Er würde ihr seine Meinung sagen. Ja, genau das würde er tun. Und zwar hier und jetzt!

Nur fiel ihm beim besten Willen nicht ein, was er sagen sollte.

»Meine Wäsche habe ich übrigens schon alleine abgeholt!«, blaffte seine Mutter. »Schönen Dank auch!« Dann legte sie auf.

Egons Schultern sanken herab. Er hatte seine Chance verpasst. Seine Mutter hatte ganz Recht. Er war wirklich zu absolut gar nichts zu gebrauchen. Er war ein Nichtsnutz wie er im Buche stand und daran würde sich auch nie etwas ändern.

Doch als versinke er der Welt noch nicht schnell genug in seinem modrigen Sumpf aus klebrigem Selbstmitleid, erschallte plötzlich Ronnies tiefe Stimme vom anderen Ende des Großraumbüros – und tauchte ihn mit ihren zwei kräftigen muskulösen Armen so richtig tief hinab: »Egon! Der Chef will dich sprechen.«

7. Kapitel

Egon lag flach auf dem Boden, war mucks-mäuschenstill und versuchte, jedes Zittern, jede noch so kleine Muskelregung zu unterdrücken. Genau genommen ärgerte er sich, dass er nicht einfach aufhören konnte zu atmen. Mussten Menschen denn wirklich so schrecklich laut schnaufen, wenn sie Luft holten? Es war ja nicht zum Aushalten! Hätte Mutter Natur das nicht auch ein bisschen schlauer einrichten können?

Im Inneren des riesigen Bankgebäudes war er bestimmt nicht die einzige Person, die sich im Moment diese Frage stellte. Auch all die anderen Menschen hatten inzwischen mehr oder weniger dieselbe Stellung eingenommen wie er. Sie alle lagen mit angezogenen Knien auf der Seite oder hatten sich flach auf dem Bauch ausgestreckt und die Hände über dem Kopf gefaltet. Und sie alle waren sichtlich darum bemüht, keine Aufmerksamkeit zu erregen. Dies wiederum war die einzige Sache, die Egon zumindest etwas beruhigte. Er war einer von vielen. Warum also sollten sich Toni und Billy ausgerechnet für ihn interessieren?

Kaum hatte Egon diesen Gedanken zu Ende gedacht, da meldete sich der korpulente Mann zu Wort, der direkt vor ihm in der Reihe gestanden und ihn mit seinem lautstarken Gemecker genervt hatte. Offensichtlich hatte er seinen ersten Schreck bereits wieder verdaut.

»Mensch, Mensch ihr beiden Hosenscheißer habt vielleicht Nerven, das muss ich euch schon lassen.«

Er setzte sich auf. Sein Hut war ihm vom Kopf gefallen, als er sich auf den Boden geworfen hatte, und seine spärlichen verschwitzten Haare standen wirr in alle Richtungen. Er sah sich nach seiner Kopfbedeckung um, beschloss dann aber offenbar, sich später darum zu kümmern und strich sich seine Frisur nur notdürftig etwas glatt. »Wisst ihr, was die anderen Insassen im Knast mit zwei so kleinen Babies wie euch anstellen werden?« Er lachte. »Ha! Die fressen euch zum Frühstück. Darauf könnt ihr euch schon mal gefasst machen.«

Toni und Billy hatten ihren Platz am Eingang der Bank mittlerweile verlassen und damit begonnen, betont ruhig zwischen den am Boden liegenden Menschen hin- und herzuschlendern. Vermutlich wollten sie sich versichern, dass es auch wirklich niemand wagte, den Helden zu spielen. Als der dicke Mann anfing zu sprechen, war es Billy, der mit seinen zwei Pistolen schnurstracks auf ihn zusteuerte und schließlich unmittelbar vor ihm stehen blieb. Sein zu großer Hut rutschte ihm wieder mal in die Stirn und er schob ihn mit dem Lauf seiner Pistole zurecht. Aber er sagte kein Wort.

»Ha, ich glaube es nicht! Eben dachte ich noch, ich hätte mich verguckt. Aber nein, du bist ja wirklich nur so ein kleines halbstarkes Bürschchen!«, lachte der Mann. »Aber weißt du was? Ich verrate dir mal etwas. Wenn du jetzt sofort mit der ganzen Sache hier aufhörst und dich trollst, dann kommst du bestimmt noch mal mit einem blauen Auge davon. Ein bisschen Sachbeschädigung ist ja schließlich alles, was ihr zwei Rabauken bisher angerichtet habt.« Er stützte sich mit den Händen auf dem Boden ab und begann schnaufend, sich in die Höhe zu stemmen. »Also? Was sagst du? Willst du nicht einfach schön brav und artig nach Hause gehen und …« Weiter kam er nicht.

Billy war nicht im Geringsten auf die Worte des Mannes eingegangen. Er hatte ihn nur still angeschaut und dabei seinen Kopf leicht schlief gelegt, als würde er einem weit entfernten Geräusch lauschen. Dann erhob er eine seiner Pistolen und schoss dem Mann mitten zwischen die Augen.

Einige Blutspritzer trafen Egons weißes Hemd und hinterließen dort große dunkelrote Flecken. Sofort brachen zahlreiche der Menschen ihr Schweigen. Überall in der Bank ertönten erneut panische Schreie. Es dauerte etwas, bis Egon bemerkte, dass auch er selbst schrie. Dann aber biss er sich schnell auf die Zunge. Er musste sich zusammenreißen und still sein. Sonst war er vielleicht als nächstes an der Reihe.

Toni sendete eine zweite Salve Blei in die Decke des Bankgebäudes. Staub und kleine Bröckchen Marmor rieselten herunter auf die auf dem Boden liegenden Menschen. »Haltet sofort die Schnauze, ihr Spinner!«

Der Großteil der Schreie erstarb und alles, was zurückblieb, war ein leises halb ersticktes Wimmern.

»Genau! Seid gefälligst still, ihr Spacken!«, brüllte Billy. »Oder soll ich noch irgendeinem von euch Hirnies den Schädel wegballern? Häh?!«

Auch noch das letzte Wimmern erstarb und eine bleischwere Stille legte sich auf die gesamte Bank.

Ausschließlich die gedämpften Geräusche der vorbeifahrenden Autos draußen auf der Straße waren zu hören. Ja, als Toni wieder das Wort ergriff, schien er direkt etwas enttäuscht zu sein, dass niemand sonst aufbegehrte. »In Ordnung. Dann schießt mal los! Wer von euch Deppen hat einen Schlüssel für den Tresor?«

Als sich nicht sofort jemand meldete, war es diesmal Billy, der aus einer seiner Pistolen eine Kugel in die prächtige Decke schickte. Egon erinnerte sich nur zu gut daran, dass Subtilität noch nie wirklich eine von Billys Stärken gewesen war.

»Wenn sich nicht sofort einer von euch Wichsern hier meldet, dann baller ich einfach ein bisschen in der Gegend rum! Ist das klar? Werde schon irgendwen treffen.« Er blickte sich um und legte auf eine alte grauhaarige Frau an, die direkt neben ihm lag und mit ihren zittrigen Fingern eine abgegriffene Handtasche umklammerte »Oder noch besser! Ich fange einfach bei der Ollen hier an. Häh?! Was meint ihr? Drei – zwei …«

Egon gefror das Blut in den Adern.

»Stopp! Bitte! Nicht schießen!«, rief ein Mann vom anderen Ende des Saales. Zwar konnte Egon ihn aus seiner Position heraus nicht sehen, aber vermutlich handelte es sich um einen der Bankiers. »Hier, hier hinten! Ich, ich habe einen Schlüssel.«

»Na siehste!« Toni schien zufrieden. »Geht doch.« Er erhob sein Maschinengewehr und wandte sich an Billy. »Ich bleibe hier. Geh du mit dem Arschloch in den Tresor und schnapp dir so viel Kohle, wie du schleppen kannst!«

Die wenigen Minuten, in denen Billy mit dem Bankier im Tresorraum verschwunden war, krochen ächzend langsam dahin. Egon konnte vor Furcht nicht aufhören zu zittern. Sein Angstschweiß bildete unter seinem Kopf bereits eine kleine Pfütze auf dem kalten Marmorboden. Trotzdem war er heilfroh. Bisher hatte ihn weder Toni noch Billy bemerkt. Wenn er einfach weiter hier auf dem Boden ausharrte, würde sich daran vielleicht auch nichts ändern. Das hieß, zumindest falls Kopernikus ihn damit durchkommen ließ.

Egon fragte sich, wo sein kleiner schwarzer Begleiter überhaupt schon wieder abgeblieben war. Seit Tonis und Billys Erscheinen hatte er die Kakerlake nicht mehr gesehen. Doch auch wenn er nicht hier war, um es ihm zu sagen, so konnte Egon sich mittlerweile doch sehr gut denken, was Kopernikus von ihm erwartete.

»Ha Ha!«, erschallte Billys Lache hinter Egon und riss ihn unsanft aus seinen Gedanken. Er war aus dem Tresorraum zurückgekehrt. »Zieh dir das mal rein, Alter!«

»Whoaa! Wahnsinn!«, rief Toni.

Kurz darauf kam Billy an Egon vorbei. Seine Pistolen hatte er in seinen Gürtel gesteckt, dafür aber baumelten über seinen Schultern zwei große prall gefüllte Säcke, die mit vielen schwarzen Dollarzeichen bedruckt waren. Einen dieser Säcke reichte er an Toni weiter, der ihn mit einem breiten Grinsen entgegennahm. »Sehr gut! Dann lass uns jetzt abhauen. Die Bullen haben bestimmt schon was mitbekommen.«

Egon spürte, wie sich bei diesen Worten das wohlige Gefühl der Erleichterung in seinem Inneren ausbreitete. Gleich würde er die Angelegenheit überstanden haben. Und das tatsächlich ohne dass die beiden ihn bemerkt hätten. Er konnte sein Glück kaum fassen. Das Ganze glich einem Wunder.

»Warte Mann! Wir brauchen doch noch 'ne Geisel!«, stellte Toni fest. Dann ließ er seinen Blick über die Menschen am Boden schweifen. »Na, wer von euch Spastis möchte mit uns mitkommen? Häh? Wir machen einen kleinen Ausflug!«

Egon kugelte sich noch etwas weiter zusammen. Selbstverständlich hatte er sich zu früh gefreut.

Billy begann wie zuvor auf- und abzugehen. Er zog erneut eine seiner Pistolen aus seinem Gürtel und zeigte mit ihr nacheinander auf einzelne Personen.

»Du vielleicht? Oder du?«, fragte er. »Nö? Dann vielleicht du? Nein, du fettes Ding ganz bestimmt nicht. Da bricht uns noch die Achse!« Er lachte lautstark über seinen eigenen schlechten Witz. Dann ging er weiter, bis er schließlich bei der Mutter mit ihren beiden kleinen Kindern stehen blieb, die Egon zuvor beobachtet hatte. »Ah, perfekt! Du da! Steh auf!«

Die Frau gehorchte zögerlich.

»Etwas schneller, du Miststück!«, schrie Billy und wedelte bedrohlich mit seiner Pistole.

Das kleine Mädchen begann zu weinen und zu schluchzen. »Nein! Mami! Nein!« Ihr Bruder schien einen Moment länger zu benötigen, um zu verstehen, was genau hier vor sich ging. Dann aber stimmte auch er umso lautstarker in das Gejammer des Mädchens mit ein. Vermutlich waren die zwei sich seit langem das erste Mal einig.

Egon durchfluteten die schäumenden Wellen verschiedenster Emotionen. Zuerst ergriff ihn großes Mitleid für die zwei Kinder. Doch unmittelbar darauf folgte eine noch weitaus größere Woge akuter Empörung. Das konnten Toni und Billy doch nicht machen! Sie konnten den Kleinen doch nicht einfach ihre Mutter wegnehmen. Er hatte die zwei schon immer für nichts anderes als fleischgewordene Dämonen gehalten, aber das war wirklich der Gipfel der Boshaftigkeit.

Auch der jungen Mutter stiegen jetzt die Tränen in die Augen. Ihr Gesicht begann vor Angst zu beben. Aber es war offensichtlich, dass sie ihren Kindern zuliebe versuchte, sich ihre Furcht so wenig wie möglich anmerken zu lassen.

»Ist schon gut meine Kleinen«, in ihre Stimme mischte sich ein unterdrücktes Schluchzen. »Ich bin ja bald wieder bei euch.«

Billy lachte. »Bist dir da sicher, ja? Ich würde sagen, deine Chancen stehen eher so fifty-fifty.«

Trotz ihres Alters schien das Mädchen sofort zu begreifen, was diese flapsige Bemerkung bedeutete. Kreischend sprang sie vom Boden auf und klammerte sich an das Bein ihrer Mutter. Der Junge wiederum blieb zwar auf dem Boden liegen, aber auch in seine weit aufgerissenen Augen trat die nackte Angst.

Egons Knie begannen zu zittern – obwohl er noch immer wie angekettet auf dem Boden lag. Er konnte kaum dabei zuschauen, wie die Kleine weinte und strampelte und ihre Mutter unter keinen Umständen loslassen wollte. Es zerriss ihm das Herz.

Nun trat auch Toni näher an die Mutter heran. »Die Göre soll dich loslassen und sich sofort wieder hinlegen, haste kapiert?!« Er hob drohend sein Maschinengewehr. »Oder ich sorge dafür.«

Egon ballte die Fäuste. Hinter dem dichten Nebel seiner Angst begannen sich langsam die wagen Umrisse eines Entschlusses zu formen. Konnte er wirklich einfach weiter untätig hier herumliegen und den beiden dabei zuschauen, wie sie kleine Kinder mit Waffen bedrohten? Auch wenn sie es selbst vermutlich nicht wussten, aber waren Toni und Billy nicht nur wegen ihm hier? Und war er damit nicht in gewisser Weise verantwortlich für diese Kinder? Sein Magen verkrampfte sich.

»Drei«, begann Toni zu zählen.

»Nein! Nicht! Sie hat euch doch überhaupt nichts getan!« Die Mutter kniete sich neben ihre Tochter und drückte sie eng an sich. Ihre Panik war ihr deutlich anzumerken. »Hör mir zu, meine Kleine. Sei schön artig und tu was ich dir sage. Lege dich jetzt wieder auf den Boden und sei ganz still wie all die anderen Menschen hier, ja? Bitte tu das für mich. Ich bin auch ganz schnell wieder bei dir. Das verspreche ich.«

»Hey! Man soll doch keine Versprechen machen, die man nicht halten kann«, scherzte Billy.

Toni gab ein kurzes glucksendes Lachen von sich. »Zwei«, sagte er dann. Der kalte Ton seiner Stimme ließ nicht den geringsten Zweifel daran aufkommen, dass er seine Drohung wahrmachen würde. Wenn nicht jeden Augenblick etwas geschah, würde er das kleine Mädchen erschießen!

Egons Adrenalinspiegel erreichte einen ihm völlig unbekannten Pegel. Ihm wurde schwindelig. Sein Herz bebte. Er konnte es einfach nicht glauben. Warum tat denn niemand etwas? Die Bank war voller Menschen. Es musste doch jemanden geben, der etwas gegen die beiden unternehmen konnte. Irgendjemanden!

Noch immer wollte das Mädchen seine Mutter nicht gehen lassen. Es schüttelte so kräftig seinen kleinen Kopf, dass seine blonden Zöpfchen wild hin- und herflogen. »Nein! Mama, geh nicht!«

»Ei…«

»Nein!« Egon sprang vom Boden auf, ohne zu wissen, was er da eigentlich tat. Doch es gab eine Sache, der er sich sicher war: Toni und Billy sollten lieber ihn nehmen, anstatt diesen Kindern die Mutter zu rauben. Was hatte er denn schon groß zu verlieren? Ihn konnte doch sowieso niemand ausstehen. »Hi-hier ne-nehmt mich!«

Toni ließ sein Maschinengewehr sinken und drehte sich überrascht zu Egon herum. Ein diabolisches Grinsen breitete sich auf seinem Gesicht aus. »Ach was! Wo kommst du denn auf einmal her?«

Auch Billy wandte seinen Blick von der Mutter zu Egon. »Ja, Mensch! Ich glaube es nicht! Der Bettnässer!«

Egon hatte noch nie in sein Bett gemacht. Zwar war er nie besonders sportlich oder attraktiv gewesen, er hatte nie durch irgendein tolles Talent herausstechen oder die Mädchen mit seinem Charme um den Finger wickeln können – aber ein Bettnässer war er nie gewesen. Leider hatte es dennoch eine Zeit gegeben, in der seine gesamte Schule da einer anderen Meinung gewesen war. Und noch heute überkam ihn eine Mischung aus brennender Scham und kochender Wut, wenn er daran dachte, wie Toni und Billy dieses Gerücht nicht heimlich verbreitet, sondern derart laut hinausgeschrien hatten, dass es auch noch dem letzten Eichhörnchen oben in den Ästen der großen Eiche inmitten des Schulhofs bekannt gewesen sein musste.

Er saß unangeschnallt und mit einem dreckigen alten Lappen zwischen den Zähnen in der Mitte des Rücksitzes von Tonis und Billys Fluchtwagen. Seine Hände hatten die zwei mit einem dünnen Strick hinter seinem Rücken gefesselt, sodass er sich fühlte, als sei er einer der großen bis zum Bersten mit Banknoten gefüllten Säcke, die links und rechts neben ihm standen. Und jedes Mal, wenn sich der Wagen in eine Kurve legte, kippte er gemeinsam mit diesen zwei Säcken hin und her, als würden sie alle drei zusammen zu einer seltsam unmelodischen Volksmusik schunkeln.

Irgendwie wunderte es Egon überhaupt nicht, dass Toni und Billy es tatsächlich fertig gebracht hatten, mit all diesem Geld vollkommen unbehelligt aus der Bank zu entkommen. Immerhin hatte man sie schon in der Schule für ihre Gemeinheiten so gut wie nie zur Rechenschaft gezogen. Ja, ebenso wie damals sah es auch jetzt ganz danach aus, als würden sie mit der Sache einfach so davonkommen. Nirgendwo ertönten Sirenen, es gab keine Straßensperren oder Hubschrauber und er hatte nicht einmal einen schnöden Alarm gehört, als er vor ihnen herstolpernd aus der Bank herausgetrieben worden war. Justitia schien wie so oft tief und fest zu schlafen.

Toni, der am Steuer des Wagens saß, schienen in diesem Moment ähnliche Gedanken durch den Kopf gegangen zu sein. »Alter! Wir haben es mal wieder geschafft!«, lachte er.

»Genau!«, stimmte Billy ihm zu. »Und hast du gesehen, wie ich diesem fetten Schwein den Schädel weggeballert habe?« Er lachte ebenfalls. »Mann, die ganze verdammte Bank war voll von der roten Suppe!« Er drehte sich zu Egon herum und warf einen Blick auf sein Hemd. »Sogar der Bettnässer hat was davon abbekommen.« Er stellte sein breitestes Grinsen zur Schau. »Steht dir übrigens gut, Egon. Sonst bist du immer so widerlich bleich.«

Toni und Billy brachen gemeinsam in ein schrecklich dummes Gelächter aus, der Wagen legte sich in die nächste steile Kurve und vertrieb einige kopflos in alle Himmelsrichtungen flüchtenden Fußgänger vom Bürgersteig.

»Also, ich muss schon sagen, dieser Kerl fährt wirklich katastrophal. Aber was soll man schon erwarten? Schließlich hat er ja noch überhaupt keinen Führerschein.«

Kopernikus war zurückgekehrt. Von einem Moment auf den anderen saß Egons pechschwarzer Begleiter wieder auf seiner Schulter, als hätte er diesen Platz nie verlassen. Zum Glück schienen jedoch weder Toni noch Billy etwas von dem Erscheinen der kleinen Kakerlake mitbekommen zu haben.

»Hmpf! Hmpf!« Egon versuchte sich so leise zu verständigen, wie er konnte. Seine Fähigkeit sich zu artikulieren stand ihm aufgrund des dreckigen Lappens leider nur überaus eingeschränkt zur Verfügung. Hilfe! Hilfe! war, was er eigentlich hatte sagen wollen.

Dennoch schien Kopernikus ihn sehr gut verstanden zu haben. »Einen Moment bitte, mein Lieber. Ich muss erst einmal überlegen, was ich hier am besten für dich tun kann.«

Egon konnte es nicht fassen: Kopernikus beabsichtigte tatsächlich ihm zu helfen! Zwar hatte er noch immer nicht so wirklich begriffen, wie die Sache mit den Türen genau funktionierte, aber er wusste, dass er hier und jetzt dringend eine von ihnen benötigte. Und zwar so schnell wie möglich. »Hmpf!«

»Tut mir leid, so einfach ist das nicht. Hier ist ja gar kein Platz für eine Tür.«

Egon fasste noch mehr Mut. Anscheinend verstand Kopernikus ihn tatsächlich. »Hmpf! Hmpf!«

»Genau! Das ist eine sehr clevere Idee, Egon. Ich mache dir einfach die Autotür auf und dann kannst du herausspringen. Da draußen ist dann ja reichlich Platz.«

Egons Augen weiteten sich vor Entsetzen. Offensichtlich hatte Kopernikus zuvor einfach nur sehr gut geraten, denn das war ganz bestimmt nicht, was er ihm hatte mitteilen wollen. Kopernikus sollte das Auto irgendwie zum Stehen bringen.

»Weißt du Egon, ich bin wirklich unglaublich stolz auf dich«, stellte Kopernikus fest, während er von Egons Schulter herunter auf den großen Geldsack zu seiner Linken hüpfte. Wieselflink krabbelte er über diesen hinweg und ein zweiter kleiner Sprung brachte ihn bereits zielsicher zu der Entriegelung der Tür. »Ich meine, du hast dich dort in der Bank wirklich ganz von alleine überwunden, ohne dass es jemand von dir verlangt hätte. Ich gestehe, es wäre wesentlich mehr nach meinem Geschmack gewesen, wenn du einen der beiden Kretins entwaffnet und sie dann beide den ewigen Jagdgründen überantwortet hättest, aber Rom wurde schließlich auch nicht an einem Tag erbaut.«

Unter anderen Umständen hätte Egon sich sicher sehr über Kopernikus' nett gemeintes Lob gefreut. Aber die Tatsache, dass er gleichzeitig dabei zuschauen musste, wie die kleine schwarze Kakerlake langsam, aber bestimmt ihre Vorderbeine unter den Hebel der Entriegelung schob, vermieste ihm diese Freude ganz gewaltig. Unter keinen Umständen würde er aus diesem fahrenden Wagen springen. Das war Selbstmord! Da konnte er Toni und Billy genauso gut gleich darum bitten, ihm eine Kugel in den Kopf zu jagen. Das ginge dann nicht nur schneller, sondern vermutlich auch noch wesentlich schmerzloser vonstatten.

»Hey! Was glotzt du da hinten ständig zu der Tür rüber, häh?« Billy musste Egon im Rückspiegel beobachtet und bemerkt haben, dass auf dem Rücksitz irgendetwas vor sich ging. Er drehte sich herum – und bekam seinen Mund nicht mehr zu. »Was zur Hölle macht das verdammte Viech denn da?!«

Eine halbe Sekunde später überschlugen sich die Ereignisse.

Alles begann damit, dass dicht hinter dem Wagen plötzlich doch eine laute Sirene ertönte. Vielleicht hatten die Polizisten endlich ihre letzten Donuts aufgegessen, vielleicht war ihnen aber auch einfach Tonis sonderbarer Fahrstil zu Ohren gekommen. Wie dem auch sein mochte, ein blindes Huhn findet auch einmal ein Korn und jetzt waren sie hier, weswegen Toni einen lautstarken – und seinem Alter sehr schlecht zu Gesicht stehenden – Fluch ausstieß und unter der Zurschaustellung der allerletzten Untiefen seiner Fahrkünste mit geradezu grotesk überhöhter Geschwindigkeit in eine unglücklich scharfe Rechtskurve einbog. Die entstehenden Fliehkräfte trieben Egon gemeinsam mit den zwei schweren Geldsäcken gnadenlos zur linken Tür des Fluchtwagens – eben jener Tür, deren Verriegelung Kopernikus just in diesem Augenblick öffnete. Die pflichtbewusste Tür tat wie ihr geheißen, sprang bereitwillig auf und gehorchte somit denselben physikalischen Gesetzen, die Egons energischen Einspruch kopfschüttelnd abwiesen.

Alles Weitere geschah für Egon geradezu in Zeitlupe. Er bemerkte – mehr als passiver Zuschauer denn als aktiver Teilnehmer – wie er zusammen mit den zwei Geldsäcken immer weiter in Richtung der offenen Tür getrieben wurde. Gleichzeitig erkannte er im Rückspiegel, wie sich Tonis Augen vor Überraschung und Schrecken weiteten. Für einen fast schon vernachlässigbaren Bruchteil einer Sekunde fragte er sich, was der Grund für diesen abrupten Stimmungswechsel sei, dann aber klärte sich dieses Rätsel bereits von selbst auf.

Auf der anderen Straßenseite, auf welche Tonis übermütiger Fahrstil den Fluchtwagen soeben bugsiert hatte, kam ihnen ein sehr großer und überaus unfreundlich dreinblickender LKW entgegen. Diese Erkenntnis wiederum führte Egon mit beeindruckender Deutlichkeit vor Augen, wie schnell sich manche Meinungen doch ändern konnten. Denn von einem auf den anderen Moment freute er sich tatsächlich sehr darüber, dass er im Begriff stand, aus einem fahrenden Auto geschleudert zu werden.

»Ich mache dir dann schon mal die Tür auf!«, hörte er Kopernikus' Stimme, als sein Kopf gerade den Türrahmen des Wagens passierte, ohne dass er auch nur im Entferntesten zu sagen gewusst hätte, wo genau sein kleiner schwarzer Begleiter sich in diesem Augenblick eigentlich befand.

Kurz darauf flog Egon zusammen mit den Geldsäcken im hohen Bogen durch die Luft, wobei es ihm gelang, einen flüchtigen Blick in die schreckensstarren Augen einiger Passanten zu werfen, die zu unfreiwilligen Zeugen dieses halsbrecherischen Geschehens wurden. Er kam gerade noch dazu, sich zu fragen, was ihnen nur durch den Kopf gehen mochte, bevor der ramponierte Rahmen der von Kopernikus herbeigerufenen Tür seinen Blick auf sie schon wieder versperrte.

Das allerletzte, das Egon wiederum von Toni und Billy sah, war, wie ihr Fluchtauto eine im wahrsten Sinne des Wortes eindrückliche Bekanntschaft mit dem sicherlich völlig überrumpelten LKW machte, wobei sich die gesamte Front des altmodischen Gefährts, welches das Wort Airbag vermutlich nicht einmal vom Hörensagen kannte, auf eine derart ungesunde Art und Weise zusammenschob, dass die rote Suppe – wie Billy es zuvor treffend betitelt hatte und in die sich die beiden nun ironischerweise selbst verwandelten – links und rechts aus dem Fahrzeug heausspritzte.

Einen Moment später federte eine komfortabel weiche Wiese Egons Sturz ab, er überschlug sich ein, zwei Mal und blieb schließlich so auf dem Rücken liegen, dass er hinaufschaute in eine Wolke grüner Dollarscheine, die vor der Kulisse eines strahlend blauen Himmels von einer angenehm leichten Brise wild durcheinandergewirbelt wurden. Dann wurde er ohnmächtig. Zuvor jedoch meinte er noch zu bemerken, dass irgendetwas neugierig an seinen Füßen schnüffelte.

Wieder aufgeweckt wurde Egon von dem Gefühl, wie ein rauer feuchtwarmer Waschlappen einmal quer durch sein Gesicht gezogen wurde. Eindringlich versuchte seine Müdigkeit seinen Verstand davon zu überzeugen, dass dieser Sinneseindruck nichts weiter war als ein Bestandteil eines seltsamen und etwas zu lebendigen Traumes. Dann aber wanderte der Waschlappen noch ein weiteres Mal – nun etwas langsamer und mit deutlicherem Nachdruck – von seinem Kinn über seine Lippen, bis er schließlich bemerkte, wie das gewohnte Gewicht seiner dicken Brillengläser von seiner Nase hinweggetragen wurde. Schnell öffnete er die Augen.

Das Bild, das seine mit der optischen Wahrnehmung betrauten Sinnesorgane kurz darauf an sein verwirrtes Großhirn weiterleiteten, ließ dasselbe an der vollständigen Funktionstüchtigkeit seiner zwei Untergebenen zweifeln. Direkt vor Egon stand ein kleines – und ungemein hageres – Einhorn mit klaren blauen Augen und leuchtend weißer Mähne, das drauf und dran war, seine lange rosafarbene Zunge noch ein drittes Mal durch sein Gesicht zu ziehen. Um der unnötigen Wiederholung dieser sicherlich überaus nett gemeinten, aber dennoch unangenehm nassen Begrüßung zu entgehen, erhob Egon sich so schnell, wie es ihm seine noch immer gefesselten Hände erlaubten. Das Einhorn trat einige kleine Schritte zurück, legte seinen Kopf leicht schief und betrachtete ihn freundlich hechelnd mit lang heraushängender Zunge.

»Es scheint dich zu mögen«, sagte Kopernikus, der in diesem Moment herangeflogen kam und sich auf der Spitze des Horns des Einhorns niederließ. Hatte Egon bei dem Anblick des Fabelwesens bereits geglaubt, dass er jetzt eigentlich alles gesehen haben müsste, so wurde er in diesem Moment eines Besseren belehrt. Kopernikus war eine Fee. Eine kleine, gänzlich schwarze Fee mit einem kurzen Röckchen, spitzen smaragdgrünen Flügeln – und einem deutlichen Bauchansatz.

Kopernikus räusperte sich. »Mein lieber Egon, wäre es dir bitte möglich, nicht so auf meine – Flügel zu starren? Und deinen Mund darfst du ruhig wieder schließen.«

»H-hmpf«, stotterte Egon und trennte seinen Blick nur äußerst mühsam von Kopernikus' neuer Erscheinungsform. Der elendige Knebel in seinem Mund ging ihm langsam gehörig auf die Nerven.

Sein kleiner schwarzer Begleiter, das Einhorn und er selbst befanden sich mitten auf einer saftig grünen Wiese. Tonis und Billys Geldsäcke waren auf ihrem Weg durch die Tür geplatzt, sodass Egon und das Einhorn knöcheltief in an diesem Ort vermutlich vollkommen wertlosen Dollarnoten standen. In einiger Entfernung grenzte die Wiese an einen dichten Wald und weit hinten am Horizont erstreckten sich hohe, mit Schnee überzuckerte Gebirgszüge. Zuerst sah Egon nirgendwo Menschen oder auch nur die Anzeichen einer Siedlung. Doch gerade als er sich an Kopernikus wenden und ihn fragen wollte, wie es nun weiter gehen solle, da bemerkte er eine zottelige Gestalt, die jenen Wald verließ und direkt auf sie zusteuerte. In ihrer rechten Hand führte sie einen langen Stab und soweit Egon es aus dieser Entfernung zu erkennen vermochte, saß auf ihrem Kopf ein großer spitz zulaufender Hut. Egons Knie begaben sich in Habachtstellung.

Kopernikus hatte sich von seinem vorigen Landeplatz aus wieder in die Luft erhoben und schwirrte jetzt neben Egons Kopf. »Oh sehr gut! Wie ich sehe, ist auch der zweite Teil deines Begrüßungskomitees dazu bereit, dich in Empfang zu nehmen.«

»Hmpf?«, fragte Egon. Vor Verwunderung hätte er sich gerne an seinem Kopf gekratzt, doch ärgerlicherweise musste er das aufgrund seiner gefesselten Hände unterlassen.

»Du wirst schon sehen.«

Die zottelige Gestalt kam näher und näher und begann plötzlich, immer wieder laut ein Wort zu rufen, das sich für Egon anhörte wie Förmchen oder Körnchen. Was hatte das nun bloß schon wieder zu bedeuten?

Das hagere Einhorn wiederum schien sich diese Frage nicht zu stellen. Denn sowie es den Ruf hörte, spitzte es seine Ohren, wandte seinen Kopf und galoppierte geschwind in Richtung des Neuankömmlings. Kaum hatte es sein Ziel erreicht, da konnte Egon aus der Ferne erkennen, wie es zuerst beschwichtigend seinen Kopf senkte und sich dann eng an die Gestalt drückte. Dem Tonfall der wenigen Fetzen nach zu urteilen, die Egons Ohren erreichten, schien die merkwürdige Figur einige tadelnde Worte für das freundliche Fabelwesen übrig zu haben. Aber schließlich strich sie ihm liebevoll durch seine weiße Mähne, über das Horn und die Nase. Es war eindeutig, dass die zwei sich gut kannten. Egons Bedenken verwandelten sich vorsichtig in Neugier. Um wen konnte es sich bei der rätselhaften Person nur handeln?

Auf eine Antwort musste er nicht mehr allzu lange warten. Denn wenige Augenblicke später war die Gestalt – neben der das Einhorn nun freudig hertrabte – nahe genug herangekommen, dass sie genauer zu erkennen war.

Es handelte sich um einen sehr dürren alten Mann mit einem langen schlohweißen Bart und ebenso langen und schlohweißen Haaren, die verworren unter einem schrecklich krummen und schiefen grauen Hut hervorwuchsen. In seiner Hand hielt er einen knorrigen Stab, der Egon bereits aus der Entfernung aufgefallen war und an dessen Spitze, wie er jetzt erkannte, ein unregelmäßiger weißer Kristall im Licht der Sonne funkelte und glitzerte. Außerdem trug er ein lumpiges und ihm scheinbar viel zu großes Gewand, das irgendwann einmal knallbunt gewesen sein mochte, jetzt aber nur noch durch seine vielfältigen Schattierungen von Braun und Grau auffiel. Als er Kopernikus und ihn wenig später endlich erreicht hatte, meinte Egon irgendwo zwischen den in alle Himmelsrichtungen abstehenden Barthaaren des Alten zudem vage Hinweise auf ein freundliches breites Lächeln erkennen zu können.

»Willkommen, willkommen, willkommen!«, rief der Mann leicht außer Atem und verbeugte sich so tief, dass er seinen spitzen Hut festhalten musste. »Bitte entschuldigt, aber ich habe Hörnchen einfach nicht zurückhalten können. Ihr müsst wissen, ihr Geruchssinn ist derart fein ausgeprägt, dass sie Eure Ankunft schon weit aus der Ferne wahrgenommen hat.« Der Mann lachte. »Ha! Aber leider hört sie bei weitem nicht so gut, wie sie riecht!«

»H-hmpf.« Egon wusste nicht so recht, was er von dieser freundlichen Begrüßung halten sollte. Freundlichkeit war ihm gemeinhin suspekt.

»Oh, wie ich sehe, befindet Ihr Euch in einer etwas gehemmten Situation«, sagte der alte Mann und deutete auf Egons Fesseln. »Lasst mich Euch helfen.« Daraufhin schloss er die Augen, murmelte einige Worte in einer seltsam gutturalen und Egon außerdem gänzlich unverständlichen Sprache und im nächsten Augenblick gab der weiße Kristall an seinem Stab einen grellen grünlichen Blitz von sich, der Egon vollkommen unvorbereitet traf. Hatte er doch gewusst, dass von dem Kerl nichts Gutes zu erwarten war!

Doch im nächsten Moment war endlich der dreckige Lappen zwischen seinen Zähnen verschwunden und er bemerkte, dass er seine Hände wieder bewegen konnte. Der seltsame Blitz hatte ihn befreit! Hatte er etwa vorschnell geurteilt? War dieser Kerl vielleicht doch ganz nett?

»Da-danke«, stotterte Egon mit einem leichten Schuldgefühl. »We-wer …«

»Ach, bitte verzeiht, ich habe mich ja noch gar nicht vorgestellt. Mein Name ist Botis«, sagte der Mann und verneigte sich erneut. »Ich bin der Hofzauberer von König Raffelbart.«

»Kö-König Raffelbart?«, fragte Egon verwirrt.

»Ganz richtig. Der Herr von Vielschmatzland. Dem fruchtbarsten Königreich der Welt.«

Egon warf einen skeptischen Blick auf die hageren Gesichtszüge des alten Kerls und einen zweiten auf Hörnchen, an deren Flanken er klar und deutlich die einzelnen Rippen zählen konnte. So fruchtbar schien dieses Vielschmatzland nun nicht gerade zu sein. Er hätte es jedoch als unhöflich empfunden, weiter darauf einzugehen, weshalb er sich stattdessen dazu entschied, sich erst einmal selbst vorzustellen. »I-ich bi-bin …«

»Oh, ich weiß selbstverständlich sehr genau wer Ihr seid«, schnitt Botis ihm das Wort mitten im Satz ab. »Und ich kann Euch überhaupt gar nicht sagen, wie froh ich bin, dass gerade ich derjenige sein darf, der nach all den vielen Jahren des Wartens endlich Eure Ankunft verkünden darf.«

Egon stutzte. »Ähm, wi-wie bitte?«

»Aber natürlich, Ihr seid der mächtige Egon!«, rief Botis und in seine Augen trat eine geradezu an Wahnsinn grenzende Freude. »Ihr seid der prophezeite Held, der das schreckliche Monster besiegen und Vielschmatzland endlich von seinem nagenden Hunger befreien wird!«

8. Kapitel

Immer noch eine ganze Zeit zuvor

Nachdem Egon in seine Abteilung zurückgeeilt war, um seine Mutter anzurufen, saß Lotte noch lange alleine an dem schiefen kleinen Tisch in der Kantine, spielte lieblos mit dem Häufchen Eierschale auf ihrem Teller und ärgerte sich über sich selbst. Es war offensichtlich, dass es Egon heute sogar noch um einiges schlechter ging als sonst. Und alles, was sie getan hatte, war, ihren Freund auszulachen und ihn regelrecht mit der Nase darin zu reiben, wie beschissen sein Leben doch war. Typisch. Das sah ihr wieder einmal ganz ähnlich.

Egon hatte leider irgendwas an sich, das solche Dinge geradezu magisch anzog. Vielleicht war es seine komische Art zu sprechen, vielleicht aber auch einfach die Tatsache, dass von ihm nicht die geringste Gegenwehr zu befürchten war. Doch was auch immer es war, leider war nicht einmal sie vollkommen immun dagegen und das obwohl sie Egon wirklich sehr gern hatte. Schließlich war er der einzige Mensch, bei dem sie nicht das Gefühl hatte, sich andauernd verteidigen zu müssen.

Lotte erinnerte sich noch sehr gut an jenen Tag vor ein paar Jahren, an dem Egon und sie sich genau hier an diesem Tisch kennengelernt hatten. Egon hatte damals gerade erst begonnen, in der Firma zu arbeiten, und nur wenige Minuten zuvor das erste Mal Bekanntschaft mit Frau Unkenstock gemacht.

Entsprechend deprimiert hatte er ausgesehen, als sie sich kurzentschlossen zu ihm gesetzt und ihn gefragt hatte, wer er sei und was er hier so mache. Sie hatte sofort gemerkt, dass von Egon keinerlei Bedrohung ausging – und das hatte sie angezogen wie die Motte das Licht. Damit hatte sie den Armen allerdings derart erschreckt, dass er sich prompt einen Löffel viel zu dünne, dafür aber kochend heiße Suppe auf die Hose geschleudert hatte.

Nach der Überwindung dieses ersten Schreckens – und dem Abklingen der Schmerzen – hatte Egon, zuerst zwar zögerlich, nach und nach dann aber immer freier, begonnen zu erzählen. Sie waren ins Gespräch gekommen und aus diesem ersten gemeinsamen Mittagessen war zuerst eine regelmäßige Einrichtung geworden, dann eine gute Freundschaft. Wenn Lotte gelegentlich an ihre damalige spontane Aktion zurückdachte, erkannte sie sich selbst kaum wieder. Eigentlich war es ganz und gar nicht ihre Art, so direkt auf fremde Menschen zuzugehen – das hieß, zumindest nicht mit der Absicht, sie kennenzulernen oder gar Freundschaft mit ihnen zu schließen. Vor Konfrontationen hingegen hatte sie noch nie zurückgeschreckt.

Wie schlecht es Egon heute wirklich ging, hatte sie leider erst gemerkt, als er ihr die merkwürdige Angelegenheit mit dieser Katze erzählt hatte. Dass das Tier seiner Meinung nach smaragdgrüne Augen gehabt hatte, ging ja noch an – obwohl dieses spezifische Wort smaragdgrün schon ein wenig seltsam war. Aber dass er sich von ihm offenbar regelrecht verfolgt fühlte, bereitete ihr dann doch große Sorgen. Zwar verging kein Tag, an dem Egon sich bei ihr nicht über die eine oder andere Sache beklagt hätte und Lotte kannte ihn mittlerweile lange genug, um zu wissen, dass er gelinde gesagt nicht oft unter Leute kam – aber Verfolgungswahn? Das war neu. Dachte er etwa, die Katze hätte es ihm übel genommen, dass er sie beinahe getreten hatte? Oder war er jetzt einfach nur an einem Punkt angelangt, an dem er sich im wahrsten Sinne des Wortes von der gesamten Welt bedroht fühlte? Gewundert hätte es sie zwar nicht, besser machte das die Angelegenheit allerdings auch nicht.

Lotte traf eine Entscheidung. Egon brauchte ihre Hilfe! Wozu waren Freunde schließlich sonst gut? Zwar war sie sich noch nicht sicher, wie genau sie ihm unter die Arme greifen konnte, aber manchmal brachte es ja schon eine Menge, wenn man einfach nur für den anderen da war und ihm zeigte, dass er nicht alleine war. Deshalb würde sie jetzt sofort zu ihm ins Büro gehen und ihn fragen, ob er heute Abend mit ihr ins Kino gehen oder Gott weiß was unternehmen wollte. Es war sowieso schon viel zu lange her, seit sie das letzte Mal etwas anderes zusammen gemacht hatten, als hier in dieser elendigen Kantine zu sitzen und gemeinsam den Fraß von dieser blöden Unkenstock in sich hineinzuzwängen.

Wie um ihren Entschluss zu unterstreichen, stand sie abrupt auf und schmetterte ihre Gabel derart bestimmt auf den Tisch, dass sich die wenigen anderen Menschen in der Kantine, die ebenfalls noch nicht in ihre Büros zurückgekehrt waren, verstört nach ihr umblickten. Sollten sie doch! Die Zeiten, in denen sie sich darum gekümmert hätte, was andere Menschen über sie dachten, gehörten schon sehr lange der Vergangenheit an.

Es war einige Zeit vergangen, seit Lotte Egons Abteilung das letzte Mal betreten hatte. Dennoch wusste sie schon in dem Moment, in dem sich die Türen des Fahrstuhls vor ihrer Nase öffneten, dass sich hier nicht das Geringste verändert hatte: Es handelte sich nach wie vor um die lausigste Abteilung der gesamten Firma.

Nirgendwo sonst in dem Gebäude lümmelten sich mehr Faulheit und Eintönigkeit auf dem einzelnen Quadratmeter. Und dabei war es wirklich nicht so, dass sie ihre eigene Abteilung besonders liebte. Ganz im Gegenteil! Tatsächlich hätte sie die miefige Bude dort oben lieber gestern als heute hinter sich gelassen. Egons Abteilung jedoch machte stets den Eindruck auf sie, als funktioniere das gesamte Gebäude wie eine große Kaffeemaschine und all das, was sie an ihrer eigenen Abteilung hasste, sickerte langsam und zähflüssig nach unten durch, um hier ein stinkendes schwarzes Konzentrat zu bilden.

Schon der erste muffelige Kollege, der an ihr vorüberstakste, war ein wunderbares Beispiel für die hiesige Fauna. Es handelte sich um einen dünnen Mann, dessen verwahrloste Kopfbehaarung direkt in seinen noch verwahrloster en Bart überging. Eine kleine anhängliche Fliege umschwirrte treudoof seinen Kopf und in seinen Armen trug er eine große Kiste Donuts, mit welcher er zielstrebig auf einen feisten kahlköpfigen Kerl zusteuerte, der sich demonstrativ vorfreudig die Lippen leckte. Lotte wusste, dass Egon ihr irgendwann einmal von diesem Pärchen erzählt hatte, ihre Namen wollten ihr jedoch einfach nicht einfallen – und im Moment gab es auch wirklich wichtigere Dinge. Schließlich war sie wegen Egon hier und nicht als Katastrophentouristin.

Den allerdings konnte sie nirgendwo ausmachen. An seinem Arbeitsplatz ganz am äußersten Rand des Büros saß er jedenfalls nicht. Aber wo konnte er sonst sein? Etwa auf der Toilette? Oder hatte er tatsächlich schon früher Feierabend gemacht und war bereits nach Hause gegangen? Das war zwar möglich, allerdings auch sehr unwahrscheinlich, da er sich doch erst vor einigen Minuten bei ihr darüber beklagt hatte, wie sehr er dank Ronnie mit seiner Arbeit im Rückstand war. Nein, irgendetwas konnte hier nicht stimmen. Es blieb ihr leider gar nichts anderes übrig: Sie musste sich nach Egon erkundigen. Und sie wusste auch schon ganz genau bei wem.

Lotte brauchte sich nicht lange umzuschauen, um zu finden, wen sie suchte. Nur wenige Meter von ihr entfernt ächzte und keuchte ein bemitleidenswerter kleiner Schreibtischstuhl unter der Masse von Ronnies anabolikagestählten Oberschenkeln. An seinen breiten Schultern vorbei erkannte sie, dass der Hüne gerade mit für die Firma sicherlich immens wichtigen Recherchen zum Thema Eiweißpräparate beschäftigt war. Da Egon mittlerweile den Großteil sei-

ner Arbeit für ihn erledigte, hatte er natürlich alle
Zeit der Welt für derart essentielle Dinge des alltäglichen Lebens. Im starken Gegensatz zu ihrem Freund
fürchtete Lotte sich jedoch nicht im Geringsten vor
diesem halbwilden Gorilla. Nein, in gewisser Weise
freute sie sich sogar, endlich mal einen Grund dafür
zu haben, ihn aus seinem Busch hochzuscheuchen.
Ohne zu zögern machte sie daher die wenigen
Schritte und klopfte Ronnie auf die Schulter.

»Häh? Was ist?«, fragte Ronnie und drehte sich
provokant langsam herum. Als seine Augen dann jedoch denen von Lotte begegneten, weiteten sie sich
zuerst aus Überraschung – dann aus Furcht.

Es wäre übertrieben gewesen, zu behaupten, dass
die beiden sich gut kannten – zwei kleine und besonders empfindliche Teile von Ronnie hatten allerdings vor Jahren einmal eine zwar flüchtige, dafür
aber umso eindrücklichere Bekanntschaft mit Lottes
Knie gemacht, als er in der Kantine versucht hatte,
mit ihr so ähnlich umzuspringen wie mit Egon. Seitdem ging er ihr weiträumig aus dem Weg. Doch hier
an seinem Arbeitsplatz fand er sich vollkommen in
die Enge getrieben.

»Wa-was willst du denn hier?«, fragte Ronnie so
ruhig, wie es ihm möglich war. Seine Augen wan-
derten unruhig durch das Büro. Vermutlich war er
besorgt, dass jemand bemerken könnte, wie schnell
er sich von einem derart kleinen und zierlichen Per-
sönchen einschüchtern ließ.

Lotte genoss es, den Kerl schwitzen zu sehen. Am
liebsten wäre sie ihn wesentlich öfter besuchen gekommen. Schon so manches Mal, als Egon ihr davon

erzählt hatte, wie Ronnie ihn behandelte, hatte sie sich nur äußerst schwer zurückhalten können. Der einzige Grund, warum sie ihrem Ärger nicht einfach die Zügel schießen ließ, war ihre Sorge, dass ihr Eingreifen Egons Situation auf lange Sicht eher verschlechtern als verbessern würde. »Ich suche Egon«, sagte sie. »Weißt du, ob er schon nach Hause gegangen ist?«

Ronnie war seine Erleichterung regelrecht anzusehen. »Egon? Ne!«, antwortete er und drehte sich bereits halb zu seinem Computer zurück. »Der ist nicht zu Hause. Der ist drüben bei Herrn Kruschinski im Büro. Und zwar schon ne ganze Weile.« Er lachte. »Scheint kein nettes Gespräch zu sein.«

Egon war im Büro seines Chefs? Lottes Sorgen wuchsen. Auch sie konnte sich wirklich nur sehr schwer vorstellen, dass das etwas Gutes zu bedeuten hatte. Egon schien leider Recht zu behalten. Heute war nicht gerade sein Glückstag. Ja, man konnte geradezu den Eindruck bekommen, dass sich alle seine Sorgen dazu verabredet hatten, ihm mit vereinten Kräften ein für alle Mal den Garaus zu machen.

»Danke«, murmelte Lotte so leise, dass sie sich selbst kaum hörte. Ronnie winkte ab und wandte sich endgültig wieder seinem Monitor zu. Vermutlich war er heilfroh, sie so einfach wieder los zu sein.

Langsam ging Lotte zurück in Richtung Fahrstuhl. Wie es schien, konnte sie im Moment absolut nichts für Egon tun. Wer wusste schließlich schon, wie lange dieses Gespräch noch dauern würde? Und es war eher unwahrscheinlich, dass Egon sich direkt danach sonderlich freuen würde, sie zu sehen. Nein, sie würde ihn nach der Arbeit anrufen und sich nach ihm erkundigen. Jetzt aber musste sie zurück an ihren eigenen Arbeitsplatz. Schließlich war sie dort schon längst überfällig.

Doch dann machte sie auf dem Absatz kehrt. Zwar konnte sie ihrem Freund im Moment nicht wirklich helfen, aber bevor sie nicht wenigstens eine Ahnung davon hatte, wie schlimm dieses Gespräch für ihn war, würde sie keine Ruhe finden.

Obwohl Lotte sich in dieser Abteilung nicht sonderlich gut auskannte, war es für sie ein Leichtes, Herrn Kruschinskis Büro ausfindig zu machen. Bis auf ein paar winzige Unterschiede sah es in diesem Rattenloch hier unten zumindest oberflächlich betrachtet kein bisschen anders aus als in ihrer eigenen Abteilung. Zielstrebig und mit großen energischen Schritten steuerte sie daher auf den kleinen Vorraum des Büros von Egons Chef zu.

»Wer sind Sie denn?«, sagte das blonde Püppchen in den zu eng sitzenden Klamotten, das wohl Herrn Kruschinskis Sekretärin darstellen sollte. »Haben Sie einen Termin?«

Wenn Lotte die Sekretärin auch nur anschaute, wurde ihr bereits schlecht. Wie konnte man sich als Frau nur so anziehen und trotzdem noch erwarten, als Person ernst genommen zu werden? Mit einem innerlichen Kopfschütteln durchquerte sie den Vorraum, ohne dieses Ausstellungsstück weiter zu beachten und legte ihr Ohr an die Bürotür. Natürlich hatte sie nicht vor, das Büro selbst zu betreten. Alles, was sie wollte, war, einen Moment zu lauschen, um zumindest einen kleinen Eindruck davon zu gewinnen, ob sie sich Sorgen um Egon machen musste oder nicht.

Doch die Sekretärin erwies sich als wesentlich hartnäckiger, als Lotte es ihr zugetraut hätte. »Was machen Sie denn da?! Lassen Sie das sofort bleiben!«

»Pscht!«, zischte Lotte. Von der anderen Seite der Tür drangen zwar bereits einige raue Wortfetzen an ihr Ohr, wirklich aussagekräftig waren diese jedoch nicht. Ein klein wenig Ruhe, mehr benötigte sie nicht.

»Also, ich muss doch sehr bitten!«, rief die Sekretärin und erhob sich von ihrem Schreibtisch. »Wenn Sie keinen Termin haben, dann machen Sie gefälligst sofort, dass Sie davon kommen!«

Lotte konnte regelrecht dabei zuschauen, wie der Pegel ihrer Wut emporkochte. Ihre Hände ballten sich zu Fäusten und schon war sie drauf und dran, diese Barbie gehörig zusammenzufalten. Doch sie war intelligent genug, um zu wissen, dass das absolut niemandem helfen würde. Am allerwenigsten Egon.

Daher drehte sie sich um, sah dem Püppchen in ihre geschminkten Augen und sagte so zuckersüß, wie sie es mit fest zusammengebissenen Zähnen vermochte: »Bitte entschuldigen Sie vielmals.« Dann verließ sie den Vorraum und schließlich die Abteilung – ohne ihr Ziel erreicht zu haben.

9. Kapitel

Lange hatte Egon versucht, Botis davon zu überzeugen, dass er keineswegs ein Held sei – und schon ganz bestimmt nicht mächtig. Aber seine Worte schienen einfach nicht zu dem Zauberer durchzudringen. Egal was er auch sagte, Botis blieb felsenfest bei seiner Meinung: Egon war niemand anderes als der prophezeite Held, die fleischgewordene Befreiung Vielschmatzlandes von seinem alles verzehrenden Hunger. Die Verbohrtheit, mit welcher der zottelige Typ auf dieser Behauptung beharrte, ließ in Egon schnell die Vermutung aufkommen, dass ihn der Hunger neben einigen Pfunden auch noch so manche graue Zelle gekostet hatte. Die Situation schien ausweglos. Irgendwann unterließ er daher jeglichen Widerstand und ergab sich einmal aufs Neue resignierend in sein Schicksal.

Botis war fest entschlossen, Egon König Raffelbart vorzustellen. Bereits seit geraumer Zeit befanden sie sich daher auf dem Weg zu dem Hofe des Königs, der sich laut Botis ganz in der Nähe befinden sollte. Es wurde jedoch sehr schnell offensichtlich, dass er unter diesen Worten etwas gänzlich anderes verstand als Egon, für den die Fortbewegung zu Fuß generell eher nicht zu seinem Alltag gehörte. Während er sich ächzend und stöhnend neben dem fröhlich pfeifenden Zauberer und dem treu an seiner Seite trabenden Hörnchen dahinschleppte, lernte er dieses ominöse Vielschmatzland sowie den Hunger, der es fest in seinen hageren Krallen hielt, mit jedem schmerzenden Schritt etwas besser kennen. Kopernikus hingegen war wieder einmal spurlos verschwunden.

Nachdem sie die Wiese und die gleichermaßen zahl- wie wertlosen Dollarnoten hinter sich gelassen hatten, durchquerten sie zunächst den nahegelegenen Wald. Im Wesentlichen unterschied sich dieser kaum von jenen Wäldern, die Egon sonst so kannte, bis auf die Tatsache, dass er ein klein wenig unwegsamer war. Ständig mussten die drei über große Felsen hinwegsteigen und manches Mal sogar unter ihnen hindurchkriechen, hier und dort schlängelte sich gemächlich das ein oder andere zu überquerende Flüsschen dahin und bei einigen der größeren Bäume schien es sich um regelrechte Witzbolde zu handeln, da sie – falls Egon nicht endgültig den Verstand verlor – ihre Wurzeln in exakt dem Moment etwas in die Höhe sprießen ließen, als er breitbeinig über sie hinwegstieg. Da sich die Bäume ihm gegenüber damit jedoch nicht wesentlich anders verhielten als die meisten Menschen seit seiner Kindheit, machte er sich nicht wirklich etwas daraus.

Als sie dann endlich aus dem Wald hinaustraten, fanden sie sich von einer auf die andere Sekunde in einer gänzlich anderen Welt wieder. Soweit Egons Auge reichte erstreckten sich reich bebaute Felder und vor Früchten nur so strotzende Plantagen. Wohin sein Blick auch wanderte sah er Weizen, Mais, Kohl und Mohrrüben, Apfel- und Pflaumenbäume und dazwischen Weideflächen, die von großen Kuh- und Schafherden bevölkert wurden, welche zufrieden schmatzend ihre Zähne in das saftig grüne Gras

136

schlugen. Ja, etwas in der Ferne erkannte er sogar überaus prächtige Weinberge, deren Pflanzen sich unter der schweren Last ihrer purpurnen Früchte regelrecht verbogen. Schreckliche Monster hin oder her, wie konnte irgendjemand bei all dieser Fruchtbarkeit nur an Hunger leiden? Botis musste tatsächlich übergeschnappt sein!

Dann aber trafen sie auf die ersten Bauern und sofort sah Egon sich dazu gezwungen, seine Meinung noch einmal zu überdenken. Diese armen Menschen boten einen derart traurigen, ja trostlosen Anblick, wie er ihn bisher noch nie gesehen hatte. Ihre müden Augen saßen tief in ihren Höhlen, ihre Wangen waren hohl und eingefallen und überhaupt schien ihre aschfahle Haut nicht viel mehr als ihre bloßen Knochen zu umschließen. Unendlich sehnsüchtig betrachteten sie die Fülle an Lebensmitteln, die sie in große auf ihren Rücken befestigte Körbe luden. Es war ein Bild des Jammers.

»I-ich ve-verstehe das nicht«, sagte Egon, als sie gerade an einem steinalten, zahnlosen und ganz besonders abgehalfterten Mütterchen vorbeikamen, das drauf und dran war, unter der enormen Last riesiger saftiger Tomaten zusammenzubrechen. »Wa-warum e-essen die Menschen si-sich nicht einfach satt? E-es gibt doch mehr als ge-genug Nahrung.«

»Ach! Wenn es doch nur so einfach wäre!«, stöhnte Botis. »Aber Ihr müsst wissen, all das, was Ihr hier seht, ist strengstens rationiert. Jede auch noch so kleine Zuwiderhandlung wird auf das Härteste bestraft.«

Egon verstand noch immer nicht recht. »A-aber was wi-wird denn dann aus all dem E-Essen?«

Botis gab erneut einen tiefen Seufzer von sich. »Das bekommt das Monster«, sagte er und schlug betrübt die Augen nieder. Gleich darauf hellte sich seine Stimmung jedoch wieder auf, als wäre ihm etwas eingefallen, das er beinahe schon vergessen hatte. »Das Monster, von dem Ihr uns endlich befreien werdet!« Soweit Egon das unter all den Haaren ausmachen konnte, zeigte der Zauberer ein breites – und irgendwie leicht irres – Grinsen.

Egon schluckte. Selbstverständlich hatte er im Gegensatz zu dem Zottelbart keineswegs vergessen, in was für einer misslichen Lage er sich befand. Doch alleine der Anblick, welch geradezu wahnsinnige Mengen an Nahrung dieses Monster zu verschlingen schien, ließ die brennende Frage in ihm aufkeimen, wie ungeheuer riesig das Biest nur sein mochte. Er gelangte zu einer niederschmetternden Antwort: Die Lage war hoffnungslos. Eigentlich konnte er schon hier und jetzt mit seinem Leben abschließen. Er würde nichts weiter als einen kleinen Snack für dieses Ding darstellen. Wenn er besonderes Glück hätte, würde er vielleicht für eine Hauptspeise ausreichen. Der mächtige Held, der Vielschmatzland von seinem brennenden Hunger befreite, der war er ganz sicher nicht.

Nachdem Botis, Hörnchen und Egon die Felder der armen Bauern hinter sich gelassen hatten, trafen sie auf die ersten kleinen Hütten und bald veränderte sich ihre Umgebung mit jedem Meter, den sie zurücklegten. Die Häuser wurden schnell zahlreicher und es dauerte nicht lange, bis sie sich im Inneren einer mittelalterlich anmutenden Stadt wiederfanden. Die nur teilweise gepflasterte Straße unter ihren Füßen war durchwuchert von tiefen, mit matschigem Wasser gefüllten Schlaglöchern und die Gebäude an ihren Rändern waren ebenso malerisch wie windschief. Zwischen den krummen Dächern erblickte Egon nach einiger Zeit die roten Ziegel der hohen Türme des königlichen Schlosses.

Ausnahmslos alle Menschen, die sie in dieser Stadt trafen, befanden sich in exakt demselben bemitleidenswerten Zustand wie die armen Bauern auf ihren Feldern. Sie alle waren nichts weiter als wandelnde Hungerleichen, schaurige Skelette, denen ihre eigene Kleidung nicht recht passen wollte. Selbst die wenigen Adligen, die trotz ihrer prachtvollen bunten Gewänder nur schwermütig langsam einherschritten, wirkten wie bloße Karikaturen ihrer selbst. Ja, im Vergleich mit ihnen strahlten die zahllosen, an den Straßenrändern kauernden Bettler in ihren schmutzigen Lumpen regelrecht Tatkraft und Lebensfreude aus. Eine Zeit lang rätselte Egon, was es damit wohl auf sich haben konnte, dann aber kam ihm der Gedanke, dass sich für diese bemitleidenswerten Kreaturen vermutlich noch am wenigsten verändert hatte – mit Ausnahme der Tatsache selbstverständlich, dass es ihnen nun vergönnt war, mit anzusehen, wie es auch den reichsten Menschen ganz genauso erging wie ihnen. Hunger war definitiv einer der größten Gleichmacher überhaupt.

Gerade ruhten Egons Augen auf einem besonders gehässig dreinblickenden Bettler, der sich trotz der Tatsache, dass ihm beide Beine fehlten, fast schon königlich zu amüsieren schien, als der erste Schrei seine Ohren erreichte. Im einen Augenblick erfüllte das Geräusch schrill, hoch und markerschütternd die Luft – im nächsten verstummte es völlig abrupt. Erschrocken wandte Egon sich an Botis. »Wa-was war das?«

Der Zauberer blickte ihn verwirrt an. »Was bitte meint Ihr?«

Egon runzelte die Stirn. Wie bloß konnte Botis nicht wissen, was er meinte? War der Zauberer etwas nicht nur irre, sondern auch noch halb taub? »Wa-was war das für ei-ein Schrei?«

»Was für ein …«, begann der Zauberer, dann aber trat ein trauriger Ausdruck in seine Augen. »Ach so! Natürlich. Der Schrei. Entschuldigt bitte, oh mächtiger Egon, aber wie es scheint, habe ich mich leider schon viel zu sehr daran gewöhnt.« Er seufzte. »Doch ich fürchte, Ihr werdet in Kürze selbst sehen, was es damit auf sich hat. Nicht mehr lange und wir haben das Schloss erreicht.«

Wie sich herausstellte, trennten die Gruppe in der Tat nicht mehr als zwei weitere Straßenecken von ihrem Ziel. Hinter diesen erreichten sie zuerst einen kleinen Burggraben, der von einer hölzernen Zugbrücke überspannt wurde. Die zwei Wachen am anderen Ende erweckten den Eindruck, als würden sie jeden Augenblick unter der Last ihrer schweren eisernen Rüstungen zusammenbrechen. Allerdings schienen sie Botis und das freudig vorweg trabende Hörnchen gut genug zu kennen, dass sie es nicht für nötig erachteten, ihnen irgendwelche Fragen zu stellen, sondern stattdessen einfach schwer auf ihre Speere gestützt weiter vor sich hin dösten.

Schließlich betrat Egon den Hof des Schlosses – begleitet von einem weiteren markerschütternden Schrei. Diesmal allerdings standen ihm sowohl dessen Ursprung als auch der Grund für sein abruptes Verstummen klar und deutlich vor Augen.

Die Sache war so einfach wie grausam. Der Schrei verstummte, weil der Mann den Boden traf. Zumindest meinte Egon, dass es sich bei der hageren Person, die soeben unmittelbar vor seinen Augen aus dem Fenster des höchsten Turmes des Schlosses gestürzt und auf den steinernen Boden des großen kreisrunden Hofes aufgeschlagen war, um einen Mann gehandelt hatte. Einhundertprozentig sicher aber war er sich nicht. Alles war einfach viel zu schnell gegangen.

Zwei andere Männer, deren Köpfe mit dunklen Kapuzen bedeckt waren, eilten zu dem leblosen Körper, versicherten sich, dass die Person auch wirklich tot war, ergriffen sie dann bei ihren Armen und Beinen und trugen sie zu einem großen hölzernen Karren. Wie Egon mit Schrecken feststellen musste, bogen sich dessen Achsen bereits unter der Last vieler anderer grotesk durcheinandergewürfelter Körper. Waren etwa alle diese Menschen aus dem Turm gestürzt? Sprachlos schaute er zu Botis.

»Der Hunger hat sie überwältigt«, sagte der Zauberer und unterdrückte so gut er konnte ein leichtes Schluchzen.

»De-der Hunger?« Egon verstand nicht recht. Vielleicht wollte er auch einfach nicht verstehen. Doch er war sich ziemlich sicher, dass es der Boden gewesen war, der diesen armen Mann überwältigt hatte.

»Ja«, bestätigte Botis. »Sie haben mehr gegessen, als ihnen zustand und uns damit alle in Gefahr gebracht. Deswegen wurden sie verurteilt.« Er wandte sich ab und es schien, als würde ihn das, was er im Begriff war zu sagen, sehr beschämen. »Ihr müsst wissen, ganz am Anfang, kurz nach dem Erscheinen des Monsters, da bekamen die ersten Verurteilten selbstverständlich noch einen Prozess und bei festgestellter Schuldigkeit eine standesgemäße Hinrichtung. Harte Zeiten erfordern harte Maßnahmen und schließlich geht es um unser aller Überleben, aber wir sind ja keine Barbaren! Nach und nach wurden es dann allerdings immer mehr und mehr. Die Gerichte kamen nicht mehr hinterher und die Gefängnisse waren bald überfüllt. Daher stoßen wir sie jetzt einfach nur noch dort oben vom höchsten Turm. Es ist grauenhaft. Einfach grauenhaft.«

Botis fasste Egon bei der Schulter, blickte ihm in die Augen und schwieg einen Moment. Eine einsame Träne verließ seine blutunterlaufenen Augen und verfing sich in den verfilzten Haaren seines Bartes. Dann jedoch veränderte sich sein Blick und er schien – zumindest soweit Egon das beurteilen konnte – wieder zu lächeln. Die Fröhlichkeit war zu ihm zurückgekehrt – vielleicht aber auch der Wahnsinn. »Doch kommt, kommt! Der König wird sich so sehr über Eure Ankunft freuen!«

»Aber ich bitte Euch, Eure Majestät! Das ist doch niemals der mächtige Egon! Ich meine, seht ihn Euch doch nur einmal ganz genau an! Wie soll der denn bitte das Monster besiegen?« Diese Worte stammten von Sir Kraftstrotz, dem mit Abstand bestgenährtesten Mann, den Egon im ganzen Königreich bisher gesehen hatte. Und obwohl er ihm eigentlich zustimmte, rebellierte in seinem Inneren doch ein kleiner Rest verbliebenen Selbstwertgefühles lautstark gegen diese herablassende Bemerkung.

Keine fünf Minuten war es her, dass Egon in Begleitung von Botis den prächtigen königlichen Thronsaal betreten hatte. Hörnchen war im Hof des Schlosses geblieben, wo der Zauberer ihr noch schnell eine halbe Handvoll Hafer in einen Trog geworfen hatte, worauf sich das hagere Einhorn mit einer Freude stürzte, als handelte es sich um ein wahres Festessen. Der König, ein eher kleiner und – wie an der vielen losen Haut in seinem dürren Gesicht noch deutlich zu erkennen war – von Natur aus eigentlich recht dicker Mann mit langem roten Bart, blauem Umhang und schräg auf seinem Kopf verrutschter Krone, war bei Botis' Verkündung vor Freude beinahe geplatzt. Sir Kraftstrotz hingegen schien wenig beeindruckt. Der muskulöse Mann, dessen Schnauzbart ebenso schwarz war wie seine Rüstung, musste nur wenige Minuten zuvor eingetroffen sein, um dem König seine Dienste anzubieten – und nun sah er anscheinend seine Felle davonschwimmen. Ein ganzes Königreich zu retten war sicherlich eine sehr lukrative Angelegenheit. Egon war der Kerl vom ersten Moment an unsympathisch.

»Ich gebe zu, dass auch ich mir den mächtigen Egon etwas anders vorgestellt hatte«, stellte König Raffelbart fest und schob sich nachdenklich seine Krone aus dem Gesicht. »Aber wer bin ich schon, dass ich mich in solch uralte Prophezeiungen einmische? Wenn mein getreuer Botis meint, dies wäre Egon, dann ist es Egon. Und wir sind bald von diesem schrecklichen Hunger befreit!« Sein Blick bekam etwas Träumerisches und wässriger Speichel lief ihm aus beiden Mundwinkeln, um schließlich von seinem Kinn herabzutropfen. »Ach! Ihr könnt euch gar nicht vorstellen, wie sehr ich meine geliebten Bankette vermisse.«

»Und ich versichere Euch gerne noch ein weiteres Mal, Eure Majestät, dass es sich um niemand anderen handeln kann. Ich selbst habe ihn mit meinen eigenen Augen – wenn auch aus einiger Entfernung, das gebe ich zu – direkt aus dem Himmel fallen sehen. Genauso wie es die Prophezeiung verkündet. Aber auch Hörnchen hat ihn sofort erkannt. Sie ist normalerweise eher schüchtern, müsst Ihr wissen, aber ihn hat sie sogleich in ihr Herz geschlossen. Sie muss gespürt haben, dass er jemand besonderes ist.«

Sir Kraftstrotz präsentierte die finsterste Miene, die Egon je bei einem Menschen gesehen hatte. Er hatte den Eindruck, als hätte der Ritter sich am liebsten sofort auf ihn gestürzt, um ihn bei lebendigem Leibe zu zerreißen. Stattdessen erhob der schnauzbärtige Kerl ein weiteres Mal das Wort. »Mein werter König, bitte gestattet mir die Frage, aber habt Ihr schon einmal in Betracht gezogen, dass Euer Hofzauberer mittlerweile ein wenig – na ja, Ihr wisst schon.« Er deutete mit einem kreisenden Finger auf sein Ohr, streckte die Zunge heraus und verdrehte die Augen. Es war offensichtlich, was er andeuten wollte.

Botis war empört. »Eure Majestät! Das kann ich mir keineswegs …«

»Ruhe!«, rief König Raffelbart, erhob sich aus seinem Thron und musste sich erneut seine Krone zurechtrücken. »Soll ich euch einmal etwas sagen? Eigentlich ist es mir vollkommen gleichgültig, wer von euch das Monster besiegt! Sir Kraftstrotz oder der mächtige Egon.« Er zuckte mit den Schultern. »Was macht das für mich oder das Königreich denn schon für einen Unterschied? Meine Untertanen wollen essen. Ich will essen. Und ich bin es außerdem wirklich satt, alte Mütterchen von meinem Turm schmeißen zu lassen, nur weil sie einen Apfel geklaut haben.«

Wie zur Bestätigung drang in diesem Moment ein besonders erbärmlicher Schrei durch die großen Fenster des Thronsaales. Als er verstummte, war König Raffelbarts Gesicht mittlerweile so rot angelaufen wie eine überreife Tomate.

»Ab mit euch!«, schrie er. »Ich will nichts mehr hören! Rauft euch gefälligst zusammen und bekämpft das Monster gemeinsam! Vielleicht habt ihr dann sogar tatsächlich eine Chance!«

Wenig später fand Egon sich das erste Mal in seinem Leben auf dem Rücken eines Pferdes wieder. Zumindest wenn man das vollkommen abgehalfterte, sich nur mühsam unter seiner eigentlich gar nicht so schweren Last dahinschleppende schwarz-weiße Etwas unter seinem Hintern wirklich noch so betiteln durfte. Im Moment erweckte das Tier eher den Eindruck, als wüsste es selbst nicht mehr so genau, was es eigentlich war. Egon hatte Mitleid mit ihm. Doch König Raffelbart hatte darauf bestanden, dass Sir Kraftstrotz und er sich so schnell wie möglich auf den Weg zu dem Monster machten, und schneller, als wenn er zu Fuß gegangen wäre, war sogar noch dieses bemitleidenswerte Klappergestell. Ganz davon abgesehen, dass Egons Füße nach den zurückliegenden Strapazen sowieso drauf und dran waren, von ihrem Streikrecht Gebrauch zu machen.

Er und der schwarze Ritter befanden sich nicht alleine auf dem Weg. Tatsächlich waren sie nur ein kleiner Teil eines großen schwer bewachten Konvois aus vielen mit allen möglichen Nahrungsmitteln vollgepackten Wagen, deren Aufgabe es war, dem

Monster am heutigen Tag ein besonders reiches Abendessen zu bringen. Falls Egon und Sir Kraftstrotz ihre Aufgabe nicht erfüllten, wollte man nicht mit leeren Händen dastehen. Vielmehr galt es, auf alle Eventualitäten vorbereitet zu sein.

An Egons Seite ritt Botis auf einem ganz bestimmt kein bisschen gesünder erscheinenden braunen Pony. Mal neben der Gruppe, mal hinter ihr, dann wieder etwas voraus trabte wiederum Hörnchen. Gelegentlich blieb das kleine Einhorn stehen, um an einer Blume zu schnuppern oder spielend einem Vogel hinterherzujagen. Obwohl er es noch nicht sehr lange kannte, hatte Egon das freundliche Fabelwesen schon jetzt sehr in sein Herz geschlossen. Noch nie zuvor war ihm eine derart durch und durch liebenswürdige Kreatur begegnet.

Sir Kraftstrotz hingegen ritt alleine einige Meter voraus. Auch wenn der König sie ausdrücklich dazu angewiesen hatte, zusammenzuarbeiten, schien der unfreundliche Ritter absolut nichts mit Egon zu tun haben zu wollen. Egon sollte es recht sein. Er hatte sowieso kein gutes Gefühl, was den Kerl anging. Ganz davon abgesehen, dass er ein furchtbar grobschlächtiger und ungehobelter Klotz war, wirkten nicht nur er selbst, sondern auch sein Pferd für die Verhältnisse in Vielschmatzland viel zu gut ernährt. Irgendetwas hatte er zu verbergen.

»Wo-wo ist dieses Monster ei-eigentlich?«, fragte Egon Botis, als sie gerade an dem Ufer eines großen Sees entlangritten, auf dem mehrere spargeldürre Fischer schwer damit beschäftigt waren, bis zum Bersten gefüllte Netze in ihre Boote zu hieven.

»Es ist nicht mehr weit«, versicherte der Zauberer. »Seht Ihr den kleinen Berg dort?«

Egon nickte.

»Dahinter hat es sein Lager aufgeschlagen. Wir werden noch vor Einbruch der Dunkelheit dort sein.« Er seufzte sehnsüchtig. »Dann hat das alles endlich ein Ende.«

Egons Puls machte einen aufgeregten Sprung. Er war sich sicher, dass Botis Recht hatte – nur leider nicht in dem Sinne, wie der Zauberer sich das vorstellte. Trübsinnig verfiel er in einen Tag-Albtraum und sah deutlich vor Augen, wie ihn das riesige Monster – welches er sich als eine unförmige Mischung aus Drache und Nilpferd vorstellte – bei lebendigem Leibe und mit einem einzigen Happs verschlang, ohne auch nur zu kauen. Immer und immer wieder wiederholte sich diese Vorstellung mit nur sehr geringfügigen Variationen, bis ihm schon ganz schwindelig wurde. Dann aber riss ihn eine ungewöhnliche Bewegung von Sir Kraftstrotz aus seinen Gedanken. Hatte er das gerade richtig gesehen? Hatte sich dieser fiese Kerl da heimlich etwas in den Mund gesteckt?

Ab jetzt behielt Egon den schwarzen Ritter genau im Auge. Doch in den nächsten Minuten geschah vorerst nichts Außergewöhnliches. Sir Kraftstrotz schaute gelangweilt mal nach links, dann wieder nach rechts und ab und zu gab er seinem Pferd ein wenig die Sporen, wenn dieses etwas ins Träumen geraten war. Von irgendeiner Art von Aufregung – zum Beispiel weil er geradewegs auf einen unerbittlichen Kampf auf Leben und Tod mit einem schrecklichen Monster zuritt – war bei dem hochnäsigen Kerl wirklich nichts zu bemerken. Ganz im Gegenteil, seine Selbstsicherheit war geradezu entwaffnend. Doch irgendwelche seltsamen Bewegungen machte er vorerst nicht mehr.

Dann aber, gerade als Egon bereits der Meinung war, dass er sich vielleicht auch einfach verguckt haben könnte, sah er erneut und diesmal ganz eindeutig, wie Sir Kraftstrotz in seinen Stiefel griff, eine Handvoll Nüsse – oder etwas, das zumindest sehr verdächtig nach Nüssen aussah – daraus hervorzog und sich so geschwind in den Mund steckte, dass niemand außer Egon etwas davon mitbekam.

Egon wurde wütend. Das war verboten! Vor seinen Augen sah er klar und deutlich die eingefallenen Gesichter der halb verhungerten Einwohner Vielschmatzlandes. In seinen Ohren wiederum klangen jene erbärmlichen Schreie der Menschen, die am Hof von dem höchsten Turm gestürzt wurden. Und jetzt saß er hier und musste mit ansehen, wie sich dieser Kerl heimlich den Bauch vollstopfte! Warum kamen solche Widerlinge mit ihrem Verhalten eigentlich immer davon? Es war zum aus der Haut fahren! Allerdings waren ihm diesmal ja keinesfalls die Hände gebunden. Nein, er konnte etwas unternehmen!

Und tatsächlich war Egon drauf und dran, Sir Kraftstrotz' Schicksal mittels eines einzigen Aufschreis zu besiegeln – als er es sich doch noch einmal anders überlegte. Sir Kraftstrotz mochte ja noch so ein Fiesling und Betrüger sein, die Absicht, das Monster zu besiegen und Vielschmatzland von seinem Hunger zu befreien, hatte er wirklich und wahrhaftig – wenn auch aus selbstsüchtigen und eigennützigen Gründen. Da Egon sich selbst wiederum nicht einmal die klitzekleinste Chance ausrechnete, dieses Wunder zu vollbringen, durfte dem schnauzbärtigen Ritter nichts geschehen. Das nämlich hieße nichts anderes, als die einzige Hoffnung des Königreiches zu zerstören.

Die Dämmerung hatte bereits eingesetzt, als Egon das Monster das erste Mal zu Gesicht bekam. Das groteske und überaus furchteinflößende Bild, das er in den letzten Stunden vor seinem inneren Auge aufgebaut hatte, zerplatzte wie eine Seifenblase. Dabei hätte er allerdings nicht zu sagen gewusst, ob die Realität – was auch immer ihm dieses Wort im Moment eigentlich noch sagen wollte – seine Vorstellungen über- oder untertraf. Sicher war jedoch, dass selbst seine verworrensten Phantasien ihn nicht auf den skurrilen Anblick vorbereitet hatten, der sich ihm hinter dem kleinen Berg inmitten eines großen und völlig kahlen Feldes präsentierte.

Umstellt von zahlreichen Wagen und Karren, die eine Unmenge an Nahrungsmitteln vor ihr zu enormen Bergen auftürmten, saß – groß wie ein Hochhaus und mindestens genauso massig – Frau Unkenstock und schaufelte sich all die Köstlichkeiten Vielschmatzlandes mit beiden Händen in ihren weit aufgesperrten Rachen. Das einzige, das sie von jener Version ihrer selbst unterschied, die Egon noch während der Mittagspause wie gewöhnlich beleidigt und erniedrigt hatte, waren ihre Hautfarbe und ihre Kleidung. Denn anstatt ihrer üblichen, von unzähligen Fettflecken übersäten Kochschürze trug sie nichts weiter als eine Art Badeanzug, der aus Hunderten von Fellen der verschiedensten Tiere zusammengenäht worden war. Ihre Haut wiederum war grünlich – was Egons Meinung nach recht gut zu ihrer Persönlichkeit passte. Während er selbst allerdings kaum aus dem Staunen herauskam, war die feiste Kantinenköchin ihrerseits viel zu sehr damit beschäftigt, zu kauen und zu schlucken, zu schlürfen und zu schmatzen, als dass sie die Ankunft der kleinen Gruppe überhaupt nur bemerkt hätte.

Sir Kraftstrotz verbrachte nicht eine Sekunde damit, sich mit Egon zu beraten, sondern sprang sofort von seinem Pferd. Der Kerl schien den Ruhm wirklich ganz alleine für sich haben zu wollen. Er versetzte Hörnchen, die ihm ein wenig im Weg stand, einen kräftigen Tritt und steuerte selbstsicher mit großen Schritten auf Frau Unkenstock zu, während sich das kleine Einhorn fiepend hinter Botis' Rücken zurückzog.

»Monster!«, rief der schwarze Ritter, als er nur noch wenige Meter von Frau Unkenstocks rechtem Fuß entfernt war. »Deine Tage sind gezählt! Hast du gehört? Ich werde deine Schreckensherrschaft jetzt beenden!« Dann zog er sein Schwert und begann damit, es mit einer derart abenteuerlichen Akrobatik dicht vor seinem Schnauzbart herumzuwirbeln, dass

Egon sich bei dem Versuch es ihm nachzumachen höchstwahrscheinlich einen Fuß amputiert hätte – wenn nicht gleich ein ganzes Bein.

Frau Unkenstock schien Sir Kraftstrotz zuerst überhaupt nicht zur Kenntnis zu nehmen. Nach seiner dritten Pirouette allerdings änderte sich das und sie wandte stirnrunzelnd ihren gewaltigen Kopf. Da sie gerade dabei gewesen war, sich eine ganze Wagenladung kläglich muhender und grunzender Kühe und Schweine in den Mund zu schütten, benötigte sie einen Augenblick, bis sie fertig war mit Kauen. Blutrot schäumender Sabber lief ihr aus den Winkeln ihres gigantischen Mundes, als sie sagte: »Häh? Was willst denn du kleiner Pups?« Im gleichen Augenblick ließ sie den leeren Wagen fallen wie eine leere Coladose, woraufhin das Gefährt mit großem Geschepper direkt neben Sir Kraftstrotz zerschellte.

Der Ritter war wie vom Donner gerührt. Vermutlich hatte er mit allen möglichen Attacken gerechnet, nicht jedoch mit einer derartig unverfrorenen Herabsetzung seiner glorreichen Persönlichkeit. Egon erkannte trotz des buschigen Schnauzbartes deutlich, wie sich Sir Kraftstrotz' Mundwinkel trotzig nach unten wölbten. Dann, nur einen Wimpernschlag später, traf er eine Entscheidung, die sein Schicksal für immer besiegeln sollte. Er nahm sein Schwert und rammte es Frau Unkenstock mit aller Kraft nur wenige Zentimeter unter ihrem dunkelgelben Nagel in den großen Zeh.

Es war für Egon schwer zu sagen, was sich der schwarze Ritter von dieser völlig sinnlosen Aktion eigentlich erhofft hatte. Ganz sicher jedoch nicht das, was kurz darauf wirklich geschah. Frau Unkenstock gab einen kurzen überraschten Jauchzer von sich, als hätte sie eine dreiste Mücke gestochen. Dann verfinsterte sich ihre Miene und ohne auch nur ein einziges Wort zu verlieren ergriff sie Sir Kraftstrotz, hob ihn völlig unbeeindruckt von seinem Zappeln und Strampeln empor und zerquetschte ihn kurzerhand zwischen Daumen und Zeigefinger, als handelte es sich bei ihm wirklich um nichts anderes als ein lästiges Insekt. Das Letzte, das Egon von dem hochnäsigen Kerl sah, war sein unappetitlich deformierter Körper, den die überdimensionierte Kantinenköchin desinteressiert hinter ihren gewaltigen Rücken warf.

In Egon stritt gehässige Freude mit einer hässlichen Gewissheit: Nicht nur würde er es nun ganz alleine mit Frau Unkenstock aufnehmen müssen, Sir Kraftstrotz hatte ihm außerdem ziemlich deutlich vor Augen geführt, was er zu erwarten hatte. Was sollte er schon gegen dieses Hochhaus von Planschkuh ausrichten? Sein Leben war zu Ende.

Botis schien geradezu seine Gedanken gelesen zu haben. »Ha! Sir Kraftstrotz war dumm«, lachte er. »Als ob wir nicht längst alle Waffen ausprobiert hätten!« Er klopfte Egon auf die Schulter. »Aber habt keine Angst, Euch kann überhaupt nichts passieren. Denkt nur immer daran: Ihr seid der Prophezeite!« Kaum hatte er diese Worte vollendet, da gab er Egon auch schon einen unerwartet kräftigen Schubs. Und während er schlotternd nach vorne taumelte, rief der Zauberer: »Oh du großes Monster! Siehe nur, wen ich dir hier bringe. Der mächtige Egon wird dein Schicksal ein für alle Mal besiegeln!«

Frau Unkenstock, die sich bereits wieder gelangweilt abgewandt hatte, horchte überrascht auf. Sie drehte sich nach Egon um, beugte sich ein wenig zu ihm herunter und betrachtete ihn genauer. »Ach, was du nicht sagst! Der mächtige Egon also, ja?« Sie gab ein furchtbar lautes und widerwärtig gutturales Lachen von sich. »Da leck mich doch einer! Den bringt doch noch seine Mama ins Bett!«

Zwar hätte Egon nicht sofort zu erklären gewusst, warum, aber diese Worte berührten einen äußerst wunden Punkt in seiner Seele. Obwohl alles in seinem Inneren am liebsten so schnell wie nur irgendwie möglich das Weite gesucht hätte, tat er dennoch das exakte Gegenteil – er machte einen Schritt nach vorne.

»A-ach ja!« Er zögerte einen Moment. Seine triefend feuchten Hände zitterten und sein leerer Magen rebellierte. Seine Knie wurden endgültig zu Gummi. Aber er riss sich zusammen. Wenn er sowieso zerquetscht werden würde wie ein aufmüpfiger Käfer, dann gab es da etwas, das er zuvor noch loswerden wollte. »Na-na wenigstens bri-bringt mich jemand ins Bett. Mi-mit Ihnen wi-will ja überhaupt niemand etwas zu tu-tun haben!«

Egon spürte, wie ihm das Blut in die Wangen schoss. Man hätte meinen können, dass ihm nach all den langen Jahren, in denen er selbst allen möglichen Beleidigungen ausgesetzt gewesen war, etwas besseres hätte einfallen sollen. Vermutlich lagen solche Dinge einfach nicht in seiner Natur.

Doch wie durch ein Wunder schien er genau das Richtige gesagt zu haben. Denn plötzlich vollzog sich in Frau Unkenstocks eben noch gewohnt fiesem Gesicht eine überraschende Veränderung. Zuerst blieb ihr Mund offen stehen und ihr Blick wurde starr. Einen Moment lang war sie derart regungslos, dass es so wirkte, als hätte sie eine Art Schlaganfall erlitten. Dann, plötzlich und für alle Anwesenden vollkommen unerwartet, begannen ihre Mundwinkel zu zittern und eine einzelne medizinballgroße Träne kullerte aus ihrem linken Auge, rann langsam über ihre Wange, tropfte von ihrem Kinn und zerbarst wenige Meter vor Egon auf dem Boden, sodass ihn einige salzige Spritzer im Gesicht trafen.

Unmittelbar darauf gab es kein Halten mehr. Auf diese eine Träne folgt eine zweite, eine dritte und schließlich eine regelrechte Flut. Ehe Egon sich versah, heulte und schluchzte die ansonsten so boshafte Kantinenköchin wie ein überdimensionierter Schlosshund.

Auf der Wiese brach Chaos aus. Die ungeheuren Wassermassen, die Frau Unkenstock innerhalb kürzester Zeit absonderte, trafen nicht nur die Wagen und Menschen, sondern auch die Zugtiere, welche aufgrund der unfreiwilligen Duschen in haltlose Panik gerieten. Doch auch die Menschen versuchten, sich so schnell wie möglich in Sicherheit zu bringen. Alles lief durcheinander, stolperte, wurde überrollt oder zertrampelte selbst. Der Boden bebte und die Luft war erfüllt von Geschrei und dem Gejammer der Riesin.

Einzig und alleine Egon blieb wie angewachsen an ein und demselben Fleck stehen. Ja, die Wirkung seiner Worte verblüffte ihn so sehr, dass er sich einfach nicht von diesem völlig unerwarteten Anblick losreißen konnte. Wer hätte denn schon jemals gedacht, dass auch Frau Unkenstock so etwas wie Gefühle besaß?

»Du hast ja Recht!«, schluchzte die Kantinenköchin, als sie sich wieder etwas gefangen hatte. Bedrohlich baumelte an ihrer Nase ein langer Faden grün-gelblichen Schnodders, von dem Egon befürchtete, er könnte ihn, falls er sich von dort oben löste, mit einem Mal erschlagen. »Deswegen fresse ich ja soviel! Weil ich so alleine bin. Niemand will etwas mit mir zu tun haben. Ich …« Sie stockte und in ihr verheultes Gesicht trat ein Ausdruck, den Egon sich nicht so recht zu erklären vermochte. Warum sprach Frau Unkenstock denn nicht weiter?

Nach dem Grund für das seltsame Verhalten brauchte er nicht lange zu suchen. Vor Frau Unkenstocks Fuß stand Hörnchen – und leckte fürsorglich ihren großen Zeh, an eben jener Stelle, die Sir Kraftstrotz zuvor mit seinem Schwert verletzt hatte.

»Nun ja«, sagte Kopernikus, während er direkt über Egons Kopf in der Luft schwirrte, »wieder einmal hatte ich mir die Sache etwas anders vorgestellt. Aber und wenn schon, im Endeffekt warst es wirklich du, mein lieber Egon, der das Monster besiegt hat.«

Egon war sich nicht ganz sicher, ob er Kopernikus richtig verstanden hatte. »Wa-waff hafft du ge-ge-sagt?«, fragte er mit vollem Mund. Zwar hatte er bei weitem nicht einen solchen Hunger gelitten wie die arme Bevölkerung Vielschmatzlandes, aber seine gewöhnliche Abendessenszeit war definitiv seit langem vorüber. Außerdem lagen direkt vor seiner Nase wahre Unmengen an Köstlichkeiten einfach so in der Gegend herum und warteten nur darauf, dass man sie sich zu Gemüte führte. Es gab genug für alle.

»Ach, nichts nichts«, sagte Kopernikus. »Lass es dir ruhig schmecken. Aber dann geht es auch gleich weiter.«

»Wa-waff?«

Kopernikus winkte lächelnd ab und schnappte sich selbst auch einen kleinen Apfel vom Boden, der in seinen winzigen Feenhändchen allerdings größer wirkte als eine überdurchschnittliche Wassermelone.

Direkt neben Egon steckte Botis bis zur Hüfte in einem riesigen Berg aus Kuchen. Nur die nackten haarigen Beine des zufrieden schmatzenden Zauberers guckten noch aus diesem heraus. Und auch Hörnchen war schwer damit beschäftigt, sich ihren plüschigen kleinen Bauch vollzuschlagen. Allerdings genoss sie dabei das ungeteilte Privileg, von niemand anderem als von Frau Unkenstock höchstpersönlich gefüttert zu werden, auf deren gewaltigem grünen Knie sie es sich gemütlich gemacht hatte. Es sah ganz danach aus, als ob hier eine wunderbare neue Freundschaft im Entstehen begriffen war.

Als die grünliche Kantinenköchin gemerkt hatte, wer dort ihre Wunde leckte, war irgendetwas in ihrem Inneren geschehen. Ja, es war gerade so, als wäre es Hörnchen gelungen, mit ihrer langen rosafarbenen Zunge einen längst verloren geglaubten Weg zu Frau Unkenstocks Herz frei zu schlecken. Was doch bereits so ein kleines bisschen bedingungslose Zuneigung nicht alles bewirken konnte!

Einige Minuten später lag Egon mit einem prall gefüllten Magen im Gras und hielt sich den Bauch. Er konnte sich nicht daran erinnern, in seinem Leben schon jemals so viel gegessen zu haben. Der Anblick der halb zu Tode verhungerten Menschen hatte ihn zu wahren Höchstleistungen angespornt. Zusammen mit der Sättigung kam auch eine angenehme Müdigkeit. Das erste Mal seit langem fühlte er, wie seine Muskeln begannen, sich zu entkrampfen und seine Augenlider schwer herabsanken. Die warme Sonne und die frische Luft taten das Übrige und er merkte, wie er von einem sanften Schlummer erfasst wurde und …

»Auf geht's!«, rief Kopernikus.

»Wi-wie bitte was?«, fragte Egon, der bereits mit einem Fuß ins Traumland hinübergeglitten war.

»Auf geht's!«, wiederholte Kopernikus etwas energischer. »Wir haben noch viel vor uns!«

Egon stöhnte schwer. »A-aber kö-können wir nicht bi-bitte wenigstens eine kleine Pause machen? Na-nach einem ku-kurzen Schläfchen bi-bin ich bestimmt auch gleich viel mu-mutiger.«

»Mein lieber Egon. Du hattest eine kleine Pause.« Kopernikus schwirrte heran und ließ sich auf Egons prallem Bauch nieder. »Jetzt geht es weiter!«

Egon schloss die Augen. »U-und was ist, we-wenn ich nicht will?«

Unmittelbar nach dieser trotzigen Frage herrschte eine beklemmende Stille. Ja, Kopernikus' Antwort ließ derart lange auf sich warten, dass Egon es mit der Angst zu tun bekam. Vorsichtig öffnete er schließlich zuerst das eine, dann das andere Auge, um sich zu versichern, was mit seinem kleinen schwarzen Begleiter geschehen war.

Egon bekam einen Schreck, als er sah, dass dieser mit übereinandergeschlagenen Armen direkt vor seiner Nase herumschwirrte und düster zu ihm herabblickte. Seine Augen schienen Funken zu sprühen und seine smaragdgrünen Flügel gaben ein bedrohliches Glühen von sich. »Dann, mein lieber Egon«, sagte Kopernikus in einem Tonfall, der Egon erschaudern ließ, »verfüge ich über Mittel und Wege, deine Meinung zu ändern.«

Egon stand senkrecht, noch bevor sein Gleichgewichtssinn wusste, was eigentlich geschehen war. Einen Moment lang schwankte er und hatte das dumpfe Gefühl, dass sich sein brechend voller Magen gleich wieder entleeren würde. Dann aber bekam er sich zum Glück wieder unter Kontrolle.

»I-ist ja gut.« Er rang sich ein gequältes Lächeln ab. »Da-das war doch nu-nur ein kleiner Spaß«, log er. »Vo-von mir aus ka-kann es sofort weiter gehen. Hi-hier ist es mir jetzt sowieso vi-viel zu langweilig.« Es mochte durchaus sein, dass er ein klein wenig zu dick auftrug – aber er wollte lieber auf Nummer sicher gehen.

»Sehr gut!«, rief Kopernikus und setzte sich in Bewegung. »Wie du siehst, habe ich dafür gesorgt, dass uns die nächste Tür dort hinten bereits erwartet.«

»Pri-prima«, murmelte Egon.

Die schäbige schwarze-graue Tür, die sie einen Augenblick später erreichten, stand zwischen einer zufrieden dreinblickenden Kuh und einem großen Wagen voller Kartoffeln mitten auf dem Feld. Gerade war Egon im Begriff, ihren matt schimmernden Türknauf zu ergreifen, als er noch einmal innehielt und sich ein letztes Mal umblickte. Er sah Botis, der sich im hohen Gras zu einem kleinen Schläfchen niedergelassen hatte, Hörnchen, die unbesorgt auf Frau Unkenstocks von violett-blauen Krampfadern durchwachsenen Beinen schlummerte und damit auch die giftgrüne Kantinenköchin selbst, die das kleine Einhorn mit einem beinahe schon unheimlich warmherzigen Lächeln auf den Lippen betrachtete. Irgendwie schien es ihm falsch, Vielschmatzland so schnell und ohne irgendeine Form der Verabschiedung wieder zu verlassen. Für die Menschen hier war er ein Held. Er hatte sie gerettet. Sicherlich würden sie ihn ganz fürstlich …

»Bewegung!«, rief Kopernikus und setzte sich kommandierend auf Egons Schulter.

Egon seufzte schwer, gehorchte dann aber doch. Er ergriff den Knauf und öffnete ängstlich die Tür.

Auf deren anderen Seite sah er nichts weiter als einen strahlend blauen Himmel. Ihm fiel ein kleiner Stein vom Herzen. Schließlich konnte man nie so genau wissen, was sich hinter diesen eigenwilligen Türen so alles verbergen mochte. Tatsächlich hätte es ihn mittlerweile nicht einmal mehr gewundert, wenn ihm von dort aus der Teufel persönlich entgegengewinkt hätte.

Etwas beruhigt machte Egon einen Schritt vorwärts – und trat mitten ins Leere. Wild mit den Armen rudernd stürzte er hinab in die Tiefe.

Allerdings in eine vorerst nicht allzu tiefe Tiefe. Denn schon nach einem geschätzten halben Meter freien Falls bekam er zu seinem Glück einen großen hölzernen Balken zu fassen und es gelang ihm, sich unter Aufwendung all seiner Kräfte an diesem festzuklammern.

Im gleichen Moment erhob sich Kopernikus als pechschwarzer – und etwas pummeliger – Papagei mit smaragdgrünem Schnabel von seiner Schulter und krächzte: »Willkommen in der Südsee!«

Egon traute seinen Augen nicht. Der komische Vogel hatte Recht. Er hing mit zappelnden Füßen in schwindelerregender Höhe nirgendwo anders als in der Takelage eines großen Segelschiffes. Die heiße Sonne brannte gnadenlos auf ihn herab, in der Ferne erblickte er ausschließlich das azurblaue Meer und nur wenige Meter neben ihm flatterte eine lumpige schwarze Fahne – mit einem großen weißen Totenschädel.

Als nach einiger Zeit eine Möwe auf Egons Kopf landete, schmerzten seine Arme bereits dermaßen, dass er ernsthaft in Erwägung zog, einfach loszulassen. Er verfluchte all das Essen, mit dem er sich noch vor kurzem so übermütig den Bauch vollgeschlagen hatte. Ohne diesen verfluchten Ballast im Magen hätte er sicherlich einige Kilo weniger zu stemmen gehabt.

Ein gewisses Wunschdenken führte außerdem dazu, dass er langsam begann, sich eine klitzekleine Chance auszurechnen, vielleicht doch nicht auf den hölzernen Planken des Schiffsdecks zu zerplatzen, sondern stattdessen sanft wie ein Delphin in das glitzernde Wasser des Meeres einzutauchen. Doch da er sich mit beiden Armen an dem großen Balken festklammerte, konnte er leider nicht nach unten schauen, um sich zu versichern, ob dieses Luftschloss auch nur das geringste Fundament besaß. Und selbst wenn er es gekonnt hätte, hätte er es wahrscheinlich nicht gewollt. Immerhin litt er unter akuter Höhenangst.

»Sei nicht in Sorge. Es genügt vollkommen, wenn du noch ein paar kurze Minuten durchhältst«, krächzte Kopernikus, der nicht die leiseste Ahnung zu haben schien, was ein paar Minuten für Egon in seiner momentanen Lage eigentlich bedeuteten. »Rettung naht.«

Der schwarze Papagei hatte sich in einiger Entfernung auf dem Mast niedergelassen und betrachtete die Möwe auf Egons Kopf mit einer seltsamen Mischung aus angewiderter Herablassung und neugierigem Interesse. Vermutlich ergriffen die Triebe seiner neuen Gestalt einmal aufs Neue von ihm Besitz.

So sehr Egon sich über diese Nachricht freuen

wollte, so sehr fürchtete er sich auch vor dieser vermeintlichen Rettung. Er klammerte sich schließlich an den Mast eines Piratenschiffes! Wer auch immer ihn rettete, würde ihn aller Wahrscheinlichkeit nach gleich im Anschluss kielholen lassen. Und selbst wenn er diesen Begriff nur vom Hörensagen kannte und wirklich absolut keine Ahnung hatte, was genau er eigentlich bedeutete, so war er sich doch ziemlich sicher, dass es sich dabei um keinen sonderlich angenehmen Vorgang handeln konnte.

»Na Mensch, Egon! Was machst du denn hier oben?!«

Als Egon diese Stimme hinter seinem Rücken vernahm, hätte er beinahe aus purem Reflex losgelassen. Noch unter Tausenden von Menschen hätte er diesen brummigen Bass sofort wiedererkannt. Doch bevor er sich dazu entscheiden konnte, seinem Leben freiwillig ein Ende zu setzen, spürte er, wie er von einer riesigen Pranke am Arm gepackt und wie eine Puppe von dem Mast getrennt wurde.

»Ha-hallo Ronnie«, seufzte er, während er gleichzeitig dabei zusehen musste, wie sich Kopernikus zusammen mit der Möwe aus dem Staub machte.

Der Ronnie, der sich Egon in diesem Moment wie einen nassen Sack auf die Schulter legte, unterschied sich jedoch sehr von jener Version, die ihm für gewöhnlich seine Tage im Büro zur Hölle machte. Neben der zerschlissenen Seemannskleidung, dem gelb-roten Kopftuch, der lumpigen kurzen Hose und dem blau-weiß gestreiften Hemd machte Egon dies vor allem daran fest, dass sein Gorilla von Arbeitskollege wesentlich unvollständiger war als gewöhnlich. Er trug nicht nur eine schwarze Augenklappe, seine linke Hand war zudem einem in der Sonne blitzenden und blinkenden Haken gewichen. Und sofern Egon es aus seiner unbequemen Perspektive heraus richtig erkennen konnte, besaß er auch noch ein Holzbein. Offenbar hatte Ronnie sich dazu entschieden, das Klischee Pirat zu einhundertfünfzig Prozent zu erfüllen.

»Was der Kapitän wohl dazu sagen wird, dass du hier oben so faul herumhängst?«, sagte Ronnie und begann trotz seiner vielfältigen körperlichen Beeinträchtigungen derart behände die Takelage herunterzuklettern, als hätte er sein Leben lang nichts anderes gemacht.

Zwar hatte Egon bisher nicht gewusst, dass man auch dann faul sein konnte, wenn man eigentlich überhaupt keine Pflichten zu erfüllen hatte, andererseits wunderte es ihn auch nicht sonderlich, dass gerade er derjenige sein sollte, dem dieses Kunststück irgendwie gelang. Zugleich hatte er bereits eine leise Ahnung davon, um wen es sich bei diesem Kapitän eigentlich nur handeln konnte. Er hoffte sehr, dass er sich irrte.

Doch bereits als Ronnie mitsamt seines deprimierten Gepäcks das Deck des Schiffes erreichte, schien sich Egons schlimmster Verdacht zu bestätigen. Die gesamte Crew des Piratenschiffes bestand aus der Belegschaft seiner Abteilung. Womit hatte er das nur verdient?!

Einen ganz besonders großen Schreck bekam er allerdings, als er sah, wer am Steuerruder stand: Herbert und Uwe – die zwei seiner Meinung nach für diese Aufgabe denkbar unbrauchbarsten Menschen überhaupt.

Herbert, in dessen völlig verfilzten Haaren und Bart ein unglaubliches Sortiment an Perlen und Muscheln klimperte und klickerte, schaffte es dabei irgendwie, sogar noch ein klein wenig zerzauster auszusehen als an einem gewöhnlichen Tag im Büro. Uwes dicken Bauch wiederum, der sich weit unter seinem lumpigen Piratenhemd hervorwölbte, zierte die großflächige Tätowierung einer barbusigen Meerjungfrau, die es sich dort gemütlich gemacht hatte, als handelte es sich um eine weit aus dem Meer hinausragende Klippe.

Ronnie setzte Egon wortlos auf den Planken ab, ließ ihn aber nicht los, sondern zog ihn am Kragen seines Hemdes direkt hinter sich her. Am Heck des Schiffes angelangt öffnete er eine Tür und trat zusammen mit Egon in den Raum dahinter. Entgegen Egons Erwartungen standen sie nun allerdings keineswegs sofort in der Kajüte des Kapitäns – sondern in einem kleinen Vorraum.

»Oh, Hallo Egon!«, begrüßte ihn Babett, die hinter einem kleinen hölzernen Schreibtisch saß und in ihrem knappen Piratenoutfit einfach zum Anbeißen aussah.

Egon wurde ganz schwummerig. Aus irgendeinem Grund hatte er hier überhaupt nicht mit seiner Traumfrau gerechnet. Dabei gehörte sie doch genauso zu seiner Abteilung wie all die anderen Matrosen dort draußen. »Ha-Hallo«, stammelte er so selbstsicher wie er nur konnte, während er von Ronnie durch den kleinen Raum geschleift wurde.

Der Hüne wandte sich an die Sekretärin. »Hat der Kapitän gerade Zeit?«

Babett warf einen Blick in ein großes aufgeklapptes Buch, das unmittelbar vor ihr auf dem Tisch lag, und fuhr mit ihrem Zeigefinger einige Zeilen entlang. »Hm. Ich denke schon. Zumindest hat er gerade keine wichtigen Termine. Klopf ruhig kurz an. Sieht ja so aus, als wäre es wichtig.«

»In Ordnung«, sagte Ronnie und hämmerte an die schwere hölzerne Tür.

Es dauerte einen kurzen Moment, dann aber ertönte hinter der Tür Herr Kruschinskis missmutige Stimme. »Herein!«

Als Egon kurz darauf in die prachtvolle Kajüte geschleift wurde, überkam ihn ein gewaltiges Déjà-vu.

10. Kapitel

Immer noch zuvor

Als Egon wieder an seinem Arbeitsplatz saß und sein Gesicht tief in seinen feuchten Händen vergraben hatte, war er sich endgültig sicher, dass der Tag nun nicht mehr schlimmer werden konnte. Das Gespräch mit seinem Chef musste einfach den absoluten Tiefpunkt darstellen. Was sollte ihm denn sonst noch passieren? Sollte ihn hier an Ort und Stelle ein Meteorit erschlagen oder ein tobsüchtiges Mammut anfallen? Und überhaupt, wäre das denn wirklich noch eine Steigerung – oder nicht doch eher eine Erlösung?

Weswegen Herr Kruschinski ihn zu sich ins Büro zitierte, war Egon bewusst gewesen, lange bevor er auf dem trügerisch weichen Stuhl vor dem Schreibtisch seines Chefs Platz genommen hatte: Irgendwann hatte es einfach auffallen müssen, dass er bereits mehrere Tage mit der Arbeit hinterherhing. Und es half ihm leider nur sehr wenig, dass der tatsächliche Grund für dieses Defizit keineswegs in seiner Faulheit oder gar Unfähigkeit zu suchen war, sondern schlicht und ergreifend darin, dass er Ronnies Aufträgen – zwecks der Aufrechterhaltung seiner körperlichen Unversehrtheit – stets die oberste Priorität eingeräumt hatte. Denn aus exakt demselben Grund durfte er nun Herr Kruschinski gegenüber kein Sterbenswörtchen über diese Doppelbeschäftigung verlieren. Das allerdings brachte ihn in eine überaus unangenehme Situation.

Es hatte nicht lange gedauert, bis Herr Kruschinski bemerkt hatte, dass Egons einzige miserable Überlebensstrategie darin bestand, sich in völliger Übertretung jeglicher Grenzen von Würde und Selbstachtung immer und immer wieder für sein Fehlverhalten zu entschuldigen. An diesem Punkt hatte Egons Chef zu einem Monolog angesetzt, der sich gewaschen hatte. Er hätte in seinem ganzen Leben noch nie jemanden vor sich gehabt, der derart faul und unfähig gewesen sei wie Egon. Ja, er sei eine absolut untragbare Belastung für die gesamte Firma. Draußen auf der Straße ständen die Menschen Schlange, die sich ein Bein abfreuen würden, wenn sie seinen Job übernehmen dürften. Und jeder Einzelne von denen wäre nicht nur viel fleißiger, sondern auch um einiges qualifizierter als Egon. Mit einem Wort: Egon war die stickige Büroluft nicht wert, die er den anderen Mitarbeitern frecherweise vor der Nase wegatmete. Eigentlich schuldete er ganz im Gegenteil der Firma sogar noch eine Entschädigung dafür, dass er sie mit seiner Anwesenheit belastete.

An einem gewissen Punkt hatte Herr Kruschinskis Gesicht ein derart dunkles Blaurot angenommen, dass Egon aufgehört hatte, ihm zuzuhören und sich stattdessen darüber zu sorgen begann, ob er sich noch an genügend Details seines letzten Erste-Hilfe-Kurses erinnerte. Auf keinen Fall wollte er die Worte seines Chef auch noch dadurch bestätigen, dass er ihn aus purer Unfähigkeit an einem Herzinfarkt sterben ließ. Schließlich hatte Herr Kruschinski dann aber die Lust verloren und das Gespräch mit der lapidaren Bemerkung beendet, dass Egon exakt zwei Tage – und keine Sekunde länger! – Zeit habe, um seinen Rückstand wieder aufzuholen. Wenn er dies nicht schaffte, bräuchte er am dritten Tag nur noch in das Büro zu kommen, falls er sich sein Kündigungsschreiben persönlich abholen wollte.

Zwei Tage! Diese Forderung grenzte an eine absolute Unmöglichkeit. Hätte Egon sich in dieser Zeit einzig und alleine auf seinen Rückstand konzentrieren können, dann hätte er zumindest eine winzige Chance für sich gesehen. Aber so war es natürlich nicht. Nicht nur hatte er gleichzeitig sein normales Pensum abzuarbeiten, es stand außerdem schwer zu befürchten, dass Ronnie bereits am nächsten Morgen erneut mit einem dieser dicken Ordner an seinem Arbeitsplatz erscheinen würde. Und spätestens dann wäre es endgültig um ihn geschehen.

Aber es half alles nichts. Jeder Moment, in dem er untätig hier herumsaß, verschlimmerte seine Situation bloß noch. Nachdem er sich wieder etwas gefangen hatte, machte er sich daher sogleich an die Arbeit. Doch er kam von Anfang an nur sehr schleppend voran. Sein Kopf schmerzte noch immer von der Gewaltaktion dieses Morgens und der enorme Druck auf seinen Schultern sorgte außerdem dafür, dass er kaum einen klaren Gedanken fassen konnte.

Es dauerte nicht lange und das Büro begann sich zu leeren. Ronnie ging natürlich als erster, worüber sich Egon in demselben Maße freute und ärgerte.

Zum einen hatte er immer dann, wenn der Hüne vor ihm seinen Arbeitsplatz verließ, das Gefühl, der Sauerstoffgehalt in der Etage würde von einer auf die andere Sekunde um fünfzig Prozent ansteigen. Andererseits wusste er natürlich, dass er selbst es war, der Ronnie diese angenehm frühen Feierabende mit seiner Zwangsarbeit überhaupt erst ermöglichte. Zugleich mit der Befreiung kochte daher immer auch ein gewisses Quäntchen Ärger in ihm hoch, ein Ärger, der an dem heutigen Tag sogar noch um ein Vielfaches größer war als sonst.

Nur wenige Minuten später verließen auch Herbert und Uwe ihre Arbeitsplätze – sofern man die verwahrlosten Orte, an denen die beiden tagsüber ihre Hinterteile parkten, überhaupt so nennen durfte. Ihnen folgten bald darauf Babett, Herr Kruschinski und der Rest der Belegschaft, bis Egon schließlich ganz alleine zurückblieb. Aber er war fest dazu entschlossen, bevor er nach Hause ging wenigstens noch sein normales Tagespensum abzuarbeiten.

Doch bald musste er feststellen, dass selbst daraus nichts werden würde. Der Tag hatte ihn gleich mehrmals hintereinander genau dort getroffen, wo es wirklich weh tat, und er war deswegen einfach viel zu ausgelaugt, um noch irgendetwas bewältigt zu bekommen. Ständig machte er saublöde Fehler, die er mühsam korrigieren musste, und irgendwann entschied er, dass es sinnvoller wäre, die ganze Sache abzubrechen, früh schlafen zu gehen und am nächsten Morgen besonders zeitig im Büro zu erscheinen, um sich der Aufgabe mit einem frischen

Verstand zu widmen. Zwar rechnete er sich auch dann nur eine verschwindend geringe Chance aus, aber immerhin eine Chance.

Ein kurzer Blick auf seine Uhr verriet ihm, dass er diese Entscheidung selbstverständlich zu dem denkbar dümmsten Zeitpunkt getroffen hatte. Sein Bus war gerade abgefahren und der nächste würde erst in mehr als einer halben Stunde kommen. Vielleicht sollte er sich also einfach zusammenreißen und doch noch ein wenig weiterarbeiten.

Doch alleine bei dem Gedanken begannen alle nur erdenklichen Zahlen und Graphen vor seinen Augen ein groteskes Ballett aufzuführen. Kurzentschlossen schnappte er sich seinen verschlissenen Rucksack und stand auf. Dann würde er halt zu Fuß gehen. Wie er aus dem Fenster sehen konnte, hatte es zumindest für den Moment aufgehört zu regnen. Die frische Luft würde ihm guttun.

Kurz bevor er die Außentür des Gebäudes erreichte, erinnerte Egon sich plötzlich wieder an die seltsame pummelige Katze, die irgendwo dort draußen herumlaufen musste. Zuerst das deprimierende Telefonat mit seiner Mutter und dann das sogar noch deprimierendere Gespräch mit seinem Chef hatten ihn das merkwürdige Tier vorübergehend vergessen lassen. Jetzt aber begannen seine Finger leicht zu zittern, als er nach der Klinke griff und die Tür langsam und vorsichtig öffnete. Dann, als risse er ein Pflaster ab, trat er abrupt hinaus ins Freie und blickte sich um.

Das grünäugige Tier war weit und breit nirgends zu sehen.

Egon fiel ein Stein vom Herzen. Immerhin schien er noch nicht vollkommen verrückt geworden zu sein. Ein gar nicht so kleiner Teil von ihm hatte doch tatsächlich befürchtet, die Katze könnte hier direkt hinter der Tür sitzen und zu ihm hinaufschauen. So ein alberner Gedanke aber auch!

Lotte hatte lange mit dem Gedanken gespielt, doch noch einmal in Egons Abteilung vorbeizuschauen. Nicht nur, um nachzusehen, wie es ihm ging, sondern auch, um sich diese elende Sekretärin vorzuknöpfen. Die herablassende Art und Weise, mit der das verfluchte blonde Püppchen mit ihr umgesprungen war, wollte ihr einfach nicht aus dem Kopf. Immer wieder spielte sie in Gedanken ein Szenario nach dem anderen durch, in dem sie ihr gehörig die Meinung geigte. Ja, manche dieser Szenarien endeten sogar mit Handlungen, die im Polizeijargon mindestens als schwere Körperverletzung bezeichnet worden wären.

Schließlich hatte sie sich aber wie immer aufgrund der Überzeugung, dass sie für Egon damit alles nur noch viel schlimmer machen würde, dagegen entschieden und beschlossen abzuwarten, bis sie zu Hause war, um sich dann bei ihm zu melden. Kaum hatte sie hier ihre Schuhe abgestreift und sich auf ihrer Couch niedergelassen, da holte sie auch schon ihr Handy hervor und wählte Egons Nummer.

»Der von ihnen gewünschte Teilnehmer ist zurzeit leider nicht erreichbar«, verkündete eine schrecklich unsympathische Computerstimme am anderen Ende der Leitung.

Lotte stutzte zuerst, doch dann fiel ihr wieder ein, dass Egon ihr während der Mittagspause erzählt hatte, welch unwürdigen Tod sein Handy an diesem Morgen gestorben war. Wie hatte sie das nur vergessen können?

Sie warf einen Blick auf die Uhr. Falls er genauso Feierabend gemacht hatte wie meistens, müsste er mittlerweile eigentlich schon zu Hause sein. Die Chancen standen daher gut, dass er vor seinem PC saß und dort per Kurznachricht zu erreichen war. Sie überlegte einen Augenblick, dann schrieb sie Hey, alles in Ordnung bei dir? und wartete.

Sie wartete zehn Minuten. Auch nach dieser Zeitspanne hatte Egon die Nachricht noch immer nicht gelesen. Vor dem Computer saß er also auch nicht. Das war im höchsten Maße ungewöhnlich. Lotte wurde immer unwohler bei der Angelegenheit. Ihre letzte Hoffnung bestand jetzt darin, dass er noch auf der Arbeit war und mal wieder Überstunden schob. Wenn dem wirklich so war, dann konnte sie ihn gefahrlos anrufen, denn sicherlich war er bereits ganz alleine in dem großen Büro. Ohne zu zögern wählte sie die Nummer des Telefons an seinem Arbeitsplatz und lauschte angespannt dem Rufzeichen.

Nach über drei Minuten gab sie es schließlich auf. Langsam bekam sie wirklich Angst um Egon. Wo zur Hölle trieb der Kerl sich nur herum?

Egon hatte die Hände tief in den Hosentaschen vergraben und sein Kopf hing so weit zwischen seinen Schultern herab, dass sein Kinn bei jedem Schritt seine Brust berührte. Natürlich hatte es, gerade als er etwa die Hälfte des Weges zurückgelegt hatte, wieder begonnen zu regnen. Er hätte es wirklich besser wissen sollen. Egal wie schlecht es auch um einen stehen mochte, das Leben hatte immer noch irgendeine biestige kleine Gemeinheit in petto, mit der es selbst einen derart furchtbaren Tag wie diesen noch ein wenig verschlimmern konnte. Man musste es einfach nur machen lassen.

Als er so die Hauptstraße seiner Heimatstadt entlangschlurfte, stellte er sich wieder dieselbe Frage wie schon am Morgen während der Busfahrt. Doch durch die Ereignisse des Tages hatte sie eine ganz neue Seite dazugewonnen: Würde sich jemals etwas für ihn verändern? Nun, die vergangenen Stunden hatten ihm die Möglichkeit dazu zwar nicht gerade auf einem silbernen Tablett, doch aber auf einem gammligen alten Holzteller serviert. Vielleicht sollte er, anstatt sich für nichts und wieder nichts abzurackern und zu versuchen, seinen Rückstand aufzuholen, einfach am morgigen Tag mit einem Kündigungsschreiben zur Arbeit kommen. Der Gedanke hatte durchaus etwas Reizvolles an sich. Was würde Herr Kruschinski nur für Augen machen!

Wie schon vor einigen Stunden dachte er dann aber an Lotte und daran, dass er seine einzige Freundin vielleicht bald nicht mehr täglich sehen würde. Ja, möglicherweise würde sie irgendwann sogar gänzlich das Interesse an ihm verlieren und sie hätten nach und nach überhaupt keinen Kontakt mehr zueinander. Alleine bei der Vorstellung wurde ihm ganz flau im Magen.

Erst der nächste Gedanke galt seiner Mutter. Wenn er die Arbeit verlieren würde, würde sie sich endgültig in ihrer Meinung bestätigt sehen, dass er sei wie sein Vater: ein wahrhaftiger Nichtsnutz. Ja, so wie er seine Mutter kannte, wäre es sogar möglich, dass sie sich ganz von ihm abwandte. Für die paar Erledigungen, für die sie ihn ausnutzte, würde sie schon irgendein anderes Opfer finden. Da war er sich ganz sicher.

Mit anderen Worten hieß das: Falls er die Arbeit verlieren sollte, wäre er früher oder später vollkommen alleine auf der Welt. Arbeitslos, ohne Familie und ohne Freunde. Was würde er dann nur tun?

Frustriert trat er gegen eine zerdrückte auf dem Gehweg liegende Getränkedose und schaute dabei zu, wie sie polternd zuerst gegen einen großen Blumenkübel, dann gegen eine überfüllte Mülltonne krachte. In eben diesem Moment sah er aus dem Augenwinkel etwas Grünes aufblitzen. Er wandte sich um – und blickte wieder einmal direkt in die smaragdgrünen Augen der pummeligen schwarzen Katze, deren Kopf hinter der nächsten Häuserecke hervorschaute. Einen Moment lang betrachtete sie ihn und es schien Egon sogar so, als würde sie ein wenig ihre kleine Stirn in Falten legen. Dann aber zog sie sich auch schon zurück und blieb verschwunden.

In Egons Innerem stritt Verzweiflung mit Neugier. Während er auf der einen Seite nun endgültig der festen Überzeugung war, unter Wahnvorstellungen zu leiden, wollte er gleichzeitig unbedingt wissen, was es bloß mit dieser verdammten Katze auf sich hatte. War sie einfach nur ein Streuner, der aus irgendeinem Grund ein ganz besonderes Interesse für ihn entwickelt hatte? Oder steckte doch mehr dahinter? Für den Bruchteil einer Sekunde kratzte der Gedanke an der Oberfläche seines trüben Verstandes, dass alleine die Erwägung, es könnte irgendein undefiniertes Mehr hinter der Angelegenheit stecken, von manchen Menschen als ein eindeutiger Hinweis auf seine schwindenden Geisteskräfte interpretiert worden wäre. Diesen sowieso viel zu komplizierten Gedanken schob er jedoch ebenso schnell beiseite, wie er sich auf den Weg machte und der Katze folgte.

Als Egon die Häuserecke, hinter der soeben noch der fast schon kreisrunde Kopf des Tieres hervorgelugt hatte, endlich erreichte und in die Nebenstraße einbog, war, wohin er auch schaute, nirgendwo auch nur das kleinste Härchen ihres glänzend schwarzen Fells zu sehen, geschweige denn ein Blitz ihrer smaragdgrünen Augen. Hatte er sich das Ganze etwa doch bloß eingebildet? Oder – er meinte direkt zu spüren, wie ihm der Wahnsinn im Nacken saß – wollte ihn die Katze vielleicht sogar an der Nase herumführen?

Einen Moment lang stand er einfach nur dort im Regen und fühlte sich sogar noch deprimierter als zuvor. Seine Mutter hatte Recht: Er war wirklich zu absolut nichts zu gebrauchen. Nicht einmal eine pummelige Katze vermochte er einzuholen.

Gerade als Egon sich niedergeschlagen wieder umwandte, um auf die Hauptstraße zurückzukehren und seinen Heimweg fortzusetzen, sah er dann doch erneut einen grünen Blitz. Diesmal stammte er von der anderen Straßenseite. Er kniff seine Augen etwas zusammen und sah sofort, wonach er suchte. Nun saß die Katze dort drüben in den verzweigten Ästen eines großen Baumes am Straßenrand. Und schon wieder beobachtete sie ihn.

Jetzt wurde Egon endgültig vom Ehrgeiz gepackt! Ohne auf den Verkehr zu achten rannte er unter dem empörten Hupen eines heransausenden Wagens über die Straße. Als die Katze ihn näher kommen sah, sprang sie – für ihre Körperfülle war sie wirklich überraschend geschickt – aus dem Baum heraus auf einen nahegelegenen Zaun und von dort auf den Bürgersteig. Hier begann sie einen kleinen Sprint und als Egon endlich sein Ziel erreicht hatte, war sie nur noch ein kleiner schwarzer Punkt und eine gefühlte Unendlichkeit von ihm entfernt.

Normalerweise hätte Egon jetzt aufgegeben. Wie groß waren schon seine Chancen, dieses dreiste Tier jemals einzuholen? Sie mochte zwar nicht wirklich die schlankste Katze auf dieser Welt sein, verfügte aber trotzdem wie alle ihrer Artgenossen über zwei Beine mehr als er. Doch er hatte heute einfach schon viel zu viele Niederlagen eingesteckt, um sich zu allem Überfluss auch noch von diesem lausigen Vierbeiner ausstechen zu lassen!

Wie um Egon noch weiter zu verspotten, blieb die Katze mitten auf dem Gehweg sitzen und begann damit, sich regelrecht provokativ die Pfote zu lecken. Wieder rannte Egon los so schnell er konnte und wieder setzte sich auch die Katze in Bewegung – nur wenige Sekunden bevor er sie erreicht hatte.

Nachdem die zwei dieses Spiel auch noch ein drittes, fünftes und achtes Mal wiederholt hatten, wusste Egon endgültig, dass mit dem Tier etwas nicht stimmte. Derart gehässig konnte selbst die fieseste Katze nicht sein. Was er hingegen nicht mehr genau wusste, war, wo er sich überhaupt befand. Längst hatten sie jene Gebiete verlassen, die ihm von seinen alltäglichen Wegen bekannt waren. War diese Stadt wirklich schon immer so groß gewesen?

Die beste Wohngegend schien es jedenfalls nicht gerade zu sein. Genau genommen hatte Egon bisher noch nicht einmal geahnt, dass ein derart heruntergekommenes Viertel wie dieses in seiner Heimatstadt existierte. Jedes zweite Haus war offensichtlich unbewohnt. Überall sah er mit Brettern vernagelte Fenster, Drähte, die zum Schutz vor herabfallenden Steinen über Mauerecken gezogen waren, und Graffiti, deren Farbe sich aufgrund akuter Altersschwäche bereits selbst wieder von den Wänden entfernte. Außerdem schien die Straßenreinigung dieses Gebiet absichtlich zu umfahren. Auf den krummen und schiefen Bürgersteigen, welche hier und dort von den dicken Wurzeln der am Straßenrand stehenden Bäume durchbrochen wurden, türmte sich derart viel Unrat, dass Egon dazu gezwungen war, Schlangenlinien zu laufen. Immer wieder kam er an großen Haufen halb vergammelter Möbel oder Matratzen vorbei, die sicher nicht erst seit gestern hier im Freien herumlagen.

Der gehässigen Katze hingegen schien es einen Heidenspaß zu bereiten, immer wieder über diesen vergessenen Sperrmüll hinwegzuspringen oder sich durch ihn hindurchzuwinden und dabei gelegentlich die ein oder andere Rattenfamilie aufzuscheuchen. Währenddessen schaute sie sich immer wieder nach Egon um, ganz so als wollte sie sagen: »Mein lieber Egon, ich bitte dich ein wenig um Beeilung!« Oder hatte sie das gerade wirklich gesagt? Mittlerweile war Egon dermaßen aus der Puste, dass er die Realität nur noch schwer von etwaigen Halluzinationen zu unterscheiden vermochte.

Schließlich sprang die Katze – erneut nur wenige Augenblicke bevor Egon sie erreicht hätte – von einem uralten Hydranten herunter, den sie sich für einige Sekunden als Aussichtspunkt auserkoren hatte. Doch huschte sie danach kein deprimierend weites Stück den Bürgersteig entlang, sondern zwängte sich nur wenige Meter von Egon entfernt zwischen den verwitterten Latten eines alten Zaunes hindurch.

Schwer keuchend und mehr stolpernd als rennend legte Egon auch dieses Stück zurück und wandte sich schließlich dem Zaun zu. Er fluchte kaum hörbar in sich hinein, als er erkennen musste, dass die Katze wieder einmal spurlos verschwunden war. Dann jedoch sah er, was sich hinter dem Zaun befand – und schluckte laut vernehmbar.

Dort auf der anderen Seite, hinter einem großen von meterhohem Gras, verwahrlosten Hecken und toten Büschen vollkommen zugewucherten Vorgarten, stand das mit Abstand seltsamste Haus, das er jemals gesehen hatte.

11. Kapitel

Egon war seekrank. Bereits hoch oben in der Takelage des Piratenschiffes hatte ihn die Übelkeit auf leisen Sohlen angekrochen, aber da hatte er das Gefühl noch alleine der eher ungewöhnlichen Situation zugeschrieben, in der sein armer Magen sich befand. Schließlich passierte es seinem Verdauungsorgan nicht jeden Tag, dass es in solch luftigen Höhen baumelte. Dafür sollte man schon Verständnis haben. Doch auch jetzt noch – oder vielmehr besonders jetzt – als er hier unten auf dem Deck stand und mit seinem neuen besten Freund, einem traurigen alten Wischmob, die Planken des Schiffes schrubbte, konnte er seinen der Freiheit entgegenstrebenden Mageninhalt nur unter Aufbietung all seiner Willenskräfte zurückhalten. Zwar hatte er nirgendwo eine Gelegenheit, sein Spiegelbild zu betrachten, aber er war sich ziemlich sicher, dass er mittlerweile mindestens ebenso grün war wie Frau Unkenstock in Vielschmatzland – wenn nicht grüner.

Egon tauchte seinen Mob in den brackigen Inhalt eines gammligen Holzeimers. Die stückige, bräunlich-graue Flüssigkeit, bei der es sich in grauer Vorzeit einmal um Wasser gehandelt haben mochte, stank derart zum Himmel, dass sie den Zustand des Decks eher noch um einiges verschlimmerte, anstatt ihn zu verbessern. Doch er dachte ja überhaupt nicht daran, sich irgendwo frisches Wasser zu besorgen. Sollten sich doch die anderen Mitglieder der Mannschaft darum kümmern! Er hatte diese Strafarbeit,

181

zu der der Kapitän ihn verdonnert hatte, sowieso nicht verdient.

Mit Ausnahme des schwankenden Veranstaltungsortes sowie des lumpigen Dreispitz auf Kapitän Kruschinskis Kopf hatte sich das Gespräch in der Kapitänskajüte erschreckend wenig von jenem unterschieden, das er erst vor einigen Stunden in seiner Abteilung mit Herrn Kruschinski geführt hatte. Egon war stinkfaul, völlig unnütz und den madigen Schiffszwieback nicht wert, den er dem Rest der Mannschaft frecherweise vor der Nase wegaß. Leider drohte Kapitän Kruschinski ihm deswegen jedoch keineswegs mit einer schriftlichen Kündigung seines Arbeitsverhältnisses. Die Welt der Piraten war da um einiges unkomplizierter. Sollte Egon auch nur noch einmal auf die Idee kommen, sich um seine Arbeit zu drücken, würde man ihn über die Planke gehen lassen. So einfach war das.

Die ganze Angelegenheit war in Egons Augen einfach nur lächerlich. Vor welcher Arbeit sollte er sich denn überhaupt gedrückt haben? Sein rebellierender Magen konnte als durchschlagender Beweis dafür gelten, dass er ganz bestimmt kein Seemann war – und erst recht kein Pirat. Dennoch stand er hier, auf dem von unzähligen Möwen beschmutzten Deck und schrubbte und schrubbte und schrubbte. Gleichzeitig hatte er mal wieder nicht die geringste Ahnung, wo Kopernikus abgeblieben war. Was sollte er bloß hier? Einmal aufs Neue ergab absolut nichts einen Sinn.

»Land in Sicht!«, rief der Pirat, den man oben im Ausguck positioniert hatte. Egon kannte ihn als Meier aus der Buchhaltung und konnte ihn nicht leiden. In der Firma benutzte er immer ungefragt seine Tasse.

Als hätte er ein Zauberwort vernommen, sprang Ronnie aus einer Hängematte, die zwischen zwei Masten befestigt war und in der er es sich in den letzten Minuten gemütlich gemacht hatte: »Na, endlich!«, rief er und eilte unter dem klopfenden Geräusch seines Holzbeines hinüber zur Reling. Auch den Rest der Mannschaft packte sichtlich die Neugier und viele von Egons Mitarbeitern taten es Ronnie gleich. An der Reling angekommen verrenkten sie sich beinahe ihre Hälse, nur um vielleicht ein wenig besser zu erkennen, was sich dort in der Ferne zeigte. Ein aufgeregtes Murmeln entstand und einige der Männer wiesen mit ihren Fingern in Richtung Horizont.

Egon wunderte sich, was das ganze Getöse bloß sollte. Die Mannschaft tat ja gerade so, als hätte sie seit Monaten kein Land mehr gesehen. Dann fiel ihm ein, dass das sogar gut und gerne der Fall sein konnte. Gleichzeitig wuchs auch seine Neugier. Was war nur so besonders an diesem Land? Bisher hatte er sich noch nicht einmal die Frage gestellt, wohin sie überhaupt unterwegs waren. Kreuzten Piraten nicht einfach nur so durch die Gegend, in der Hoffnung hier und da auf ein anderes Schiff zu treffen, das sie entern konnten? Oder hatten sie etwa einen Hafen vor sich? Vielleicht sogar einen Piratenhafen? Vor Egons innerem Auge begannen sich die aufregendsten Szenen abzuspielen. Er dachte an ausgiebige Saufgelage, turbulente Kneipenschlägereien und aufreizende Frauen in engen Korsagen. Gesehen hätte er das alles ja schon gerne einmal. Dann aber fiel ihm ein, dass man ihn höchstwahrscheinlich eh nicht mit an Land nehmen würde. Demonstrativ wandte er sich von der Mannschaft ab und klatschte seinen nassen Mob trotzig auf die Planken. Na und wenn schon! Hier an Bord war es ihm sowieso viel lieber. Auch wenn ihm noch so speiübel war.

Völlig unvorbereitet spürte er, wie sich eine Hand auf seine Schulter legte. Er erschrak dermaßen, dass er um ein Haar auf dem frisch gewischten Boden ausgerutscht wäre. Nach der ungelenken Präsentation einer unfreiwilligen kleinen Tanzeinlage – die nur schwer noch lächerlicher aussehen konnte, als sie sich anfühlte – gelang es ihm jedoch, sein Gleichgewicht wieder zu finden. Allerdings nur, um es kurz darauf wieder zu verlieren.

»Oh! Entschuldigung, Egon!«, rief Babett »Ich wollte dich wirklich nicht erschrecken.« Sie blickte zu ihm herab. »Ich hoffe, du hast dir nicht weh getan.«

Egon, den der Anblick seiner Traumfrau von einem Moment auf den anderen von der Senkrechten in die Horizontale katapultiert hatte, rappelte sich so schnell er konnte wieder auf. Seine Selbstachtung hingegen blieb liegen. Sein Gesicht brannte vor Scham. Warum nur mussten gerade ihm immer solche dummen Sachen passieren? »I-ich, ähm, ich, nei-nein, ist schon in Ordnung«, stammelte er. »Mi-mir geht es gut. I-ich bin nur au-ausgerutscht.«

»Gut. Dann pass auf. Ich soll dir mitteilen, dass der Kapitän eine Aufgabe für dich hat.«

Egon schwante übles. »Ja-ja?« Es gab eine unvorstellbar große Auswahl an möglichen Aufgaben, mit denen er in diesem Moment gerechnete hätte – und sie alle waren gleich deprimierend. Er dachte an Dinge wie: Du sollst die Kanonenkugeln polieren. Oder: Du sollst den Schiffszwieback entmaden. Oder sogar: Du sollst die Schiffslatrine putzen. Das, was Babett dann aber wirklich sagte, übertraf sogar noch seine allerschlimmsten Vermutungen.

»Du sollst Ronnie helfen.«

»Ro-Ronnie, he-helfen?«, stöhnte Egon. »Au-ausgerechnet ich? A-aber wobei denn?«

Schon spürte er, wie sich Ronnies gewaltiger muskelbepackter Arm eng um seine hängenden Schultern schloss. »Wir suchen einen Schatz!«

Die Erfahrung, der Egon sich einige Zeit später ausgesetzt sah, schaffte es ohne größere Probleme in die Top-Liste seiner zehn schlimmsten Albträume: Er saß allein mit Ronnie, Herbert und natürlich Uwe in einem kleinen Boot. Einem Ruderboot, um genau zu sein, das auf eine einsame kleine Insel zusteuerte – und selbstverständlich war er es, der ruderte. Ronnie und das Duo Infernale wiederum hatten es sich auf der anderen Seite der Nussschale gemütlich gemacht und ließen sich dort entspannt die pralle Sonne auf die Bäuche scheinen. Dies galt in ganz besonderer Weise für

Uwe, dessen Meerjungfrau bereits begann, ungesunde kleine Bläschen zu schlagen.

Die Insel, auf die Egons schon jetzt schwieligen Hände die kleine Gruppe qualvollen Ruderschlag um qualvollen Ruderschlag zubewegten, bestand im Wesentlichen aus drei Elementen: einem paradiesisch anmutenden schneeweißen Sandstrand, einem possierlichen saftig-grünen Wäldchen aus Palmen und anderem tropischen Gewächs und einem großen düsteren Vulkan, der sich hoch aus der Mitte der Insel erhob und aus dessen Spitze eine unfreundlich dreinblickend Rauchwolke nach der anderen aufstieg. Eine vollkommen normale tropische Insel also.

Trotz der Tatsache, dass ihm der Schweiß in Bächen über das Gesicht rann und scharf in seinen Augen brannte, nahm Egon im strahlend blauen Wasser neben dem Boot eine plötzliche Bewegung war. Er wandte sich ein wenig zur Seite und schaute in die lachenden Augen eines Delphins, der neben ihnen herschwamm und sich dabei lässig mal auf den Rücken, dann auf die eine oder die andere Seite drehte. Es schien Egon gerade so, als wollte ihm das quirlige Tier fragen: Geht das nicht ein bisschen schneller? Er wandte sich wieder ab. Was sagte es wohl über ihn aus, dass er glaubte, selbst die freundlichsten Wesen des gesamten Tierreiches würden sich über ihn lustig machen?

Nach etwas, das sich – zumindest für Egon – wie eine Weltreise angefühlt hatte, erreichten sie endlich den Strand. Ronnie sprang als erster in das knietiefe Wasser, Uwe und Herbert folgten ihm. Egon hingegen brauchte einen Augenblick, bis zumindest wieder etwas Gefühl in seine Arme zurückgekehrt war, dann aber kletterte auch er aus dem Boot und nachdem sie dieses einige Meter in den Sand gezogen hatten, ging die kleine Gruppe endgültig an Land. Kaum dort angekommen griff Ronnie hinter seinen Rücken und zog eine große Papierrolle hervor. Er spießte eines ihrer Enden auf seinen Haken, entrollte sie mit seiner verbliebenen Hand, kniff sein verbliebenes Auge zusammen und betrachtete sie angestrengt. »Gut, also dann mal sehen«, sagte er. »Wo ist jetzt dieser Schatz?«

Während der Hüne damit beschäftigt war, die Schatzkarte zu entziffern, genoss Egon die kleine Pause. Von dem ganzen Rudern fühlten sich seine Arme an, als hätten sie nicht mehr viel mit seinem Körper gemeinsam. Glücklicherweise entschädigte ihn die Umgebung zumindest etwas für seine Qualen.

Von seiner lausigen Begleitung einmal abgesehen befand er sich mitten im Paradies. Die Sonne stand hoch oben am Himmel, das azurblaue Wasser brach sich in einiger Entfernung an malerisch aus dem Meer ragenden Felsen, ja der ganze Strand war beinahe etwas zu schön um wahr zu sein und nur wenige Meter hinter ihm stand eine einzelne derart perfekt geformte Kokospalme, dass sie mit ihren Traummaßen sofort als Fotomodell beim nächsten Reisebüro hätte anheuern können. Die Welt konnte schon schön sein, wenn sie sich nur ein wenig Mühe gab.

Es dauerte nicht lange, bis Egon bemerkte, dass Ronnie irgendwelche Probleme hatte. Immer wieder drehte der Hüne die Karte von einer auf die andere Seite, hielt sie mal ein wenig näher an sein Auge, entfernte sie dann kurz darauf wieder und betrachtete schließlich sogar ihre Rückseite. Egon meinte geradezu erkennen zu können, wie sich unmittelbar über dem hohlen Schädel des Riesen ein großes schwarzes Fragezeichen manifestierte. Manchmal fragte er sich schon, wie es ausgerechnet jemandem wie Ronnie gelang, ihm das Leben derart schwer zu machen. Dann aber erkannte er, wie dessen Bizeps bei jeder noch so geringen Bewegung freudig hin- und herhüpfte, als führe er ein unheimliches kleines Eigenleben, und es fiel ihm wieder ein.

Schließlich hatte Egon genug. Die Insel mochte ja noch so schön sein, leider verfügte sie nicht über die nötigen Einrichtungen, die es ihm ermöglicht hätten, sich eine Sonnenliege samt Sonnenschirm und Cocktail zu besorgen. Daher hätte er jetzt langsam wirklich gerne mit der Schatzsuche angefangen und die Sache endlich hinter sich gebracht. Er musste herausfinden, was da so lange dauerte. Vorsichtig ging er zu Ronnie und warf vorbei an dessen gewaltigem Arm einen Blick auf die Karte.

Er wusste wirklich nicht, was das Problem war. Die Schatzkarte sah exakt so aus, wie man sich ein solches Objekt vorstellte. Zumindest dann, wenn man als Kind auch nur irgendeinen x-beliebigen Piratenfilm gesehen hatte. Sie zeigte recht deutlich – wenn auch eher in Form einer Skizze – die gesamte Insel, in deren Mitte der große Vulkan eindeutig zu erkennen war. Ein Stück weit von diesem entfernt und scheinbar mitten auf einer kleinen verlassenen

Lichtung im Wald zeigte sie außerdem ein großes rotes X – und damit einen Buchstaben, der in diesem speziellen Zusammenhang gemeinhin auf den Aufenthaltsort eines Schatzes verwies.

»Ähm«, sagte Egon. »Sti-stimmt was nicht?«

»Ja!«, blaffte Ronnie. »Die Karte ist kaputt.«

»Häh? Wi-wieso?«

»Na, hier steht nirgendwo etwas von einem Schatz. Und wo wir sind, sagt sie mir auch nicht. Das Ding ist völlig unbrauchbar!«

Egon seufzte. »Wi-wir sind hier«, sagte er und zeigte mit dem Finger auf die Karte. Deutlich waren die aus dem Wasser ragenden Felsen zu erkennen und sogar die einzelne Palme war verzeichnet. »U-und der Schatz ist do-dort.« Er deutete auf das rote X.

»Hmm«, raunte Ronnie und drehte die Karte um. »Bist du dir auch ganz sicher?«

»Ja«, sagte Egon. Tatsächlich war er sich in seinem ganzen bisherigen Leben einer Sache selten so sicher gewesen.

»Natürlich«, sagte Ronnie, rollte die Karte zusammen und steckte sie wieder weg. »Das war ja auch einfach. Ich wollte nur mal gucken, ob du überhaupt für irgendetwas zu gebrauchen bist. Los kommt! Mir nach!« Mit betont ausladenden Schritten ging er auf den kleinen Wald zu.

Herbert und Uwe hatten sich in den letzten Minuten die Zeit damit vertrieben, einen kleinen Krebs zu ärgern, der vermutlich nichts weiter wollte, als in Ruhe seinem gewöhnlichen Tagesgeschäft nachzugehen. Irgendwann jedoch hatte es dem alles andere als wehrlosen Tier gereicht und es war unter dem kompromisslosen Einsatz seiner Scheren zum Gegenangriff übergegangen. In diesem Augenblick war Uwe daher gerade schwer mit dem Versuch beschäftigt, den Krebs unter dem für sie lebensgefährlichen Einsatz seiner Finger aus dem Bart seines besten Freundes zu lösen. Nun aber, da Ronnie sie rief, sprangen die beiden aus dem Sand auf, als hätten sie die Stimme Gottes vernommen und da der kleine Krebs noch immer keineswegs die Absicht zu haben schien, loszulassen, nahm Herbert sein neues Haustier gezwungenermaßen einfach mit.

Kopfschüttelnd stapfte Egon als letzter hinter den dreien durch den schneeweißen Sand.

In den darauffolgenden Minuten lernte Egon eine Lektion fürs Leben: Nur weil ein Wäldchen auf einer tropischen Insel von Weitem vermeintlich klein und harmlos erscheint, heißt das noch lange nicht, dass es sich in seinem Inneren auch klein anfühlt – geschweige denn, dass es harmlos ist.

Bereits nach einigen wenigen Metern, die die vier in dem völlig unwegsamen Miniatur-Dschungel hinter sich gebracht hatten, sehnte sich Egon zurück in jenen Wald in Vielschmatzland, in dem das Allerschlimmste ein paar ungehobelte Scherzbolde von Bäumen gewesen waren, die ihre unhöflichen Späße mit ihm getrieben hatten. Der kleine Dschungel hier auf der Insel hingegen erweckte schnell den Eindruck, als wollte ihm jeder einzelne seiner Quadratzentimeter ans Leder.

Der Boden und die Bäume waren dicht überwuchert von allerlei Schlingpflanzen, die fest dazu entschlossen schienen, ihrem Namen alle Ehre zu machen. Denn so sehr er auch aufpasste, immer wieder blieb Egon mit seinen Füßen oder Armen in ihrem dichten Gestrüpp hängen und musste sich mühsam freikämpfen. Um seinen Kopf herum summte und brummte es nur so und auch das kleine bisschen Boden, das hier und dort zwischen den Pflanzen hervorschaute, war von unzähligen fremdenfeindlichen Insekten bewohnt, deren knallbunte Körperbemalung sicher nicht auf ihre völlige Ungefährlichkeit verwies. Zu allem Überfluss hingen außerdem in jedem zweiten Baum große getigerte Schlangen, die sich vermutlich sehr darüber freuten, dass ihr Mittagessen heute von selbst zu ihnen kam. Egon verstand recht schnell, warum manche Menschen den Dschungel mit dem liebevollen Kosenamen grüne Hölle bedachten.

Das einzige, das ihm bei alledem wenigstens ein bisschen Freude bereitete, war, dabei zuzuschauen, wie Ronnie, Herbert und Uwe sich genauso abrackerten wie er. Auch sie blieben alle paar Schritte in den Pflanzen hängen, wurden von den gleichen Moskitos gestochen und von denselben Schlangen gierig beäugt. Mochte die Wildnis auch noch so grausam sein, zumindest war sie gerecht.

»Gleich sind wir da!«, verkündete Ronnie. Innerhalb der letzten Minuten hatte Egon immer wieder beobachtet, wie der Hüne, obwohl der insgesamt recht kurze Weg wirklich nicht allzu schwer zu merken war, die Karte hervorgeholt und einen angestrengten Blick auf sie geworfen hatte. Es überraschte Egon daher keineswegs, dass Ronnie tatsächlich Recht behielt und die Gruppe kurz nach seiner Ansage die kleine Lichtung erreichte, die er zuvor auf der Karte verzeichnet gesehen hatte.

Wie Egon feststellen musste, als er kurz durch die dichten Äste der Bäume spähte, war diese Lichtung allerdings keineswegs leer und schon gar nicht verlassen. Stattdessen stand direkt in ihrer Mitte ein kleines trotziges Dorf, das von missmutig dreinblickenden Eingeborenen bevölkert wurde, deren erschreckend stereotype Bekleidung aus nichts weiter als kurzen Baströckchen bestand, welche in den durch ihre Nasen gezogenen Knöchelchen eine passende Ergänzung fanden. Und, nun ja, einige von ihnen trugen außerdem Speere.

Egon verstand nicht recht, was hier vor sich ging. »A-aber ich denke, wi-wir suchen nach einem vergrabenen Schatz?«, flüsterte er. Auf keinen Fall wollte er von den Eingeborenen bemerkt werden.

»Was? Wer hat denn etwas von vergraben gesagt? Wir sind hinter dem da her!«, sagte Ronnie und wies mit seinem Haken auf die Mitte des Dorfes. Dort stand eine große steinerne Statue mit weit ausgebreiteten Schwingen, die Egon entweder an einen vollschlanken Flamingo oder aber ein hageres Huhn erinnerte – so ganz war er sich da nicht sicher. In der Mitte der Brust dieser merkwürdigen Statue glitzerte ein absolut gigantischer blutroter Rubin, der ein wahres Vermögen wert sein musste. Es war wirklich kein Wunder, dass die Piraten es auf das Ding abgesehen hatten. Doch leider bezweifelte Egon sehr, dass die Eingeborenen es ihnen einfach so als Gastgeschenk aushändigen würden.

»Ähm, u-und wie wi-willst du an das Teil herankommen?«, fragte er.

»Na, wie schon! Ich gehe hin und hole es mir.« Ronnie schüttelte verständnislos den Kopf, als verstünde er nicht, wie Egon nur so eine dumme Frage stellen konnte.

»A-aber die Eingeborenen we-werden di-dich sehen.«

»Und? Was wollen die denn machen?« Ronnie lachte. »Die sind doch so winzig!«

Zumindest in dieser Hinsicht musste Egon dem Hünen ausnahmsweise einmal Recht geben. Die Eingeborenen waren wirklich nicht sonderlich groß. In Anbetracht der ebenfalls geringen Größe der Insel, die sie sich als ihre Heimat auserkoren hatten, schien das jedoch gar kein so dummer Schachzug zu sein. Außerdem machten sie das, was ihnen an Höhe fehlte, ohne Probleme durch ihre Anzahl wett. Er zählte mindestens zwanzig von ihnen und wer wusste schon, wie viele sich noch in den Hütten aufhielten?

Egon bekam es mit der Angst zu tun. Nicht weil es ihn sonderlich gestört hätte, wenn Ronnie von den Eingeborenen abgemurkst worden wäre, doch die Chancen standen leider gar nicht schlecht, dass sie sich ihn als nächstes vorknöpfen würden, wenn sich das Dorf erst einmal in Aufruhr befand. Nein, wenn sie wirklich vorhatten, den Rubin zu stehlen, dann mussten sie das Ganze vernünftig angehen. Dafür allerdings musste er zuerst Ronnie davon überzeugen, dass er im Unrecht war. Alleine der Gedanke ließ ihn erschaudern.

»Vi-vielleicht, ähm nun ja, vi-vielleicht wäre es trotzdem besser, we-wenn wir, nun ja, we-wenn wir das etwas, ähm, du wei-weißt schon, ge-geschickter anstellen würden«, sagte er und bereitete sich innerlich auf die allerschlimmste Backpfeife seines Lebens vor. »I-ich meine nur«, fügte er schnell hinzu, »i-immerhin ha-haben die Speere. Wä-wäre es da nicht vielleicht besser, au-auf Nummer sicher zu gehen?«

Egon konnte direkt dabei zuschauen, wie die Gedanken hinter Ronnies Stirn ihre müden Glieder streckten und seit langem das erste Mal zur Arbeit schritten. Das Ganze schien ein langwieriger und – wie er meinte an dem ein oder anderen Augenzucken feststellen zu können – auch keineswegs schmerzloser Prozess zu sein. Schließlich aber sagte Ronnie tatsächlich: »Na gut. Was schlägst du vor?«

Egon schluckte. Eigentlich hatte er sich darüber noch gar keine Gedanken gemacht. Bisher hatte für ihn schlicht und ergreifend festgestanden, dass Ronnies Idee idiotisch war. Aber hatte er selbst eine bessere? Meckern war schließlich stets der einfachere Part.

»Ei-einen Moment, bitte«, sagte er und streckte erneut vorsichtig seinen Kopf durch die dichten Pflanzen.

Die meisten der Eingeborenen wirkten nicht besonders aufmerksam. Sie saßen vor ihren Hütten, gingen irgendeinem Handwerk nach, unterhielten sich miteinander in einer Sprache, die Egon nicht einmal ansatzweise bekannt vorkam, oder dösten einfach gemütlich vor sich hin. Dennoch schien es ihm absolut unmöglich zu sein, den Stein zu entwenden oder ihm auch nur nahe zu kommen, ohne dass sie etwas davon mitbekämen. Zumindest – ja genau! – zumindest solange sie sich wie jetzt allesamt in dem Dorf aufhielten.

Er zog seinen Kopf zurück. »I-ich habe eine Idee!«, verkündete er triumphierend und mit vor Stolz geschwellter Brust. »Wi-wir veranstalten ei-ein Ablenkungsmanöver!«

Egon verfluchte seine bescheuerte Idee. Er hätte Ronnie einfach machen lassen sollen. Das hätte ihm vor seinem eigenen Ableben wenigstens noch die Genugtuung verschafft, dabei zuzuschauen, wie die Eingeborenen auch seinen muskulösen Peiniger mit ihren Speeren perforierten. Aber daraus würde jetzt wohl nichts werden. Ein Ablenkungsmanöver – dieser Meinung war er noch immer – war zwar an sich eine wirklich gute Idee, nur hatte er dabei leider vergessen, dass dieses auch irgendjemand durchführen musste. Und natürlich stand vom ersten Augenblick an vollkommen außer Frage, wer dieser jemand sein würde.

»So. Jetzt sitzen die Dinger fest«, sagte Ronnie und zog ein wenig an einem der zwei großen Palmblätter, die Herbert und Uwe in den letzten Minuten mit einigen Schlingpflanzen an Egons Armen festgebunden hatten. Interessanterweise hatte Egon dabei festgestellt, dass in Herberts Bart noch immer der kleine Krebs baumelte, den die beiden am Strand geärgert hatten. Irgendwie schien sich das anhängliche Schalentier dort geradezu wohl zu fühlen. »Schlag mal ein wenig mit den Armen!«

Egon seufzte. »I-ich will nicht.«

»Schlag gefälligst mit den Armen, wenn ich es dir sage!«, blaffte Ronnie und hielt Egon seinen spitzen Haken unter die Nase.

Widerwillig tat Egon, was der Gorilla von ihm verlangte.

»Super!«, rief Ronnie. »Du siehst fast genauso aus wie ihr Gott.«

Egon konnte sich einfach nicht erklären, wie sein ansonsten ebenso grips- wie ideenloser Arbeitskollege innerhalb nur weniger Sekunden, nachdem er das Wort Ablenkungsmanöver gehört hatte, die Eingebung hatte haben können, dass die Eingeborenen wohl nichts besser ablenken würde, als wenn ihnen ihr Gott persönlich erschiene. Und so sehr Egon sich auch anstrengte, ihm wollte und wollte einfach kein Argument einfallen, mit dem er diese für Ronnies Verhältnisse geradezu schon bestechende Logik auszuhebeln vermochte. Andererseits fand er, dass er überhaupt nicht aussah wie irgendein Gott. Er sah aus wie ein hagerer Mann mit dichten schwarzen Haaren und einer dicken Brille – dem man zwei große Palmblätter an die Arme gebunden hatte.

»In Ordnung, es kann losgehen!«, rief Ronnie und setzte sich in Bewegung. »Denk dran. Du rennst zuerst aus dem Busch und lenkst sie ab. Dann, wenn sie nicht damit rechnen, schnappe ich mir den Rubin. Wir treffen uns beim Boot.«

Egon nickte zögerlich. Nicht nur sein Bauchgefühl sagte ihm, dass sie sich keineswegs bei dem Boot treffen würden. Seiner Meinung nach konnte das Ganze nur auf zwei verschiedene Arten enden: Entweder würden ihn die Eingeborenen sofort aufspießen oder aber Ronnie wäre mit dem Boot und dem Rubin längst über alle Berge, wenn es ihm tatsächlich gelänge, den Strand zu erreichen – und die Eingeborenen würden ihn dann aufspießen. Alles, worauf er hoffen konnte, war, dass sie die Sache schnell hinter sich brachten. Und wo war überhaupt Kopernikus schon wieder abgeblieben? Der grünäugige Kerl war aber auch wirklich nie da, wenn man seine Hilfe gebrauchen konnte.

Als sie das Dorf wieder erreicht hatten, warfen Egon und Ronnie erneut einen kurzen Blick durch die Blätter. Die Lage hatte sich nicht im Geringsten verändert. Noch immer saßen die Eingeborenen entspannt vor ihren Hütten oder dösten im Schatten vor sich hin. Egon bemerkte, dass er sie zutiefst beneidete. Es sah wirklich nicht gerade danach aus, als führten sie ein besonders anstrengendes Leben. Wer nur hatte sich diesen ganzen Unsinn von wegen Zivilisation eigentlich einfallen lassen?

»Gut. Dann also los!«, sagte Ronnie.

Egon zögerte. Er wollte das Unvermeidliche so lange aufschieben wie irgendwie möglich. »A-aber

wie soll ich da-das denn überhaupt ma-machen? I-
ich meine mi-mit den Blä...aahh!!«

»Du lässt dir schon was einfallen«, unterbrach ihn
Ronnie und gab ihm einen gewaltigen Schubs, in
den er vermutlich alle Kraft hineinlegte, die sein gewaltiger Oberarm zur Verfügung stellte.

Halb fliegend, halb stolpernd stürzte Egon aus
dem Schutz der Bäume hervor und wedelte dabei,
um nicht hinzufallen, angestrengt mit seinen palm-
blattbewehrten Armen. Als er schließlich verkehrt
herum nur wenige Meter vor den ersten Hütten der
Eingeborenen zum Stehen kam, fragte er sich für einen winzig kleinen Augenblick tatsächlich, ob diese
ihn wohl bereits bemerkt hatten. Als er sich dann
aber zu dem Dorf umwandte, sah er ein, dass das
eine wirklich dumme Frage gewesen war. Wie eine
einzige Person starrte ihn das ganze Dorf mit weit
aufgerissenen Augen an. Einige der Mütter holten
sogar ihre kleinen Kinder aus den Hütten, damit sie
den seltsamen Neuankömmling begutachten konnten. Kurzum: Egon verfügte über ein großes und
scheinbar überaus neugieriges Publikum.

Er schluckte. Zu seiner Angst trat nun auch noch
ein gewisses Lampenfieber. Was sollte er jetzt nur
tun? Noch immer hielt er Ronnies Plan für die absolut dümmste Idee, die jemals ein Idiot ausgebrütet
hatte. Andererseits war selbst der bescheuertste Plan
immerhin noch ein Plan und da es zudem der einzige war, über den er in diesem Augenblick verfügte,
entschloss er sich widerwillig dazu, ihm zu folgen.
Genau genommen blieb ihm eigentlich gar nichts
anderes übrig. Daher begann er wie wild mit seinen

Armen zu flattern und die bestmögliche Interpretation des seltsamen Fabelwesens zu geben, zu der er fähig war. Gleichzeitig rief er: »Wha – kah! Wha – kah!«, da er meinte, dieses Wesen würde – so es denn existierte – solche oder zumindest so ähnliche Laute von sich geben. Und wer wollte ihm, was das anging, schließlich schon widersprechen?

In den Augen der Eingeborenen zeigte sich ein wahres Potpourri der verschiedensten Emotionen – wirklich positiv war keine einzige von ihnen. Stattdessen füllten sie die gesamte Bandbreite zwischen verwunderter Überraschung und angewiderter Herablassung.

Egon entschied daher, dass es an der Zeit war, die nächste Phase des Planes einzuleiten. Ohne damit aufzuhören, wie wild mit seinen Flügeln zu schlagen oder seinen Ruf auszustoßen, rannte er todesmutig mitten hinein in das Dorf. Die verwunderten Augen der Eingeborenen klebten regelrecht an ihm, als er dessen Zentrum erreichte – »Wha – kah! Wha – kah!« –, eine Runde um die Götterfigur drehte – »Wha – kah! Wha – kah!« – und das Dorf daraufhin auf der anderen Seite in Richtung Dschungel wieder verließ – »Wha – kah! Wha – kah!«

Nachdem er die erste Baumreihe durchquert hatte, riskierte er einen kurzen Blick über seine Schulter. Er konnte es überhaupt nicht fassen. Es hatte tatsächlich funktioniert. Das gesamte Dorf folgte ihm. Sogar ein paar der Kinder hatten ihre Miniatur-Speere ergriffen und sich zusammen mit ihren aufgebrachten Eltern auf den Weg gemacht. Egon war regelrecht euphorisch. Tatsächlich klappte mal etwas, das er tat!

Dieses Glücksgefühl hielt ziemlich genau drei Sekunden lang an. Es wurde bereits deutlich schwächer, als eine Sekunde später der erste Speer mit einem pfeifenden Geräusch dicht an seiner Nase vorbeisauste. Und es endete dann völlig abrupt, als Egon zwei weitere Sekunden darauf feststellen musste, dass sich hinter dem ersten Stück Dschungel keinesfalls, wie er erwartet hatte, einfach immer mehr Dschungel befand – sondern eine hohe steile Felswand.

»Mein lieber Egon, könntest du mir bitte verraten, warum du hier ein derart infantiles Schauspiel aufführst?!« Kopernikus hatte auf einer der hölzernen Querstreben Platz genommen und blickte missmutig hinab in Egons Käfig. Sein grüner Schnabel glühte vor Empörung. Aufgrund des lautstarken Blubberns und Zischens der Lava, die sich nur wenige Meter unter Egons Füßen in hellster Aufregung befand, schrie er so laut es seine kleine Vogelstimme vermochte. »Das hättest du alles etwas geschickter anstellen können!«

Geschickter anstellen. Von wegen! Egon ärgerte sich sehr über diesen vollkommen ungerechtfertigten Tadel des pummeligen Papageis. Was hätte er denn bitte tun sollen? Seiner Meinung nach konnte er sich alleine schon glücklich schätzen, dass ihn die Eingeborenen nicht sofort aufgespießt, sondern nur in diesen Käfig gesperrt und ein Stück in das Innere des Vulkans hinabgelassen hatten. Gut, das hölzerne Konstrukt, in dem er saß, mochte nicht wirklich bequem sein und besonders stabil sah es auch nicht gerade aus – aber es hätte genauso gut alles viel schlimmer kommen können. Immerhin war er noch am leben.

Doch nicht nur er saß in einem solchen Käfig, auch Ronnie, Herbert und Uwe war es nicht anders ergangen. Die Erklärung dafür war nicht nur einfach, sondern auch wenig überraschend. Ronnie war es schlicht und ergreifend nicht gelungen, den großen Rubin aus der Statue zu befreien, bevor die Eingeborenen zusammen mit Egon in ihr Dorf zurückgekehrt waren und dem Hünen dort eindrucksvoll demonstriert hatten, dass sie ihre geringe Körpergröße ohne Probleme mit Angriffslust ausglichen. Was hingegen Herbert und Uwe anging – nun, sie waren Herbert und Uwe. Egon vermutete, dass sie nicht einmal genau verstanden hatten, was überhaupt um sie herum vor sich ging, bevor sie sich mit den ersten Speerspitzen konfrontiert sahen. Das einzige, worüber er sich wirklich wunderte, war die Tatsache, dass der kämpferische kleine Krebs seine Chance noch immer nicht genutzt und sich aus dem Staub gemacht hatte. Weiterhin hing das Tier in Herberts Bart und baumelte dort zusammen mit all dem anderen Geklimper entspannt vor sich hin.

Egon entschied sich, nicht weiter auf Kopernikus' Tadel einzugehen. Stattdessen kam er auf einen Punkt zu sprechen, der ihm im Moment sehr am Herzen lag. »Ka-kannst du mir hier he-heraus helfen?«, rief er gegen das Getose der Lava anschreiend.

Kopernikus stützte seine schwarzen Flügel in seine fülligen Papageienhüften und blickte Egon aus düster zusammengekniffenen Augen an. Einen Moment lang sah es so aus, als würde er ernsthaft darüber nachdenken, ihn hier im wahrsten Sinne des Wortes einfach hängen zu lassen. »Also gut«, krächzte er dann aber und Egon fiel ein gar nicht so kleiner Stein vom Herzen.

Kurz darauf erhob Kopernikus sich auch schon in die Lüfte und verschwand schließlich hinter der Oberkante des Vulkankraters. Jetzt fragte Egon sich nur noch, wie sein kleiner Begleiter, der ihn beim Öffnen von Türen bereits so oft um Hilfe gebeten hatte, es ganz alleine fertigbringen wollte, diesen schweren Käfig …

Er kam nicht dazu, seinen Gedanken zu Ende zu denken. Beginnend mit einem kräftigen Ruck, der den gesamten Käfig zum Wackeln und Ächzen brachte, begann das zerbrechliche Konstrukt, langsam an der Felswand emporgezogen zu werden. Während sich das spröde Holz knirschend und knackend über diese rüde Behandlung empörte, verfiel Egon ins Grübeln. Hatte Kopernikus es etwa tatsächlich geschafft, die Eingeborenen gnädig zu stimmen? Aber wie sollte er das angestellt haben? Nun, vielleicht hatte der Papagei ihnen ja erklären können, dass er zu seiner Handlung gezwungen worden war und es sich bei Ronnie um den eigentlichen Bösewicht handelte. Genauso musste es sein. Und vermutlich halfen sie ihm daher jetzt dabei, den Käfig wieder aus dem Krater herauszuziehen. Eine plausiblere Erklärung gab es eigentlich überhaupt nicht.

Kurz bevor der Käfig die Oberkante des Kraters erreichte, geschah ein Unglück, das Egon – wenn er ganz ehrlich zu sich selbst war – bereits vorhergesehen hatte. Eine der wackeligen Querstreben des Käfigs blieb an einem gehässigen kleinen Felsvorsprung hängen.

»Ve-verdammt!« Egon schluckte. »Wa-wartet da oben!«, rief er so laut wie möglich. Gleichzeitig stemmte er seine kraftlosen Hände gegen die Felswand, um dem Käfig über den Vorsprung hinweg zu helfen. »Ei-einen Augenblick!«

Wer auch immer den Käfig in die Höhe zog, entweder konnte er Egon aufgrund des ohrenbetäubende Geblubbers der Lava nicht hören – oder aber er verstand schlicht und ergreifend keine einzige Silbe seines panischen Geschreis. Doch was auch immer der Grund sein mochte, Egon gelang es nicht, den Käfig schnell genug zu befreien. Einen kräftigen Ruck später mussten seine vor Schreck geweiteten Augen mit ansehen, wie das uralte Holz gleich einer vertrockneten Salzstange zerbrach. Leider waren die einzelnen Bestandteile des Käfigs aber derart miteinander vertäut, dass der Verlust dieses einen Mitspielers den ganzen Verein zum Aufgeben zwang und das gesamte Gebilde somit in sich zusammenfiel wie ein schlecht gebautes Kartenhaus.

»Ahh!!!«, kreischte Egon und sprang so stark er nur konnte in die Höhe.

Irgendein besonders motivierter Schutzengel musste gerade Langeweile gehabt und ihm daher zum Zeitvertreib etwas unter die Arme gegriffen haben. Denn wie durch ein Wunder gelang es ihm um Haaresbreite, das Seil selbst zu fassen zu bekommen und sich mit aller Kraft an ihm festzuklammern. Kurz darauf sah er, wie die trockenen Stangen, die eben noch sein Käfig gewesen waren, unter ihm in die Tiefe stürzten und, als sie auf die Lava trafen, sofort in Flammen aufgingen.

Ein letzter kräftiger Ruck hievte Egon endgültig über die Kante des Kraters. Das, was er dort oben sah, versetzte ihn gleichermaßen in Staunen, Verwunderung – und Ärger.

Die wenigen Eingeborenen, die er ausmachen konnte und die offenbar als Wachen abgestellt worden waren, lagen breit ausgestreckt in der Sonne, schlummerten friedlich vor sich hin und schienen von alledem, was gerade passiert war, nicht das Geringste mitbekommen zu haben. Neben dem Seil jedoch, dessen anderes Ende sich noch immer in Egons vor akuter Todesangst verkrampften Händen befand, stand Kopernikus. Von wegen klein und schwach!

»A-aber!«, Egon kriegte sich kaum wieder ein. »Du-du hast doch gesagt, du …«

»Mein lieber Egon. Würdest du dich gerne wieder zurück in den Vulkan hängen?«

»Wa-was? Ähm, nei-nein, na-natürlich nicht. A-aber …«

»Dann«, unterbrach ihn Kopernikus und erhob gebieterisch einen seiner Flügel, »sind wir uns also einig, dass diese Angelegenheit keiner weiteren Worte bedarf.«

204

Egons Mund blieb offen stehen. Sein Magen rebellierte regelrecht vor Ärger. Dennoch konnte er sich wohl kaum darüber beschweren, dass Kopernikus ihm das Leben gerettet hatte.

»Na-na gut«, seufzte er.

»Wie sagt man also?«

Egon zögerte.

»Nun?«, hakte Kopernikus nach, stemmte seine Flügel in die Hüften und trat einen Schritt nach vorne.

»Da-danke, Kopernikus.«

»Es war mir ein Vergnügen.« Der schwarze Papagei vollführte eine kleine Verbeugung. Dann sagte er: »Aber nun gut. Wir sollten wirklich keine Zeit verlieren. Es wäre dann jetzt wohl an der Zeit, uns durch die nächste Tür zu begeben.«

»I-in Ordnung«, sagte Egon, ließ seine Schultern hängen und schaffte es außerdem endlich, das Seil loszulassen. Dann fiel ihm plötzlich etwas ein. »Ähm, a-aber eine Frage hä-hätte ich noch.«

»Und die wäre?«, fragte Kopernikus genervt.

»Wei-weißt du, warum uns diese Eingeborenen ni-nicht einfach so-sofort aufgespießt haben?« Egon kratzte sich am Kopf. »I-ich meine, da-das alles hier war do-doch ziemlich aufwendig.«

Kopernikus zuckte mit seinen Papageienschultern. »Nun, ich vermute, dass sie ihr Abendessen frisch bevorzugen.«

»A-abendessen?!«, platzte es aus Egon hervor.

Als wolle er diese Äußerung bestätigen, gab ein nur wenige Meter neben ihm dösender und vermutlich bereits von dem bevorstehenden Festmahl träumender Kannibale ein zufriedenes Schmatzgeräusch von sich.

»Natürlich«, bestätigte Kopernikus. »Ich hatte wirklich gedacht, du hättest das bereits verstanden. Könnten wir dann jetzt bitte fortfahren?« Er wandte sich von Egon ab und in dem gleichen Augenblick erschien unmittelbar vor ihm eine alte braune Tür, deren abgegriffene Klinke verführerisch im grellen Licht der karibischen Sonne schimmerte.

Nur ein paar Schritte trennten Egon davon, nicht nur diesen Vulkan und die Kannibalen, sondern vor allem auch Ronnie, Herbert und Uwe endlich hinter sich zu lassen. Er blickte sich noch einmal um. Aber wenn er jetzt ging, hieße das dann nicht, dass er seine drei Kollegen unweigerlich den Kannibalen überlassen würde? Mobbing hin oder her, ein solches Schicksal erschien ihm dann doch ein wenig hart. »Wi-wir können noch nicht gehen«, stellte er fest.

»Verzeihung?«, sagte Kopernikus.

»Wi-wir müssen noch di-die anderen befreien.«

Kopernikus schien aus allen Wolken zu fallen. In seine Papageienaugen trat ein Ausdruck, der auf überaus unhöfliche Gedanken schließen ließ. Er holte einmal tief Luft. Dann sagte er: »Mein lieber Egon, ich denke, du hast den Sinn und Zweck hinter alledem noch immer nicht ganz verstanden. Lass es mich dir also noch einmal erklären. Du sollst …«

»I-ich weiß, wa-was ich soll«, unterbrach ihn Egon. »U-und weißt du was? I-ich pfeife drauf! I-ich überlasse Ronnie nicht di-diesen Kannibalen!« Er setzte sich hin und verschränkte trotzig die Arme.

»Da-dann wäre ich nämlich kei-keinen Deut besser als er. A-also hilfst du mir? O-oder nicht?«

Erneut schien es so, als wäre Kopernikus drauf und dran, Egon alleine hier auf dem Vulkan sitzen zu lassen. Dann aber stieß er einen schrecklich tiefen Seufzer aus. »Nun gut, meinetwegen.«

»Wahhhh!!!«
Plutsch!
Zisch!
»Oh!«, krächzte Kopernikus. »Nun ja. In Anbetracht der Umstände sind zwei von drei eigentlich gar keine so schlechte Quote.« Der kleine schwarze Papagei zuckte mit den Schultern und wandte sich von der Kante des Vulkankraters ab, in den der unglückliche Uwe soeben hineingeplumpst war.

Egon fiel es um einiges schwerer, den Schock, der ihm tief in den Gliedern saß, abzuschütteln. Und wie sollte es erst Herbert gehen?! Noch immer hielten dieser, Ronnie und Egon das Seil in den Händen, das bis vor kurzem an Uwes brüchigem Käfig befestigt gewesen war.

Nachdem vor wenigen Minuten zuerst Ronnies, dann Herberts Befreiung ohne größere Probleme vonstatten gegangen war, mochte es durchaus sein, dass sie bei Uwe in einem Anflug von Übermut ein klein wenig zu unvorsichtig an die Sache herangegangen waren. Vielleicht – so versuchte Egon sein schlechtes Gewissen zu beruhigen – ja, vielleicht trug auch einfach Uwes gelinde gesagt nicht gerade schlanke Taille die eigentliche Schuld an dem unrühmlichen Abgang ihres Besitzers. In letzter Instanz war es aber ohne Zweifel die Schwerkraft – in Verbindung mit einigen hunderttausend Litern ungünstig platzierter Lava – gewesen, die Uwe den Garaus gemacht hatte.

»Tja, der komische Vogel hat Recht«, sagte Ronnie, ließ das Seil los und wandte sich ebenfalls ab. »Kann man nichts machen.«

Herbert hingegen war den Tränen nahe. Seine Mundwinkel zuckten und sein Unterkiefer zitterte. Auch Egon ließ das Seil gehen und legte seinem zerzausten Kollegen tröstend eine Hand auf die Schulter. Uwes Verlust musste Herbert schwer erschüttern – doch zumindest schien er mit dem kleinen Krebs in seinem Bart bereits einen neuen Freund gefunden zu haben.

Dann aber spürte Egon, wie nun Ronnies gewaltige Pranke wiederum ihn an der Schulter ergriff und kurzerhand herumdrehte. »He-hey!«, beschwerte er sich, hielt dann aber sofort inne, als er den Grund für Ronnies unhöfliche Behandlung erkannte.

Die Kannibalen hatten ihren Mittagsschlaf beendet. Eine regelrechte Wand bestehend aus den kleinen Eingeborenen stand mit erhobenen Speeren direkt vor Ronnie und ihm. Und sie alle sahen sehr hungrig aus.

Egon bekam es mit der Angst zu tun. Sie saßen in der Falle! Nur wenige Meter hinter ihnen lauerte die tödliche Kante des Vulkankraters und direkt vor ihnen standen die Kannibalen. Was sollten sie nur tun? War die ganze Rettungsaktion etwa vollkommen umsonst gewesen?

»Könntet ihr kleinen Menschenfresser euch bitte einmal kurz zu mir herumwenden«, krächzte Kopernikus, der plötzlich unmittelbar hinter den Kannibalen in der Luft flatterte.

Egon hätte es nicht geglaubt, doch die Kannibalen schienen seinen schwarzen Begleiter tatsächlich zu verstehen. Oder sie wurden von dem sprechenden Federvieh einfach nur völlig überrumpelt. Doch wie dem auch sein mochte, die ganze Wand der Eingeborenen tat – wie ein seltsam exzentrisches Ballett – vollkommen synchron, worum der Papagei sie soeben derart höflich gebeten hatte.

»Los!«, rief Ronnie und zog so kräftig an Egon, als wolle er ihn sich am liebsten unter den Arm klemmen.

So sehr Egon es sonst auch nicht ausstehen konnte, von den Pranken des Hünen angepatscht zu werden, so wenig hätte er in diesem Moment etwas dagegen einzuwenden gehabt, wenn ihm das Laufen abgenommen worden wäre. Ganz so viel Glück hatte er leider nicht. Nach einer ersten Starthilfe ließ Ronnie ihn sofort wieder los und er war auf sich alleine gestellt. Aus dem Augenwinkel erkannte er noch, wie auch der deprimierte Herbert seine Beine in die Hand nahm, doch dann konzentrierte er sich ganz und gar darauf, Land zu gewinnen, so schnell es ihm der steile Abhang des Vulkans gestattete.

Der erste Speer, der kurz darauf zwischen ihm und Ronnie hindurchsauste, signalisierte nur allzu deutlich, dass Kopernikus' Ablenkung ihnen nicht mehr als einen verschwindend geringen Vorsprung eingebracht hatte. Die Kannibalen befanden sich bereits dicht hinter ihnen. Doch wie sich bald herausstellte, waren die kleinen Giftzwerge keineswegs ihre einzige Sorge.

Gerade als Egon und seine zwei Kollegen den steilsten Teil des Abhangs endlich hinter sich gebracht und die Bäume des Dschungels erreicht hatten, drang ein seltsames Geräusch an sein Ohr, das ihn zuerst an entfernten Donner denken ließ. Als er dann die erste von dem Aufruhr völlig überrumpelte Schlange passierte, verstand er urplötzlich, um was es sich bei dem Geräusch eigentlich nur handeln konnte.

»De-der Vulkan ha-hat eine Magenverstimmung!«, rief er und der flüchtige Gedanke kreuzte seinen Verstand, dass Uwe sicher kein leicht verdaulicher Happen gewesen war.

»Was?!«, fragte Ronnie.

Aber Egon brauchte dem Hünen nicht mehr zu antworten. Der Vulkan war so zuvorkommend, ihm diese Aufgabe abzunehmen.

Die Schallwelle des ohrenbetäubenden Knalls alleine hätte ausgereicht, um Egon von seinen Füßen zu reißen. Das Erdbeben, das sie begleitete, machte die Sache perfekt. Von einer auf die andere Sekunde verwandelte er sich in eine Art menschliche Bowlingkugel und sauste Ronnie hinterrücks in die Beine. Hierdurch gelang ihm ein Kunststück, das er sich ansonsten nie zugetraut hätte: Er brachte den Riesen zu Fall und sie purzelten gemeinsam in das dichte Gebüsch des Dschungels.

Zu ihrem Glück erging es den Kannibalen nicht anders. Ja, als Egon sich wieder aufrappelte, erkannte er, dass es auch sie allesamt von den Füßen gerissen hatte. Ein besonders unglücklicher kleiner Menschenfresser hatte sogar das Pech gehabt, etwas zu nahe an eine der hungrigen Schlangen zu geraten, welche ihn sofort mit einer wahrscheinlich nicht allzu freundlich gemeinten Umarmung empfangen hatte.

Doch für dieses Geschehen hatte Egon nicht mehr als einen flüchtigen Blick übrig. Mit großen Augen betrachtete er stattdessen die riesige tiefschwarze Rauchsäule, welche sich aus dem Vulkan weit hinauf in den strahlend blauen Himmel ergoss und im Begriff war, die Sonne zu verdunkeln.

»Wi-wir müssen schnell vo-von dieser Insel ru-runter!«, rief er und schaute sich automatisch nach Kopernikus um. Der aber war natürlich wieder einmal spurlos verschwunden.

Ronnie und Herbert – und vermutlich auch der kleine Krebs – teilten offensichtlich Egons Meinung. Zumindest erhoben sie nicht den geringsten Einwand, sondern setzten ihre wilde Flucht in Richtung Strand so schnell fort, wie sie nur konnten.

Als Egon das nächste Mal den Mut aufbrachte, sich kurz umzuschauen, musste er feststellen, dass sie nun auch noch von einem erschreckend schnellen Lavastrom verfolgt wurden, welcher den Dschungel hinter ihnen Meter für Meter in ein loderndes Flammenmeer verwandelte. Ein weiterer an ihm vorüberfliegender Speer versicherte ihm außerdem, dass – Lava hin oder her – die Horde Kannibalen noch immer keineswegs vorhatte, ohne Abendessen ins Bett zu gehen.

Kurz darauf stürzten Ronnie und Egon aus dem Dschungel hinaus in das grelle Licht des weißen Sandstrandes. Gerade wollte Egon sich versichern, dass auch sein todtrauriger Kollege Herbert noch nicht den Anschluss verloren hatte – da kam im hohen Bogen der kleine Krebs an ihm vorübergeflogen und landete unweit der Stelle im Sand, von der er vor gar nicht allzu langer Zeit aufgebrochen war. Der Grund für diese akrobatische Einlage des Schalentieres stand Egon klar vor Augen: Offenbar erkannte es eine hoffnungslose Situation, wenn es eine vor sich hatte.

Herbert war gestolpert. Und noch lange bevor Egon irgendetwas für ihn hätte tun können, hatten die ersten zufrieden grinsenden Kannibalen ihn bereits erreicht. Alles, was ihm jetzt noch blieb, war die Hoffnung, dass die Lava schneller war als ihre Brotmesser.

Das Rennen im Sand war eine unglaubliche Strapaze. Nach nur wenigen Metern begannen Egons dürre Beine sich zu verkrampfen und er schleppte sich nur noch mühsam Schritt für Schritt vorwärts. Ronnie mit seinen gewaltigen Oberschenkeln hingegen kam wesentlich besser, ja geradezu mühelos voran und bald sah Egon, wie der Hüne das Boot, mit dem sie angekommen waren, erreichte, es zurück ins Wasser schob, hineinsprang und die Ruder ergriff.

Ein weiterer Speer pfiff so dicht an Egons Kopf vorüber, dass einige seiner schwarzen Haare in den weißen Sand herabfielen. Gleichzeitig meinte er, den schnaufenden Atem der Kannibalen und die brennende Hitze der Lava in seinem Nacken zu spüren. Wenn Ronnie jetzt auch nur einen einzigen Ruderschlag machte, dann wäre es endgültig um ihn geschehen.

Doch genau das geschah nicht. »Schnell! Beeil dich!«, rief Ronnie. »Du schaffst es!«

Egon konnte es kaum fassen. Hatte der Hüne ihn da tatsächlich angefeuert?!

Die wenigen Worte beflügelten ihn mehr als alle Angst der Welt es jemals vermocht hätte. Sie mobilisierten seine allerletzten Kraftreserven und er spürte, wie er noch einmal an Geschwindigkeit zulegte.

Eine Sekunde später saß auch er in dem Boot, Ronnies gewaltige Arme setzten sich mit voller Kraft in Bewegung und das altmodische Vehikel legte einen Start an den Tag, als hätte es während ihrer Abwesenheit davon geträumt, ein Motorboot zu sein.

Die letzten Speere der Kannibalen bohrten sich in das azurblaue Wasser. Aus sicherer Entfernung erkannte Egon, wie die Eingeborenen sich selbst schwimmend vor der Lava in Sicherheit bringen mussten, die nun zischend und dampfend das Meer erreichte. Von Herbert sah er nirgendwo auch nur die geringste Spur. Am Horizont allerdings ragte gleich einem Atompilz eine riesige dunkle Wolke in den Himmel empor und noch immer schien sich der verstimmte Magen des Vulkans nicht beruhigen zu wollen.

»Das Ganze tut mir echt leid«, sagte Ronnie, als er den ersten Fuß hinter Egon auf die schmale Planke setzte. »War ne echt große Nummer von dir, dass du uns da aus den Käfigen herausgeholt hast. Aber der Kapitän ist nun mal der Kapitän. Da kann man leider nichts machen.«

Egon wusste nicht, was er erwidern sollte. Zwar freute er sich aufrichtig über Ronnies Anerkennung, doch hätte er sich durchaus noch etwas mehr gefreut, wenn der Gorilla neben all seinen Muskeln auch ein wenig Rückgrat besessen hätte. Was nutzte ihm schon Ronnies ganze Freundlichkeit, wenn er ihn trotzdem dazu nötigte, über die Planke zu gehen? Ein kurzer Blick auf die zahlreichen unter ihm aus dem Wasser ragenden Flossen der Haie, die sich ihn bereits als knochigen Snack für zwischendurch auserkoren hatten, versicherte ihn zudem von der Bedeutungslosigkeit der Tatsache, dass er schwamm wie einer bleierne Ente.

Nachdem die zwei das Piratenschiff wieder erreicht hatten, war Kapitän Kruschinski vor Wut beinahe wahnsinnig geworden. Schließlich waren sie nicht nur ohne den Schatz zurückgekehrt, sie hatten auf der Insel außerdem zwei seiner wertvollsten Matrosen verloren.

Natürlich stand von der ersten Sekunde an zweifelsfrei fest, wer die Schuld an dem ganzen Schlamassel trug. Ja, Kapitän Kruschinskis eingefleischte Überzeugung von Egons völliger Nutzlosigkeit machte jegliche Widersprüche von vornherein sinnlos. Doch hatte er nicht schlecht gestaunt, wie schnell die Mannschaft auf Befehl ihres Kapitäns eine bereits recht ausgetretene Planke aus dem Unterdeck des Schiffes hervorgezaubert hatte. Offenbar kamen derartige Veranstaltungen hier häufiger vor.

Egon machte einen weiteren Schritt auf das Ende der Planke zu und die Mannschaft hinter ihm begann zu johlen und zu grölen.

Eigentlich war er gar nicht so traurig über die ganze Angelegenheit. Zwar mochte Ronnie sich jetzt dankbar zeigen, aber wie lange würde das schon anhalten? Und wollte er wirklich hier auf diesem verdreckten Piratenschiff bleiben und zusammen mit seinen Bürokollegen bis an das Ende seiner Tage denselben eintönigen Dienst schieben? Nein, dann doch lieber die Haie.

Im Moment fragte sich Egon nur noch, wo Kopernikus schon wieder steckte. Seit der kleine schwarze Kerl die Kannibalen auf der Spitze des Vulkans abgelenkt hatte, war er mal wieder spurlos verschwunden.

»Wenn du nicht von alleine springst, muss ich dich stoßen«, stellte Ronnie fest und Egon erkannte mit einer Mischung aus Freude und Überraschung, dass ihm bei diesen Worten eine kleine Träne die Wange hinunterkullerte. »Bitte zwing mich nicht dazu.«

Von einem auch nur annähernd vergleichbaren Widerwillen war bei dem Rest der Mannschaft allerdings keine Spur zu erkennen. Ganz im Gegenteil. Genau in diesem Moment erhob sich hinter dem breiten Rücken des Hünen ein lauter Sprechchor: »Spring, Egon, spring! Spring, Egon, spring!« Mittlerweile hatten sich alle seine Kollegen an Deck versammelt. Jeder einzelne von ihnen konnte es scheinbar überhaupt nicht abwarten, Egon endlich ein für alle Mal los zu sein.

»Spring, Egon, spring!«

Egon wandte sich ab, machte einen weiteren Schritt – und erreichte das Ende der Planke.

Pah! Und wie sehr er sich erst darüber freute, sie endlich los zu sein!

»Spring, Egon, spring!«

Er blickte nach unten. Haie schienen wesentlich sozialere Tiere zu sein, als er bisher vermutet hatte. Zumindest waren in den letzten Minuten offensichtlich noch einige Freunde und Verwandte hinzugestoßen, die sich irgendwo in der Nähe getummelt haben mochten. Ein besonders großes und sehr hungrig aussehendes Exemplar steckte bereits gierig seine matt glänzende Schnauze aus dem Wasser.

»Spring, Egon, spring!«

Egon drehte sich noch ein letztes Mal um und sah Ronnie direkt in seine verweinten Augen. Nein, er würde nicht warten, bis man ihn hinabstieß. Diese Genugtuung würde er ihnen ganz bestimmt nicht überlassen.

»Spring, Egon, spring!«

»Sa-sag dem Kapitän, i-ich kündige!«, rief er – und machte den allerletzten Schritt.

216

Erst im Fallen drehte er sich – ohne dass er es wirklich gewollt hätte – wieder in Richtung Wasseroberfläche. Er hätte es wirklich vorgezogen, wenn ihm dieser Anblick erspart geblieben wäre. Die Haie, die ihre hagere Beute auf sich zukommen sahen, ergriff eine regelrechte Blutgier. Das Wasser zwischen ihren tobenden Leibern spritzte und schäumte nur so vor Aufregung.

Doch einen winzigen Augenblick bevor Egon die weit aufgesperrten Mäuler erreichte, erschien direkt unter ihm eine alte graue Tür, die auf der Oberfläche des Wassers zu schwimmen schien. Obwohl Kopernikus nirgendwo zu sehen war, öffnete sich diese wie von Geisterhand und Egon glitt mitten durch ihren ramponierten Rahmen hindurch wie ein gut gezielter Basketball.

Er landete auf etwas, das sich sehr nach einem großen weichen Bürostuhl anfühlte. In dem schmalen Lichtstrahl, der durch die geöffnete Tür über seinem Kopf hereinfiel, erkannte er schwere metallene Wände, die ihn von allen Seiten umgaben. Dann klappte die Tür zu und er wurde eingehüllt in eine tiefschwarze Finsternis.

12. Kapitel

Zuvor, zuvor, zuvor

Das Haus vor Egons Nase erweckte den Eindruck, als hätte ein entweder absolut wahnsinniger oder vielleicht auch einfach nur stockbetrunkener Architekt seine Baupläne vollkommen durcheinander gebracht, dann aber achselzuckend beschlossen, einfach mal drauflos zu bauen und abzuwarten, was dabei so herauskäme. Zumindest war das die erste und selbst nach einigem Überlegen immer noch einleuchtendste Erklärung, die Egon in den Sinn kam, um den zusammengewürfelten Zustand des Gebäudes zu erklären.

In der Tat schien das Haus nicht nur aus mehreren verschiedenen Wohnhäusern, sondern auch aus einigen anderen Gebäuden zusammengesetzt worden zu sein. Während an einer seiner Ecken ein schmaler runder Turm in die Höhe wuchs, befanden sich an den anderen mit winzigen Säulchen versehene Erker und weit ins Leere hinausragende Balkone. Interessanterweise war das unterste, durch eine kleine Treppe vor dem Eingang zu erreichende Stockwerk wesentlich schmaler als das nächste darüberliegende und auch das dritte setzte sich noch einmal so weit ab, dass es – zumindest Egons Meinung nach, der nicht den geringsten Schimmer von Statik besaß – an ein Wunder grenzte, dass das gewagte Konstrukt überhaupt der Schwerkraft trotzte. Dieser zusammengesetzte Eindruck wurde zu allem Überfluss noch dadurch betont, dass seine einzelnen nicht wirklich zueinander passen wollenden Elemente in verschiedenen Farben angestrichen worden waren – in Rot, Grün und Gelb. Das heißt, zumindest hatten die Wände des Hauses irgendwann einmal diese fröhlichen Farben besessen, jetzt jedoch waren sie nur noch auf den zweiten Blick zu erahnen. Denn das Haus war völlig heruntergekommen.

Jedes einzelne noch so winzige Fensterchen war zerschlagen, die Wände waren löchriger als ein Schweizer Käse, der kleine Schornstein war eingestürzt und hing auf halb acht – oder doch eher halb neun – und in den Ecken und Winkeln unter der Dachrinne und zwischen den kleinen Säulchen der Erker hatten Generationen von Achtbeinern mit vereinten Kräften und eiserner Disziplin die Mutter aller Spinnennetze angelegt. Die Bretter der kleinen Treppe, die zu der schief in ihren Angeln hängenden Eingangstür emporführte, waren mit einer beeindruckenden Gründlichkeit allesamt eingetreten worden.

Über dieser Treppe hing an einem löchrigen Vordach, das den Eingang schon seit langem nicht mehr vom Regen abschirmte, ein vollkommen wurmzerfressenes und beinahe bis zur Unkenntlichkeit verblichenes Schild. Nur mit sehr großer Mühe konnte Egon auf diesem neben der verwaschenen Zeichnung einer glitzernden Glaskugel die ursprüngliche Aufschrift entziffern:

Madame Priscilla
Expertin für das Okkulte
Wahrsagung, Séancen, Flüche

»Ma-Madame Pri-Priscilla?«, las Egon den Namen laut vor und kratzte sich nachdenklich am Kopf.

Kaum hatte er diese Worte ausgesprochen, da sah er wieder das ihm mittlerweile nur allzu gut bekannte smaragdgrüne Funkeln der Katzenaugen. Für einen Moment steckte das vollschlanke Tier seinen Kopf aus der halb offen stehenden Eingangstür des Hauses, dann zog es ihn wieder zurück. Es war gerade so, als wolle es, dass Egon ihm in das Gebäude folgte.

Der aber trat nur nervös auf der Stelle. Sollte er da wirklich reingehen? Irgendwie glaubte er, dass das alles andere als eine gute Idee war. Das Gebäude machte nicht nur den Eindruck, als würde es jeden Augenblick zusammenbrechen, es sah eigentlich so aus, als hätte es überhaupt nie gebaut werden sollen. Andererseits schien es hier ja bereits seit einigen Jahrzehnten zu stehen. Warum sollte es also gerade heute und ausgerechnet direkt über seinem Kopf in sich zusammenfallen?

Egon vertrieb den leider eher realistischen als pessimistischen Gedanken, dass heute nicht gerade sein Glückstag war und sich ein solches Ereignis daher sehr gut in dessen deprimierendes Gesamtbild einfügen würde. Zwar wusste er noch immer nicht so wirklich, was er sich von der ganzen Aktion eigentlich erhoffte, dennoch öffnete er das niedrige Tor des Zaunes. Nachdem er so weit gekommen war, würde er jetzt ganz bestimmt nicht einfach umdrehen und wieder nach Hause gehen. Nein, dafür war er viel zu neugierig!

Zuerst aber musste er sich durch den zugewucherten Vorgarten hindurchkämpfen und das gestaltete sich wesentlich schwieriger, als er gedacht hätte. Immer wieder blieben sein Hemd oder seine Hose, seine Haut oder seine Haare an den widerspenstigen Ästchen der kleinen Bäume oder den fiesen Dornen der Büsche hängen und er musste sich mühsam von ihnen befreien – nur um kurz darauf das nächste Mal von diesen leblosen Wächtern zurückgehalten zu werden. Ja, es war gerade so, als wollten die Pflanzen mit aller Gewalt verhindern, dass er das Haus betrat.

Zerkratzt, aber glücklich erreichte er dann doch die zerbrochene Treppe. Wie selbstverständlich griff er nach dem Geländer – überlegte es sich dann aber schnell noch einmal anders. Sich auf diesem rissigen und spröden Stück Holz abzustützen konnte einfach nicht gut gehen. Stattdessen entschied er sich, auf das Beste zu hoffen und mit großer Vorsicht die am stabilsten erscheinenden Stellen der eingetretenen Treppenstufen herauszusuchen.

Und Egon hatte tatsächlich einmal Glück. Zwar gab die Treppe unter jedem einzelnen seiner Schritte ein geradezu herzzerreißendes Knirschen, Knacken oder Quietschen von sich, aber er erreichte sein Ziel, ohne sich einen Knöchel zu verstauchen oder ein Bein zu brechen. Erleichtert setzte er seinen ersten Fuß unter den kleinen Vorbau.

»Fieeep!« Egons Herz setzte einen Schlag aus. Eine erschreckend große alte Fledermaus löste sich von der niedrigen Decke und sauste mit einem empörten Flügelschlag an seinem Kopf vorüber. Kurz darauf verschwand sie hinter der nächsten Häuserecke. Ganz so unbewohnt, wie es aussah, war dieses Haus anscheinend doch nicht. Was ihm wohl in seinem Inneren sonst noch alles begegnen würde?

Nachdem er sich wieder etwas von diesem plötzlichen Schrecken erholt hatte und sein Herz endlich nur noch mit doppelter Normalgeschwindigkeit schlug, machte er die wenigen letzten Schritte, ergriff die völlig verrostete Klinke der Eingangstür und öffnete sie. Hinter ihr herrschte fast vollständige Dunkelheit. Allerdings wirklich nur fast vollständige Dunkelheit, denn kurz über dem Boden leuchteten die smaragdgrünen Augen der Katze.

»Ich heiße dich herzlich willkommen!«, sagte das Tier mit einer tiefen und recht enthusiastisch klingenden Männerstimme.

Egon verstand die Welt nicht mehr.

Lotte machte sich wirklich Sorgen. Mittlerweile war mehr als eine Stunde vergangen, seit sie in ihre Wohnung zurückgekehrt war, doch noch immer hatte Egon ihre Nachrichten nicht gelesen. Außerdem hatte sie bereits zum dritten Mal versucht, ihren Freund an seinem Arbeitsplatz zu erreichen, in der Hoffnung, dass er zuvor einfach gerade auf der Toilette gewesen war oder sich einen dieser schrecklichen Kaffees aus dem Automaten geholt hatte, die man nur trank, wenn einem das Koffein wichtiger war als das eigene Wohlergehen. Doch als sie den Hörer mit einem nicht jugendfreien Fluch zum dritten und letzten Mal aufgelegt hatte, wusste sie, dass all das nicht sein konnte. Egon war verschwunden.

Lange hatte sie danach mit sich gerungen, sich dann aber doch zu dem wirklich allerletzten Schritt entschieden, den sie hier von ihrer Wohnung aus noch unternehmen konnte und der selbst ihr den Angstschweiß auf die Stirn trieb. Aber es half alles nichts. Sie musste einfach wissen, ob es Egon gut ging.

»Ja, Hallo?! Ich kaufe nichts und ich möchte auch nichts gewinnen!«, krächzte Egons Mutter am anderen Ende der Leitung.

Lotte wusste, dass viele Menschen sie selbst für unfreundlich und abweisend hielten. Und sie wusste ebenfalls, dass da durchaus etwas dran war. Doch im Vergleich mit Egons Mutter war sie ein absoluter Sonnenschein.

Die Finger der Hand, mit der sie das Telefon festhielt, verkrampften sich so stark, dass ihre Knöchel weiß hervortraten. »Hallo, nein, ich möchte Ihnen nichts verkaufen. Hier ist Lotte, eine Freundin von Egon, vielleicht erinnern Sie …«

»Egon hat keine Freunde«, fiel ihr Egons Mutter ins Wort. »Nie gehabt. In der Hinsicht ist der Junge einfach völlig unfähig. Wie in jeder anderen Hinsicht auch. Das hat er von seinem Vater. Der war auch so ein Nichtsnutz!«

Lotte atmete einmal tief durch. Sie musste sich zusammenreißen. Sie durfte nicht riskieren, dass Egons Mutter einfach wieder auflegte, bevor sie von ihr erfahren hatte, weswegen sie anrief. »Doch, eine Freundin hat Egon. Mich. Wir arbeiten in der gleichen Firma.« Am anderen Ende der Leitung ertönte ein abschätziges Grunzen. Lotte wusste von Egon, dass seine Mutter es hasste, wenn man ihr widersprach. Aber damit musste sie jetzt eben umgehen. »Wie auch immer. Ich rufe Sie an, um zu fragen, ob Egon bei Ihnen ist. Oder ob Sie ihn heute nach seiner Arbeit überhaupt schon einmal gesehen haben.«

»Nein! Ich hatte den Nichtsnutz heute morgen gebeten, eine Kleinigkeit für mich zu erledigen. Aber natürlich hat er nicht einmal das hinbekommen. Irgendwann heute Mittag hat er mich noch kurz angerufen, um sich zu entschuldigen. Wie sein Vater. Erst baut er Mist, dann kommt er angekrochen.«

Lotte kochte innerlich vor Wut, hielt sich aber zurück. »Wissen Sie, Egon hatte heute wirklich einen schweren Tag und ich mache mir ein wenig Sorgen um ihn.«

»Sorgen?! Um Egon?! Hah! Nun stellen Sie sich mal nicht so an. Was soll der denn schon für einen schweren Tag haben? Dass ich nicht lache!«

Das war zu viel. In Lotte brach ein Damm. »Jetzt passen Sie einmal auf, Sie alte Schreckschraube, Sie …«

Doch Egons Mutter hatte bereits wieder aufgelegt.

»Verdammte Scheiße!«, schrie Lotte und schmiss ihr Handy einmal quer durch den Raum – an dessen anderem Ende es glücklicherweise in einem weichen Sessel landete. Bei so einer Mutter war es wirklich kein Wunder, dass Egon so ein Trauerkloß war. Aber sie zwang sich zur Ruhe. Wenigstens hatte sie erfahren, was sie wissen wollte. Auch wenn es leider nicht das war, was sie sich erhofft hatte. Bei seiner Mutter war Egon auch nicht. Wo aber war er dann?

Ohne weiter zu zögern stand sie auf und begann, sich ihre Schuhe anzuziehen.

»Du-du kannst sprechen?«, fragte Egon, nachdem er eine gefühlte Ewigkeit in die smaragdgrünen Augen der Katze geblickt und sich nach einem letzten verzweifelten Kampf seines Verstandes endgültig von dem Gedanken verabschiedet hatte, geistig gesund zu sein.

»Allerdings«, sagte die Katze, die sich noch immer nicht von der Stelle bewegte. »Doch darüber solltest du dich wesentlich weniger wundern, als du denkst. Lass dich bitte nicht von meinem momentanen Erscheinungsbild irritieren. Auch ich bewegte mich einst auf zwei anstatt auf vier Beinen vorwärts.« Die Katze seufzte – was sich für Egon, der noch nie eine Katze seufzen gehört hatte, überaus komisch anhörte. »Das jedoch liegt leider bereits einige lange Jahre in der Vergangenheit.«

Da Egon noch immer die verrostete Türklinke in der Hand hatte, zog er die Haustür ein Stück weiter auf, sodass etwas mehr des trüben Tageslichtes in den engen Flur fallen konnte.

Die Katze saß auf einem traurigen alten Teppich, der einmal rot gewesen sein mochte, jetzt aber bräunlich erschien und völlig vermodert war. Doch nicht nur der Teppich war vermodert, auch die gammelige Tapete schälte sich in großen Bahnen von den Wänden und die löchrige Decke sah alles andere als vertrauenerweckend aus. Insgesamt passte das Aussehen des Flures damit recht gut zu dem Äußeren des Hauses.

»A-aber, we-wer bist du?«, fragte Egon.

»Ach! Bitte verzeih meine Manieren!«, rief die Katze. »Wie es scheint, bin ich wirklich schon viel zu lange in dieser niederen Form gefangen.« Sie vollführte eine leichte Verbeugung und sagte mit einer bedeutungsschweren Stimme: »Mein Name lautet Kopernikus« – ganz so, als würde das irgendetwas erklären. Dann aber erhob sie sich und stolzierte ein Stück den Flur hinunter, bis sie die erste Tür erreichte, die in einen anderen Raum führte. »Aber komm doch bitte herein, mein lieber Egon. Es ist wirklich schrecklich unhöflich, sich derart zwischen Tür und Angel zu unterhalten.« Und schon verschwand ihre Schwanzspitze hinter dem ramponierten Türrahmen.

»Wa-was? Wi-Wie? Mo-Moment!«, rief Egon und trat – auch wenn er dabei wirklich kein gutes Gefühl im Magen hatte – unter dem quietschenden Protest der uralten Dielen hinein in die stickige Luft des Flurs. Dann folgte er Kopernikus. Ein ungeheures Bündel an Fragen brannte ihm auf der Seele. Die erste und wichtigste davon war: »Wo-woher kennst …«

Egon verstummte. Inmitten des kleinen ramponierten Raumes, den er soeben betreten hatte, saß Kopernikus auf einem runden Tischchen hinter einer matten, vollkommen zerkratzten und bereits halb zersprungenen Glaskugel, in deren unregelmäßiger Oberfläche sich das leuchtende Smaragdgrün seiner Augen gespenstisch widerspiegelte. Links und rechts neben dem Tisch standen zwei einfache Holzstühle, auf deren Sitzflächen mottenzerfressene Kissen lagen. Was Egon allerdings zum Verstummen gebracht hatte, war ein großes und im Gegensatz zu allem anderen überraschend gut erhaltenes Porträt, das direkt hinter dem Tisch an der Wand hing. Es zeigte eine grauhaarige, düster dreinblickende Frau mit buntem Kopftuch, großer Nase und grotesk überdimensionierten goldenen Ohrringen, die hier in diesem merkwürdigen Haus offenbar einst gelebt und gearbeitet hatte. »Ma-Madame Priscilla!«

Kopernikus seufzte erneut. »Exakt.«

»Bi-bist du … I-ich meine, I-ist sie …«, stammelte Egon. Eigentlich wusste er selbst nicht so genau, was er überhaupt sagen wollte. Er wollte schlicht und ergreifend wissen, was zum Geier hier eigentlich vor sich ging.

»Mein lieber Egon.« begann Kopernikus. »Wie du dir anhand des Schildes über dem Eingang sicherlich bereits denken kannst, war Madame Priscilla vor langer Zeit die Eigentümerin dieses bescheidenen Hauses.«

»Wa-war?«

»In der Tat. War«, sagte Kopernikus mit etwas mehr Nachdruck als unbedingt nötig gewesen wäre. »Du musst wissen, sie weilt bereits seit geraumer Zeit nicht mehr unter den Lebenden. Unerfreulicherweise jedoch ändert dies nichts an der Tatsache, dass ich mich weiterhin in einer gewissen«, er zögerte etwas, »nun ja, sagen wir Abhängigkeit zur ihr befinde.«

Egon hatte einen Geistesblitz. »Du-du warst i-ihre Katze ni-nicht war? Wa-Wahrsagerinnen ha-haben immer schwarze Katzen!«, rief er – obwohl er bisher nicht einer einzigen Wahrsagerin persönlich begegnet war. Trotzdem war er der festen Überzeugung, das Rätsel bereits gelöst zu haben. Manchmal war er schon ganz schön clever!

Kopernikus schüttelte nachdrücklich seinen runden Katzenschädel. »Nein, nein, nein. Ich sagte doch bereits, auch ich hatte einmal zwei Beine. Außerdem zwei Hände, zwei Daumen und einen wirklich wunderschönen Schnurrbart.« Er schien einen Moment zu überlegen, dann strich er sich mit einer Pfote durch seine Schnurrhaare. »Nun gut, wenigstens von letzterem ist mir ein fader Reflex geblieben.« Er sprang von dem Tisch herunter und begann, langsam durch den Raum zu schreiten. In seine Stimme mischte sich ein geradezu verträumter Unterton. »Aber wie dem auch sei, ich war, nein ich bin ein Mann der Wissenschaft. Ein Studiosus, wie man früher sagte. Und bei weitem nicht irgendeiner. Schon im zarten Alter von fünfzehn Jahren wurde ich unter allgemeiner Bewunderung und mit allen Ehren zum Doktor ernannt. Mit zwanzig hatte ich bereits an mehreren Universitäten in ganz Europa gelehrt.« Kopernikus blieb stehen, dann setzte er sich hin. »Ich gebe ja wirklich nur ungern an, aber«, er räusperte sich, »man nannte mich ein Genie.«

Egon fragte sich, was genau dieser Kopernikus wohl unterrichtet haben mochte. Doch da er ihn sich partout nicht als Menschen vorstellen konnte, fielen ihm nur alle möglichen Fächer ein, die irgendetwas mit Fischen zu tun hatten. Er hatte alle Mühe, einen lauten Lacher zu unterdrücken. Aber das eindeutige Zucken seiner Mundwinkel schien ihn zu verraten.

»Ach! Ich weiß genau, was du denkst, mein lieber Egon«, sagte Kopernikus und begann erneut, durch den Raum zu wandern. »Und um ganz ehrlich zu sein, wäre ich an deiner Stelle, ich nähme mich vermutlich selbst nicht sonderlich ernst.«

»Wo-woher ke-kennst du mei-meinen Namen?!«, platzte endlich die Frage aus Egon heraus, die er zuvor wegen des Anblicks des gruseligen Porträts ganz vergessen hatte.

»Oh, das ist einfach. Ich beobachte dich bereits seit geraumer Zeit.«

»Wa-was? A-aber warum?« Egon befand sich in dem heruntergekommenen Haus einer toten Wahrsagerin und unterhielt sich mit einer pummeligen pechschwarzen Katze, die ihm gerade erklärt hatte, sie sei in Wirklichkeit ein verwandelter Gelehrter. Trotzdem erschien ihm diese letzte Äußerung bisher das von allem Unbegreiflichste zu sein. Was war denn gerade an ihm so interessant, dass man ihn beobachten sollte? Und das sogar für eine geraume Zeit?

»Nun, sagen wir einmal, du und ich, wir zwei können einander helfen.«

»Häh?« Rückblickend betrachtet war Egon der Meinung, dass er sein Unverständnis durchaus etwas artikulierter hätte zum Ausdruck bringen können. In dem betreffenden Moment jedoch war er einfach viel zu verwirrt.

»Lass es mich dir kurz erklären«, stöhnte Kopernikus. »Es wäre möglich, dass ich die gute Madame Priscilla«, er drehte sich zu dem Porträt der Wahrsagerin herum, wandte sich dann jedoch mit einem leichten Schaudern sofort wieder davon ab. »Nun ja, dass ich sie ein klein wenig verärgert habe. Dies wiederum führte dazu, dass sie mich in meine momentane, recht unglückliche Situation versetzt hat.«

Kopernikus drückte sich für Egons Geschmack wirklich etwas zu sehr in Rätseln aus. Er verstand kein Wort. »Wa-was so-soll das heißen?«

»Ich bin verflucht, Egon!«, rief Kopernikus, der gemerkt haben musste, dass seine gewohnte Ausdrucksweise an Egon verloren war. »Und nicht nur ich alleine. Nein! Dieses ganze Haus mit mir.«

Egon schluckte. Auf einmal wünschte er sich, Kopernikus hätte sich weiterhin etwas rätselhafter ausgedrückt. Bereits bei dem Wort verflucht hatte er eine Gänsehaut bekommen. Die Mitteilung allerdings, dass er sich in diesem Augenblick im Inneren eines verfluchten Hauses befand, trieb ihm dicke Schweißperlen auf die Stirn. »A-aber was ha-hat das denn alles mi-mit mir zu tun?« Er wandte sich nervös nach der Tür hinter sich um. Vielleicht hatte er ja noch eine Chance, zu entkommen.

»Habe bitte keine Angst. Ich möchte dir wirklich nichts Böses. Ganz im Gegenteil. Mir ist sogar sehr daran gelegen, dass du deine Ängste überwindest. Dass du deine Vergangenheit hinter dir lässt. Mit anderen Worten: Dass du ein ganz neuer Mensch wirst.«

Die Angelegenheit wurde immer kurioser. »A-aber wi-wieso?«, fragte Egon.

»Ich sagte es doch bereits, mein lieber Egon. Ich bin verflucht. Und auf welche Weise werden Flüche gemeinhin gelöst?«

Egon dachte angestrengt nach. Das war eine schwere Frage. Flüche zu lösen gehörte gemeinhin nicht zu seinen alltäglichen Aufgaben. Dann aber hatte er eine Idee. »I-indem man de-den Frosch küsst?« Etwas Besseres fiel ihm wirklich nicht ein.

Doch Kopernikus schien die Antwort weitaus besser zu gefallen, als Egon erwartet hatte. »Nah dran!«, rief er. »Aber warum ist es denn gerade ein Kuss, der den Froschkönig von seinem Fluch erlöst?«

Egon hasste es, wenn ihm Leute Fragen stellten, von denen er genau wusste, dass sie bereits die Antwort kannten. Da fühlte er sich immer in seine Schulzeit zurückversetzt. Er hatte seine Schulzeit gehasst. »Wei-weil, ähm, weil er so-so einsam ist?«

»Nein!« Kopernikus schüttelte erneut vehement den Kopf. »Weil es das absolut Unwahrscheinlichste ist, das überhaupt passieren kann.«

»Wei-weißt du, ei-eigentlich habe ich für das a-alles leider gar keine Zeit«, sagte Egon wenige Minuten später. Zwar hätte er Kopernikus wirklich gerne dabei geholfen, diesen ominösen Fluch von ihm zu lösen und die ganze Sache mit der Überwindung seiner Ängste und der Veränderung seines Lebens und so weiter und so fort hörte sich auch irgendwie ganz nett an. Aber wenn er seinen Job nicht verlieren wollte, dann wartete am nächsten Morgen ein geradezu widerwärtig großer Haufen Arbeit auf ihn.

»I-ich wollte heu-heute Abend eigentlich ga-ganz früh ins Bett gehen.«

Die beiden standen im Flur des zweiten Stockwerkes von Madame Priscillas Haus und nur wenige Meter vor einer verschlossenen Tür. Ebenso wie der Rest des gesamten Gebäudes war auch diese vollkommen verrottet. Der ursprünglich weiße, jetzt aber eher gelbe Lack, der sie einst vollständig bekleidet hatte, blätterte in großen Streifen von ihr ab und gab den Blick frei auf das von Großfamilien fleißiger Würmer radikal zerfressene Holz darunter. Schon die Treppe zu erklimmen, hatte für Egon an eine wahre Mutprobe gegrenzt und mehr als eine der von schimmligem Teppich bedeckten Stufen war unter seinen Füßen eingeknickt. Ja, eigentlich hatte er bereits jetzt wesentlich mehr seiner Ängste überwunden, als er noch am Morgen dieses Tages zu träumen gewagt hätte.

»Mach dir darüber bitte keine Gedanken. Um die Zeit brauchst du dich wirklich nicht im Geringsten zu sorgen«, sagte Kopernikus, machte ein paar letzte Schritte und setzte sich unmittelbar neben die Tür. »Du musst wissen, hinter den Türen dieses Hauses vergeht die Zeit ein wenig anders, als du es gemeinhin gewöhnt bist.«

»Wi-wie meinst du das?« Egon wurde neugierig. »Wa-was ist denn hinter di-diesen Türen?« Seine Hand griff nach der Klinke.

»Nun, das findest du wohl am besten selbst heraus«, sagte Kopernikus. »Nur zu! Aber erschrick bitte nicht allzu sehr. Beim ersten Mal vermag es einen durchaus zu überwältigen.«

Egon verstand seinen vierbeinigen neuen Bekannten bei jedem Satz, den dieser von sich gab, ein kleines bisschen weniger. Was sollte sich hinter dieser Tür denn schon anderes befinden als ein weiteres nach Muff und Moder stinkendes Zimmer?

Ohne unnötig Zeit auf weitere Fragen zu verschwenden, drückte er die Klinke hinunter, öffnete die Tür – und taumelte sofort einige Schritte zurück. Die unglaubliche Hitze und Helligkeit, die ihm von der anderen Seite entgegenschlugen, verhinderten zunächst, dass er auch nur das geringste sehen konnte. Doch vom ersten Moment an war er sich ziemlich sicher, dass sich hinter dieser Tür kein normales Zimmer befand.

Vorsichtig blinzelte Egon ein, zwei Mal und ließ seine Augen sich langsam an die geradezu aggressive Helligkeit gewöhnen. Als er endlich erkannte, was dort vor ihm lag, gelang es ihm irgendwie, sich sogar noch ein klein wenig verrückter zu fühlen als zuvor.

Sein Blick verlor sich in der unglaublichen Weite einer riesigen Wüste! Seine Augen trafen auf meterhohe Dünen, die Luft flimmerte vor brütender Hitze und das Licht der großen hoch am wolkenlosen Himmel stehenden Sonne überschritt die Türschwelle, erleuchtete den dunklen Flur und brannte mit all ihrer Kraft auch auf ihn hernieder. Eine leichte Brise wehte einige Sandkörner auf seine Fußspitzen.

»Wa-was? Wi-wie ka-kann das sein?!« Ungläubig steckte Egon seinen Kopf durch die Tür. Hatte er zumindest für einen verschwindend kurzen Augenblick tatsächlich noch gehofft, dass es sich um eine Art Bild oder zumindest doch um eine raffinierte optische Täuschung handelte, so wurde er jetzt enttäuscht. Auf der anderen Seite erstreckte sich die Wüste links und rechts neben der Tür bis weit in die Ferne. Schnell zog er seinen Kopf wieder zurück.

»Weißt du, mein lieber Egon, irgendwann hört man auf, sich gewisse Dinge zu fragen und nimmt sie einfach hin«, sagte Kopernikus. »Auch wenn es einem noch so schwer fällt. Aber wie ich bereits anmerkte, nicht nur ich selbst bin verflucht, sondern dieses ganze Haus hier mit mir. Hinter seinen Türen kann ich dir die Dinge zeigen, wie sie wirklich …«, er zögerte kurz, dann räusperte er sich. »Oder beschränken wir uns lieber darauf: Ich kann dir Dinge zeigen.« Er zuckte mit seinen Katzenschultern. »Du musst wissen, Madame Priscilla war eine wirklich sehr seltsame alte Frau.« Doch kaum hatte er diese Worte ausgesprochen, da stockte er und blickte sich ängstlich um, als hätte er Angst, dass ihn jemand gehört habe.

Egon ignorierte dieses merkwürdige Verhalten so gut er konnte. Wie zuvor verstand er nicht auch nur ein Wort. »A-aber was so-soll mir ei-eine Wüste denn bitte zeigen?«

»Lass dich darauf ein und finde es heraus!«, sagte Kopernikus. »Ich wäre dir wirklich überaus verbunden.«

13. Kapitel

Kurz nachdem die Dunkelheit Egon verschluckt hatte, erwachte das seltsame Objekt, in dessen Innerem er sich jetzt befand, langsam, aber sicher zum Leben. Zuerst gaben die metallenen Wände nur ein ganz leichtes und kaum merkliches Zittern von sich, dann aber begannen sie immer stärker zu vibrieren, ja regelrecht zu beben. Gleichzeitig hörte er ein gewaltiges Klappern, ein lautstarkes Rasseln und schließlich etwas, das sich nach dem verrosteten Motor eines steinalten Traktors anhörte, der sich äußerst widerwillig und unter lautstarkem Protest ein allerletztes Mal an die Arbeit machte. Ein rhythmisches Schnaufen setzte ein, das nach und nach immer schneller und schneller wurde, bevor Egon bemerkte, wie sich das gesamte Gefährt leicht schwankend von seinem Fleck löste und – zu sinken begann. Er schluckte. Auch wenn er vor wenigen Sekunden noch dazu bereit gewesen war, direkt in die weit geöffneten Mäuler hungriger Haie zu springen, legte sich nun doch ein mulmiges Gefühl auf seinen Magen. Logik ist leider keine Domäne des menschlichen Verdauungsorgans.

Plötzlich öffnete sich direkt vor seinen Augen ein großes kreisrundes Bullauge, das nur teilweise von einigen bronzenen Querstreben verdeckt wurde. Begleitet von einem durchdringenden Quietschen fuhr seine eiserne Abdeckung gemächlich empor und schon bald erkannte Egon, was sich auf der anderen Seite dieses Bullauges befand. Helle Sonnenstrahlen drangen dort nur wenige Meter über ihm durch die glitzernde Wasseroberfläche und ließen das von leichten Wellen bewegte Element strahlend blau erscheinen. Die Haie und das Piratenschiff waren verschwunden. Dennoch war das Meer alles andere als unbelebt. Tatsächlich schien es ganz im Gegenteil so, als hätte Neptun persönlich per Eilbrief seine Untertanen dazu aufgefordert, Egon, während er immer weiter in die Tiefe hinabsank, eine möglichst prächtige Show zu bieten.

Die Darbietung wurde eröffnet von dem spektakulären Auftritt eines bunten Schwarmes kleiner quirliger Fische, die einen zwar kurzen, dafür aber nicht weniger beeindruckenden Tanz aufführten. Nachdem auch noch das letzte, verträumt hinterherhinkende Mitglied dieser ansonsten perfekt synchronen Gruppe vorübergeglitten war, segelte ein schwarzer Rochen majestätisch dahin, während im Hintergrund die elektrisch zitternden Körper gelber, weißer und roter Quallen der Oberfläche entgegenstrebten. Als das seltsam altertümliche U-Boot – Egon war sich mittlerweile ziemlich sicher, dass er sich in einem solchen befand – noch ein ganzes Stück weiter hinabgesunken war, zeigte sich ein geradezu gewaltiger purpurner Tintenfisch, der sich unter den heftigen Pulsionen seines enormen Körpers schrittweise vorwärts arbeitete. Ihm folgte eine kleine Gruppe Delphine, deren eines gehässig grinsendes Mitglied Egon irgendwie bekannt vorkam. Doch auch diese waren sofort wieder vorüber und einen Moment lang war vor dem Bullauge nichts weiter zu sehen als kleine aufsteigende Luftbläschen. Schon dachte Egon, die Show hätte bereits ein Ende gefunden, da schob sich der gigantische Leib eines schwarzen Wals vor das Glas. Zuerst sah Egon dessen große kastenartige Schnauze, dann eine lange Reihe fieser kleiner Zähnchen und zum Schluss ein klitzekleines, geradezu winziges Auge, das direkt vor seiner Nase stehen blieb. Und dieses Auge war smaragdgrün.

»Mein lieber Egon, ich gestehe, du machst Fortschritte«, sagte Kopernikus. Seine Stimme war derart tief und durchdringend, dass sie geradezu von allen Seiten gleichzeitig zu kommen schien und das laute Schnaufen und Rattern des Motors zu einem kläglichen Hintergrundgeräusch verkommen ließ. Die eisernen Wände des U-Bootes warfen seine Worte donnernd zurück und Egon glaubte fest daran, dass seine malträtierten Trommelfelle jeden Augenblick ihren Dienst quittieren würden. »Kleine Fortschritte, aber immerhin. Doch wie dem auch sei, du und ich, wir werden der Angelegenheit jetzt ein für alle Mal auf den Grund gehen.«

Kaum hatte Kopernikus diese Worte vollendet, da entfernte sich sein kleines grünes Auge schon wieder und mit ihm sein ganzer gigantischer Körper. Das U-Boot war mittlerweile derart weit in die Tiefe hinabgesunken, dass nur noch vereinzelt Lichtstrahlen in das dunkelblaue Wasser vordrangen. Hier und dort erkannte Egon noch die verschwommenen Schatten des ein oder anderen rätselhaften Meeresbewohners, doch bald verschwanden auch diese zusammen mit dem letzten Licht und eine vollkommen undurchdringliche Schwärze umfing das U-

Boot. Es dauerte nicht lange und Egon ergriff ein intensives Gefühl absoluter Isolation.

Einige Minuten vergingen, ohne dass irgendetwas geschah. Zwar spürte Egon sehr deutlich, dass das U-Boot weiterhin sank, doch davon abgesehen schien die Zeit vollkommen stillzustehen. Von Kopernikus war weder etwas zu sehen, noch zu hören und bis auf das rhythmische Schnauben des Motors drang auch kein anderes Geräusch an seine Ohren. Er hätte ebenso gut vollkommen alleine auf der Welt sein können und für einen Augenblick fragte er sich, ob das vielleicht tatsächlich der Fall war.

Doch dann durchzuckte ein schwacher Lichtblitz die Dunkelheit. Die Monotonie hatte Egon derart eingelullt, dass er sich zuerst nicht sicher war, ob ihm seine Sinne nicht einen Streich spielten. Kurz darauf jedoch erhellte ein zweiter Blitz die Finsternis und diesmal war er sich absolut sicher, dass er nicht träumte. Ein dritter und unmittelbar darauf ein vierter Lichtblitz durchfuhr das Meer, aber nun geronnen diese Blitze zu kleinen glühenden Punkten, die sich unmittelbar vor Egons Augen wie Perlen zu langen Ketten aufreihten und sich dann zu drehen und schließlich regelrecht zu tanzen begannen.

Mit großen Augen lehnte er sich nach vorne und drückte seine Nase an die Innenseite der Scheibe. Immer mehr Lichter traten hinzu, welche nun in den verschiedensten Farben erstrahlten und sich bald wie ein riesiges Kaleidoskop für Sekundenbruchteile mit den anderen Pünktchen zu immer neuen fantastischen Mustern zusammenschlossen, nur um sich gleich wieder aufzulösen. Stärker und stärker zog dieses beeindruckende Feuerwerk Egon in seinen magischen Bann und die Grenze zwischen Traum und dem, was er in den letzten Stunden begonnen hatte, als den kläglichen Rest seiner Realität zu akzeptieren, verschwamm endgültig. Dann sah er das erste Bild.

Ein gigantischer, ausschließlich aus Licht bestehender Hai schoss auf das Bullauge zu, öffnete seinen mit Hunderten messerscharfer Zähne bewehrten Kiefer – und war einen Wimpernschlag später wieder verschwunden. Egon, der noch immer seine Nase an das Glas der Scheibe gedrückt hatte, wurde durch den Schreck zurück in seinen Sitz katapultiert. Sein Herz raste. Seine Hände schwitzten. Doch die Lichter ließen ihm keine Zeit sich zu erholen. Der Film hatte gerade erst begonnen.

Das Nächste, das auf der anderen Seite des Bullauges inmitten des Meeres aus Licht langsam erkennbar wurde, war Egon selbst – auch wenn er sich keinesfalls sofort wiedererkannte. Denn der Egon, der dort ganz alleine durch die Tiefsee spazierte, trug keine dicke Brille und seine widerspenstigen Haare waren einer modischen Kurzhaarfrisur gewichen. Sein Kinn wirkte breiter, seine Schultern kräftiger und seine gesamte Statur wesentlich aufrechter. Er stellte ein einnehmendes, perlweiß funkelndes Grinsen zur Schau und steckte zudem in einem schicken grauen Anzug, einem gestreiften Hemd und trug eine edle Krawatte sowie glänzend schwarze Schuhe. In seiner Hand führte er einen eleganten Gehstock, dessen Knauf aus einem großen glitzernden Diamanten bestand. Selbstsicher schritt dieser

Egon daher, als gehörte ihm und ihm ganz alleine die Welt.

Um diesen Egon herum bildete sich eine große Blase aus Lichtkügelchen, in der sich das Dunkel des Wassers wie auf einer Kinoleinwand mit weiteren Bildern füllte. Sein Alter Ego flanierte jetzt mitten durch seine Heimatstadt. Die Sonne schien hoch vom strahlend blauen Himmel herab und spiegelte sich in den großen Schaufenstern der Geschäfte. Doch er war keineswegs alleine. Die Straßen waren voller Menschen. Anstatt aber dass sein anderes Ich – wie Egon es für gewöhnlich tat – diesen vorsichtig und mit eingezogenen Schultern auswich, machten wiederum sie achtsam vor ihm Platz. Einige der Frauen vollführten dabei sogar einen kleinen Knicks, während manche Männer grüßend ihre Hüte zogen. Sie alle bestaunten diesen anderen Egon im Vorübergehen und in ihren Gesichtern zeigte sich ein Ausdruck, der vor echter Anerkennung nur so überfloss – ganz so, als sei es schon eine große Ehre für sie, ihm nur flüchtig auf der Straße zu begegnen. Der Egon im Anzug hingegen ignorierte das alles vollkommen. Er hatte seine Nase in die Luft erhoben und würdigte die Menschen kaum eines Blickes. Ja, es schien beinahe so, als wäre ihm das alles lästig.

In diesem Moment trat eine Frau in das Bild in der Blase. Sie trug ein eng anliegendes rotes Kleid, hochhackige Schuhe und ihre langen blonden Haare wallten ihr glänzend über die zarten Schultern. Egon benötigte einen Moment, um zu erkennen, dass es sich bei dieser Frau um niemand anderen handelte als um Babett – seine Traumfrau. Herr Kruschinskis

Sekretärin blieb kurz vor jenem Egon stehen, fiel ihm dann aber sofort um den Hals und presste sich fest an ihn, während sie ihm gleichzeitig einen leidenschaftlichen Kuss auf den Mund drückte. Der andere Egon schloss lässig seine Arme um sie, erwiderte den Kuss und beugte sich dabei – als handelte es sich um einen schmalzigen Hollywoodstreifen aus längst vergangenen Zeiten – tief hinab, wodurch Babett in seinen Armen zum Liegen kam. Egon konnte sich an diesem Anblick, der direkt aus seinen allertiefsten Träumen zu stammen schien, einfach nicht satt sehen. Wie sehr wünschte er sich doch, dass es sich dabei nicht bloß um eine flüchtige Illusion handelte!

Viel zu schnell war der Moment wieder vorüber. Egons anderes Ich und Babett lösten ihre Umarmung, sie ergriff seinen Arm und mit einem geradezu verträumten Ausdruck in den Augen bettete sie ihren Kopf auf Egons Schulter. Dann schlenderten sie gemeinsam durch die Straßen der Stadt, als gehörten sie für immer und ewig zusammen. Aus dieser Ewigkeit wurde jedoch nichts, denn bereits kurz darauf zerplatzte die Blase und als hätten all diese Lichter nie existiert, herrschte vor Egons Augen erneut nichts weiter als pechschwarze Finsternis.

Doch diese wurde sogleich von den hellen kreisrunden Lichtkegeln zweier großer Scheinwerfer durchbrochen, die von einem Moment auf den anderen unmittelbar unter dem Bullauge eingeschaltet wurden. Im Zentrum dieser Lichtkegel erkannte Egon den grauen, matschigen und auch sonst wirklich nicht sonderlich beeindruckenden Meeresboden.

Mitten auf diesem allerdings stand ein großes prächtiges Haus, das ebenso wie die Bilder, die er noch vor kurzem gesehen hatte, direkt aus seinen allerkühnsten Träumen gefallen zu sein schien.

Vor dessen schneeweißer Fassade und direkt hinter einem kleinen malerischen Vorgarten mit sorgfältig zurechtgestutzten Hecken und zierlichen Bäumchen schwammen einige groteske Tiefseefische gemütlich spazieren. Und aus dem niedlichen Schornstein auf dem glänzend roten Dach schaute mit grimmig zusammengekniffenen Augen ein seltsames Lebewesen hervor, dass Egon an eine Mischung aus Krake und Qualle erinnerte. Vermutlich war es nichts von beidem. Ganz sicher aber war es über die Störung überaus unerfreut.

Hinter dem Haus schob sich nun auch Kopernikus' gewaltiger Walkörper in das Licht der Scheinwerfer. »Da wären wir«, raunte Egons schwarzer Begleiter. »Bitte aussteigen!«

Als Egon in den altmodischen und nach gammeligem Fisch stinkenden Taucheranzug hineinstieg, fühlte er sich leider sehr an seinen noch gar nicht so lange zurückliegenden Weltraumeinsatz erinnert. Zum Glück hatte er diesmal keine Aufgabe zu erfüllen und auch die Zeit drängte ihn nicht. Dennoch fand er die Vorstellung, in die düstere unerforschte Tiefsee hinauszusteigen und sich dort mit all ihren grotesken Bewohnern konfrontiert zu sehen, nicht sonderlich angenehm. Irgendwo in seinem Hinterkopf empörte sich außerdem eine vage Erinnerung an eine Dokumention, die er irgendwann einmal gesehen haben musste, und wandte ein, dass Menschen in dieser großen Tiefe eigentlich überhaupt nicht überlebensfähig waren, da sie aufgrund des enormen Wasserdrucks innerhalb von Sekundenbruchteilen auf die unbequemen Ausmaße einer Briefmarke zusammengepresst wurden. Andererseits schien Madame Priscillas Haus wirklich nicht allzu viel Wert auf solche naturwissenschaftlichen Erkenntnisse zu legen, weshalb Egon den Einspruch dieser Erinnerung mit einem leichten Kopfschütteln zurückwies und sich wichtigeren Dingen zuwandte.

Zwar war das U-Boot um einiges größer, als er bisher vermutet hatte, dennoch war es immer noch geradezu erdrückend klein. Nachdem er sich vor einigen Minuten aus dem bequemen Stuhl hinter dem Bullauge geschält hatte, war er immer tiefer in das furchtbar enge Innenleben des schnaufenden Metallmonsters vorgedrungen. Vorbei an einer geradezu klaustrophobischen Schlafabteilung – in der mehrere übereinander baumelnde Hängematten vor sich hin schimmelten –, einer winzigen Kombüse – in der irgendeine stückige dunkelbraune Form von Eintopf vor sich hin blubberte und brodelte – und schließlich einem Maschinenbereich – in dem große Zahnräder, rostige Kurbeln und was sonst noch so zu dem Motor eines solchen U-Bootes gehörte, gelangweilt vor sich hin arbeiteten – war er in einen kleinen Raum gelangt, an dessen Wand sein muffelnder Taucheranzug bereits auf ihn gewartet hatte.

Wie auch bei seinem quietschbunten Raumanzug war es bei dem Taucheranzug der Helm, welchen er sich als letztes über den Kopf stülpte. Hatte es sich bei dem ersten jedoch um nichts anderes als um ein schnödes und für seinen Geschmack allzu filigranes Goldfischglas gehandelt, dem Egon sein Überleben nur äußerst ungern anvertraut hatte, so brach er unter der Last dieses Metallkolosses von Kopfbedeckung beinahe zusammen. Und die zwei schweren Sauerstoffflaschen aus purem Kupfer, die er sich danach auf den Rücken schnallte und mittels eines brüchigen Schlauches mit seinem Helm verband, ließen alleine schon das aufrechte Stehen zu einer Belastungsprobe werden. Verständlicherweise konnte er es ab diesem Moment überhaupt nicht mehr abwarten, die Sache endlich hinter sich zu bringen.

»Ko-Kopernikus?! I-ich, ähm, i-ich wäre dann jetzt so-soweit«, sagte er, auch wenn er sich keineswegs sicher war, dass Kopernikus ihn überhaupt hören konnte.

Es war Egon ein absolutes Rätsel, wie genau er dieses U-Boot eigentlich verlassen sollte. Die kleine Kammer, in der er stand, verfügte über keinerlei Fenster, Türen oder sonstige Öffnungen. Zwei kleine runde Abdeckungen etwa auf Höhe seiner Kniescheiben waren alles, was er sah, auch wenn er sich beim besten Willen nicht vorstellen konnte, um was es sich dabei nur handeln mochte.

»Sehr gut, mein lieber Egon«, sagte Kopernikus, dessen gewaltiger Bariton trotz des Helmes keinen Deut lei-

246

ser an Egons Ohren drang. »Dann platziere dich doch jetzt bitte in einem der zwei Torpedorohre vor dir.«

»To-Torpedorohre?« War Kopernikus jetzt etwa endgültig übergeschnappt?

»Genau. Torpedorohre«, bestätigte Kopernikus. »Aber bitte sorge dich nicht allzu sehr über ihre martialische Natur. Die Dinge sind das, was wir aus ihnen machen. Und leider sind diese Rohre im Moment wirklich der einzige Weg für dich, um das U-Boot zu verlassen.«

»A-aber …«, begann Egon, doch dann ließ er erneut resignierend die Schultern hängen. Eigentlich wusste er selbst nicht, worüber er sich überhaupt noch aufregte. Hatte er in den letzten Stunden denn nicht bereits genügend verrückte Dinge erlebt? Was machte es da schon noch aus, sich in Hunderten von Metern Tiefe aus einem U-Boot schießen zu lassen? Nein, jeder weitere Einwand wäre ihm geradezu lächerlich vorgekommen. Daher kniete er sich hin und begann fast schon seelenruhig damit, eine der beiden Abdeckungen aufzuschrauben.

Hinter dieser befand sich – wenig überraschend – eine lange dunkle Röhre. Ohne weiter zu zögern kletterte Egon in diese hinein und freute sich darüber, dass er endlich seine Knie ein wenig von dem drückenden Gewicht des Taucheranzugs entlasten und sich lang ausgestreckt hinlegen konnte. Gerade wunderte er sich noch, wer nun eigentlich das Rohr hinter ihm wieder verschließen würde, da rief Kopernikus bereits »Feuer!« und die gnadenlose Pranke einer geradezu unmenschlichen Beschleunigung erfasste ihn und zog ihn mit sich hinfort.

Den kleinsten Bruchteil einer Sekunde später wurde er auch schon zusammen mit zahllosen Luftbläschen aus der Finsternis des Rohres hinaus in das Meer und mitten hinein in das grelle Licht der Scheinwerfer katapultiert.

Egon traf den Meeresgrund in halsbrecherischer Zeitlupe. Ja, es war, als könne er selbst dabei zusehen, wie er sich – zwar langsam, aber dennoch ungesund – mehrmals auf dem schlammigen Untergrund überschlug und dabei einen dichten grauen Nebel aufwirbelte, aufgrund dessen er nun vollends die Orientierung verlor. Als er endlich auf dem Rücken liegen blieb, starrte er mitten hinein in eine graubräunliche Suppe, die von den Scheinwerfern des U-Bootes angestrahlt wurde und sich nur überaus langsam wieder verzog.

Egon blieb einen Moment liegen und prüfte, ob er sich bei diesem unfreiwilligen Stunt irgendetwas verrenkt hatte. Zwar meldeten seine Beine pflichtschuldig eine akute Erschöpfung, das taten sie allerdings bereits seit geraumer Zeit, weshalb er nicht weiter auf diese vollkommen unnötigen Beschwerden einging. Seinen Armen hingegen und glücklicherweise auch seinem steifen Hals schien es ansonsten einigermaßen gut zu gehen. Als der aufgewirbelte Schlamm sich wieder etwas verzogen hatte, setzte er sich auf – und schaute direkt in riesige feuerrote Glubschaugen, die dem Teufel persönlich zu gehören schienen und die hervorstarrten aus einer furchtbar grotesken Fratze voll von riesigen spitzen Zähnen.

»Ahhh!«, schrie Egon und sprang so schnell auf, wie er nur konnte – aufgrund des Wassers also in

Zeitlupe. Doch schon verdünnisierte sich der offenbar ebenfalls recht schreckhafte Tiefseefisch bereits wieder und verschwand mittels einiger zittriger Flossenschläge irgendwo in der Dunkelheit zwischen den Scheinwerfern. Das für Egon vermutlich vollkommen harmlose Tier musste sich sehr nahe an seinem Taucherhelm befunden haben, denn nun aus der Ferne erkannte er, dass es nicht viel größer war als eine lausige Zigarettenschachtel.

Als Egon sich wieder etwas beruhigt hatte, schaute er sich um, bis er hinter sich das Haus und direkt daneben Kopernikus erblickte.

»Hereinspaziert!«, rief der schwarze Pottwal und das erste Mal seit er ihn kennengelernt hatte, hatte Egon bei dem Anblick seines Begleiters wirklich Angst um sein Leben. So gewaltig wie Kopernikus im Moment war, genügte ein unbedachter Schlag seiner Schwanzflosse und er würde sich – wenn er Glück hätte – für den Rest seines Lebens weder an seinen noch an irgendeinen anderen Namen erinnern können.

Um die Sache daher möglichst schnell hinter sich zu bringen, machte er den ersten Schritt auf das Haus zu. Doch es kostete ihn eine unglaubliche Anstrengung, sich unter dem Druck all der Wassermassen zu bewegen und er konnte sich nur Zentimeter für Zentimeter langsam voran arbeiten.

Egon benötigte alleine einige Minuten, um den kleinen Vorgarten zu durchqueren und erst eine gefühlte Ewigkeit später stand er endlich vor der Eingangstür. Diese jedoch wollte keineswegs zu dem Rest des Hauses passen. Handelte es sich bei diesem um einen wunderbar gepflegten, ja nigelnagelneuen Traum von einem Gebäude, so war der Rahmen der Tür abgewetzt, ihr Holz brüchig und ihre Klinke matt und abgegriffen. Mittlerweile wusste Egon nur zu gut, was das bedeutete. Gespannt darauf, wohin ihn Madame Priscillas Haus als nächstes verschlagen würde, erfasste er die Klinke.

14. Kapitel

Gar nicht mehr so lange zuvor

Mit jedem einzelnen Schritt, den Egon sich weiter von der Tür entfernte, drang er tiefer und immer tiefer in die Wüste vor. In der glatten Oberfläche der meterhohen Dünen spielte der Wind, seine Füße versanken im heißen Sand und die Sonne brannte derart penetrant auf seine bleiche Haut herab, als wäre es ihr erklärtes Ziel, ihn in Flammen aufgehen zu lassen. Sein Staunen fand überhaupt kein Ende. Wie war das alles nur möglich? Die Welt auf der anderen Seite der Tür war einfach viel zu gigantisch, um selbst mit noch so viel Gedrücke und Gequetsche in Madame Priscillas Haus zu passen. »I-ist das a-alles real?«, fragte er ungläubig und spürte, dass ihm der Wind einige Sandkörnchen in seinen offenstehenden Mund geweht hatte, welche nun unangenehm zwischen seinen Zähnen knirschten.

Kopernikus antwortete nicht.

Überrascht suchte Egon die Umgebung ab. Die pummelige Katze war nirgendwo zu sehen. Doch nicht nur sie war verschwunden, auch die Tür hatte sich hinter seinem Rücken offenbar in Luft aufgelöst.

Egon schluckte. Trotz der unglaublichen Hitze lief ihm ein eiskalter Schauer den Rücken herunter und seine Nackenhaare stellten sich senkrecht. Hatte er doch gewusst, dass er sich nicht auf das Ganze hätte einlassen sollen! Das hatte er nun davon. Jetzt stand er hier, mutterseelenallein in dieser merkwürdigen, fremden Wüste und irgendwo freuten sich bestimmt schon die ersten Geier darauf, sich an ihm gütlich zu tun. Wäre er doch nur …

»Weißt du, mein lieber Egon«, unterbrach Kopernikus Egons Selbstmitleid, »wenn ich in all der Zeit eines gelernt habe, dann, dass sich die Angelegenheit mit der Realität leider bei weitem nicht so eindimensional darstellt, wie wir das gemeinhin gerne hätten.«

Der Ursprung der Stimme befand sich unmittelbar vor Egons Füßen. Er senkte seinen Blick – und fügte verwirrt eine weitere Frage zu einer stetig wachsenden Liste hinzu. Dort unten im Sand saß Kopernikus – aber irgendwie auch wieder nicht. Die grünäugige Katze war verschwunden. An ihre Stelle getreten war ein kleiner pechschwarzer Wüstenfuchs mit riesigen Ohren. Zudem verfügte das Tier nicht nur über eine kleine smaragdgrüne Stupsnase, nein, es war auch noch deutlich untersetzt.

»Ko-Kopernikus? Bi-bist du das?«, fragte Egon.

»Aber gewiss doch«, versicherte der Wüstenfuchs und klang beinahe etwas gekränkt.

»A-aber …«

»Ich weiß, was du sagen möchtest.« Kopernikus erhob gebieterisch eine seiner kleinen plüschigen Pfötchen. »Aber lass uns mit dieser Kleinigkeit bitte keine weitere Zeit verschwenden. Ich erklärte dir ja bereits, dass dieses Haus und ich eine gewisse unleidliche Verbindung besitzen. Ich wäre dir daher wirklich überaus dankbar, wenn du es dabei bewenden ließest.«

»Ähm, i-in Ordnung.« Zwar fand Egon diese Sache schon irgendwie komisch, aber in Anbetracht der Tatsache, dass er gerade durch eine Tür im Inneren eines verwahrlosten alten Hauses hinaus in eine riesige Wüste getreten war, wobei er sich die ganze Zeit über mit einer sprechenden Katze unterhalten hatte, war Kopernikus' Metamorphose für seinen geschundenen Verstand ein vergleichsweise leicht verdaulicher Happen. »A-aber wie geht es denn jejetzt weiter?«

»Das, mein lieber Egon, ist hingegen eine ganz ausgezeichnete Frage. Wenn du mir bitte folgen würdest.« Der Wüstenfuchs wandte sich herum und steuerte geradewegs auf eine besonders große und vor allem steile Sanddüne zu, die sich unmittelbar vor ihm und Egon auftürmte. Scheinbar mühelos erklomm das schwarze Tier die Steigung und in nur wenigen Sekunden hatte es die Spitze erreicht. Dort oben setzte es sich hin und schaute ungeduldig zu Egon herab, der sich bisher nicht einen Zentimeter vom Fleck gerührt hatte. »Nun aber los! Komm schon!«

Seufzend setzte sich jetzt auch Egon in Bewegung. Zwar hatte er wirklich keine Lust auf derartige Strapazen, aber so schwer konnte es ja wohl nicht sein, so eine blöde Sanddüne zu erklimmen.

Was das anging, wurde er schnell eines Besseren belehrt. Immer wieder gab der Sand unter seinen Füßen nach und für jeden Schritt, den er die Düne erklomm, rutschte er einen halben wieder zurück. Schon nach wenigen Augenblicken stand ihm der Schweiß auf der Stirn und gerade als er die Hälfte der Düne erstiegen hatte, da verlor er gänzlich das Gleichgewicht, kam ins Stolpern und kugelte rückwärts die gesamte Strecke wieder zurück, sodass er erneut mit dem Anstieg beginnen musste. Allerdings entschied er sich nun dazu, sich auf allen Vieren fortzubewegen und obwohl seine Hände aufgrund der Hitze schmerzten, kam er auf diese Weise nicht nur schneller, sondern auch etwas sicherer voran.

Als Egon Kopernikus dann endlich erreicht hatte, sank er keuchend und schnaufend auf der Spitze der Düne in sich zusammen. Der prachtvolle Anblick jedoch, der sich ihm auf der anderen Seite der widerspenstigen Sandmassen darbot, ließ seine Erschöpfung von einem auf den anderen Moment in Vergessenheit geraten. Denn nur einige Hundert Meter von der Düne entfernt stand eine riesige Pyramide.

Wie wahrscheinlich jeder andere Mensch so hatte natürlich auch Egon schon einmal Bilder der ägyptischen Pyramiden gesehen. Das kolossale Bauwerk, welches vor seinen Augen in die Höhe wuchs, unterschied sich allerdings sehr von diesen Bildern. Denn im Gegensatz zu jenen Pyramiden handelte es sich bei diesem Exemplar ganz sicher nicht um einen Jahrtausende alten Bau. Und falls doch, dann hatte sie sich für ihr Alter wirklich ganz ausgezeichnet gehalten.

Die Pyramide blitzte und blinkte nur so im grellen Licht der Wüstensonne. Ihre glänzend weißen Seiten waren keinesfalls eckig und kantig, sondern absolut eben – ja, tatsächlich wirkte es beinahe so, als wären sie vollkommen glatt poliert worden und würden keinen einzigen auch noch so kleinen Spalt aufweisen. Stattdessen reflektierten sie gleich riesigen Spiegeln die gebündelten Sonnenstrahlen und Egon sah sich dazu gezwungen, seine gereizten Augen zusammenkneifen, um nicht zu sehr geblendet zu werden. Dennoch durchfuhr ihn für den Bruchteil einer Sekunde die vielleicht gar nicht so irrationale Angst, die gefährlich dicken Gläser seiner Brille könnten zu Brenngläsern werden und seine Pupillen einäschern. »Si-sind wir etwa i-in Ägypten?«, stammelte er und hielt sich zur Sicherheit schützend eine Hand vor die Augen.

»Ja«, bestätigte Kopernikus. »Und nein«, schränkte er seine Aussage gleich wieder ein. »Weißt du, mein lieber Egon, es wäre wirklich besser, wenn du dir vorläufig abgewöhntest, in derartig eindimensionalen Kategorien wie wann, wo und vor allem warum zu denken. Davon bekommst du nur Kopfschmerzen.«

»I-in Ordnung«, sagte Egon – ohne wirklich daran zu glauben, dass er dazu in der Lage sein würde. »U-und was machen wir jetzt?«

»Na, das liegt doch wohl auf der Hand!«, rief Kopernikus. »Du und ich, wir zwei begeben uns jetzt in das Innere dieser wunderbaren Pyramide.«

Hätte am Morgen des heutigen Tages irgendein Spaßvogel zu Egon gesagt, dass er noch vor Einbruch der Dunkelheit in das Innere einer riesigen Pyramide vordringen würde, dann hätte Egon ihn vermutlich nicht bloß ausgelacht. Nein, er hätte direkt jene hilfsbereiten Männer mit ihren sprichwörtlichen weißen Jacken angerufen, um einen klaren Strich unter derartige Albernheiten zu ziehen. Das heißt, zumindest wäre das sein innerer Impuls gewesen. In Wirklichkeit hätte er vermutlich eher genickt, gelächelt und gehofft, dass der Irre ihn so schnell wie möglich wieder in Ruhe ließe. In Anbetracht der Tatsache allerdings, dass Kopernikus und er in diesem Augenblick tatsächlich vor einem solch altertümlichen Bauwerk standen, war es vermutlich er selbst und niemand anderes, dem man ein derart unbequemes Kleidungsstück anlegen sollte.

Kopernikus hingegen verfolgte da gänzlich andere Absichten. »Bitte nach dir«, sagte der kleine Wüstenfuchs und deutete auf den Eingang, der sich nun unmittelbar vor ihnen befand.

Bisher war Egon eigentlich immer davon ausgegangen, dass es die ägyptischen Pharaonen im wahrsten Sinne des Wortes zu Tode nicht ausstehen konnten, wenn irgendjemand ihre letzte Ruhestätte betrat. Das große, prächtige und vor allem sperrangelweit offenstehende Eingangsportal dieses Monumentes, welches Egon eher an das einer großen Kirche oder Kathedrale erinnerte, deutete nun aber darauf hin, dass es sich mit dieser Pyramide etwas anders verhielt. Seine Umrahmung zeigte viele kleine Männer in ägyptischer Kleidung und allen möglichen Lebenslagen, die – zumindest was Egons nicht sonderlich umfangreiches archäologisches Fachwissen anging – für diese Kultur eher untypische dicke Brillen trugen, wodurch sie ihn stärker an sein morgendliches Spiegelbild als an die alten Ägypter erinnerten.

Aus Angst davor, seinen armen Verstand weiter zu verwirren, setzte Egon so schnell wie möglich seinen ersten Fuß durch das Portal, ohne lange über diese merkwürdige Begebenheit nachzudenken. Unmittelbar hinter dem Durchgang säumten große lodernde Fackeln den Gang und umso weniger Sonnenstrahlen es gelang, Kopernikus und Egon auf ihrem unheimlichen Weg zu begleiten, um so stärker wurde deren natürliche Aufgabe – die Beleuchtung – vom flackernden Schein der Flammen übernommen.

Bald erreichten die zwei die erste Ecke des engen Ganges und als sie diese passiert hatten, fühlte es sich für Egon so an, als nehme ihn die Pyramide ganz und gar in ihrem Inneren auf. Gleichzeitig fiel sein Blick auf die Wände und er bemerkte, dass diese von hier an mit überaus detailreichen Malereien verziert waren. Staunend trat er näher, um sie etwas genauer zu betrachten.

Gleich das erste Bild, das er sah, erkannte er eindeutig als eine ägyptische Version seiner selbst. Der gemalte Egon saß dort mit tief herabhängenden Schultern auf einem Stuhl vor einem großen, breiten und offenbar steinernen Schreibtisch. Hinter diesem thronte ein Mann mit hochrotem Kopf, der – bis auf seine ebenfalls überaus ägyptische Kopfbedeckung sowie seinen freien Oberkörper – verdächtig nach Herrn Kruschinski aussah. Verwundert zog es Egons

Blick zu der nächsten Darstellung. Diese zeigte wieder ihn, diesmal allerdings wie er alleine an seinem Arbeitsplatz saß, unglücklich dreinschaute und ein hölzernes Telefon an sein Ohr gedrückt hielt. Unmittelbar neben dieser Zeichnung erkannte er eine gehässig lachende Frau Unkenstock, die der unbekannte Künstler jedoch als großes graues Nilpferd in Szene gesetzt hatte. Sie knallte seinem ägyptischen Alter Ego, das sichtlich zitternd vor ihrem hölzernen Tresen stand, gerade irgendeinen bräunlichen Brei auf seinen kleinen Tonteller. Das Bild daneben wiederum zeigte Egon erneut an seinem Schreibtisch, welcher diesmal beinahe vollkommen unter einer riesigen Masse aus Papyrusrollen verschwand, während Ronnie – im weißen Wickelrock und mit bedrohlich erhobener Faust – unmittelbar neben ihm stand.

Egons Blick wanderte an der Wand entlang hinein in die Tiefe des Ganges. Dicht an dicht setzten sich die Malereien Meter um Meter fort, um sich erst irgendwo weit in der Ferne im dämmrigen Schein der Fackeln zu verlieren. »Wa-was ist das hier?«, fragte er.

»Nun, ich denke, dass weißt du sehr gut«, sagte Kopernikus. »Aber bitte, schau es dir ruhig noch ein wenig genauer an. Nimm dir die Zeit und lass es ganz auf dich wirken.«

Vor innerer Aufregung zitternd schnellte Egons Blick ziellos in dem Gang hin und her. Nur flüchtig blieb er mal an dem einen, dann wieder an dem anderen Bild hängen.

Erschreckend zahlreiche der Malereien zeigten Ronnie in der immer wieder gleichen bedrohlichen

Pose. Fast genauso viele Darstellungen standen auf die eine oder andere Art und Weise mit seiner Mutter in Verbindung. Egon sah sich vollgepackt mit großen Bastkörben vor altertümlichen Gemüsehändlern. Oder er sah sich zusammengekauert in der Mitte einer großen Traube seiner Mitarbeiter, die allesamt lachend mit dem Finger auf ihn zeigten. Und er sah, wie er sich hinter einer niedrigen Trennwand aus Papyrus verbarg, um nicht von Babett gesehen zu werden.

Als könne er vor den Darstellungen flüchten, die sich bald nicht mehr nur auf die Wände beschränkten, sondern von dort auch auf seinen Kopf übergriffen und vor seinem inneren Auge zu kreisen und zu wirbeln begannen, legte Egon einen kleinen Sprint ein. Doch alles, was er damit erreichte, war, dass er tiefer in die Vergangenheit vordrang.

Es dauerte nicht lange und er passierte eine weitere Ecke. Anstelle von Ronnie sah er an den Wänden hinter dieser nun Toni und Billy, die ihm seine Schulzeit zur Hölle gemacht hatten. Alleine für ihre Taten schien der eifrige Künstler eine eigene Galerie begonnen zu haben.

Ohne dass Kopernikus auch nur für eine Sekunde von seiner Seite gewichen wäre, verfiel Egon bald in einen regelrechten Wahn, als er sich mit immer mehr und mehr Einträgen dieses demütigenden Archivs konfrontiert sah. Absolut überwältigt von der schieren Masse der Bilder begann das Blut in seinen Wangen und hinter seiner Stirn vor Scham und Wut regelrecht zu kochen. Jede einzelne Schikane, der er jemals ausgesetzt, jeder

Streich, der ihm jemals gespielt worden war, jede noch so winzig kleine Gemeinheit, die er sich irgendwann einmal hatte gefallen lassen müssen – alles, aber auch wirklich alles war an den Wänden dieses Ganges dargestellt.

Dann aber erreichte er zum Glück dessen Ende. Die letzten auf den übrig gebliebenen Metern nur noch hier und dort vereinzelt auftauchenden Bilder zeigten ihn in seiner frühen Kindheit, in der Grundschule und im Kindergarten. Den Abschluss bildete die große Darstellung eines Mannes, der Egon zum Verwechseln ähnlich sah und der mit einem über seine Schulter geworfenen Bündel durch eine große Tür hindurchtrat.

Hinter diesem letzten Bild mündete der Gang in eine schwere hölzerne Tür, an deren enormen Flügeln zwei massige eiserne Ringe herabhingen.

Egon blickte zu Kopernikus. »U-und jetzt?«

»Nun ja.« Die Augen des kleinen Wüstenfuchses funkelten im Licht der Fackeln und seine smaragdgrüne Stupsnase glühte magisch. Er legte seine pelzige Stirn zwischen seinen zwei gigantischen Ohren in viele kleine Fältchen, bevor er sagte: »Ich an deiner Stelle, mein werter Egon, wäre durchaus versucht, diese Tür zu öffnen.«

»A-also gut.« Egon machte einen letzten Schritt, ergriff einen der beiden Ringe und stemmte sich mit seinem gesamten Körpergewicht gegen die Tür – welche sich daraufhin überraschenderweise wesentlich schneller und leichter öffnete, als er es erwartet hatte. Unmittelbar hinter dieser Tür befand sich ein kleiner viereckiger Saal, in dessen Mitte ein großes goldenes Objekt einladend glänzte. Neugierig betrat Egon den Raum.

In Anbetracht seines momentanen Aufenthaltsortes überraschte es ihn nicht, dass es sich bei dem Objekt um nichts anderes handelte als um einen wirklich gewaltigen und ungemein prunkvollen Sarkophag. Was ihm hingegen schon ein wenig spanisch vorkam, war, dass der obere Teil dieses beeindruckenden Sarges keinesfalls irgendeinen längst verstorbenen und mumifizierten ägyptischen König darstellte, sondern ihn selbst – und zwar exakt so, wie er am Morgen dieses merkwürdigen Tages seine Wohnung verlassen hatte. Ja, an einem der beiden riesigen goldenen Schuhe schien sogar die flüchtige Schleife eines silbernen Schnürbandes drauf und dran zu sein, sich in ihre Bestandteile aufzulösen.

»Wa-was hat das a-alles zu bedeuten?«, fragte Egon, als er endlich wieder einen Ausweg aus dem Staunen gefunden hatte.

»Du musst wissen«, sagte Kopernikus, »es gibt gewisse Dinge in diesem Haus, über die selbst ich mich im Unklaren befinde.«

Egon war enttäuscht. »A-aber …«

»Aber«, unterbrach ihn der Wüstenfuchs »dies hier ist keines dieser Dinge. Bitte öffne jetzt den Sarkophag.«

»Wa-was?« Egon überkam das kalte Gruseln. »A-aber wa-warum?« Grausige Vorstellungen rachsüchtiger Mumien, die ihn durch das Labyrinth dieser Pyramide jagten, zogen wie ein dunkler Nebel durch seinen strapazierten Verstand. Zwar stellte der Sarkophag niemand anderen dar als ihn selbst, dennoch konnte es sich dabei ja auch um einen raffinierten Trick handeln, um ihn in einer trügerischen Sicherheit zu wiegen. Kurzum: Es schien ihm nicht gerade der allerklügste Schachzug zu sein, einen derartigen Sarkophag mitten im düsteren Inneren einer ägyptischen Pyramide zu öffnen.

Kopernikus schien seine Gedanken gelesen zu haben. »Du brauchst wirklich keine Angst zu haben. Ich versichere dir, dass aus diesem Sarg nichts herauskommen wird, um dich heimzusuchen.« Der kleine Wüstenfuchs lächelte. »Tatsächlich möchte ich dich ganz im Gegenteil darum bitten, in ihn hineinzusteigen.«

»Wi-wie bitte, was?« Egon schluckte. Wo sollte das alles bloß noch hinführen?

Als Kopernikus nicht weiter auf diese ohnehin eher rhetorische Nachfrage reagierte, begann es in Egons Innerem zu grummeln und zu rumoren. Trotz all des Widerwillens, den er gegen die grausige Bitte seines kleinen schwarzen Begleiters empfand, war er wirklich schon viel zu weit gekommen, um sich nun einfach eines Besseren zu besinnen und wieder nach Hause zu gehen. Ganz davon abgesehen, dass er sich leider alles andere als sicher war, ob ihm diese Möglichkeit überhaupt noch zur Verfügung stand. Er verzichtete daher auf jeden weiteren Kommentar, lehnte sich gegen den oberen Teil des Sarges und begann so kräftig zu drücken und zu schieben, wie er nur konnte.

Dies führte vorerst zu keinem nennenswerten Erfolg. Tatsächlich fühlte es sich für Egon sogar so an, als bestünde der riesige Sarg aus einem einzigen massiven Stück Gold, sodass er nie im Leben in der Lage sein würde, die obere Hälfte auch nur einen Millimeter zu verrücken. Dann aber, gerade als die ersten dicken Schweißtropfen seinen dünnen Hals hinunterkullerten, gab die Abdeckung mit einem überraschenden Ruck nach und verschob sich ein winzig kleines Stückchen. Von diesem Moment an wanderte der obere Teil nach und nach immer weiter von seinem Platz, bis er schließlich mit einem lauten Scheppern zu Boden fiel und den Blick frei gab auf das Innere des Sarges. Dort lag, lang ausgestreckt und – selbstverständlich – vollkommen leblos eine Tür.

Es handelte sich um genauso so eine alte und schrecklich durchlebte Tür wie die, durch die Egon erst vor Kurzem hinaus in die Wüste getreten war. Ihr schwarz lackiertes Holz wirkte ebenso abgeschabt und spröde und die völlig abgegriffene Oberfläche ihres kupfernen Türknaufs war kaum mehr in der Lage, das schwache Licht der Fackeln widerzuspiegeln. »A-aber, wie?«

»Mein lieber Egon, ich denke, es ist nun an der Zeit, den nächsten Schritt zu machen«, sagte Kopernikus und deutete mit einer kleinen Wüstenfuchspfote auf die Tür. »Wenn du also bitte so freundlich wärst. Hinter dieser Tür wirst du ausreichend Gelegenheit dazu finden, deinen Ängsten ins Auge zu blicken und wie ein ganzer Mann aktiv gegen sie anzukämpfen. Das verspreche ich dir.«

»A-ach so?« Egon kratzte all seinen Mut zusammen. Etwas verunsichert, aber doch entschlossen griff er nach dem Türknauf.

Als Lotte das stickige Treppenhaus des großen aschgrauen Gebildes betrat, das Egons Wohnung beheimatete, war sie sich längst nicht mehr so sicher, dass sie richtig handelte, wie noch bei dem Aufbruch aus ihren eigenen vier Wänden. Verletzte sie im Moment nicht erneut das Vertrauen ihres Freundes?

Bereits vor Monaten hatte Egon ihr ein paar Ersatzschlüssel anvertraut, für den Fall, dass er seine eigenen verlegen oder gar verlieren sollte. Andere Menschen hätten für diese Aufgabe vermutlich eher Mitglieder der eigenen Familie eingespannt, in Egons Fall allerdings beschränkte sich dieser Kreis auf exakt eine Person – seine Mutter. Mit anderen Worten: Es war nur zu offensichtlich, warum er die Schlüssel ihr gegeben hatte. Vermutlich hätte er lieber drei überteuerte Schlosser bezahlt und sie nach getaner Arbeit noch zum Abendessen eingeladen, als seiner Mutter einzugestehen, dass er seine Schlüssel verloren hatte. Genauso gut hätte er sich das Wort Nichtsnutz gleich in Spiegelschrift auf die Stirn schreiben können.

Trotzdem hatte er ihr die Schlüssel sicher nicht gegeben, damit sie ganz nach Belieben in seine Privatsphäre eindringen konnte. Und wer sagte schließlich schon, dass wirklich etwas geschehen war, das ein solches Vorgehen rechtfertigte? Ja, vielleicht saß Egon nach diesem furchtbaren Tag auch einfach nur auf der Couch, mampfte mit vollen Händen eine übergroße Tüte Chips und wollte schlicht und ergreifend mit Gott und der Welt nicht mehr auch nur das Geringste zu tun haben. Immerhin war es doch exakt dieses Gefühl, das sie selbst nur zu gut kannte.

Langsam und zögerlich öffneten sich vor Lottes gequälter Nase die schmalen Türen des engen und zum Himmel stinkenden Fahrstuhls. Was würde Egon wohl tun, wenn er sich tatsächlich nur in sein Schneckenhaus zurückgezogen hatte und sie nun einfach so in seine Wohnung hineinspaziert kam? Nun, sie wusste zumindest recht gut, was sie mit einem solch ungebetenen Eindringling anstellen würde.

Die Fahrstuhltüren schlossen sich wieder und Lotte betätigte die Taste, die dem muffeligen Gefährt signalisierte, dass es sie bitte so schnell wie möglich – und zwar ohne Umwege! – in Egons Etage befördern sollte.

Sie kannte ihren Freund allerdings mittlerweile wirklich lange genug, um sicher zu wissen, dass er mit einem ungebetenen Besucher gänzlich anders umspringen würde als sie. Egon würde sich sehr über den Besuch freuen – oder zumindest so tun. Im Gegensatz zu ihr konnte er einfach nicht mit Konfrontationen umgehen. Er hatte nie gelernt, wie man andere Menschen in ihre Schranken wies oder sie einfach nur links liegen ließ. Was das anging, konnte er wirklich eine Menge von ihr lernen. Andere Menschen vor den Kopf zustoßen, war ihre absolute Spezialität. Leider war sie hingegen nur in absoluten Ausnahmefällen dazu im Stande, einfach einmal nett zu sein.

Die Schiebetüren öffneten sich wieder und sie verließ die olfaktorische Kakophonie aus dem Gestank uralter Körperausdünstungen und nicht ganz so uralter Körperflüssigkeiten, versetzt mit der richtigen Priese totem Tier. Unmittelbar neben dem Fahrstuhl hatten irgendwelche Rotzbengel mit schwarzem Filzstift eine große hässliche Schmiererei angefertigt, welche auch in hundert Jahren nicht als Kunst durchgehen würde. Wie kam es nur, dass manche Menschen geradezu einen inneren Drang zu verspüren schienen, Dinge hässlich zu machen?

Lotte beschleunigte ihren Schritt. Gleichzeitig spürte sie, wie in ihrem Inneren dieselbe Wut gegen sich selbst emporkochte, welche sie in der Firma zuerst dazu bewegt hatte, Egons Abteilung aufzusuchen. Er hatte sich Hilfe von ihr erhofft und sie hatte ihn hängen lassen. Wenn ihm heute etwas Schlimmes geschähe – sie durfte nicht einmal den Versuch wagen, dieses unbestimmte Etwas in Gedanken mit Inhalt zu füllen – dann würde sie sich das nie verzeihen!

Vor Egons Wohnungstür hielt sie einen Moment lang inne, überlegte noch einmal, ob das, was sie vorhatte, auch wirklich eine gute Idee war, biss sich dann aber auf die Zunge – und klopfte an die Tür.

Auf der anderen Seite der königlich bestatteten Tür sah Egon überraschenderweise nichts weiter als langweiligen grauen Asphalt. Zuerst wunderte er sich natürlich sehr über diesen alltäglichen Anblick, klemmte sich dann aber das bisschen Mut, das ihm zur Verfügung stand, fest zwischen die Zähne und machte einen kleinen Satz.

Als seine Füße auf dem Straßenbelag zum Stehen gekommen waren, befand sich sein Oberkörper noch im Inneren der Pyramide. Erst nachdem er sich unter dem Türrahmen hindurchgeduckt hatte, konnte er endlich einen Blick darauf werfen, wohin ihn der Durchgang führte.

Die Umgebung, die sich seinen doch schon ein wenig enttäuschten Augen präsentierte, kam ihm nur allzu bekannt vor. Er war aus der Pyramide direkt auf die Straßen seiner Heimatstadt zurückgekehrt.

Es war bereits dunkel geworden. Die Umgebung wurde fast ausschließlich von dem großen hoch am Himmel stehenden Vollmond erleuchtet, an welchem nur ein paar hagere Wölkchen träge vorüberglitten. Verwundert entfernte Egon sich weiter von der Tür, die, wie er jetzt sah, einfach horizontal mitten in der Luft schwebte, als würden sie die grundlegenden physikalischen Gesetze nicht die Bohne interessieren. Hatte Madame Priscillas Haus ihn etwa schon wieder ausgespuckt?

Nachdem er sich etwas umgeschaut hatte, bemerkte er allerdings, dass sich die Stadt in der kurzen Zeit, die vergangen war, seit er sie das letzte Mal aus nächster Nähe gesehen hatte, doch sehr verändert hatte. Die flackernde Straßenbeleuchtung stand offenbar kurz davor, ihre letzten Lebensgeister auszuhauchen. Die kreuz und quer auf der Straße und dem Bürgersteig stehenden Autos schienen allesamt von Betrunkenen geparkt worden sein. Und irgendwo in weiter Ferne hörte er jetzt außerdem das seltsam schiefe Geheul einiger Sirenen. Was war hier nur los?

»Hirn!«, erschallte es hinter Egons Rücken und er fuhr erschrocken zusammen. Hatte er das gerade richtig verstanden? Nein, er musste sich verhört haben. Verwundert drehte er sich herum.

Die Tür war verschwunden und auch Kopernikus war nirgendwo zu sehen. Stattdessen versammelte sich jetzt dort mitten auf der Straße eine recht große Menschenmenge, mit der allerdings irgendetwas nicht in Ordnung zu sein schien. Der eine zog hinkend ein Bein hinter sich her, der andere hatte, als ginge er im Dunkeln, beide Arme vorgestreckt, ja sie alle wirkten merkwürdig unkoordiniert, als wären sie sturzbetrunken. Egon war ganz und gar nicht wohl bei der Sache. Derartige Menschenansammlungen waren ihm von Natur aus suspekt.

Plötzlich begannen ein paar Mitglieder der Menge, als hätten sie ihn gewittert, sich auf Egon zu zubewegen. Schlurfend und stöhnend kamen sie näher und näher und irgendetwas sagte Egon, dass es sich keineswegs um Betrunkene handelte. Nein, diese torkelnden Gestalten erinnerten ihn viel eher an etwas, das er sonst nur aus Filmen kannte – an Zombies! Aber das konnte doch überhaupt nicht sein!

»Hirn!«

Als die ersten halb verfaulten Exemplare in das flackernde Licht der Straßenlaternen traten, verwandelte sich Egons furchtbare Vermutung in eine schreckliche Gewissheit. Eindeutig erkannte er jetzt die fehlenden Gliedmaßen und die fahlen Gesichter, deren verwesende Haut in widerlichen Lappen herabhing. Die verdrehten glasigen Augen dieser modrigen Kreaturen hingegen schienen zwar nicht mehr wirklich im Stande zu sein, irgendetwas zu sehen, dafür aber steuerten ihre Besitzer trotzdem zielstrebig direkt auf ihn zu.

Egon schrie vor Entsetzen, wandte sich ab und rannte so schnell ihn seine Füße trugen.

Weit kam er nicht. Nach nur wenigen Schritten packte ihn vollkommen unerwartet etwas an seinem Bein. Er schaute nach unten – und sah einen halb verwesten Zombie, der seine fauligen Zähne tief in den Stoff seiner Hose geschlagen hatte.

»Hirn!«

Egon gefror das Blut in den Adern.

»La-lass mich, la-lass mich los!«, schrie er und trat aus purem Reflex immer und immer wieder so stark er nur konnte nach dem Kopf des Zombies.

15. Kapitel

Kaum hatte Egon in der Tiefsee die Hand auf die Klinke gelegt und sie nicht einmal einen halben Zentimeter herabgedrückt, da konnten sich die ihn umgebenden Wassermassen vor Freude über die neugewonnene Freiheit gar nicht mehr halten. Nur einen winzigen Sekundenbruchteil später wurde er im hohen Bogen aus der anderen Seite der Tür herausgeschossen, wobei er sich wie ein etwas zu ambitionierter Turmspringer gleich mehrmals überschlug. Das lautstarke Tosen des Wassers verschloss seine Ohren und vor seinen Augen sah er nichts weiter als grün-gräulichen Schaum. Dennoch meinte er im Vorüberfliegen einige grelle Lichtblitze wahrzunehmen, während gleichzeitig ein gedämpftes Grollen an sein Ohr drang. Wo auch immer er sich jetzt befinden mochte – gab es hier etwa auch Vulkane?

Schon bohrte er sich mit dem Kopf zuerst in den zu seinem Glück – oder vielleicht Pech – recht weichen Boden seiner neuen Umgebung. Der große schwere Taucherhelm war sowohl der Hauptschuldige für diese unnatürliche Positionierung seines schmerzenden Körpers als auch das einzige, was dafür sorgte, dass Egon sich bei dem unfreiwilligen Stunt nicht seinen schmalen Hals brach. Stattdessen blieb sein Kopf mitsamt des Helmes wie eine Tulpenzwiebel in der Erde stecken, während seine Füße und Beine hilflos in die Höhe ragten.

Angesicht zu Angesicht mit der tiefen Dunkelheit des Erdreiches dachte Egon bei sich, dass er vor einigen Stunden, als Kopernikus ihn durch die erste Tür hinaus in die Wüste gelockt hatte, besser hätte nach Hause gehen sollen. Das alles hier hatte doch überhaupt keinen Sinn! So miserabel wie es ihm in diesem Augenblick ging, hatte er sich in den ganzen letzten Jahren nicht gefühlt. Mobbing hin oder her, derartige Strapazen war es einfach nicht wert.

Doch bevor er noch tiefer in seinem Selbstmitleid ertrinken konnte, klopfte es an die Frontscheibe seines Helmes. »Ja-ja bitte?«, sagte er – und so albern ihm diese Erwiderung im Nachhinein auch vorkam, was hätte er denn sonst sagen sollen?

»Mein lieber Egon«, ertönte Kopernikus' Stimme irgendwo in der Finsternis, »ich denke, es würde dir helfen, den Helm von deinen Schultern zu lösen.«

»Oh«, seufzte Egon und führte eine Hand zu dem Gurt, mit dem er die riesige Bronzekugel erst vor kurzem noch selbst an seinem Anzug festgezurrt hatte.

Einen Moment später war er frei, fiel rückwärts aus dem Helm heraus, purzelte einen zwar niedrigen, dafür aber umso steileren Abhang hinunter und kam schließlich breitbeinig in einer großen Pfütze schlammigen Wassers zu sitzen. Ein leichter Nieselregen ergoss sich auf sein widerspenstiges Haupthaar und den Himmel hoch über ihm verdeckte eine widerlich graue Suppe dichter schlieriger Wolken. Und auch auf den zweiten Blick wirkte seine neue Umgebung alles andere als einladend: Er saß auf dem Boden einer tiefen Mulde, sah absolut nichts anderes als bräunlich-graue, schrecklich aufgewühlte Erde und irgendwo in der Ferne vernahm er erneut – jetzt um einiges deutlicher als zuvor – das tiefe Grummeln, für das er keine Erklärung fand.

Dann plötzlich begann die Erde vor seinen Augen in Aufruhr zu geraten. Und zwar unmittelbar vor seinen Augen. Denn direkt neben Egons noch immer in dem Abhang steckenden Taucherhelm türmte sich nun gar nicht so langsam ein kleiner Hügel auf. Einige Erdbröckchen sowie ein paar kleine Steinchen purzelten zur Seite und schon kroch aus all dem Dreck ein kleiner schwarzer Maulwurf hervor – an dessen Pfoten große smaragdgrüne Krallen aufblitzten.

»Egon?«, fragte das Tier und wandte suchend seinen spitzen Kopf hin und her. »Egon?«

»Hi-hier!«, antwortete Egon. »Ge-genau vor dir.«

»Oh! Bitte verzeih«, sagte Kopernikus und drehte seinen Kopf in die Richtung, aus welcher er offensichtlich meinte, Egons Stimme gehört zu haben. Tatsächlich aber schaute er noch immer sehr präzise an ihm vorbei. »Aufgrund meiner momentanen Erscheinung bin ich optisch leider etwas gehemmt.«

»Kei-kein Problem«, stammelte Egon. »A-aber wo-wo sind wir ü-überhaupt? U-und was ist das fü-für ein Grollen?«

»Nun …«

Doch gerade als Kopernikus im Begriff stand, zu antworten, drang außer dem Grollen noch ein weiteres Geräusch an Egons Ohr. Dieses wurde so schnell lauter, dass er die Worte seines kleinen schwarzen Begleiters zuerst nicht mehr verstand – und sie ihm kurz darauf auch herzlich egal waren.

Bei dem Geräusch handelte es sich um laute aufgeregte Rufe, welche bald auch ein Gesicht erhielten – oder besser mehrere Gesichter. Denn als fielen sie direkt aus dem Himmel, stürzte urplötzlich eine ganze Gruppe vollkommen identisch gekleideter Männer hinab zu Egon in die Erdmulde.

Das Herabregnen der Männer alleine hätte Egon, der bekanntlich nicht sonderlich gut mit Menschen zurechtkam, nun sicherlich schon genug in Aufregung versetzt. Als er aber erkannte, dass diese allesamt mit Gewehren bewaffnet waren, bekam er es wirklich und wahrhaftig mit der Angst zu tun. Bevor er etwas hätte unternehmen können, knieten sich zwei der Männer bereits wieselflink neben ihn, griffen ihm unter die Arme und stellten ihn auf seine Füße. Die restlichen Männer hingegen legten ihre Gewehre an und lugten vorsichtig über die Kante des kleinen Abhanges hinweg, ganz so als würden sie nach irgendetwas Ausschau halten.

»Oberst Egon!«, rief der Mann, der als letzter der Gruppe den Abhang hinuntergestolpert war. Seinen Kopf zierte – wie auch die der der anderen Männer – eine dreckige schwarze Pickelhaube. Im Gegensatz zu den anderen jedoch blitzte ein edler kreuzförmiger Orden auf seiner Brust. Der Löwenanteil seines freundlichen Gesichtes wurde von einem wirklich beeindruckenden Schnauzbart verdeckt, dessen gewaltige Enden sich neben seinen Augen zu zwei großen runden Spiralen emporkringelten. »Bin ich froh, Sie wohlauf zu sehen. Wir hatten schon befürchtet, wir hätten Sie verloren.«

In seinem ganzen Leben war Egon noch nie so schnell und so oft befördert worden wie am heutigen Tag. Nun gut, genau genommen war er in seinem wahren Leben außerhalb von Madame Priscillas Haus noch kein einziges Mal befördert worden. In Anbetracht der Tatsache allerdings, dass sein Chef, Herr Kruschinski, ihn noch vor wenigen Stunden am liebsten per Express zum Mond geschossen hätte, erschien es ihm besonders bemerkenswert, dass man ihn hier – nachdem er bereits als der mächtige Egon die letzte Hoffnung eines gesamten Königreiches gewesen war – in Abwesenheit nun offenbar zum Oberst ernannt hatte.

Auch dieses Mal hielt sich seine Freude über die Angelegenheit in engen Grenzen. Denn natürlich war er sich sehr wohl darüber im Klaren, dass vermutlich auf der ganzen Welt kein Mensch existierte, der noch weniger für den Kriegsdienst geeignet gewesen wäre als er.

Bereits wenige Augenblicke nachdem die Männer zu ihm in das Erdloch geeilt waren, wurde er erneut ohne weitere Erklärungen von vier kräftigen Armen gepackt und aus diesem herausgehoben, wobei er sich trotz seines Ranges als frisch gebackener Oberst einfach nicht dazu durchringen konnte, dieser Horde schwer bewaffneter Soldaten Widerstand zu leisten. In dem Moment, in dem sie die oberste Kante der Erdmulde überquerten, bestätigte sich für Egon ein furchtbarer Verdacht, der bereits zuvor begonnen hatte, sich langsam in seinem Kopf breit zu machen: Er befand sich inmitten eines riesigen Schlachtfeldes.

Die Tatsache, dass seine unmittelbare Umgebung von den Einschlägen zahlreicher Geschosse vollkommen zerwühlt war, stellte einen ersten recht klaren Hinweis darauf dar, wohin es ihn verschlagen hatte. Kaum erkannte er noch, ob sich hier zu seinen Füßen ursprünglich einmal ein Wald, ein offenes Feld oder vielleicht etwas gänzlich anderes befunden hatte. Ja, vermutlich konnte sich die schrecklich grün und blau geschlagene Gegend selbst nicht mehr so wirklich daran erinnern, was genau sie einmal gewesen war. Nur hier und da vermittelte ein trauriger verkohlter kleiner Baumstumpf noch einen vagen Eindruck davon, dass es irgendwann einmal andere Zeiten gegeben haben mochte. Der überall tief aus dem Boden hervorkriechende Stacheldraht hingegen, über den Egon immer wieder stolperte, ließ erahnen, dass diese anderen Zeiten bereits tief in der Vergangenheit vergraben lagen.

Das unfreundliche Zischen einer zum Glück nicht wirklich gut gezielten Gewehrkugel dicht neben seinem rechten Ohr sprach schließlich eine absolut eindeutige Sprache. Als wollte sie Egon versichern, dass er das Ganze vollkommen richtig verstanden hatte, folgte unmittelbar auf dieses Zischen eine derart gewaltige Explosion, dass sie einen der Soldaten, die ihn aus dem Loch gezogen hatten, einfach verschwinden ließ, während Egon selbst unter der aufgewirbelten Erde beinahe begraben wurde. Diese

eindrucksvolle persönliche Vorstellung des rätselhaften Grollens – es handelte sich offensichtlich um das
unablässige Feuer schwerer Artillerie – sorgte dafür,
dass Egons Ohren noch Minuten später so stark pfiffen
und klingelten, als probten sie die Aufführung eines
geradezu unsinnig modernen Musikstückes.

Mit Ausnahme dieses einen unglücklichen Miss-
geschickes bewegten sich die Soldaten in dieser lebensgefährlichen Umgebung, als wären sie für
nichts anderes geboren worden. Ja, es schien beinahe
so, als könnten sie all die Stolperfallen in ihrem Weg
riechen und wüssten instinktiv, wo sich der nächste
Krater befand, in dem es ihnen gestattet war, sich für
ein paar Sekunden auszuruhen, bevor sie ihren Weg
mit frischem Mut fortsetzten. Besonders der Kerl mit
dem grandiosen Schnauzbart lieferte dabei eine
wirklich herausragende Vorstellung. Nicht jedoch
weil er die Gruppe angeführt hätte und elegant vor
ihr hinweggesprungen wäre, sondern vielmehr weil
es ihm ohne größere Mühe gelang, mit seinen Kameraden mitzuhalten – obwohl er ständig damit beschäftigt war, Egon wieder auf seine hageren Beine
zu helfen.

Es dauerte nicht lange und Egon sah, wie die ersten Soldaten vor ihm mitten auf dem Feld in eine
Art Abgrund sprangen. Gerade wunderte er sich
noch darüber, was es mit dieser seltsamen Begebenheit auf sich haben mochte, da packte sein hilfreicher
neuer Bekannter ihn am Handgelenk und zog ihn
mit sich hinab in die Tiefe. Egon verschloss vor
Angst die Augen, spürte dann aber schnell wieder
festen Boden unter seinen Füßen.

Als er seine Augen wieder öffnete, befand er sich in dem trostlosen Inneren eines langen, nur lieblos mit einigen Brettern abgestützten Schützengrabens. An dessen Wänden lehnten einige grob zusammengezimmerte Leitern, alle paar Meter ächzte ein klappriger Bretterverschlag und hier und dort auf dem Boden verteilt kauerten abgezehrte Soldaten, die sich nicht sonderlich darum scherten, dass einige übermütige Ratten mitten zwischen ihnen hindurch- oder sogar über sie hinweghuschten.

»Oberst Egon!«, rief der Kerl mit dem großen Bart. »Bitte hier entlang! Die Generalin hat den Wunsch geäußert, Sie so schnell wie möglich zu sprechen.«

Die Generalin? Hatte Egon das gerade richtig verstanden? Stirnrunzelnd folgte er dem Schnäuzer.

»Spart euch eure elendigen Erklärungen! Kollaboration mit dem Feind nenne ich das! Und nicht anders!«

Egon und der Soldat mit dem enormen Schnauzbart, der, wie er inzwischen gelernt hatte, auf den Namen Fritz hörte, standen gleichermaßen in sich zusammengesunken nebeneinander im Inneren einer unterirdischen Kommandozentrale, deren Wände und Boden alte wurmstichige Bretter bedeckten. Unmittelbar vor den beiden befand sich ein zwar großer, dafür aber ungemein schiefer Tisch, der aus einer Holzplatte bestand, die auf einigen schäbigen Kisten ruhte. Auf dieser Platte wiederum lag ausgebreitet ein knittriger Lageplan, dessen zahlreiche Markierungen für Egon ebenso wenig Sinn ergaben wie die vielen kleinen Figuren, die man in Reih und Glied auf ihm positioniert hatte. Die Person hingegen, die wie ein angriffsbereiter Pitbull aggressiv nach vorne gebeugt über eben diesem Plan kauerte und Fritz und ihn aus bedrohlich zusammengekniffenen Augen anfunkelte, kannte er dafür nur zu gut – und zwar ziemlich genau sein gesamtes bisheriges Leben.

»Ihr seid allesamt nichts weiter als verfluchte Nichtsnutze! Habt ihr gehört? Und du Oberst Egon sogar noch mehr als alle anderen!«

So ganz hatte Egon in der Tat nicht zugehört. Dazu war er einfach viel zu sehr mit dem faszinierenden Gedanken beschäftigt, wie sehr es der martialisch olivfarbenen Uniform in Verbindung mit den auf Hochglanz polierten kniehohen Stiefeln sowie der vielleicht etwas zu großen und breiten Offiziersmütze gelang, den natürlichen Charme seiner Mutter zu unterstreichen.

»Verzeihung, Frau Generalin«, begann Fritz, »aber in welcher Form genau haben wir mit dem Feind kollaboriert?«

Egons Mutter brauchte nicht zu antworten, damit er wusste, was in diesem Augenblick unter ihrer grauen Dauerwelle – auf welcher die Offiziersmütze nur mehr schlecht als recht auflag – vor sich ging. Uniform hin oder her, sie hasste es über alle Maßen, in Frage gestellt zu werden, vollkommen egal wie subtil man dabei auch vorgehen mochte. Trotzdem hoffte ein kleiner Teil von ihm, dass sie ihre Natur wenigstens dieses eine Mal überwinden und auf Fritz' Frage eingehen würde. Denn schließlich teilte auch er selbst die vollkommene Ahnungslosigkeit des Soldaten – obwohl ihm das bis jetzt noch überhaupt nicht als etwas Besonderes aufgefallen war. Seit er Madame Priscillas faulige Türschwelle überschritten hatte, verstand er schließlich sowieso nur noch höchstens die Hälfte dessen, was um ihn herum geschah.

Die Generalin schien es allerdings überhaupt nicht für nötig zu halten, Fritz' Nachfrage mit einer Reaktion zu honorieren. Stattdessen trennte sie sich von dem Lageplan und schritt langsam um den Tisch herum. »Ihr zwei wisst doch, was die Strafe für Kollaboration ist, nicht wahr?«, sagte sie betont ruhig.

Tatsächlich hatte Egon nicht einmal die leiseste Ahnung. Fritz aber gab ein deutlich vernehmbares Schlucken von sich. Und aus dem Augenwinkel konnte Egon sogar erkennen, wie der zuvor noch scheinbar vollkommen furchtlose Soldat, der ihn derart souverän durch alle Untiefen des Schlachtfeldes bugsiert hatte, bei jedem einzelnen Schritt, mit dem die Generalin sich langsam auf ihn zubewegte, mehr und mehr in sich zusammensank. Auch wenn Egon nicht wusste, von welcher Strafe seine Mutter da eigentlich sprach, so fühlte er in diesem Moment doch eine gewisse Seelenverwandtschaft mit Fritz. Wie oft war es ihm nicht schon genau so ergangen?

»Erschießen!«, schrie die Generalin, als sie schließlich so nahe vor den beiden zum Stehen gekommen war, dass Egon jener intensive Geruch nach billigem Parfum und literweise Haarspray in die Nase kroch, mit dem er seine Mutter schon seit Kindestagen assoziierte.

Fritz, dessen Schnauzbart durch die Schallwelle in heftige Vibration geraten war, sank auf die Knie und rang flehend die Hände. »Aber Frau Generalin! Ich bitte Sie! Wir haben doch nur …«

»Schweig!«, schrie Egons Mutter und vollführte vor Erregung glatt einen kleinen Hüpfer. »Ihr hättet es wirklich nicht anders verdient! Ihr Lumpenpack!« Sie kehrte ebenso langsam, wie sie gekommen war, zu dem Lageplan zurück und betrachtete ihn einen Moment lang, ohne ein weiteres Wort von sich zu geben. Plötzlich jedoch schmetterte sie ihre runzlige Hand so stark auf die Tischplatte, dass die vielen kleinen Figuren in ein schreckliches Durcheinander gerieten. »Ihr habt ein verdammtes Glück, dass ich in unserer momentanen Situation auf keinen einzigen Soldaten mehr verzichten kann.«

Egon hörte, wie Fritz zu seiner Linken einen zwar kurzen, aber sehr deutlichen Stoßseufzer von sich gab.

»Der Graf hält uns einfach schon viel zu lange stand«, fuhr seine Mutter fort. »Sämtliche Reserven sind aufgebraucht. Es ist zum aus der Haut fahren!« Sie wandte sich herum und faltete ihre Hände hinter dem Rücken. »Wir sind fast vollkommen ausgeblutet. Aber …« Sie lachte – und dies verunsicherte Egon mehr als alle ihre bisherigen Worte. Seine Mutter lachte normalerweise nicht. Zumindest nicht in seiner Gegenwart. »Aber wir haben noch eine letzte

Chance, diesen elendigen Krieg ein für alle Mal für uns zu entscheiden.«

Fritz horchte auf. »Ach ja?«

»Ja, verdammt! Frag nicht so blöd!« Die Generalin drehte sich wieder zu ihnen um und schaute Egon jetzt das allererste Mal seit seiner Ankunft direkt in die Augen. »Aber ich glaube nicht, dass sie euch gefallen wird.«

Der Lärm des kleinen, uralten Propellerflugzeuges wälzte sich so tief in Egons Ohren, dass er Probleme hatte, seine eigenen Gedanken zu verstehen. Doch in Anbetracht der starken Vibrationen und bedrohlichen Schwankungen, denen das klapprige Gefährt unablässig ausgesetzt war, war sein Gehör wirklich seine allerkleinste Sorge. Ja, im Moment fühlte er sich ein wenig, als säße er in einer bereits sehr betagten Jahrmarktsachterbahn, die jeden Moment drohte, aus ihren rostigen Schienen zu kippen – welche sich in diesem Fall allerdings Tausende von Metern über den Erdboden befanden. Das einzig Positive an seiner jetzigen Situation war, dass er sich endlich seines stinkenden Taucheranzuges hatte entledigen können.

Und er war nicht alleine. In dem engen Heck des Flugzeuges hatte man mit ihm auch Fritz und noch zwei weitere der Soldaten, die ihn zuvor vom Schlachtfeld gerettet hatten, zusammengepfercht.

Die beiden hießen Wilhelm und Johann und klammerten sich direkt gegenüber von Egon an ihre schmalen Sitzbänke.

Da die Lautstärke der Rotoren und das gruselige Knarzen der Hülle des Flugzeuges jede Unterhaltung unmöglich machten, sah Egon sich trotz seiner Gesellschaft vollkommen alleine mit seinen Gedanken konfrontiert. Diese tanzten unablässig ein wirres Ballett um den menschenverachtenden Plan seiner Mutter. Er und die anderen Soldaten befanden sich auf einem Himmelfahrtskommando und die Generalin hatte nicht einmal versucht, diese Tatsache schönzureden.

Eigentlich war die Sache ziemlich einfach. Egons Mutter plante einen Großangriff auf die Stellungen ihres Feindes – dieses ominösen Grafen –, bei dem sie auch noch ihre allerletzten Reserven zum Einsatz bringen und sozusagen aus allen Rohren gleichzeitig feuern wollte. Dieser letzte Kraftakt sollte sämtliche Truppen des Grafen auf die Front konzentrieren, während Egon und die anderen hinter den feindlichen Linien landen, in das Hauptquartier eindringen und dem Krieg ein für alle Mal ein Ende bereiten sollten, indem sie den Anführer der feindlichen Armee persönlich ausschalteten.

Dass bei dieser Aktion nur eine wirklich sehr geringe – genau genommen gar keine – Chance existierte, lebendig wieder zurückzukehren, war ein Fakt, den die Generalin mit derselben Beiläufigkeit erwähnt hatte, mit der Egons Mutter ihn für gewöhnlich daran erinnerte, ihr auf dem Weg noch eine Tüte Brötchen mitzubringen. Egon und die anderen würden sich für ein höheres Ziel opfern, hatte sie gesagt – war ihnen dann aber jedwede Erklärung schuldig geblieben, worin genau dieses höhere Ziel überhaupt bestand.

Das Donnern einer gewaltigen Detonation, das sich ganz und gar nicht danach anhörte, als hätte es seinen Ursprung an der kilometerweit entfernten Front, riss Egon aus seinen Gedanken. Verwirrt blickte er in die Mienen seiner drei Leidensgenossen, die nicht gerade völlige Furchtlosigkeit versprühten.

»Wa-was wa-war das?!«, schrie er so laut er nur konnte, doch die Soldaten schienen ihn trotzdem nicht zu hören.

Noch bevor er ein zweites Mal versuchen konnte, zu den überlasteten Trommelfellen seiner Kameraden durchzudringen, ertönte eine weitere, diesmal sogar wesentlich lautere Detonation und fast gleichzeitig wurde Egon von einem gewaltigen Luftzug ergriffen – dessen Ursache ihm nur allzu deutlich vor Augen stand.

Dort, wo soeben noch Wilhelm und Johann deprimiert auf ihre Schnürsenkel hinabgeschaut hatten, klaffte jetzt ein riesiges Loch in der Außenwand des Flugzeuges. Dieses gewährte Egon nicht nur einen wunderbaren Ausblick auf eine dichte graue Wolkendecke – sondern leider auch auf das lichterloh in Flammen stehende Triebwerk ihres rechten Flügels. Egon begann zu schreien wie am Spieß.

Fritz hingegen löste sich entschlossen von seinem Sitz, griff in eine Ablage über seinem Kopf und zog einen großen Rucksack hervor. Noch lange bevor Egon irgendeine bewusste Entscheidung hätte treffen können, hatte der Soldat ihn auch schon von seinem Sitz emporgehoben und mit einigen schnellen Griffen den Fallschirm auf seinem Rücken befestigt. Während Egon dies noch als geradezu nett, ja beinahe fürsorglich empfand, war er nicht sonderlich begeistert davon, dass Fritz unmittelbar darauf dieselbe Bestimmtheit zu Schau stellte, als er ihn zu dem klaffenden Loch hinüberhob und mit einem kräftigen Stoß aus dem Flugzeug hinausbeförderte.

Kaum im freien Fall angekommen wendete sich Egon, noch immer erbärmlich schreiend, gleich einem Marmeladenbrot wie von selbst um die eigene Achse. Dies hatte zur Folge, dass er das brennende Klappergestell, das er soeben verlassen hatte, deutlich vor sich sah – als es von einem weiteren Flugabwehrgeschoss in seine Einzelteile zerrissen wurde.

Fast gleichzeitig sah er, wie Fritz mit flatterndem Schnauzbart aus der großen schwarzen und von hellen Flammen durchzuckten Rauchwolke, die eben noch das Flugzeug gewesen war, hervortauchte und dabei eine Ruhe ausstrahlte, als machte er so etwas jeden Tag. So einen Teufelskerl hatte Egon wirklich noch nie gesehen!

Er war dermaßen beeindruckt, dass er für einen Augenblick ganz vergaß, in welch brenzliger Situation er sich befand. Als er sich wieder daran erinnerte, hatte er bereits die Unterseite der Wolkendecke durchquert. Irgendwie gelang es ihm, sich erneut umzuwenden und schon sah er die Baumwipfel eines dichten Waldes in Windeseile auf sich zu rasen.

Wie ein Blitz durchfuhr Egon der Gedanke, dass er jetzt doch bitte gerne von dem Fallschirm Gebrauch gemacht hätte – wobei er feststellen musste, dass er nicht die geringste Ahnung hatte, wie er das anstellen sollte. Panisch versuchte er so schnell er nur konnte, mit seinen Armen hinter seinen Rücken zu gelangen. Musste dort nicht irgendwo so eine kleine Schnur …

Doch in diesem Moment spürte er bereits einen kurzen Ruck, dem einen winzigen Augenblick später ein zweiter wesentlich stärkerer folgte, woraufhin er mitten in der Luft hängenblieb wie eine Jacke an einer Garderobe. Wie von Geisterhand schien sich sein Fallschirm geöffnet zu haben.

Dann aber tauchte Fritz unter ihm auf, dessen Fallschirm sich nun ebenfalls aufblähte. Der freundliche Soldat musste Egons Fallschirm im Vorbeifliegen geöffnet haben. Egon war baff. Wie zur Hölle stellte der Kerl das nur an? Doch wie auch immer die Antwort darauf lauten mochte, er war jedenfalls sehr erleichtert, dass er erst einmal in relativer Sicherheit vor sich hin baumelte.

Der Horizont hinter seinem Rücken flackerte auf seiner gesamten Breite, als veranstaltete man dort eine besonders aufwendige Lichtshow. Außerdem drang aus dieser Richtung ein unablässiges Grollen an seine Ohren, das sich gleich den Wogen eines merkwürdig unmusikalischen Meeres immer wieder kurz verstärkte, nur um dann wieder etwas abzuflachen. Seine Mutter schien es – was Egon allerdings nicht sonderlich wunderte – wirklich ernst zu meinen.

Viel stärker noch als das Schauspiel hinter seinem Rücken beeindruckte Egon der Anblick direkt vor seinen Augen. Dort, auf der Spitze eines kleinen runden Berges, sah er das gewaltige Schloss des Grafen, das sich malerisch und fast schwarz vor dem beginnenden Abendrot abzeichnete. Seine Neugier wuchs. Was hatte es mit diesem Grafen bloß auf sich?

Dann aber spürte er erschrocken die ersten Äste unter seinen Füßen. Einen Moment später war er bereits bis zur Nase in Tannennadeln verschwunden. Als dann auch sein Fallschirm die Bekanntschaft der Bäume machte, war alles, was Egon tun konnte, hilflos dabei zuzusehen, wie sich das große aufgeblähte Konstrukt in der Spitze eines Baumes verhedderte und sich mehrmals um diesen herumwickelte. Das hatte zur Folge, dass er den rauen Stamm desselben Baumes unfreundlich schnell auf sich zu rasen sah – und sich seine Welt schließlich in eine unverfänglich schwarze Decke einmummelte.

»Oberst Egon?«

Die Worte erreichten Egons Verstand äußerst gedämpft, ganz so als hätten sie ihren Ursprung irgendwo hinter einem dichten Nebel aus mollig weichen Träumen.

»Oberst Egon?«

Für einen kurzen, gar nicht so unangenehmen Moment war Egon sich keiner einzigen Sache seines bisherigen Lebens mehr sicher. War Egon überhaupt sein Name? Befand er sich wirklich in dem merkwürdig vieldimensionalen Haus einer toten Wahrsagerin? Oder hatte er das alles nur geträumt? Er hoffte regelrecht, dass dem tatsächlich so war und dass er sich, sowie er seine Augen öffnete, zuhause in seinem Bett wiederfinden, seinen verschiedenen Wecker vor sich sehen und sich – wenn es denn unbedingt sein musste – noch ein zweites Mal seinen kleinen Zeh anstoßen würde.

Was er dann tatsächlich vor sich sah, war Fritz. Der Soldat hatte sich so tief zu Egon hinabgebeugt, dass ihn die Härchen seines gewaltigen Bartes bereits unter der Nase zu kitzeln begannen.

Egon rappelte sich auf und Fritz trat respektvoll einen Schritt zurück. Erst jetzt realisierte er, dass er sich in dem tiefen dunklen Wald befand, den er erst vor kurzem noch unter seinen Füßen gesehen hatte. Er blickte an den Bäumen empor und sah, wie sich sein herrenloser Fallschirm hoch oben in den Ästen vom Wind etwas aufblähte, nur um kurz darauf wieder zu erschlaffen. »Wa-was ist passiert?«

»Sie hatten einen kleinen Unfall, Herr Oberst«, stellte Fritz fest. »Ich gestattete mir, Sie zu befreien. Ich hoffe, es geht Ihnen gut.«

Egon seufzte. Fritz hatte ihn aus dem Baum gepflückt? Als er sich bewusst wurde, was der freundliche Soldat da geleistet hatte, wuchs seine Bewunderung für ihn noch einmal um ein Vielfaches. Wie oft hatte Fritz ihm in dieser kurzen Zeit nur schon das Leben gerettet? Er hatte aufgehört zu zählen. Eines jedoch stand fest: Ohne diesen wackeren Kerl wäre er bereits in dem Moment hoffnungslos verloren gewesen, in dem er auf das Schlachtfeld gespült worden war.

»Da-danke, Fritz.«

»Stets zu Diensten, Herr Oberst!«, erwiderte Fritz, schlug die Hacken zusammen und salutierte. »Erlauben Sie, dass ich Ihnen etwas zur Hand gehe?«, fragte er und streckte Egon seine von der Explosion in dem Flugzeug noch immer rußgeschwärzten Finger entgegen.

»Da-danke«, stammelte Egon erneut und ließ sich aufhelfen.

Die kommenden Minuten verbrachte Egon mit einer Tätigkeit, die ihm schon fast zu einer Art Gewohnheit wurde: Fritz und er gingen durch einen Wald. Im starken Gegensatz zu dem Dschungel auf der Insel der Kannibalen und auch zu dem kleinen Wäldchen in Vielschmatzland hatte er an diesem Ort allerdings weder das Gefühl, dass die Natur jeden Augenblick drauf und dran war, ihn zur Strecke zu bringen, noch dass sie ihm auch nur einen schlechten Streich spielen wollte. Ja, tatsächlich schien er diesen kriegsmüden Bäumen vollkommen schnuppe zu sein.

Nicht zuletzt deswegen fühlte Egon sich fast schon ein kleines bisschen sicher – wäre da nicht das weit entfernte Grollen und Tosen der Front gewesen, das zwar gedämpft, aber klar und deutlich an seine Ohren drang. Nein, er machte sich nichts vor. Ihm war lediglich eine kleine Verschnaufpause gegönnt. Die nächste Gefahr wartete bereits irgendwo hinter dem nächsten, oder vielleicht auch erst übernächsten Baum. Alles andere hätte ihn direkt ein wenig enttäuscht.

Und er behielt Recht. Das Grauen kehrte allerdings nicht in Form eines furchtbaren Monsters, eines zerstörerischen Vulkanausbruches oder einer
knatternden Gewehrsalbe zu ihm zurück. Dieses
Mal hatte sich Madame Priscillas Haus etwas viel
perfideres ausgedacht.

Als Egon und Fritz endlich das Ende des Waldes
erreichten und den kleinen Berg mit all der düsteren
Pracht des Schlosses auf seiner Spitze bereits deutlich vor sich sahen, erstreckte sich vor ihren Füßen
ein großes und völlig verdorrtes Feld, auf dem es
nicht einmal das kleinste Grashälmchen wagte, sein
grünes Köpfchen aus der Erdkruste hervorzurecken.
Links und rechts von Egon wiederum reihte sich ein
bis an die Zähne bewaffneter, zum Glück jedoch verlassener Wachturm an den nächsten. Auch der Graf
hatte anscheinend alle seine Kräfte bis auf den letzten verfügbaren Mann an die Front abgezogen. Doch
direkt vor Egons Nase und Fritz' gewaltigem
Schnauzer stand ein kleines gemeines Holzschild,
auf dem ein einzelnes Wort zu lesen war:

MINENFELD!!!

Für Egon hätte das Wort – so einsam es dort auf
dem Schild auch sein mochte – sicher nicht die Gesellschaft der drei Ausrufezeichen benötigt, um bedrohlich zu wirken. Wer auch immer sie dort hinge-
pinselt hatte, war offensichtlich einer jener Schreihälse,
die er noch nie hatte leiden können.

»U-und wie ge-geht es jetzt weiter?«, stotterte er.
Das einzige, aufgrund dessen er in diesem Moment

noch der Meinung war, dass ihre Situation möglicherweise doch noch ein gutes Ende nehmen könnte, waren Fritz' herausragende Eigenschaften.

Der Soldat schaute ihm in die Augen und unter seinem Schnauzbart zeigte sich ein großes freundliches Lächeln. »Einen Schritt nach dem anderen, Herr Oberst«, sagte er, setzte todesmutig und ohne auch nur den kleinsten Augenblick zu zögern den ersten Fuß auf das Minenfeld – und wurde von einer gewaltigen Explosion soweit in die Höhe katapultiert, dass seine brennenden Überreste gleich einer makaberen Sternschnuppe zwischen den Baumkronen des Waldes verschwanden.

Egon war wie vom Donner gerührt. Einmal aufs Neue fühlte er sich, als hätte man ihm den Boden unter den Füßen weggezogen. Es dauerte einige Minuten, bis er sich bewusst wurde, dass er noch immer auf die gefräßigen Baumkronen starrte, die soeben seine womöglich einzige Chance darauf verschluckt hatten, irgendwann wieder aus diesem vermaledeiten Haus hinauszufinden. Aber auch so würde er den gutmütigen und tollkühnen Schnauzbart sicher ganz schön vermissen.

Was sollte er jetzt nur tun? Er konnte weder vor, noch zurück. Hinter ihm lag eine gewaltige Kriegsfront, in der sich zwei Armeen gegenseitig aufrieben, vor ihm lauerte der sichere Tod im wahrsten Sinne des Wortes auf Schritt und Tritt.

Egon entschloss sich zu seinem wirklich allerletzten Ausweg und damit zu einer Maßnahme, mit der er in der Vergangenheit eher gemischte Erfahrungen gemacht hatte: »Ko-Kopernikus!«, rief er, wartete einen Moment und wiederholte seinen verzweifelten Ruf dann gleich noch einmal mit etwas mehr Inbrunst. »Ko-Kopernikus!«

Einige Zeit lang geschah absolut nichts. Egon begann, sich im dunkelsten Pessimismus zu suhlen. Das letzte Mal hatte er Kopernikus inmitten des Schlachtfeldes gesehen, also noch lange bevor er in das klapprige Flugzeug gestiegen war. Darüber hinaus schien sein kleiner schwarzer Begleiter mit seiner momentanen Erscheinungsform nicht allzu gut zurecht zu kommen. Und wenn er noch nicht einmal im Stande dazu war, Egon zu sehen, wenn er unmittelbar vor ihm stand, wie sollte er ihn dann hier in dieser Entfernung ausfindig machen? Immer vorausgesetzt natürlich, dass er das überhaupt wollte. Schließlich bestand durchaus die Möglichkeit, dass Kopernikus der Meinung war, Egon solle mit seiner Situation gefälligst alleine klarkommen.

Gerade als Egon sich daher immer sicherer wurde, dass Kopernikus ihm nicht zur Hilfe kommen würde, bemerkte er eine leichte Vibration direkt unterhalb seiner Fußsohlen. Diese wurde in Sekundenschnelle immer stärker und stärker und schließlich sah Egon, wie sich unmittelbar vor seinen Füßen einige Steinchen in Bewegung setzten und sich ein kleiner Erdhügel aufzuschichten begann, aus dem gleich darauf zuerst ein paar grüne Krallen, dann eine possierliche spitze Nase und schließlich ein paar winzig kleine – und vollkommen blinde – Augen auftauchten.

»Egon?«, fragte Kopernikus, nachdem er sich nach Art einer Katze mit seinen Krallen ein wenig von der Erde befreit hatte, die auf seinem Kopf und hinter seinen nicht wirklich vorhandenen Ohren zu liegen gekommen war. »Egon?«

»Hi-hier«, sagte Egon.

Kopernikus schien sich zumindest etwas an seine neue Form gewöhnt zu haben. Denn diesmal gelang es ihm, seine Nase gleich beim ersten Versuch in die korrekte Richtung zu drehen. »Nun? Warum hast du mich gerufen?«

Unter anderen Umständen wäre Egon durchaus der Meinung gewesen, dass das Schild vor seiner Nase Erklärung genug sei. In Anbetracht von Kopernikus' vorübergehender optischer Beeinträchtigung jedoch sah er sich gezwungen, sich zu erklären. »Wi-wie so-soll ich de-denn jemals lebend du-durch ei-ein Minenfeld kommen?«, stammelte er.

Kopernikus seufzte. Zwar war es für Egon im Moment etwas schwer, die Miene seines tierischen Bekannten zu deuten, doch war er sich ziemlich sicher, dass sie nicht gerade Begeisterung versprühte. »Mein lieber Egon, eigentlich ist es wirklich nicht meine Aufgabe, dir bei derartigen Dingen zur Hand zu gehen.«

Egon atmete auf. Alles, was er gehört hatte, war das kleine, aber nicht unbedeutende Wort: »Ei-eigentlich.«

Kopernikus seufzte erneut. »Allerdings. Denn an dieser Stelle muss ich wohl eine kleine Ausnahme machen.«

So sehr Egon sich auch freute, so neugierig war er auch, warum Kopernikus auf einmal derart schnell auf seine Bitte einging. Doch leider traute er sich nicht, ihn einfach zu fragen, aus Angst, dass der Maulwurf seine

Meinung schnell wieder ändern könnte. Immerhin konnte man sich bei ihm da nie wirklich sicher sein.

Daher traf es sich ganz gut, dass Kopernikus zusammen mit seinem Augenlicht offensichtlich keineswegs auch seine Redelust eingebüßt hatte. »Falls du dich über meine spontane Kooperationsbereitschaft wundern solltest, mein lieber Egon, so ist die Angelegenheit wirklich sehr schnell erklärt.« Der Maulwurf räusperte sich und spuckte ein kleines Bröckchen Erde aus, das ihm offenbar quer im Hals gesteckt hatte. »Wie ich dir bereits sagte, bin ich mit diesem Haus lediglich zwangsweise assoziiert. Wie dir außerdem sicherlich bereits aufgefallen sein wird, hatte die gute Madame Priscilla einen gewissen Hang zur Übertreibung. Mein eigenes Schicksal ist dafür, denke ich, Beweis genug. Und obwohl meine Rolle als Medium innerhalb dieser vier Wände sicherlich keine unbedeutende ist, so kann ich mich doch alleine in den von ihr vorgegebenen Bahnen bewegen. Ich denke, du verstehst, worauf ich hinaus möchte.«

»Nei-nein«, stotterte Egon. »Wa-was soll das heißen?«

Kopernikus schüttelte den Kopf. Er erhob eine seiner grünen Krallen, setzte erneut an – stockte dann aber und entschied sich offensichtlich dazu, es aufzugeben. »Das soll heißen«, sagte er, nachdem er seine Kralle wieder hatte sinken lassen, »dass du einen Moment hier warten sollst, während ich dieses unnötig übertriebene Hindernis für dich aus dem Weg schaffe.« Und schon war er wieder unter der Erde verschwunden. Allerdings nur, um kurz darauf noch einmal aufzutauchen. »Wenn ich es recht bedenke, wäre es vielleicht besser, wenn du einige Schritte zurücktreten würdest. Nur zur Sicherheit. Du verstehst schon.«

Egon beabsichtigte durchaus Kopernikus' Ratschlag zu beherzigen – doch ließ ihm der kleine Maulwurf dafür überhaupt nicht die nötige Zeit. Denn nur wenige Augenblicke, nachdem er sich in seinen Maulwurfshügel zurückgezogen hatte, explodierte unmittelbar vor Egons Füßen die erste Mine. Und sofort darauf die zweite, dritte, fünfte, achte.

Ehe Egon sich versah, flog ihm im wahrsten Sinne des Wortes das gesamte Minenfeld um seine vor Lärm schlackernden Ohren. Jede einzelne Explosion schleuderte eine gewaltige Fontäne aus kleinen Steinchen und trockener Erde empor in die Luft, die sodann wieder herabregnete und ihn Stückchen für Stückchen eingrub. Schnell steckte er knietief in der aufgewirbelten Erde und während er weiter dabei zuschauen musste, wie Kopernikus eine Mine nach der anderen auf seine ganz eigene Art entschärfte, gelang es ihm lediglich, sich unter dem angestrengten Einsatz beider Arme und Beine halbwegs über der Erde zu halten.

Als endlich die letzte Explosion verhallte und kurz darauf auch die letzten kleinen Steinchen auf Egons geschundenen Kopf herabrieselten, steckte nun er trotz seiner Anstrengungen bis zu den Schultern in seinem eigenen kleinen Erdhügel. Gleichzeitig hatte sich das eben noch kahle und eher eintönige Feld vor ihm in eine regelrechte Kraterlandschaft verwandelt.

»So. Das wäre dann wohl erledigt«, hörte Egon Kopernikus' Stimme irgendwo am Fuße seines Erdhügels. »Es war mir ein Vergnügen. Wenn du jetzt bitte fortfahren würdest.«

Egon lief ein Schauer seinen dreckigen Nacken hinunter, da er befürchtete, dass Kopernikus ihn in seiner misslichen Situation alleine zurücklassen würde. »Hi-Hilfe!«

»Was bitte ist denn nun schon wieder?«, fragte Kopernikus genervt, dessen blinde kleine Augen Egons ausweglose Situation offensichtlich noch nicht erkannt hatten.

»I-ich ka-kann mich nicht be-bewegen!«, sagte Egon. »I-ich stecke fest!«

»Aber ich hatte dir doch gesagt, dass du Abstand halten sollst!«

Wenige Sekunden später hatte Kopernikus Egon befreit und sich wieder in die Tiefen der Erdreiches zurückgezogen. Egon selbst hingegen stand an demselben Ort wie schon vor wenigen Minuten. Diesmal allerdings blickte er über das ehemalige Minenfeld hinweg, als hätte es nie existiert.

Dafür ruhten seine Augen nun auf dem majestätischen Schloss, das endlich in greifbare Nähe gerückt war. Ein kurzer Spaziergang durch eine Kraterlandschaft sowie die – er ächzte alleine bei dem Gedanken – Besteigung eines kleinen Berges waren alles, was ihn noch von seinem Ziel trennte.

Wie er die Mission der Generalin nun aber erfüllen und diesen ominösen Grafen ausschalten sollte, das stellte für ihn noch immer ein unlösbares Rätsel dar.

16. Kapitel

Fast zu derselben Zeit

Da wie vermutet niemand auf Lottes Klopfen reagierte, zögerte sie nicht lange, sondern zog ihrem Plan gemäß den Ersatzschlüssel aus ihrer Tasche, schloss die Tür auf und stürmte – zwar mit einem schlechten Gewissen im Magen, dafür aber der festen Überzeugung das Richtige zu tun im Kopf – in die Wohnung. Kurz hinter der Tür dachte sie tatsächlich einen flüchtigen Moment lang darüber nach, ordnungsgemäß ihre Schuhe auf der kleinen Matte abzustellen, entschied sich dann aber dagegen. Nachdem das Tabu einmal gebrochen und die Schwelle übertreten war, wollte sie die Angelegenheit einfach nur so schnell wie möglich hinter sich bringen. Außerdem, falls Egon wirklich zu Hause sein sollte, waren ein paar dreckige Schuhe ganz bestimmt nicht das, was ihn am meisten aufregen würde.

Ein kurzer Blick in das kleine Wohnzimmer, ein weiterer in das Schlafzimmer sowie zwei in Küche und Bad versicherten Lotte nicht nur, dass Egon wirklich nicht in der Wohnung war, sondern auch, dass er nach der Arbeit höchstwahrscheinlich überhaupt nicht hierher zurückgekehrt war. Denn weder sah sie irgendwo seinen schäbigen alten Rucksack herumliegen, noch standen seine Schuhe an ihrem Platz und es schien ihr auch nicht so, als hätte er sich in der vollkommen kalten Küche erst vor kurzem sein Abendessen zubereitet. Hinzu kam, dass Egons an diesem Morgen verunglücktes Handy noch immer auf einem Schränkchen im Badezimmer in einer getrockneten Pfütze vor sich hin oxidierte. Sicher hätte er das arme kleine Gerät, wenn er auch nur für wenige Minuten hier gewesen wäre, nicht derart einsam und verlassen am Ort seines Unfalls liegen gelassen, sondern zumindest versucht, es wiederzubeleben.

Seufzend ließ Lotte sich im Wohnzimmer auf die Couch fallen. Aber wenn Egon weder hier in der Wohnung war, noch auf der Arbeit oder bei seiner Mutter, wo zum Henker war er dann? So gerne sie ihren Freund auch hatte, es war leider alles andere als eine Beleidigung, zu behaupten, dass er schlicht und ergreifend kein Leben besaß. Wo sollte Egon denn schon hingehen? Außer ihr hatte er keine anderen Freunde, keine Hobbys – zumindest keine, von denen er ihr jemals erzählt hätte – und auch sonst leider überhaupt keinen Grund, einen Abend außerhalb seiner Wohnung zu verbringen. Ihm musste einfach etwas zugestoßen sein. Es gab gar keine andere Erklärung.

Wie sie so da saß, zusammengesunken auf der Couch ihres Freundes, die Ellenbogen auf die Knie gestützt und das Gesicht in den Händen vergraben, bemerkte Lotte das erste Mal seit Jahren, wie ein Gefühl in ihrem Inneren aufstieg, welches sie so lange in dessen hinterletzte Winkel zurückgedrängt hatte, dass es sich nun anfühlte wie ein seltsamer Fremdkörper – ja, wie winzige gemeine Käfer, die über ihre Seele krabbelten und sie mit ihren widerlich kratzigen Füßchen an Stellen berührten, die sie schon lange vergessen hatte. Es dauerte nur einen kurzen Augenblick, dann spürte sie, wie die ersten Tränen auf dem Rücken einiger dieser Käfer aus ihrem Magen ihren Hals hinaufkrochen, um schließlich aus ihren Augen hervorzudrängen und sich ihre Wangen herunterzuhangeln. Eine weitere Sekunde später brach dann endgültig jeder Damm.

Auch wenn Lotte es sich nicht gerne eingestand, eigentlich war sie Egon gar nicht so unähnlich. Auch sie hatte in ihrem bisherigen Leben mehr Spott als Lob und mehr Abweisung als Zuneigung erfahren. Vielleicht lag es an der Tatsache, dass sie nicht jenen püppchenhaften Schönheitsidealen entsprach, hinter denen die meisten anderen Mädchen hinterhergelaufen waren, als handelte es sich bei ihnen um eine Art heiligen Gral, der zwar nicht das ewige Leben, doch aber scheinbare Glückseligkeit versprach. Vielleicht lag es aber auch einfach daran, dass sie ein ruhiges Gespräch in kleiner gemütlicher Runde schon immer einer wilden Party vorgezogen hatte, auf der sie sich zwischen zu vielen Menschen einfach fehl am Platz fühlte. Aber was immer es gewesen sein mochte, es hatte den anderen nicht gefallen. Und das hatte man ihr zu verstehen gegeben – und zwar vollkommen unzweideutig.

In all dem, was daraus folgte, unterschieden sie und Egon sich allerdings doch sehr deutlich. Denn anstatt ihre Peiniger – wie Egon es tat – ungehindert auf ihr herumhacken zu lassen und sie durch Passivität zu immer neuen Höhenflügen anzustacheln, hatte Lotte irgendwann zum Gegenschlag ausgeholt und die Rollen kurzerhand vertauscht. Zugegeben, manchmal mochte sie es dabei durchaus ein wenig übertrieben haben – doch traurig war sie darüber nicht. Wer sie nicht leiden konnte, der sollte sie gefälligst ganz meiden. Ach, und wie einfach das doch zu bewerkstelligen war! Ein ausgerissener Ohrring hier, eine schmetternde Backpfeife da und schon hatte man seine Ruhe. Der Preis dafür war die Einsamkeit.

Lange hatte sie sich eingeredet, dass das so alles schon in Ordnung sei und sie überhaupt niemanden brauchte. Dann hatte sie Egon kennengelernt – die personifizierte Harmlosigkeit. Rückblickend war es wirklich kein Wunder, dass sie Freunde geworden waren. Immerhin handelte es sich bei ihnen um zwei Seiten ein und derselben Medaille. Einer recht armseligen und wirklich nicht sonderlich glänzenden Medaille vielleicht, aber immerhin doch einer Medaille.

Lotte erhob sich ebenso abrupt, wie sie sich hatte fallen lassen. Nein, so einfach würde sie nicht aufgeben. Was war sie denn bitte schön für ein verfluchtes Weichei, dass sie hier herumsaß und alleine vor sich hin flennte wie ein armseliges kleines Muttersöhnchen! Mit einer einzigen Bewegung ihrer Hand wischte sie sich zusammen mit all den Tränen und all dem Schnodder auch ihre Verzweiflung aus dem Gesicht. Noch war nicht aller Tage Abend. Sie würde jetzt raus auf die Straße gehen, sie würde Egon suchen und sie würde ihren Freund finden. Und wenn es die ganze verdammte Nacht dauerte!

Erst als Lotte das Gebäude verließ und auf die Straße hinaustrat, fiel ihr die merkwürdige schwarze Katze mit ihren smaragdgrünen Augen wieder ein, von der Egon ihr beim Mittagessen erzählt hatte. Konnte es vielleicht sein, dass dieses Tier etwas mit der ganzen Angelegenheit zu tun hatte? Sie dachte einen Moment darüber nach – dann erklärte sie sich für vollkommen bescheuert. Wurde sie jetzt etwa auch schon ganz verrückt? War nicht sie selbst erst vor wenigen Stunden aufgrund von Egons merkwürdiger Obsession mit dieser Katze zu dem deprimierenden Schluss gelangt, dass irgendetwas mit ihm nicht stimmte? Und war es deswegen nicht völlig widersinnig, jetzt selbst an diese Dinge zu glauben?

Dennoch musste sie sich eingestehen, dass Egons Begegnung mit dieser Katze – ob nun real oder erträumt – bei genauer Betrachtung das einzig wirklich Ungewöhnliche an seinem heutigen Tag gewesen war. Ronnie malträtierte ihn fast täglich, ebenso wie die olle Unkenstock. Das Gespräch mit Herrn Kruschinski rechnete Egon zwar sicherlich ebenfalls nicht zu den Höhepunkten seiner Woche, als besonders seltsam konnte man es nun aber auch nicht gerade bezeichnen. Nein, ob es ihr gefiel oder nicht und ob sie deswegen nun fünfmal an ihrem eigenen Verstand zweifeln mochte oder nicht, das machte alles nicht den geringsten Unterschied. Es war leider eine Tatsache, dass Egons Erwähnung dieser merkwürdigen Katze den einzigen Anhaltspunkt darstellte, was mit ihrem Freund passiert sein könnte.

Missmutig trat Lotte von einem Bein auf das andere. Zwar hatte sich der Regen endgültig verdünnisiert, dafür war es um einiges kälter geworden und ein unfreundlicher Wind pfiff so kräftig durch ihre buschigen Haare, als wolle er sie nachdrücklich darauf hinweisen, dass sie hier draußen eigentlich überhaupt nichts mehr zu suchen hatte. Und leider hatte er damit ja auch irgendwie Recht. Denn selbst wenn diese grünäugige Katze – sofern sie denn überhaupt existierte – irgendetwas mit Egons Verschwinden zu tun hatte, was war die Konsequenz, die sie aus einer derartigen Überlegung ziehen musste? Nun, hierauf gab es wohl nur eine einzige Antwort.

»Entschuldigen Sie bitte. Verzeihung, aber haben Sie eine schwarze Katze mit so richtig grünen Augen gesehen?« Lotte zögerte einen Augenblick, dann fügte sie hinzu: »Oder vielleicht einen sehr dürren jungen Mann mit dichten schwarzen Haaren und einer wirklich sehr dicken Brille?«

Für gewöhnlich scherte Lotte sich schon lange nicht mehr darum, was andere Menschen von ihr dachten. Trotzdem war sie sich in ihrem ganzen Leben nur äußerst selten so albern vorgekommen wie in den vergangenen Minuten. Dabei störte sie weniger die Tatsache, dass sie abends vollkommen alleine auf der Straße herumlief und wildfremde Menschen ansprach, oder aber, dass sie mit ihren vom Wind schon ganz zerzausten Haaren mindestens etwas – nun ja, verwirrt aussehen musste. Und selbst, dass sie die Menschen nach irgendeiner ominösen schwarzen Katze mit grünen Augen und einem hageren jungen Mann mit einer dicken Brille fragte, ließ sie eher kalt. Die Kombination dieser drei Dinge allerdings hätte sie, falls sie sich an diesem Abend selbst begegnet wäre, eindeutig an ihrer geistigen Gesundheit zweifeln lassen.

Dem kleinen alten Mann, der gerade dabei war, seinen vollschlanken Dackel – vermutlich kurz nach einem reichlichen Abendessen und kurz vor einem wohl verdienten Betthupferl – einmal um die nächstgelegene Häuserecke zu führen, schienen im Moment ähnliche Gedanken durch den Kopf zu gehen. »Ähm, nein, nein, tut mir leid«, murmelte er kopfschüttelnd und suchte so schnell er konnte das Weite, als wäre Lottes Irrsinn hochgradig ansteckend.

Wenn sie ganz ehrlich zu sich selbst war, konnte Lotte es ihm ebenso wenig verdenken wie den zehn – oder waren es sogar schon zwanzig? – anderen Menschen, die sie bereits kreuz und quer in der gesamten Innenstadt angesprochen hatte. Dennoch war sie verärgert. Liefen die Leute wirklich allesamt derart blind in der Gegend herum? Konnten sie ihre Augen denn zur Ausnahme nicht wenigstens heute einmal aufsperren? Es war zum aus der Haut fahren! Da benötigte man einmal ihre Hilfe, weil einem ein

Freund entlaufen war, und nicht mal dazu waren ihre ach so lieben Mitmenschen zu gebrauchen. Nach dem heutigen Abend, soviel stand fest, würde sie so etwas ganz bestimmt nicht noch einmal machen – und wenn sie Egon dafür einen Peilsender implantieren müsste!

Während sie mit schleppenden Schritten weiter schlurfte, begann sie langsam den Mut zu verlieren. Das hatte doch alles keinen Sinn! Zwar war sie sich sicher, dass Egon von irgendjemandem gesehen worden sein musste, aber wie gut standen schon ihre Chancen, genau diesen Jemand jetzt ebenfalls zu treffen? Realistisch betrachtet war alles, was sie tun konnte, nach Hause zu gehen und einfach den nächsten Tag abzuwarten. Wahrscheinlich würde Egon morgen wie immer beim Mittagessen an ihrem kleinen schiefen Tisch in der Kantine auftauchen und ihr berichten, was los gewesen war. Vielleicht würde sie ihm daraufhin sogar beichten, dass sie in seiner Wohnung vorbeigeschaut und ihn in der halben Stadt gesucht hatte – auch wenn sie eher glaubte, dass sie diesen Teil für sich behalten würde. Anschließend würden sie dann gemeinsam über die Angelegenheit lachen und alles wäre wieder so wie immer. Ja, genau so würde es sein.

Lotte war drauf und dran endgültig das Handtuch zu werfen und ihre Gedanken in die Tat umzusetzen, als sie den schwachen Griff einer Hand spürte, die sich leicht auf ihre Schulter legte. »Verzeihung, mein Kind«, sagte die kratzige Stimme einer alten Frau.

Lotte fuhr erschrocken herum. »Ja?«

Doch ihr Gegenüber war wirklich wenig bedrohlich, weswegen sie sich schnell wieder beruhigte. Es handelte sich um eine kleine steinalte Dame mit faltigem Gesicht und langen grauen Haaren, die sich gegen das Wetter so tief in einen dicken schwarzen Wollmantel gewickelt hatte, dass nicht viel mehr als ihre dunklen Augen und ihre lange Nase aus dem Stoff hervorschauten. An einem ihrer Ohren sah Lotte einen großen goldenen Ohrring aufblitzen.

»Ich habe gehört«, sagte die Dame, »dass du den Mann mit dem Hund soeben nach einer grünäugigen schwarzen Katze gefragt hast.«

»Ja?« Ein spontaner Anflug akuter Hoffnung griff nach Lottes Herz. »Haben Sie so eine etwa gesehen?«

»Nun mein Kind, wenn du mit grünen Augen so richtig smaragdgrüne Augen meinst?«

»Ja, genau so eine meine ich!«, rief Lotte um einiges lauter, als sie beabsichtigt hatte. Aber sie war einfach viel zu glücklich darüber, dass möglicherweise weder sie noch Egon endgültig ihren Verstand verloren hatten.

»Ja, die habe ich sogar schon sehr oft gesehen«, sagte die Dame und fügte mit einem betonten Kopfschütteln hinzu: »Ein fettes tollpatschiges Ding. Hält sich für viel klüger, als sie eigentlich ist.«

Lotte runzelte die Stirn, beschloss dann aber, diese merkwürdige Äußerung am besten einfach zu ignorieren. »Dann wissen Sie also auch, wo ich sie finden kann?«

»Aber natürlich«, erwiderte die alte Frau. »Sie wohnt in einem alten verlassenen Haus, gar nicht weit von hier.« Sie deutete mit einem Finger auf die andere Straßenseite, wobei Lotte ihr lang hinabgebogener Fingernagel ins Auge sprang, der mit einem blutroten Nagellack versehen war. »Wenn du dieser Straße dort einfach immer weiter folgst, kannst du es überhaupt nicht verfehlen.«

Lottes Blick wanderte an dem Finger der Frau entlang. Zwar wohnte sie schon seit einigen Jahren in dieser Stadt, aber sie kannte trotzdem noch lange nicht alle ihre Ecken und Winkel. Und auch davon, wohin sie diese Straße führen würde, hatte sie nicht die leiseste Ahnung.

»Danke«, sagte sie. »Aber können Sie mir vielleicht noch eine etwas genauere Beschreibung des Hauses geben, oder vielleicht haben Sie sogar eine Adresse?« Sie wandte sich wieder herum. »Nicht dass ich …«

Doch die alte Dame war plötzlich spurlos verschwunden.

Als Lotte einige Minuten später die Straße entlangstapfte, auf die gerade eben noch der blutrote Fingernagel der alten Frau gerichtet gewesen war, war sie sich bereits ziemlich sicher, dass man ihr nichts weiter als einen dummen Streich gespielt hatte. Vermutlich hatte die Schrulle schlicht und ergreifend einen besonders verqueren Sinn für Humor. Lotte konnte sich nur zu gut vorstellen, wie sie sich ihre alten Haxen dabei verrenkt haben musste, so schnell wie möglich hinter die nächste Häuserecke zu gelangen, um ihr ach so mysteriöses Verschwinden zu inszenieren. Und jetzt saß sie bestimmt schon längst irgendwo bei sich zu Hause in einem gemütlichen warmen Sessel – oder vielleicht sogar einem knarzenden Schaukelstuhl – und verlor beinahe ihre dritten Zähne vor Lachen bei dem Gedanken, wie Lotte hier mutterseelenallein im Dunkeln nach einem verlassenen Haus suchte, in dem irgendeine grünäugige Katze wohnte. Ja, genau so musste es sein. Diese alte Mumie sollte bloß hoffen, dass sie ihr so schnell nicht noch einmal über den Weg lief!

Doch auch wenn sie jeder einzelne Schritt, der sie an großen Haufen Sperrmüll und an verwitterten Häuserfassaden vorüberführte, mehr und mehr darin bestätigte, dass es sich genau so und nicht anders verhielt, nützte ihr das rein gar nichts. Denn leider handelte es sich bei den Worten der alten Frau trotz allem um den einzigen Hinweis auf Egons möglichen Verbleib. Wenn sie diesem nicht nachginge, würde sie es sich unter Umständen für den Rest ihres Lebens vorhalten. Es war immerhin eine ziemlich verrückte Welt und es gab doch zumindest eine winzig kleine Chance, dass dieses ominöse Haus wirklich existierte. Und mit ein bisschen Glück beherbergte es sogar diese seltsame schwarze Katze.

Eine Sache allerdings stand für Lotte felsenfest: Wenn das alles nicht doch bloß ein Hirngespinst sein sollte, dann war dieser vierbeinige Schnurrbartträger ihr eine gehörige Erklärung schuldig. Er sollte sich besser jetzt schon einmal warm anziehen!

Aber vorerst sah es keineswegs danach aus, als würde Lotte jemals fündig werden. Zwar hatte die alte Frau gesagt, sie könne das Haus überhaupt nicht verfehlen, diese mutige Behauptung schien sich nun allerdings als ein leeres Versprechen zu entpuppen. Denn hier in dieser furchtbar heruntergekommenen Gegend war die eher vage Beschreibung verlassen wirklich alles andere als eindeutig. Tatsächlich erweckte beinahe jedes zweite Gebäude den Eindruck, als sei es schon während des Dreißigjährigen Krieges verlassen worden. Die sprichwörtliche Nadel im Heuhaufen zu finden, erschien Lotte im Vergleich dazu geradezu ein Klacks zu sein.

Dann aber stand sie urplötzlich vor einem besonders zugewucherten und verwahrlosten Grundstück – und nahm in Gedanken all die Beleidigungen zurück, mit der sie die alte Schreckschraube bisher bedacht hatte. Denn inmitten all des prächtig gedeihenden Unkrautes und der längst verdorrten Hecken und Bäume stand dort das wohl merkwürdigste Haus, das sie in ihrem bisherigen Leben je gesehen hatte. Sie hatte ihr Ziel erreicht.

17. Kapitel

Zu Egons Glück war es um einiges leichter, den kleinen Berg zu erklimmen, der am Ende des Minenfeldes auf ihn wartete und zum Schloss des Grafen emporführte, als er befürchtet hatte. Ein verwaistes Maschinengewehrnest hier, ein einsamer Wachturm dort stellten zwar ziemlich eindeutige Anzeichen dafür dar, dass sich dasselbe Unterfangen noch vor wenigen Stunden viel schwieriger gestaltet hätte, doch dank der Großoffensive seiner Mutter hatte er jetzt nichts weiter zu tun, als einen seiner todmüden Füße nach dem anderen einen fast schon idyllischen Wanderweg entlangzuschleppen, der zwischen großen Felsen und kleinen Bäumchen hindurch zum Schloss hinaufführte.

Da es sich bei diesem nun schon um das zweite Schloss handelte, mit dem Egon in letzter Zeit konfrontiert wurde, betrachtete er sich insgeheim bereits als eine Art Fachmann auf diesem Gebiet. Und aufgrund seiner umfangreichen Expertise gelangte er zu dem Urteil, dass dieses Schloss hier vollkommen anders aussah als das von König Raffelbart in Vielschmatzland.

Hatte es sich bei jenem um ziemlich genau das gehandelt, was er sich seit Kindertagen unter einem mittelalterlichen Schloss vorstellte, so teilte das prachtvolle Gebäude, das sich jetzt vor seinen Augen erhob, mit ihm nicht viel mehr als seine bloße Bezeichnung. Das Schloss des Grafen war nicht sonderlich hoch und besaß auch keine Türmchen, von denen man irgendwen hätte hinunterwerfen können. Dafür aber war es so breit, dass es fast die gesamte Spitze des Berges für sich in Beschlag nahm. Seine mit reichen Ornamenten verzierten Wände verschwanden beinahe vollständig unter dunkelgrünem Efeu und in dem kleinen Park, der sich unmittelbar vor Egons Füßen erstreckte, glitzerte das knietiefe Wasser eines künstlichen Teiches. Um diesen herum stand eine ganze Armada von Büschen, die ein emsiger Gärtner kunstvoll in die Form verschiedenster Tiere gestutzt hatte. Egon erkannte ein stattliches Pferd, einen putzigen Hasen und auch – in diesem Habitat vielleicht etwas unpassend – eine große alte Schildkröte. Hinter dem Teich wiederum und exakt in der Mitte des Schlosses sah Egon die gewaltige Eingangstür des herrschaftlichen Anwesens.

Als er im Schweiße seines Angesichts endlich die letzten Meter überwunden hatte, blieb Egon stehen und kratzte sich nachdenklich am Kopf. Sollte er jetzt etwa einfach so, als wäre es das Selbstverständlichste auf der ganzen Welt, zu dieser Tür hinübergehen, sie öffnen, das Schloss betreten und den Grafen mit bloßen Händen erdrosseln? Nichts, aber auch wirklich gar nichts daran erschien ihm auch nur ansatzweise realistisch, oder – da die Realität an diesem Ort sowieso gerade Urlaub hatte – wenigstens logisch. Wie schon so oft hatte seine Mutter ihm mal wieder eine Aufgabe verpasst, ohne sich auch nur zu fragen, wie es ihm dabei ging, geschweige denn, ob er überhaupt in der Lage dazu war, sie zu erledigen.

Trotzdem machte er sich mit hängenden Schultern auf den Weg. Etwas anderes blieb ihm ja ohnehin nicht übrig.

Lotte hatte es fertig gebracht, so lange untätig vor dem merkwürdigen Haus herumzustehen, dessen schäbige Architektur jeder noch so verschrobenen Vernunft spottete, dass sie erneut begann, unsicher zu werden. Um ihren Zweifeln endlich eine Absage zu erteilen, trat sie daher nun so schnell und abrupt durch das kleine Tor, als wäre sie von der Feuerwehr und müsste eine bedrohte Person aus dem Inneren eines lichterloh in Flammen stehenden Gebäudes befreien.

Den kleinen zugewucherten Vorgarten hatte sie im Nu durchquert und auch die vollkommen zerstörte Treppe stellte kein Hindernis für sie dar. Das einzige, das sie eine Sekunde lang stocken ließ, war das verblasste Schild, das direkt über der Treppe hing – allerdings gerade lange genug, um dessen Aufschrift flüchtig mit einem irritierten Stirnrunzeln zu kommentieren. Auch unter dem kleinen Vordach hielt sie sich nicht weiter auf, sondern setzte kurz entschlossen ihren ersten Fuß über die vermoderte Schwelle der Eingangstür und auf den fauligen Teppich dahinter.

Erst jetzt, da sie den Flur des Hauses betreten hatte, blieb Lotte wieder stehen. Bis zu diesem Punkt war sie davon ausgegangen, dass sich all ihre Fragen geradezu in Luft auflösen würden, sowie sie nur diese Türschwelle überschritten hätte, ja dass die gehässigen kleinen Biester so höflich wären und sich von ganz alleine beantworteten. Nun aber wurde sie sich widerstrebend bewusst, dass dieser Gedanke nicht nur unbegründet, sondern von vornherein vollkommen schwachsinnig gewesen war. Noch immer konnte sich alles als ein großes, feistes Hirngespinst herausstellen.

Aber eines war sicher: Eine Niederlage würde sie sich erst in dem Augenblick eingestehen, in dem sie jeden noch so kleinen Winkel dieses Hauses von oben bis unten erfolglos durchsucht hätte. Unter diesem Vorsatz setzte sie sich in Bewegung, folgte dem kurzen Flur und erreichte schnell die erste Tür.

Das, was sie auf deren anderer Seite sah, befreite sie endgültig von all ihren Zweifeln – und konfrontierte sie gleichzeitig mit tausend neuen Fragen.

Um ein Haar hätte Egon aus purer Höflichkeit den großen bronzenen Türklopfer benutzt, der die Mitte der gewaltigen hölzernen Eingangstür des Schlosses zierte und ihn aus misstrauisch zusammengekniffenen Löwenaugen taxierte. Zum Glück fiel ihm noch rechtzeitig ein, dass er – welcher Schlossbewohner auch immer ihm daraufhin die Tür öffnen mochte – bei der durchaus nachvollziehbaren

Frage nach seinem Anliegen in arge Erklärungsnöte geraten würde. Daher probierte er es zuerst auf dem zwar rüpelhaften, dafür aber etwas sichereren Weg, legte seine Hand auf die schmuckvolle Klinke und drückte sie langsam und vorsichtig herunter.

Ein aufgeweckter kleiner Adrenalinstoß brachte Egons Finger zum Zittern, als er bemerkte, dass die Tür unverschlossen war. Er atmete einmal tief durch, dann stieß er sie gerade weit genug auf, um den breiten Rahmen seiner Brille zusammen mit dem schmächtigen Rest seines Kopfes durch den Spalt schieben und sich ein wenig umsehen zu können.

Zur linken und zur rechten Seite erstreckte sich hinter der Tür ein langer, breiter, mit edlem roten Teppich ausgelegter Korridor, während direkt vor Egon eine marmorne Freitreppe in das nächste Geschoss emporführte. Von der Decke herab hing eine Hand voll überdimensionierter Kronleuchter und einige in kleinen Nischen aufgestellte marmorne Büsten sicherlich ebenso gewichtiger wie mausetoter Personen flankierten den Korridor. Zu Egons großer Erleichterung handelte es sich bei diesen steinernen Vertretern allerdings um die einzigen menschlichen Gesichter, die er weit und breit ausmachen konnte. Dennoch bediente er sich nur seiner Zehenspitzen, als er ganz durch die Tür trat. Man konnte schließlich nie vorsichtig genug sein.

Aber Egon stellte schnell fest, dass seine Vorsicht unbegründet war. Selbst nachdem er die Eingangstür ordnungsgemäß wieder hinter sich geschlossen hatte – auch als Attentäter musste man seine guten Manieren nicht vollkommen vergessen – sah er keine Menschenseele. Zwar wusste er, dass der Graf ebenfalls alle seine Kräfte an die Front geworfen hatte, doch dass hier in diesem gewaltigen Schloss nicht einmal ein Butler, ein Dienstmädchen oder wenigstens ein klappriger altersschwacher Wachhund zurückgeblieben war, kam ihm schon reichlich merkwürdig vor.

Am liebsten wäre er sofort wieder umgedreht, schnurstracks zu seiner Mutter zurückgekehrt und hätte ihr mitgeteilt, dass der Graf nicht zu Hause sei und es ihm daher bedauerlicherweise unmöglich war, ihn umzubringen. Hätte ihn nun aber nicht alleine schon der Gedanke an die sicher vollkommen übertriebene Reaktion der Generalin davon abgehalten, diese Idee in die Tat umzusetzen, so brachte ihn doch spätestens die Vorstellung, ein weiteres Mal das Frontgebiet durchqueren zu müssen, endgültig davon ab. Nein, bevor er dieses Gebäude wieder verlassen konnte, musste er entweder seinen Auftrag erfüllt haben, oder sich zumindest sicher sein, dass der Graf höchstpersönlich ebenso ausgeflogen war wie alle seine Bediensteten.

Nach einigem Zögern traf er die Entscheidung, zuerst das Erdgeschoss des Schlosses zu durchsuchen.

Der erste Raum, der ihm über den Weg lief, war ein ebenso winziges wie vollkommen leeres Empfangszimmer. Er überließ es wieder sich selbst und machte als nächstes die Bekanntschaft eines hageren kleinen Speisesaales, einer vollgestopften Bibliothek und schließlich eines charmanten Badezimmers, danach lernte er eine Küche, eine Vorratskammer und

erneut ein Badezimmer kennen, dann ein Arbeits-
zimmer, ein paar schrecklich unaufgeräumte Gemä-
cher – die offenbar von den Dienstmädchen bewohnt wurden – und noch ein Badezimmer.

Alle diese Räume hatten genau zwei Dinge gemeinsam: Zum einen herrschte in ihnen allen eine
solch gähnende Leere, dass Egon bald jegliche Vorsicht über Bord warf und die Türen mit einer Selbst-
verständlichkeit öffnete, als wäre er in dem Schloss
zu Hause. Zum anderen schienen sie alle erst vor
kurzem und noch dazu ziemlich abrupt verlassen
worden zu sein. In der Küche blubberten einige ver-
waiste Töpfe gelangweilt vor sich hin, in der Bibliothek lagen gleich mehrere Bücher aufgeschlagen herum und aus einem der Badezimmer quollen wahre
Unmengen an Wasser hervor, weil irgendwer vergessen hatte, einen Hahn zuzudrehen.

Nach einiger Zeit und einer Menge weiterer genauso menschenleerer Räume hatte Egon seinen
Rundgang schließlich beendet und erreichte erneut
die Eingangstür. Da er sich mittlerweile sicher war,
in dem Schloss mutterseelenallein zu sein, erklomm
er ohne zu zögern die marmorne Freitreppe und trat
mit demselben Enthusiasmus in den ersten Raum
des zweiten Geschosses. Doch bereits in dem Augenblick, in dem er dessen Tür öffnete, bemerkte er,
dass in diesem Raum irgendetwas anders war als in
all den anderen Zimmern, die er bisher durchsucht
hatte. Auch wenn er nicht sofort im Stande dazu gewesen wäre, zu sagen, woran das lag.

Bei dem Raum handelte es sich um den größten
Speisesaal, den Egon sich überhaupt nur vorstellen

konnte. Unmittelbar vor ihm erstreckte sich eine lange Tafel, die unter einer strahlend weißen und bis auf den Boden hinabreichenden Tischdecke vollkommen verschwand und an deren Seiten sich Hunderte von Stühlen dicht an dicht aneinanderdrängten. Die Decke des Raumes war im Wesentlichen eine einzige prachtvolle Goldverzierung und die Wände verschwanden beinahe hinter riesigen Gemälden, die allerdings nichts anderes zeigten als die immer wieder gleichen stinklangweiligen Jagdszenen.

An der Egon gegenüberliegenden Stirnseite der leeren Tafel stand ein einsamer verlassener Teller mit einigen Essensresten, dessen traurige Gesellschaft alleine aus einem halb leeren Glas Rotwein bestand. Egon hielt inne. Und in diesem Augenblick hörte er – konnte es sein? – ein Bibbern.

Verwirrt blickte er sich um. Auch wenn dieses seltsame Bibbern noch so klar und eindeutig an sein Ohr drang, so konnte er doch nicht das Geringste sehen. Er lauschte noch ein wenig länger und plötzlich gelang es ihm, die Quelle des Geräusches auszumachen. Ja, es hatte seinen Ursprung eindeutig an der anderen Seite der Tafel, dort also, wo der Teller und das Glas Rotwein standen. Ihm lief ein Schauer über den Rücken. Offensichtlich war er doch nicht so vollkommen alleine, wie er bis eben noch gedacht hatte.

Doch für seine Verhältnisse gelang es Egon recht schnell, sich wieder zu beruhigen. Immerhin, von all den Geräuschen, die Madame Priscillas Haus so in Petto hatte, war ein Bibbern nicht gerade das bedrohlichste. Daher ging er langsam an der Tafel entlang und näherte sich Schritt für Schritt der Quelle des Geräusches.

Als er am anderen Ende angelangt war und auf das dreckige Geschirr hinabblickte, verflog auch noch sein allerletzter Zweifel. Irgendwer musste dort unter dem Tisch sitzen und seiner Angst ungehemmt freien Lauf lassen. Er hörte nun auch deutlich, dass das Bibbern von einem beinahe rhythmischen Zähneklappern untermalt wurde. Und auch wenn Egon sich ganz bestimmt nicht zu den selbstbewusstesten Zeitgenossen rechnete, so gelang es diesen Geräuschen doch, dass er sich so sicher fühlte, wie vermutlich noch nie zuvor in seinem Leben.

Folglich musste er nicht sonderlich viel Mut aufbringen, um sich zu bücken, den untersten Zipfel der langen Tischdecke zu ergreifen und diese weit genug emporzuheben, um einen Blick auf das Häufchen Elend werfen zu können, das sich dort unter ihr verbarg.

In diesem Augenblick erschallte der ohrenbetäubende Knall eines Einschlages, der viel zu nah war, um noch von der Front stammen zu können. Doch Egon bemerkte ihn kaum. Sein armer Kopf war viel zu sehr damit beschäftigt, einen wesentlich größeren Happen zu verdauen als so eine harmlose kleine Detonation.

Lotte war schlicht und ergreifend nicht in der Lage, ihren Mund wieder zu schließen. Der unerwartete Anblick des Porträts in dem modrigen kleinen Raum mit der kaputten Glaskugel und den fauligen Stühlen verwirrte sie einfach zu sehr. Und das aus einem sehr einfachen Grund: Die alte Frau mit ihrer langen Nase und den großen goldenen Ohrringen, die ihr aus eben jenem Porträt – geradezu ein wenig gehässig – entgegenstarrte, war ein und dieselbe alte Frau, die ihr noch vor kurzem den Weg zu diesem Haus beschrieben hatte.

Die Fragen in Lottes Kopf probten den Aufstand. Ganz offensichtlich hatte das Porträt doch schon ein paar Jahre auf dem Buckel. Wie also konnte ein derart altes Gemälde bloß dieselbe Frau zeigen? Und selbst wenn es dafür noch irgendeine halbwegs rationale Erklärung geben mochte – was bitte hatte das verfluchte Ding überhaupt hier zu suchen? Und wie zur Hölle hing das alles nur mit jenem durchtriebenen Fellknäuel zusammen, von dem sie bisher nicht einmal die verschlagene Schwanzspitze gesehen hatte?

»Nun gut!«, sagte Lotte energisch zu niemand anderem als sich selbst und machte gleichzeitig auf den Hacken kehrt. Wenn die Katze nicht zu ihr kam, dann musste sie halt zu der Katze kommen. Daher blieb ihr wohl nichts anderes übrig, als einen Raum dieses Hauses nach dem anderen auf den Kopf zu stellen, bis sie das schwarze Biest endlich gefunden hätte – und mit ihm hoffentlich auch Egon.

Von dem Flur auf der unteren Etage führte trotz der Größe des Hauses keine weitere Tür in irgendeinen anderen Raum. Die einzige Richtung, die Lotte übrig blieb, war die gammelige kleine Treppe am Ende des Flures, die in das nächste Stockwerk hinaufführte. Ohne länger zu zögern, erklomm sie mit lauten stampfenden Schritten die Stufen, als wolle sie wen oder was auch immer sich dort oben befinden mochte auf ihre bevorstehende Ankunft vorbereiten.

Ehe sie sich versah, stand sie in dem Flur der zweiten Etage vor einer verschlossenen Tür. Sie ergriff deren Klinke, öffnete – und schloss sie sofort wieder. Hatte sie da soeben wirklich eine Wüste vor sich gesehen? Nein, sie musste sich geirrt haben. Offensichtlich hatte ihr Verstand ihr einen Streich gespielt. Der Arme war von diesem Tag schließlich auch schon etwas angeschlagen. Es konnte gar nicht anders sein. Sie öffnete die Tür ein weiteres Mal.

Die Wüste war verschwunden. Dafür blickte sie jetzt auf ein großes freies Feld, auf dem Hunderte schrecklich abgemagerter Menschen alle Hände voll damit zu tun hatten, sich durch gewaltige Berge an Lebensmitteln hindurchzufuttern, die sich hier und dort in geradezu groteske Höhen auftürmten. Doch als wäre das noch nicht genug, sah sie inmitten all dieser ganz offensichtlich quietschvergnügten Menschen außerdem einen grünen Riesen sitzen, der ihr zwar seinen schwabbeligen Rücken zugewandt hatte, der ihr aber dennoch seltsam bekannt vorkam – und das obwohl sie in ihrem ganzen Leben sicher noch nie die Bekanntschaft eines grünen Riesen gemacht hatte.

Als einen Augenblick später ein hageres kleines Einhorn seinen Kopf um die Ecke des Türrahmens schob und Lotte dabei so nahe kam, dass es ihr einen Kuss hätte geben können, erschrak sie trotz des wirklich zuckersüßen Lächelns des schneeweißen Fabelwesens dermaßen, dass sie ihm die Tür vor der Nase zuknallte, einige Schritte zurücktaumelte, das Gleichgewicht verlor und sich auf den fauligen Teppich des Flures setzte.

Lottes Welt verwandelte sich in ein widerlich schräges Karussell, aus dem sie jeden Moment drohte, hinausgeschleudert zu werden. Bis zu diesem Augenblick war das einzige, mit dem sie in diesem Haus gerechnet hatte, die Begegnung mit einer grünäugigen Katze gewesen, die irgendetwas mit dem Verschwinden ihres besten Freundes zu tun zu haben schien. Das jedoch, was sie soeben hinter dieser Tür gesehen hatte, widersprach wirklich allem, an das sie bis zu diesem Moment geglaubt hatte.

Doch schließlich gelang es ihr, sich wieder unter Kontrolle zu bekommen und sich etwas zu beruhigen. Sie musste einer Halluzination erlegen sein. Das war die einzige wenigstens halbwegs sinnvolle Erklärung. Und immerhin, wer wusste schon so genau, was sich in einem derart alten und vollkommen kaputten Haus wie diesem hier alles für Dämpfe frei herumtrieben? Ja, vermutlich befand sich unmittelbar hinter dieser Tür ein besonders gemeines Leck, dessen Ausdünstungen ihre Opfer in ein buntes Traumland katapultierten, sowie sie sie zu fassen bekamen. Ha, genauso musste es sein! Einhörner! Von wegen!

Lotte erhob sich vom Boden und beschloss, diese Tür besser nicht noch einmal zu öffnen. Sie wollte gar nicht darüber nachdenken, was sich ihr beim nächsten Mal so alles präsentieren mochte. Allerdings dachte sie noch lange nicht daran, ihr eigentliches Vorhaben abzubrechen. Hatte sie einmal einen Entschluss gefasst, dann brauchte es wesentlich mehr als ein paar verträumte Wahnvorstellungen, um sie von ihrem Vorhaben abzubringen.

Zielstrebig ging sie weiter den Flur entlang, bis sie die nächste Tür erreichte. Sie legte ihre Hand auf den Türknauf, zögerte dann aber einen Moment. Eine unbestimmte Angst kroch ihren Hals hinauf. Doch sie schluckte sie sofort wieder hinunter. Das wäre ja wohl gelacht! Noch war sie hier die Herrin ihrer Gedanken und nicht so ein verlottertes altes Haus!

Als sie dann aber aus einer jeglicher Vernunft spottenden Höhe auf etwas hinabschaute, das ihr verdächtig nach dem Planeten Mars aussah, sah sie sich dazu gezwungen, diese Ansicht noch einmal zu überdenken.

Sie schlug auch diese Tür wieder zu und zwang ihren Verstand erneut zur Ruhe. »Diese verfluchten Dämpfe!«, rief sie geradeso, als wolle sie sich selbst davon überzeugen, dass derartigen Substanzen tatsächlich die alleinige Schuld an diesen merkwürdigen Traumbildern zukamen. Dann stapfte sie zu der dritten und letzten Tür auf der Etage.

Die Straße, die hinter dieser auf sie wartete und auf der sich offenbar erst vor kurzem ein schwerer Autounfall ereignet hatte, war zwar nicht ganz so

ungewöhnlich wie ihre unmittelbaren Zimmernach-
barn, im Inneren eines alten Hauses hatte sie
allerdings eben sowenig zu suchen wie der Mars
oder ein Einhorn. Dennoch klammerte sich ein
letztes kleines Stückchen von Lottes malträtiertem
Verstand noch immer so fest es nur konnte an die Erklärung, dass es sich bei all dem um nichts anderes
als um Wahnvorstellungen handelte. In der vagen
Hoffnung, dass sich dieses Phänomen vielleicht nur
auf diese Ebene des Hauses erstreckte, kehrte sie zurück zu der Treppe.

Die nächste Etage unterschied sich auf den ersten
Blick nicht wesentlich von der vorigen. Das hieß, mit
der einzigen Ausnahme, dass Lotte hier nur zwei
verschlossene Türen vor sich sah, während ein dritter, offenstehender Ausgang in einen kaputten kleinen Erker hinausführte, von dem aus aber leider keine schwarze Katze die trübe Aussicht genoss.

Nach wenigen Schritten hatte Lotte die erste Tür
erreicht. Sie atmete einmal tief durch – und blickte
hinaus auf ein idyllisches blaues Meer, auf dem ein
altmodisches Segelschiff unter schwarzer Flagge vor
der spektakulären Kulisse eines ausbrechenden Vulkans langsam und majestätisch dahinglitt.

Selbstverständlich war auch diese Tür schneller
wieder geschlossen als geöffnet. Lotte aber verbot
sich jeden noch so klitzekleinen Gedanken daran,
was sie soeben gesehen hatte und trat mittels zweier
ausladender Schritte sofort hinüber zu der nächsten
Tür.

Noch in dem Moment, als sie ihre Hand auf deren
Knauf legte, war sie felsenfest davon überzeugt,

mittlerweile auf wirklich alles vorbereitet zu sein. Bereits einen Wimpernschlag später musste sie dann aber feststellen, dass sie sich damit ganz ordentlich geirrt hatte. Denn kein noch so fremder Planet oder selbst die abgehobensten Fabelwesen hätten jemals eine ansatzweise vergleichbare Woge derart konfuser Emotionen in ihr hervorrufen können, wie die Szene, die sich ihren Augen hinter dem verschrammten Holz dieser letzten Tür darbot.

Egon meinte in einen Spiegel zu blicken. Zwar in einen dieser schrecklich unheimlichen Zerrspiegel, wie man sie auf manchen Jahrmärkten fand und die er noch nie sonderlich gemocht hatte, aber dennoch in einen Spiegel. Der Graf – er war aufgrund seiner eleganten Kleidung eindeutig als solcher zu erkennen –, der mit angezogenen Knien auf dem Boden unter der Tafel kauerte und Egon ängstlich bibbernd durch die dicken Gläser einer großen Hornbrille entgegenblickte, sah ihm selbst zum Verwechseln ähnlich. Mit der kleinen Ausnahme, dass er gut und gerne dreißig Jahre älter sein mochte. Und Egon wusste nur zu gut, dass es für diese Tatsache nur eine einzige Erklärung geben konnte: Der Graf war sein Vater.

Zwar hatte Egon seinen Vater bereits seit Jahren, genau genommen sogar seit Jahrzehnten nicht mehr gesehen, doch seine Mutter hatte überaus penibel darauf geachtet, dass Egons Vorstellung von ihm zumindest in einer Hinsicht überaus präsent blieb: Er war das absolute Ebenbild seines Erzeugers. Dass seine Mutter das nun aber stets derart wortwörtlich gemeint hatte, hatte er wirklich nicht erwartet.

»Pa-Papa?«

Endlich hörte der Graf auf zu bibbern und in seinen Augen, die eben noch vor Angst völlig wild hin- und hergewandert waren, zeigte sich zögerlich ein Erkennen. »E-Egon? Wa-was machst, du-du denn hier?«

»I-ich …« Egon stockte. Diese Frage wollte er lieber nicht mit der Wahrheit beantworten.

Doch offensichtlich wusste sein Vater ziemlich gut, was hier vor sich ging. »Si-sie ha-hat, dich geschickt. Ni-nicht wahr?«

Egons Blick wanderte beschämt zu Boden. Im gleichen Augenblick erschütterte erneut eine schwere Detonation das gesamte Schloss und brachte das Glas Wein zu Fall, das auf der Tafel stand. Die Flüssigkeit färbte das weiße Tischtuch rot, ergoss sich über das Parkett und suchte sich ihren Weg vorbei an Egons Schuhen. »Ja«, sagte er.

Egons Vater wandte seinen Blick ab. »Da-dann bring es hi-hinter dich«, sagte er, kroch unter dem Tisch hervor und stellte sich vor Egon. All die Pracht seiner edlen Kleidung konnte nicht darüber hinwegtäuschen, dass seine Schultern nicht nur vom Alter, sondern auch von Jahren der Sorge gebeugt waren. Und obwohl er irgendwann einmal genauso groß gewesen sein musste wie Egon, war er nun fast einen ganzen Kopf kleiner. »I-ich bi-bin es leid, mimich vor der Vergangenheit zu-zu verstecken.«

324

In Egons schmaler Brust stritten zwei vollkommen unvereinbare Gefühle miteinander. Einerseits war er den Tränen nahe, da er endlich seinen Vater kennenlernte. Doch wirkliche Freude wollte deswegen nicht aufkommen. Denn es handelte sich um denselben Mann, der ihn und seine Mutter einfach verlassen hatte.

Es brauchte eine weitere Detonation, der diesmal außerdem laute Schreie folgten, die von der Eingangstür des Schlosses zu stammen schienen, um Egon aus seinen Gedanken herauszureißen. »Wa-warum bi-bist du damals we-weggegangen?«, stammelte er und jede einzelne Silbe dieser bedeutungsvollen Frage rollte über seine Zunge wie ein Klumpen Blei.

Egons Vater seufzte. Dann zögerte er so lange, bis Egon bereits deutlich die ersten schweren Schritte hörte, mit denen die große Freitreppe im Sturm erklommen wurde. »I-ich ha-hatte Angst.«

Kaum hatte Egons Vater diese Worte ausgesprochen, da fiel Egon ihm um den Hals. Noch nie in seinem ganzen Leben hatte er sich einer Person so nahe gefühlt wie in diesem Augenblick. Natürlich hatte sein Vater Angst vor seiner Mutter gehabt! Sie hatte ihn mit ihrer unausstehlichen Art vertrieben. Sie hatte damals alles kaputt gemacht, so wie sie immer alles kaputt machte. Es war so klar wie Kloßbrühe. Endlich war da jemand, der ihn verstand!

Die Magie des Augenblicks wurde bereits den Bruchteil einer Sekunde später von dem unerbittlichen Absatz eines klobigen Militärstiefels zerstampft. »Kollaboration!«, ertönte die Stimme von Egons Mutter am Eingang des Speisesaals.

»Bu-Butterblume?«, stammelte Egons Vater und löste sich von Egon. »I-ist es dir a-also schließlich do-doch ge-gelungen, zu mir du-durchzudringen.«

Egons Mutter antwortete nicht. Hinter ihrem Rücken strömten nun auch die ersten Soldaten in den Saal, von denen sich allerdings nicht ein einziger sonderlich darüber zu freuen schien, dass ihre Seite den Sieg davontrug. Als sie neben Egons Mutter in Stellung gingen und ihre Gewehre auf ihn und seinen Vater richteten, wirkten sie viel eher wie dienstbeflissene – wenn auch hundemüde – Ameisen.

Die Generalin selbst trat so nahe an die beiden heran, dass sie das Ganze – so sie nur gewollt hätte – zu einer Gruppenumarmung von Vater, Mutter und Kind hätte werden lassen können. Aber leider stand ihr der Sinn nach ganz anderen Dingen. »Erschießen!«, brüllte sie, wandte Egon und seinem Vater den Rücken zu und trat ohne weiteren Kommentar einige Schritte zur Seite. »Alle beide!«

Die Soldaten wechselten ein paar mürrische Blicke, bildeten dann aber pflichtbewusst eine hübsche kleine Reihe.

»Auf drei!«, schrie Egons Mutter und begann, ohne weitere Umschweife, zu zählen. »Eins!«

Exakt in diesem Augenblick erschien mitten in der Luft und unmittelbar neben der grotesken Szenerie eine Tür.

Lotte hatte Egon gefunden. Dafür aber offensichtlich ihren Verstand verloren. Auf der anderen Seite der Tür sah sie ihren Freund und neben ihm einen weiteren Mann, der ihm zum Verwechseln ähnlich sah. Das alleine wäre noch nicht sonderlich merkwürdig gewesen – oder zumindest um einiges weniger merkwürdig als Einhörner, Piratenschiffe und Planeten. Dass die beiden allerdings nicht viel mehr als ein Lufthauch von einer ganzen Reihe bedrohlich gezückter Gewehrläufe trennte, verstieß schon gegen ihre Erwartungen. Und der Anblick von Egons Mutter – die unmittelbar neben den Soldaten stand und die Lotte wegen ihrer seltsamen militärischen Aufmachung erst auf den zweiten Blick erkannte – setzte dem Ganzen dann wirklich die Krone auf.

»Zwei!«, schrie die chaotischste Generalin, die Lotte in ihrem Leben jemals gesehen hatte. Doch trotz der selbsterklärenden Szene dauerte es gefährlich lange, bis sie in der Lage war, zu verstehen, was diese herausgebrüllte Ziffer eigentlich nur bedeuten konnte. Als der Groschen dann fiel, zögerte sie nicht eine einzige Sekunde.

Egon hatte schon immer gewusst, dass ein kleiner Teufel in Lotte schlummerte. Als er nun aber Zeuge wurde, wie seine beste Freundin im hohen Bogen aus dem Türrahmen heraus und direkt vor die Gewehrläufe der völlig überrumpelten Soldaten sprang, weiteten sich seine Augen vor Überraschung dennoch derart, dass er für einen flüchtigen Moment befürchtete, sie würden ihm aus dem Kopf fallen.

»Was zur Hölle ist hier los?«, schrie Lotte mit der ganzen Kraft, die ihr ihre kleine Stimme zur Verfügung stellte, und drückte gleichzeitig mit der flachen Hand den Lauf eines der Gewehre nach unten, als könnten derartige Apparate ihr überhaupt nichts anhaben. »Ich glaube, ihr spinnt ja wohl!«

Egons Mutter bekam einen hochroten Kopf und schon meinte Egon die ersten kleinen Rauchwölkchen in die Höhe steigen zu sehen. Dann schien die Generalin zu platzen. »Erschießen! Allesamt! Habt ihr gehört?! Erschießen habe ich gesagt! Feuer!«

Doch die Soldaten, die offenbar etwas dagegen hatten, eine vollkommen unbewaffnete junge Frau zu erschießen, nur weil ihrer cholerischen Generalin gerade der Sinn danach stand, zögerten, diesen herzlosen Befehl in die Tat umzusetzen. Dies wiederum räumte der nächsten dramatischen Wendung der Ereignisse ausreichend Zeit ein, ihrerseits die Bühne zu betreten.

Alles begann damit, dass Lotte dem unglücklichen Soldaten unmittelbar vor ihr sein Gewehr mit einer Leichtigkeit aus den Händen riss, als nähme sie einem unartigen Kind sein Spielzeug weg. Anstatt aber über diese Tatsache zu erschrecken, meinte Egon auf dem Gesicht des Entwaffneten seltsamerweise eine gewisse Erleichterung erkennen zu können. Ein Ausdruck, der sich sogar noch etwas verstärkte, als Lotte nun ihrerseits das Gewehr schulterte, einen der anderen Soldaten ins Visier nahm und rief: »Fallenlassen!«

Die Reaktion des gesamten ehemaligen Erschießungskommandos machte offensichtlich, dass die Armee von Egons Mutter nicht über den größten Kampfgeist verfügte: Sie alle gehorchten sofort.

Durch Lottes beherztes Eingreifen hatte sich die Situation somit urplötzlich um hundertachtzig Grad gedreht. »So, und jetzt endlich raus mit der Sprache!«, rief sie, fuhr wie wild mit dem Gewehr herum und richtete es für einen kurzen Moment auch auf Egons Mutter. »Was ist hier verdammt noch mal los?«

Noch nie in seinem ganzen Leben hatte Egon den verschrobenen Ausdruck gesehen, der sich nun auf dem Gesicht seiner Mutter einnistete. Am beeindruckendsten an ihm fand er, dass er inmitten der ansonsten recht ausgewogenen Mischung aus einer großen Portion Empörung sowie mehrerer Hände Wut auch eine klitzekleine Priese – er konnte es fast nicht glauben – Furcht entdeckte. Die Situation war ihr entglitten. Und das konnte sie natürlich ganz und gar nicht leiden.

Vermutlich war es ein fast schon verzweifelter Versuch, die Kontrolle wiederzuerlangen, der dazu führte, dass sie nach einigen unangenehm langsam vorüberschreitenden Sekunden als Erste das Wort ergriff. »Der Nichtsnutz da entzieht sich mir schon seit Jahren«, blaffte sie. »Er hat überhaupt nichts anderes verdient, als erschossen zu werden!«

»Was?« Lotte verstand anscheinend kein Wort. Egon konnte sich, was das anging, nur allzu gut in seine Freundin hineinversetzen. Es dauerte schließlich ein wenig, bis man sich an den rauen Umgangston gewöhnt hatte, der hier in Madame Priscillas Haus für gewöhnlich vorherrschte.

Jetzt ergriff Egons Vater das Wort. »A-aber meine Bu-Butterblume!« Händeringend machte er einige Schritte auf Egons Mutter zu. »I-ich hatte, i-ich meine, i-ich wollte doch nur … i-ich …« Er stockte, dann schlug er die Hände vor das Gesicht und begann zu weinen und zu schluchzen. »I-ich hatte doch so-solche Angst!«

Egons Mutter stemmte die Hände in ihre breiten Hüften wie ein angriffsbereiter Ringer und ging nun ihrerseits einen Schritt auf Egons Vater zu. »Ach ja?!«, rief sie. »Denkst du etwa, ich hätte keine Angst gehabt, du Nichtsnutz?!«

Nun verstand auch Egon endgültig nicht mehr, was sich vor seiner Nase gerade abspielte. Der große böse Drachen, der sich seit Jahren für seine Mutter ausgab, hatte Angst gehabt? »Wi-wie bitte?«, stammelte er.

Egons Vater schluchzte weiter. »Do-doch, na-natürlich! U-und ich hä-hätte euch wirklich nie alleine lassen dürfen. Da-das weiß ich jetzt. A-aber erst hatte ich schre-schreckliche Angst vor der Verantwortung u-und dann hatte ich vo-von Tag zu Tag immer me-mehr Angst davor, zu-zurückzukommen.« Er fiel auf die Knie und umfasste die schweren Militärstiefel, in denen die Füße von Egons Mutter steckten. »E-es tut mir so-so leid! I-ich habe einen schreschrecklichen Fehler gemacht. Bi-bitte verzeih mir Butterblume! Vo-von jetzt an bi-bin ich für euch beibeide da. Da-das verspreche ich!«

Das Gesicht von Egons Mutter wirkte wie versteinert. Doch nicht nur das. Selbst für Egon – der für gewöhnlich der Ansicht war, seine Mutter besser zu kennen als jeder andere – war der Ausdruck, den es angenommen hatte, unmöglich zu entziffern.

Ihre Lider waren halb geöffnet und halb geschlossen. Ihr Mund stand gerade so weit offen, dass es einem trotzigen kleinen Tropfen Speichel gelang, auszubrechen, sich durch ihren Damenbart hindurchzuwinden und ihr Kinn hinunterzurinnen. Ja, irgendwie wirkte sie ein wenig, als hätte jemand ihren Stecker gezogen und sie in eine Art Grundzustand zurückversetzt, aus dem heraus sie ihr System jetzt erst einmal wieder neu starten musste. Was genau dabei herauskommen würde, war für den Augenblick noch vollkommen offen.

Dann vollzog sich das für Egon mit Abstand seltsamste Ereignis, seit er Madame Priscillas Türschwelle überschritten hatte.

»Ach, mein Hasenzahn!«, rief seine Mutter und ihre militärisch kantige Figur schien von einem auf den anderen Augenblick in mollig weiche Linien zu zerfließen. »Du weißt doch, dass ich dir noch nie lange böse sein konnte.«

Gleich darauf stürmte sie mit einer solchen Wucht auf Egons Vater zu, dass sie ihn sofort von den Füßen holte und auf ihm zu liegen kam. Sein gequältes Stöhnen erstickte sie mit einem dicken schmatzenden Kuss und schon rollten die beiden unter den verwirrten Blicken der Soldaten eng umschlungen über den Boden des Speisesaales.

Egon wandte sich ab. Auch wenn er sich noch so sehr darüber freute, dass seine Eltern wieder zueinander gefunden hatten, so ging ihm diese überschwängliche Art und Weise, ihre neugewonnene Zuneigung auszudrücken, doch ein wenig zu weit.

»Wa-was machst du ü-überhaupt hier?«, fragte er Lotte, die das von ihr erbeutete Gewehr mittlerweile hatte sinken lassen.

Einen Moment lang schien es, als würden Egons Worte nicht zu seiner Freundin durchdringen. Dann endlich gelang es auch ihr, den Blick von der Generalin und dem Grafen loszureißen. »Ich …« Sie stockte und es schien, als müsste sie sich selbst erst einmal darüber in Kenntnis setzen, was genau sie eigentlich an diesen Ort getrieben hatte. Dann – plötzlich und vollkommen unerwartet – holte sie aus und versetzte Egon mit der geballten Faust einen saftigen Schlag gegen seine dürre Schulter.

»A-aua!«, jaulte er.

»Das hast du nicht anders verdient!«, rief Lotte. »Mensch, ich habe mir vielleicht Sorgen um dich gemacht. Du kannst dich doch nicht einfach so in Luft auflösen!«

Egon rieb sich seinen Arm. Doch bei dem Gedanken daran, dass Lotte sich tatsächlich Sorgen um ihn gemacht hatte, breitete sich zusammen mit dem Schmerz auch ein wohlig warmes Gefühl in ihm aus. »A-aber da-das wollte ich ja gar nicht«, stammelte er. »Da-das ist alles Ko-Kopernikus' Schuld. E-er hat mich hierher ge-gelockt.«

»Kopernikus?«, fragte Lotte.

»Ja«, bestätigte Egon und wollte gerade zu einer langen detailreichen Erzählung seiner phantastischen Abenteuer der letzten Stunden ansetzen, als sich – in völliger Missachtung der Tatsache, dass sie sich im zweiten Stockwerk eines gewaltigen Schlosses befanden – ein kleiner Erdhügel direkt zwischen seinen und Lottes Füßen auftürmte, aus dem kurz darauf zuerst zwei smaragdgrüne Krallen auftauchten und schließlich Kopernikus seine schwarze Schnauze hervorreckte.

»Ja bitte? Hat mich da gerade jemand gerufen?«, sagte der kleine Maulwurf und blickte sich fragend um.

Egon konnte es nicht fassen. Wie oft hatte er sich auf der Suche nach seinem kleinen schwarzen Begleiter erfolglos heiser geschrien? Doch kaum sprach Lotte auch nur ein einziges Mal seinen Namen aus, da erschien Kopernikus auf der Bildfläche, als hätte er die ganze Zeit direkt hinter der nächsten Ecke gewartet.

»Was zum Geier?«, rief Lotte und machte einen Schritt rückwärts.

»Nicht Geier. Maulwurf, meine Liebe«, korrigierte sie Kopernikus. »Und eben aufgrund meiner vorübergehenden Erscheinungsform unterliege ich zur Zeit gewissen überaus frustrierenden optischen Einschränkungen. Wäre es Ihnen daher vielleicht möglich, sich kurz vorzustellen? Leider kann ich mich nämlich ganz und gar nicht daran erinnern, Sie in diese Räumlichkeiten eingeladen zu haben.«

»Was in drei Teufels Namen bist du denn?«, fragte Lotte, ohne auch nur im Geringsten auf Kopernikus'

Bitte einzugehen – was Egon schon ein wenig unhöflich fand. Aber er beschloss, die beiden die Angelegenheit besser unter sich ausmachen zu lassen.

»Mein Name lautet Kopernikus, aber dessen sind Sie sich offensichtlich bereits bewusst. Doch auch wenn sich Ihr Wissen auf dieses Detail zu beschränken scheint, glaube ich, dass es Sie schrecklich ermüden würde, zu viele Einzelheiten meiner glorreichen Persönlichkeit zu erfahren. Von der beträchtlichen Zeitspanne, die ein solches Unterfangen in Anspruch nehmen würde, einmal ganz abgesehen. Außerdem ist mein guter Freund Egon hier«, er deutete mit einer seiner grünen Krallen an Egon vorbei auf den langen Esstisch, »ebenso in der Lage dazu, Sie über die wesentlichen Belange zu unterrichten.«

Kaum hatte der Maulwurf seinen hochgestochenen Monolog beendet, da erschien unmittelbar neben den dreien eine Tür, der man – zumindest Egons Meinung nach – regelrecht ansehen konnte, wie sehr sie sich darauf freute, durchschritten zu werden.

»Nanu!«, wunderte sich Kopernikus, der das Erscheinen der Tür gespürt zu haben schien. »Wo kommt die denn auf einmal her?«

Egon warf einen flüchtigen Blick hinüber zu seinen Eltern, die noch immer in leidenschaftlicher Verschlingung über den Boden kullerten. Sowenig Lust er auch hatte, schon wieder an einen neuen Ort verschlagen zu werden, so groß war sein Anreiz, dieses Schloss so schnell wie möglich zu verlassen.

»I-in Ordnung«, stotterte er, zögerte einen Moment, legte dann aber Lotte leicht seine Hand auf die Schulter. »Ko-komm. Wi-wir gehen.«

334

Lotte schien geradezu aus einer Art Trance gerissen zu werden. »Was? Ich gehe nirgendwo hin! Wir verschwinden jetzt von hier!«

Egon seufzte. »Wei-weißt du, da-das ist lei-leider nicht so einfach.«

»Was? Natürlich ist das einfach! Wir …« Lotte stockte, als sie bemerkte, dass sich die Tür, durch die sie eben noch so halsbrecherisch gesprungen war, einfach in Luft aufgelöst hatte. »Aber …. Aber wo …?«

»I-ich erkläre dir das a-alles. Ve-versprochen«, sagte Egon und schaute nervös über seine Schulter – wobei er mit einem Bildfetzen konfrontiert wurde, den er sicher nie wieder aus den Untiefen seines Verstandes gekratzt bekommen würde. »Nu-nur lass uns jetzt bi-bitte von hier verschwinden.«

18. Kapitel

N a gut, na gut, na gut«, sagte Lotte, die die letzten Minuten damit verbracht hatte, aufmerksam an Egons Lippen zu kleben. »Nur eine Sache verstehe ich an dem Ganzen wirklich immer noch nicht. Wie zur Hölle kannst du das alles in den paar Stunden erlebt haben? Ich meine, das geht doch gar nicht!«

»Do-doch, da-das geht,« bekräftigte Ego und untermalte seine Worte mit einem überaus energischen Kopfnicken. »Hi-hier geht einfach a-alles!«, rief er und breitete in einer weiteren unterstreichenden Geste seine hageren Arme so weit aus, wie er nur konnte. Während er seinen eigenen Worten gelauscht hatte, war er sich noch einmal so richtig bewusst geworden, wie abgrundtief wahnsinnig das alles klang – weswegen er jetzt vollkommen aus dem Häuschen war. »So-sogar die Zeit selbst spi-spinnt hier total!«

Seine beste Freundin und er saßen, umgeben von einigen windschiefen Fachwerkbauten, nebeneinander auf der Kante eines niedrigen Brunnens inmitten eines kleinen und mit ihrer Ausnahme vollkommen menschenleeren Marktplatzes. Über ihnen schien – wenig beeindruckt von Egons phantastischen Ausführungen – ein gelangweilter halb voller Mond und in der Luft um sie herum flatterten einige lethargische Glühwürmchen. Wohin auch immer es sie diesmal verschlagen hatte, der aufregendste Ort der Welt schien es nicht gerade zu sein. Oder besser: Madame Priscillas Haus gönnte ihnen vorerst eine kleine Verschnaufpause. Denn obwohl Egon es sehr begrüßte, nicht sofort Hals über Kopf in das nächste Abenteuer gestürzt zu werden, so erinnerte ihn eine hartnäckige kleine Stimme in seinem Hinterkopf doch beständig daran, dass es ein sehr großer Fehler wäre, sich allzu sicher zu fühlen.

Das bisher einzige Anzeichen dafür, dass sie sich nicht in einer komplett ausgestorbenen Geisterstadt befanden, war der klägliche Auftritt eines vollkommen überrumpelten Nachtwächters gewesen. Bei dem Anblick, wie Lotte und Egon durch die mitten in der Luft hängende Tür getreten waren, hatte dieser sich die Utensilien seines Berufsstandes unter den Arm geklemmt und schnellstmöglich aus dem Staub gemacht.

»Und der komische Maulwurf ist in Wirklichkeit diese grünäugige schwarze Katze, von der du mir beim Mittagessen erzählt hattest?«, fragte Lotte.

»Ja-ja ei-einerseits schon«, sagte Egon. »A-aber ei-eigentlich ist er gar keine Katze. So-sondern ein ver-verfluchter Ge-Gelehrter.«

Lotte nickte. »Natürlich.«

Auch jetzt noch, trotz allem was sie gesehen hatte, waren Lottes Zweifel nur zu offenkundig. Egon war drauf und dran zu verzweifeln. Der Versuch, seiner Freundin irgendeine Erklärung zu bieten, führte ihm deutlich vor Augen, dass auch er selbst noch immer nicht einmal die Hälfte dessen, was hier vor sich ging, wirklich verstand. Der Einzige, der ihm die Aufgabe hätte erleichtern können, war Kopernikus. Und der glänzte wieder einmal durch Abwesenheit.

338

»Na-na ja, e-es ist schon alles sehr …« Egon stockte, als er sah, wie sich die Augen seiner Freundin weiteten, als hätte sie einen fliegenden Elefanten gesehen. Gleichzeitig erkannte er in ihren Pupillen den hellen Widerschein von Flammen. Hastig drehte er sich herum.

»Das ist sie!«, ertönte der aufgebrachte Ruf eines Mannes, in dem Egon sofort den Nachtwächter erkannte. Dieser war jetzt allerdings keineswegs mehr alleine und ganz offensichtlich war auch der Großteil seiner Angst von ihm abgefallen. Stattdessen befand er sich inmitten einer dichten, ja schier unüberschaubaren Menge aus Fackeln, Mistgabeln und allerlei anderen improvisierten Mordinstrumenten, die von einer ganzen Horde aufgebrachter Frauen sowie einigen wenigen Männern durch die Gegend getragen wurden. »Ergreift die Hexe!«, rief er und schon, als hätte er nur auf dieses Kommando gewartet, strömte der Mob gleich einer vor Wut schäumenden Flut von allen Seiten auf den Marktplatz.

»He-Hexe?«, sagte Egon mehr zu sich selbst als zu irgendjemand anderem, da ihm in diesem prekären Augenblick sowieso niemand mehr zuhörte. Doch ehe er sich versah, erklärte sich die Situation bereits von selbst. Denn ohne dass er etwas dagegen hätte unternehmen können, wurde er von mehreren Händen gepackt und wie ein überflüssiges Möbelstück einfach zur Seite geschoben, während er gleichzeitig Zeuge wurde, wie eine noch viel größere Zahl von Händen gierig nach Lotte griff.

»Hey! Nehmt eure verfluchten Griffel weg!«, schrie seine Freundin und begann damit, sich nach

Art einer in die Ecke gedrängten Maus mit Händen, Füßen und Zähnen gegen die Katze – hier in Gestalt des Mobs – zur Wehr zu setzen. Doch obwohl sie die Nachteile ihrer zierlichen Statur durch eine erschreckende Portion Kaltblütigkeit ausglich, hatte sie der Übermacht schlussendlich doch nicht genug entgegenzusetzen. Ja, vollkommen hilflos musste Egon dabei zuschauen, wie man ihr einen Sack über den Kopf stülpte, ihre Hände hinter den Rücken band und sie schließlich wie ein gut verschnürtes Bündel davontrug.

»He-hey!«, rief er, doch seine schwache Stimme ging in dem allgemeinen Getöse vollkommen unter. Gleichzeitig versuchte er entgegen jedweder Wahrscheinlichkeit doch noch irgendwie zu Lotte durchzudringen, um ihr beizustehen. Doch plötzlich spürte er, wie sich eine Hand auf seine Schulter legte und ihn zurückhielt. Für einen Moment glaubte er, bei ihrem Besitzer handelte sich um ein weiteres Mitglied des Mobs, das ihn einfach nur zur Seite schieben wollte, dann aber vernahm er eine vertraute Stimme.

»Hey! Hallo Egon!«

Egon fuhr herum – und sah sich Auge in Auge konfrontiert mit seiner Traumfrau.

Babett, Herr Kruschinskis Sekretärin, stand so unmittelbar vor ihm, dass ihm gleichzeitig heiß und kalt wurde. Im starken Kontrast zu ihrer gewöhnlichen, eher prüden Bürofrisur umwallte ihr blondes Haar frei ihre zarten Schultern, welche wiederum in einem engen weißen Kleid steckten. Mit anderen Worten: Sie sah einfach nur umwerfend aus. Und das im wahrsten Sinne des Wortes. Denn kaum hatte Egon sie erblickt, da war es einzig und allein die Enge der großen Menschenmasse, die ihn davon abhielt, umzufallen wie ein angesägter Baumstamm. Dennoch wäre er um ein Haar einfach an Ort und Stelle in sich zusammengesunken, hätte Babett nicht seine Hand ergriffen und ihn zu sich herangezogen.

»Komm mit!«

Egon gehorchte, ohne auch nur zu bemerken, dass er sich benahm wie ein ganz besonders treudoofer Hund. Zuerst hatte er dabei zwar das vage Gefühl, irgendetwas Wichtiges aus den Augen zu verlieren, doch kurz darauf waren seine Pupillen schon unverrückbar an Babetts überwältigenden Anblick gekleistert.

Vor dieser teilte sich die Menschenmenge ebenso bereitwillig wie das Rote Meer einst vor Moses und kaum hatten sie den Marktplatz verlassen, da tauchten sie ein in das Dunkel einer schmalen krummen Gasse zwischen zwei extrem schiefen Häuschen. Hinter ihnen verhallte das aufgeregte Getöse des Mobs und mit diesem auch Egons letzte Gedanken an alle anderen Dinge dieser Welt.

Als der stinkende Sack endlich wieder von Lottes Gesicht gezogen wurde, fühlte sie sich schon längst nicht mehr nur aufgrund dieses vorübergehenden Aufenthaltsortes ihres Kopfes wie eine Kartoffel, sondern vor allem aufgrund der schrecklich unhöflichen Art und Weise, mit der in den vergangenen Minuten mit ihr umgesprungen worden war. Wie wild hatte man sie hin- und hergeschleudert, mal über der Schulter getragen, dann wieder auf etwas transportiert, das sich verdammt nach einem Pferderücken anfühlte – und auch genauso roch. Die letzten Meter hatte man sie wie eine elendige Schwerverbrecherin vor sich hergestoßen, schließlich auf einen niedrigen, überaus unbequemen und etwas wackeligen Holzstuhl gesetzt und endlich losgelassen.

Das Erste, das sie sah, nachdem sich ihre Augen langsam wieder an die Helligkeit gewöhnt hatten, war ein Saal voller Menschen – die meisten davon Frauen – die aufgeregt miteinander tuschelten und andauernd mit dem Finger auf sie zeigten. Und obwohl sie recht wenig von dem verstand, was die Leute da so von sich gaben, hörte sie immer wieder klar und deutlich ein einziges Wort: Hexe.

Nachdem sie sich dieses Gehabe eine geraume Zeit lang mit angeschaut hatte, platzte ihr der Kragen. »Ich bin keine Hexe, ihr verdammten Hinterwäldler! Ihr seid ja wohl alle nicht mehr ganz frisch!«

Kaum hatte sie diese Worte ausgesprochen, da ergriff eine derart bedrückende Stille den Saal, dass sie auch noch das letzte kränkliche Hüsteln zwischen ihren Fingern erstickte. Das kleine Triumphgefühl jedoch, das etwas voreilig begonnen hatte, sich in Lottes Innerem auszubreiten, zog sich geschlagen wieder zurück, als sie erkannte, dass es keineswegs ihre Worte gewesen waren, die diese Reaktion hervorgerufen

342

hatten – sondern die Tatsache, dass ein großer glatzköpfiger Mann mit kalkweißem Gesicht und einem scharlachroten Talar den Raum betreten hatte.

»Genau das gilt es zu beweisen«, sagte der Neuankömmling und sein Gesicht verzog sich zu einem schrecklich breiten Grinsen, wobei seine schmalen Lippen in der Farbe seines Gewandes aufglühten. »Oder aber zu widerlegen.«

Ein kalter Schauer lief Lottes Nacken herunter, tropfte hinab auf ihren Rücken und hüllte sie schließlich vollständig in eine brennende Gänsehaut. Noch vor kurzem hatte sie der Anblick bewaffneter Soldaten vollkommen kalt gelassen, da sie den zittrigen Kerlen auf den allerersten Blick angesehen hatte, dass sie lieber überall anders gewesen wären. Dieser gruselige Typ jedoch strahlte eine derart diabolische Aura aus, dass sich sogar der Teufel selbst noch eine Scheibe von ihr hätte abschneiden können.

Der Mann kam immer weiter auf Lotte zu, dann begann er, sie zu umschleichen wie ein Bluthund seine Beute. Einen Moment lang blieb er unmittelbar vor ihr stehen, betrachtete sie von oben bis unten und ging daraufhin einmal hinter ihrem Rücken entlang, um schließlich nur wenige Meter vor ihr auf einem großen, für ihn bereitgestellten Stuhl mit hoher Rückenlehne Platz zu nehmen und seelenruhig die Hände auf seinem Schoß ineinanderzufalten.

»Nun, dann wollen wir doch einmal sehen«, sagte er und schaute Lotte so unmittelbar in ihre Augen, dass sie meinte, ein großes kreisrundes Loch exakt an der Stelle erkennen zu können, wo sich von Natur aus eigentlich seine Seele hätte herumtreiben sollen. »Wie du sicherlich bereits mitbekommen hast, bist du der Hexerei angeklagt. Wie plädierst du?«

Lotte war wie vor den Kopf gestoßen. Der Kerl musste ja vollkommen übergeschnappt sein! Doch die klirrende Kälte, die von ihm ausging, ließ jeden bissigen Kommentar schon am unteren Ende ihrer Kehle zu Eis erstarren. »Nicht schuldig!«, blaffte sie und versuchte wenigstens in diese paar kümmerlichen Silben all die Abscheu hineinzustopfen, die sie für den Kerl übrig hatte.

Ein tiefes Raunen wanderte einmal durch den ganzen Saal.

»Soso«, sagte der Glatzkopf. »Das heißt also, du hast rein gar nichts mit dem Verschwinden der Männer zu tun?«

Zwar hatte Lotte bereits zuvor bemerkt, dass der Großteil der Personen nicht nur in diesem Raum, sondern auch zuvor auf dem Marktplatz aus Frauen bestanden hatte. Doch erst jetzt begriff sie, dass in der Tat irgendetwas seltsames in dieser Stadt vor sich gehen musste. Nur hatte sie ganz bestimmt nicht das Geringste damit zu tun.

»Nein!«, rief sie. »Wie hätte ich das denn auch anstellen sollen?«

»Nun, eure Art hat da sicher ihre Mittel und Wege«, sagte der Mann in dem Talar, als stünde die Frage nach Lottes Schuld oder Unschuld für ihn überhaupt nicht zur Diskussion. Er beugte sich etwas nach vorne. »Aber wie dem auch sei. Gehe ich recht in der Annahme, dass du ebenfalls leugnest, mit dem Teufel im Bunde zu stehen?«

Der Gedanke daran mit überhaupt irgendjemandem im Bunde zu stehen, wie der merkwürdige Kerl sich da ausdrückte, ließ Lotte unweigerlich laut auflachen. »Ha! Da muss ich dich enttäuschen. Den habe ich leider noch nicht kennengelernt.« Kaum hatte sie diesen Satz ausgesprochen, da biss sie sich auf die Zunge. Vielleicht hätte sie sich das Wörtchen leider besser verkneifen sollen. Manchmal war sie einfach viel zu impulsiv.

Und tatsächlich schien es ihr gelungen zu sein, einen überaus wunden Punkt des Glatzkopfes zu berühren. Der nämlich sprang sogleich von seinem Stuhl auf, machte zwei schnelle Schritte auf sie zu und schrie »Du lügst!« wobei Lotte einige kleine Tröpfchen seines Speichels ins Gesicht flogen, ohne dass sie im Stande gewesen wäre, sie wegzuwischen. Der Kerl wandte sich herum zu den Zuschauern. »Arno! Erzähl den Leuten, was du gesehen hast!«

Bei Arno handelte es sich, wie Lotte bemerkte, um den fast schon bemitleidenswerten Nachtwächter, der sie und Egon bei ihrer Ankunft in dieser vermaledeiten Stadt beobachtet hatte. Er saß, wie auch die meisten anderen Leute, auf einem kleinen Stuhl nur wenige Meter vor ihr, erhob sich jetzt aber und schlug etwas beschämt die Augen nieder. Offensichtlich war er es nicht gewöhnt, vor so vielen Menschen zu sprechen.

»Euer Gnaden, ich sah mit meinen eigenen Augen, wie diese Hexe da aus einer Tür heraustrat, die einfach so in der Luft hing.«

»Da habt ihr es!«, rief der Glatzkopf. »Auf diese Weise holt sie sich eure Männer!« Er entfernte sich ein wenig von Lotte und näherte sich dem Publikum, wobei er seine erlogenen Ausführungen wild mit seinen langen dürren Fingern gestikulierend untermalte. »Wie eine Spinne tritt sie nächtens durch ihre verhexte Tür, schnappt sich den ersten Mann, dem sie habhaft werden kann, und zieht sich mit ihm sofort wieder zurück. Auf diese Weise ist dein Gunnar verschwunden, meine arme Hildegard.« Er deutete auf eine kleine alte Frau in der ersten Reihe, deren Augen sich bei der Erwähnung dieses Namens wie auf Knopfdruck mit großen glänzenden Tränen füllten. »Und ja auch dein Manfred, Sieglinde.« Eine wesentlich jüngere Frau am Ende des Saales legte ihre Stirn in Zornesfalten. »Gott alleine weiß, was sie mit all den armen Kreaturen, die ihr bereits zum Opfer fielen, angestellt hat.« Er erhob mahnend seinen Zeigefinger. »Doch ich bete jeden einzelnen Tag für sie.«

Eine Welle der Empörung flutete den Saal und mit Schrecken erkannte Lotte, dass die Menschen dem eklig kalkweißen Kerl nur allzu bereitwillig zustimmten. »Ich bin keine Hexe!«, rief sie, um ihrer immer größer werdenden Angst ein Ventil zu verschaffen.

Der Glatzkopf schnellte herum und wies erneut mit dem Finger auf sie. »Du leugnest also, durch diese verhexte Tür gekommen zu sein?«, rief er, holte noch einmal kräftig Luft und klang geradezu angewidert, als er schrie: »Du nennst den ehrenwerten Arno einen Lügner?!« Woraufhin die ersten Rufe und Pfiffe laut wurden.

Lotte fühlte sich vollkommen überrumpelt. »Was? Nein. Aber …« Doch sie kam nie dazu, ihren Satz zu vollenden.

Denn kaum hatte Lotte das Wörtchen Nein ausgesprochen, da begann die alte Frau, deren armer Gunnar wer weiß wohin verschwunden war, zu schreien und zu kreischen: »Hexe! Die Hexe gesteht! Ihr habt es alle gehört! Sie gesteht!« Ihrem Beispiel folgten unmittelbar zahlreiche andere Frauen und schon schrie der ganze Saal wie aus einem einzigen Hals: »Hexe! Hexe! Verbrennt sie! Verbrennt die Hexe!«

Alle Kraft schien aus Lottes Gliedern zu weichen. Gleichzeitig war sie erneut dazu gezwungen, mit anzusehen, wie sich das kalkweiße Gesicht des Mannes in Rot zu einem grotesk diabolischen Grinsen verzog. Ja, und wenn sie sich nicht völlig täuschte, dann sah sie im Innersten seiner boshaften Augen für einen kurzen Augenblick klar und deutlich kleine Flämmchen auflodern.

Egon schwebte auf Wolke Sieben. Nie wieder in seinem ganzen Leben wollte er irgendwo anders sein als genau hier. Dabei hätte er nicht einmal zu sagen gewusst, wo genau sich dieses Hier überhaupt befand. Aber eigentlich war ihm das auch vollkommen schnuppe. Er war bei seiner wunderbaren, über alles geliebten Babett. Das war alles, was zählte.

Der einzige kleine Wermutstropfen an seinem momentanen Zustand vollkommener Glückseligkeit war die ernüchternde Tatsache, dass er Babett leider nicht ganz für sich alleine hatte. Nein, tatsächlich hatte sich in diesem zwar kleinen, dafür aber umso prachtvolleren Häuschen mit golddurchwirkten Wänden inmitten eines Waldes außer ihm noch eine ganze Reihe anderer Männer eingenistet, die Babett ebenso verehrten wie er selbst. Neben zwei kräftigen Jungen, die kaum der Pubertät entwachsen waren, sah er fünf oder sechs Männer in seinem Alter sowie zwei Greise, die – obwohl sie offensichtlich bereits alle Mühe hatten, sich überhaupt auf ihren klapprigen Beinen zu halten – um Babett herumsprangen wie zwei junge Rehe.

Doch Egons anfänglicher Missmut über diese leidige Gesellschaft begann sich bereits wieder in Wohlgefallen aufzulösen. Dann war er halt nicht alleine, na und? Er war seiner Traumfrau um einiges näher, als er es sich jemals hätte erträumen lassen.

Außerdem blieb ihm sowieso keine Zeit, sich allzu große Gedanken über derlei Dinge zu machen. Dafür war er viel zu beschäftigt. In ihrer unendlichen Güte gestattete Babett es ihm und all den anderen Männern, ihr jedweden Wunsch von ihren entzückenden kleinen Äuglein abzulesen, während sie sich in der Mitte des Häuschens auf einer mit rotem Samt bezogenen Liege rekelte und sie mit ihrer kostbaren Gegenwart beschenkte.

Ach, und wie unendlich groß waren die Wonnen dieses Daseins! Zwei der Männer massierten eifrig Babetts kleine weiße Füßchen, zwei weitere ihre zarten Schultern. Einer der Jungen schenkte ihr regelmäßig duftenden Rotwein nach, während es niemand anderem als Egon höchstpersönlich zukam, sie mit erlesenen Häppchen zu füttern.

Gerade dabei handelte es sich selbstverständlich um eine Aufgabe von allerhöchster Wichtigkeit, die nichts anderes als seine vollkommene und absolut ungeteilte Aufmerksamkeit erforderte. Immerhin durfte er sich durch nichts – wirklich absolut rein gar nichts! – ablenken lassen, um immer rechtzeitig zur Stelle zu sein, wenn Babett fordernd ihr liebliches kleines Mündchen öffnete. Was konnte es Schöneres geben, als sein ganzes Leben damit verbringen zu dürfen, nie wieder auch nur für eine einzige Sekunde seine Augen von diesem wundervollen Anblick zu lösen?

Egon fühlte sich, als sei er wirklich und wahrhaftig bereits im Paradies angekommen. Dann aber störte einer der beiden Greise seine ansonsten perfekte Idylle. »Hey! Jetzt bin ich aber mal dran!«, rief der zahnlose alte Kerl und versuchte Egon ungeduldig mithilfe seines nicht zu unterschätzenden Bierbauches zur Seite zu manövrieren, um auf diese Weise selbst in die Kontrolle der Häppchen zu gelangen.

Doch so einfach ließ Egon sich nicht beiseite schieben. Er würde für die Nähe zu seiner Traumfrau kämpfen. Jawohl! Wie einen Dorn brachte er die Spitze seines knochigen Ellenbogens zum Einsatz und trieb dem alten Tunichtgut die Tränen ins Gesicht. Gleichzeitig musste ihm allerdings das Kunststück gelingen, nicht die Kontrolle über die Häppchen zu verlieren.

Einen Moment klappte das sogar ganz gut. Dann aber legte der zornige alte Knacker den zweiten Gang ein. Ein kräftiger Ruck durchfuhr seine äußersten Fettschichten und Egon, dessen Ellenbogen noch immer tief in diesen feststeckte, entglitt ein dick mit Kaviar beschmierter Happen, der sogleich einen hässlichen schwarzen Fleck auf Babetts schneeweißem Kleid hinterließ.

»Egon!«, brüllte sie und für einen winzigen Augenblick hörte sich ihre Stimme keineswegs mehr so zart und lieblich an, wie Egon es gewohnt war, sondern sehr tief und irgendwie kratzig. »Pfui! Sieh nur, was du da angerichtet hast! Geh sofort da hinten in die Ecke und schäme dich!«

Egons Kopf sank tief herab zwischen seine Schultern. Aber er gehorchte, als stammte der schmerzende Befehl nicht von einer Sekretärin, sondern von einer fleischgewordenen Göttin. Mit schlurfenden Schritten entfernte er sich von Babetts Liege und ließ sich ganz alleine in der äußersten Ecke des Raumes auf einem niedrigen hölzernen Schemel nieder, der direkt neben einem kleinen eckigen Fensterchen stand. Er war am Boden zerstört. Ob es ihm jemals gelingen würde, Babetts Gunst zurückzugewinnen?

Die folgenden Minuten verbrachte er damit, todtraurig durch einen dicken Schleier von Tränen dabei zuzuschauen, wie der fette Greis, der seinen Platz eingenommen hatte, all die Wonnen genoss, die eben noch die seinen gewesen waren. Gequält musste er mitansehen, wie der Mann Babett ein reich belegtes Häppchen nach dem anderen in ihren süßen kleinen Mund schob und sie ihm schließlich sogar gestattete – oh welche Gunst! – ihr mit einer kleinen Serviette die Mundwinkel zu säubern. Es fehlte nicht viel und Egon wäre ohnmächtig geworden.

Gerade in dem Augenblick aber, als die Scham ihn tatsächlich zu überwältigen drohte, schob sich ohne Vorwarnung der schneeweiße Schädel eines gewaltigen Pferdes durch das Fenster, versperrte Egon die Sicht auf seine Traumfrau und blickte ihn aus großen roten Augen an.

Anstatt sich aber über diesen Blickschutz zu freuen, zerriss es Egon endgültig das Herz, auf diese Weise auch noch von dem Anblick seiner Angebeteten getrennt zu werden, und ihn überkam eine beinahe bestialische Wut. Ohne zu zögern sprang er auf, packte das Tier an seiner Mähne und versuchte es unter dem Einsatz von Händen und Füßen mit aller Kraft wieder aus dem Fenster herauszudrücken.

»Mein lieber Egon«, wieherte das Pferd. »Ich bitte dich, dieses ungehobelte Verhalten auf der Stelle zu unterlassen!«

Egon hielt inne. Konnte es sein, dass das Pferd da gerade etwas zu ihm gesagt hatte? Ach Quatsch! Pferde konnten nicht sprechen. Das war vollkommen ausgeschlossen. Unbeirrt fuhr er daher mit seinem – bisher zugegebenermaßen recht fruchtlosen – Versuch fort, den Kopf des Tieres wieder aus dem Fenster hinauszubefördern.

»Nun, da du dich derart resistent gegen meine Bitten zeigst, hast du es wohl leider nicht anders verdient«, sagte das Pferd und biss Egon beherzt in die Nase, woraufhin seine dicke Brille polternd zu Boden fiel.

»A-aua!«, beschwerte sich Egon und hielt seine Nase. Trotz des unscharfen Schleiers, der sich vor seine Augen legte, meinte er erkennen zu können, wie der Kopf des dreisten Gauls für einen winzigen Augenblick ein tiefes Schwarz annahm und seine Augen in einem kräftigen Grün erstrahlten. Unmittelbar darauf zeigten sie allerdings schon wieder ihr voriges Rot und das Fell des Tieres wieder sein leuchtendes Weiß.

»Mein lieber Egon, du scheinst mir da ein paar Dinge aus den Augen verloren zu haben.«

Egon, der sich gerade gebückt und seine Brille vom Boden aufgesammelt hatte, stockte erneut. Das Pferd hatte etwas gesagt. Diesmal hatte er es eindeutig gehört. »Du-du ka-kannst sprechen?«, fragte er verdattert und das erste Mal, seitdem er das Haus betreten hatte, wurde Babett zumindest ein winziges Stückchen aus seinen Gedanken verdrängt.

»Oje, oje, ich sehe schon. Dieses seltsame Weibsbild hat dir ganz schön den Kopf verdreht.« Das Pferd schüttelte seine glänzend weiße Mähne. »Dabei kann ich mir das alles überhaupt nicht erklären. Ich habe wirklich nicht die geringste Ahnung, wo wir hier sind.«

Egon verstand kein Wort von dem, was der komische Gaul da vor sich hin wieherte. Was er hingegen sehr gut verstand, waren die wenigen kurzen Worte, die ihm seine Angebetete von dem anderen Ende des Raumes zurief: »Egon! Was ist da hinten los?«

»Ni-nichts!«, rief er und versuchte verzweifelt, den großen breiten Pferdekopf mit seinem schmächtigen Körper zu verbergen.

Zu seinem Glück machte Babett sich nicht einmal die Mühe, ihren Kopf zu erheben. »Stell dich in deine Ecke und sei gefälligst ruhig!«, rief sie begleitet von einem genervten Schmatzen und wedelte gelangweilt mit der Hand.

Egon zögerte nicht, ihrem Befehl Folge zu leisten. Er beschloss, das Pferd ab jetzt einfach zu ignorieren. Schließlich war gar nicht auszudenken, was alles passieren mochte, wenn er bei Babett noch weiter in Ungnade fiel!

Das Pferd hingegen schien sich nicht im Geringsten um derartige Dinge zu sorgen. »Mein lieber Egon. Leider zwingst du mich mit deinem unverbesserlichen Verhalten, größere Geschütze aufzufahren«, sprach es – und biss erneut zu. Dieses Mal wählte es sich als Ziel seiner stumpfen Zähne allerdings keineswegs Egons Nase – sondern seinen Hintern. »Denk doch bitte auch mal an diese Lotte«, schnaufte es mit vollem Maul.

Im Nachhinein war es für Egon wirklich schwer zu sagen, ob es der gewaltige Schmerz war, der sein gequältes Hinterteil durchfuhr, oder vielleicht doch der Name seiner besten Freundin, der irgendetwas in seinem Inneren aus einer tiefen Trance erweckte. Doch was auch immer es sein mochte, völlig synchron mit seinem gewaltigen Schmerzensschrei verwandelte sich seine komplette Umgebung, als hätte jemand die Fernbedienung eines Fernsehers betätigt – und den Horrorkanal eingeschaltet.

Als fiele eine Art Vorhang von seinen Augen, färbte sich diesmal nicht nur das Pferd schwarz, sondern Babetts ganzes Haus verwandelte sich. Wo Egon bis zu diesem Augenblick nichts anderes als einen etwas zu klein geratenen Palast gesehen hatte, erschien nun eine vollkommen heruntergekommene

Hütte. Die zuvor von purem Gold durchwirkten Wände entpuppten sich als einfache morsche Bretter und der weiche Teppich unter Egons Füßen wich schlichter festgetretener Erde.

Das alles war schon schlimm. Doch die schreckliche Veränderung, die mit seiner über alles verehrten Babett vor sich ging, ließ ihn um ein Haar in eine tiefe Ohnmacht hinabsinken – hätte ihn nicht der pochende Schmerz in seinem Hintern hartnäckig wachgehalten.

Das vollkommen verrunzelte Etwas, das sich dort auf einigen löchrigen Strohsäcken rekelte, die doch erst vor kurzem noch eine samtrote Liege gewesen waren, ließ eine garstige Übelkeit in Egons Magen aufsteigen. Überaus angewidert musste er sehen, wie die armen unwissenden Finger der zwei Männer, welche Babetts Füße massierten, über riesige steinharte Hühneraugen und lange schartige Zehennägel glitten, während zwei weitere die teigartige Haut ihres runzeligen Nackens durchkneteten, als handele es sich noch immer um jenen zarten Hals, den er noch vor wenigen Augenblicken gesehen hatte. Die ach so köstlichen Häppchen wiederum, die er Babett selbst in den Mund geschoben hatte, entpuppten sich als eine bunte Mischung widerlichen Ungeziefers, eklig quirlige Würmer, die sich zwischen den Fingern des Greises hin- und herwanden und dicke krabbelige Käfer, welche zu ahnen schienen, dass ihre letzte Stunde im Begriff stand, zu schlagen. Worum es sich bei der dunkelroten, zähflüssig stückigen Flüssigkeit handelte, welche Babett so genüsslich schlürfte, als handelte es sich in der

Tat um köstlichsten Wein, wollte Egon besser gar nicht so genau wissen.

Egon gelang es einfach nicht, sich zurückzuhalten. »Pfu-pfui bäh!«, brach es aus ihm hervor, kaum dass er die letzte Spitze seines Schmerzensschreies vollendet hatte. Sofort hielt er sich beide Hände vor den Mund. Das war jetzt vielleicht nicht der intelligenteste Schachzug gewesen.

»Egon!«, schrie das schreckliche Etwas, das zuvor noch die wunderschöne Babett gewesen war, und erfüllte den ganzen Raum mit einer enormen Staubwolke, als es zornig von seinen löchrigen Säcken emporschnellte. »Wie kannst du es wagen?!«

Zu Egons akutem Ekel gesellte sich eine überwältigende Furcht. Der Anblick der roten vor Zorn geweiteten Augen, die ihn über die kantige Hakennase des Monsters hinweg ins Visier nahmen, war einfach zu viel für seine Nerven. Für einen Moment erstarrte er vor Angst geradezu zu Stein.

»Komm! Spring auf!«, rief das pechschwarze und grünäugige Pferd, das Egon nun endlich als Kopernikus erkannte.

Das ließ er sich natürlich nicht zweimal sagen. Während er aus dem Augenwinkel noch erkannte, wie Babett – begleitet von den bitter enttäuschten Blicken der anderen Männer – ihren Platz verließ und auf ihn zuhechtete, sprang er mit einem ungeahnt großen Satz aus dem Fenster und nahm gerade noch rechtzeitig auf Kopernikus' Rücken Platz, um der ersten Attacke ihrer Krallen zu entgehen.

Gleich darauf setzte Kopernikus zu einem gestreckten Galopp durch den tiefen Wald an und

Egon benötigte auch noch das allerletzte Quäntchen seiner Kraft, um sich in der Mähne des Pferdes festzukrallen. Doch während die beiden so dahinschossen, meinte er, Babetts Atem in seinem Nacken spüren zu können.

»Wo-wo willst du hin?«, fragte er Kopernikus, als er endlich etwas Atem für derartige Dinge wie dumme Fragen übrig hatte.

»Mein lieber Egon«, schnaufte Kopernikus und sprang mit einem ordentlichen Satz über einen umgestürzten Baumstamm, der ihnen quer im Weg lag. »Man braucht unsere Hilfe!«

Das Feuer der Fackel in der Hand des Glatzkopfes im roten Talar knisterte vorfreudig. Zumindest war das der lebhafte Eindruck, den die fröhlich tanzende Flamme auf Lotte machte. Zwar mochte ihre Wahrnehmung ihrem bis zur Zerreißprobe strapazierten Verstand durchaus einen böswilligen kleinen Streich spielen, doch in Anbetracht der Tatsache, dass sie geknebelt und gefesselt auf einem hoch aufgeschichteten Scheiterhaufen stand, war das auch kein Wunder.

»Ihr alle hier habt das Geständnis der Hexe gehört«, rief der Mann und schwenkte die Fackel hoch oben über seinem Kopf. Die dichte Menge der Stadtbewohner, die sich auf dem kleinen Marktplatz versammelt und bis jetzt fast schon andächtig geschwiegen hatte, gab ein zustimmendes Raunen von sich. »Sie ist es, die verantwortlich ist für das Verschwinden eurer guten und treuen Männer und Freunde. Sie hat sie mit sich hinabgerissen in die tiefsten Abgründe der Hölle.« Die Menge wurde bewegter und erste Rufe nach Lottes möglichst baldigem Ableben wurden laut. »Ja, in die Hölle!« Der Glatzkopf stopfte soviel Schrecken wie er nur konnte in dieses einzelne Wort und ließ ihm einige Sekunden Zeit, sich frei zu entwickeln, bevor er fortfuhr. »Und genau deswegen muss nun sie selbst dorthin zurückgeschickt werden, auf dass ihre Seele im Feuer geläutert werde!« Erneut schwenkte er seine Fackel und wieder zeigte sich das diabolische Grinsen auf seinen schmalen Lippen, das Lotte schon zuvor aufgefallen war.

Endlich brach die Menschenmenge in ein lautes Gegröle und Gejohle aus: »Verbrennt sie! Verbrennt sie!«

Auch wenn Lotte noch immer damit rang, die Realität ihrer Umgebung anzuerkennen – die Hitze des Feuers, die sie schon jetzt deutlich spüren konnte, schien ihr leider alles andere zu sein als ein Produkt ihrer zu lebhaften Phantasie.

Der Glatzkopf ließ die Empörung der Menge noch einen Moment weiter ansteigen. Ja, er genoss es sichtlich, die aufgebrachten Menschen auf die Folter zu spannen. Dann aber erlöste er sie und schmiss die Fackel mit einer geradezu gönnerhaften Geste auf das trockene Stroh, das dem unheilvollen Holzkonstrukt als Grundlage diente und überaus bereitwillig in Flammen aufging. Innerhalb nur weniger

Sekunden sprang das hochmotivierte Feuer von dort auf das ebenso trockene Holz über und es dauerte nicht lange, bis die gesamte untere Schicht des Scheiterhaufens bedrohlich aufloderte.

Lotte geriet in Panik. So stark sie nur konnte, zerrte sie an ihren Fesseln.

»Bleib stehen! Du gehörst mir!«, keifte Babett irgendwo hoch in der Luft hinter Egon und Kopernikus, als die zwei im ungemütlich wilden Galopp aus den letzten Baumreihen des Waldes hervorbrachen und auf das dahinter liegende Feld hinaustoben. Zwar war es Egon noch immer nicht gelungen, sich nach seiner ehemaligen Traumfrau umzusehen, doch konnte er sich nur allzu gut vorstellen, wie sie dort oben auf einem struppigen alten Kehrbesen durch die Lüfte sauste und gierig ihre Krallen nach ihm und Kopernikus ausstreckte.

»Du wirst immer mir gehören!«, fügte sie unnötigerweise hinzu und ihre Worte gingen über in ein krächzendes Gelächter, das Egon und Kopernikus auf ihrem weiteren Ritt begleitete.

In der Dunkelheit vor ihnen erkannte Egon die Silhouette der Stadt. Direkt malerisch zeichnete sich der hagere Turm einer kleinen Kirche inmitten des Gebirges aus schiefen Dächern vor den ersten Sonnenstrahlen ab, die gerade dabei waren, tapfer den Horizont zu erklimmen. In der Mitte der ansonsten vollkommen dunklen Stadt aber – irgendwo dort also, wo sich Egons Meinung nach der beschauliche kleine Marktplatz befinden musste – glomm ein schwacher Lichtschein, den er sich nicht sofort zu erklären vermochte.

Kopernikus hingegen offenbar schon. »Verdammt!«, schnaufte das pummelige schwarze Ross, legte einen Zahn zu und Babetts krächzendes Gelächter blieb zumindest für den Moment ein wenig hinter ihnen zurück.

Bald darauf sprengten sie durch die engen Straßen und Gassen der Stadt, wo das rhythmische Geklapper von Kopernikus' Hufen lautstark von den Wänden der umstehenden Häuser widerhallte. Nach zwei, fünf, sieben turbulent engen Wendungen, die Egon um ein Haar von Kopernikus' Rücken geworfen hätten, erkannte er vor ihnen endlich den Marktplatz – sowie die große Menschenmenge, die sich dort versammelt hatte. Über deren Köpfe hinaus ragte hoch aufgeschichtet ein gewaltiger Scheiterhaufen, an dem bereits die ersten Flammen emporkrochen und sich der Person auf seiner Spitze näherten.

Egon dämmerte, was hier vor sich ging. »Da-das ist Lotte!«, rief er entsetzt. »A-aber warum?«

»Keine Zeit für Erklärungen!«, wieherte Kopernikus und stoppte derart abrupt und gefährlich dicht hinter der Menge, dass seine Hufe auf dem Pflaster helle Funken schlugen und dem armen Egon wirklich jede Chance genommen war, sich noch irgendwie festzukrallen. Stattdessen verließ er gleich dem malträtierten Sportgerät eines ambitionierten Hammerwerfers den Rücken seines schwarzen Begleiters und flog im hohen Bogen über die Köpfe der verdutzten Menschen hinweg in Richtung Scheiterhaufen.

Während Egon bei diesem halsbrecherischen Manöver – die Schwerkraft ist manchmal schon ein echter Witzbold – unfreiwillig eine halbe Pirouette vollführte, offenbarte sich ihm das erste Mal das Bild, das er in den letzten Minuten in seinem Kopf mit sich herumgetragen hatte: In einem für seinen Geschmack wirklich viel zu kurzen Abstand sah er Babett vor sich, die wie das überzeichnete Urbild aller Hexen inmitten der Luft auf einem alten Besen kauerte und hämisch lachend auf ihn zugeschossen kam.

Dann war der flüchtige Moment auch schon wieder vorüber und Egon sah die harte Realität in Form steil aufgeschichteter Holzscheite rasant auf sich zukommen.

In dem Augenblick, in dem eine große Wolke aus Funken und Rauch emporstob, weil Egon sich wie ein allzu gieriger Holzwurm in die noch nicht von den Flammen erreichten Schichten des Scheiterhaufens hineinbohrte, hörte er hinter sich einen überaus aufgebrachten Schrei. So schnell er nur konnte stemmte er sich hoch, wandte sich um – und wurde Zeuge einer unfassbar widerwärtigen Verwandlung.

Unmittelbar vor dem Scheiterhaufen und in diesem Moment direkt unter der heransausenden Hexe stand ein kalkweißer Glatzkopf in einem scharlachroten Talar und schien sich über Egons plötzliches Erscheinen nicht gerade zu freuen. In der Tat schien er sogar derart verärgert zu sein, dass – wie Egons ungläubig geweitete Augen mit ansehen mussten – aus seiner eben noch spiegelglatten Glatze zwei große Hörner hervorbrachen, während aus seinem Mund zwei lange spitze Eckzähne hervorwuchsen.

»Du Wift maft mir meine Beute nift ftreitig!«, schrie der Dämon – aufgrund der vermutlich etwas ungewohnten Zähne jetzt mit einem deutlichen Lispeln – und untermalte seine Worte mit einer gebieterischen Handbewegung, auf welche die Flammen des Scheiterhaufens reagierten, als hätte man einen großen Kanister Benzin in sie hineingeschüttet. Eine riesige Feuerwand schoss zwischen ihm und Egon empor und der begriff, dass ihm nur noch wenige Sekunden blieben, bis die Flammen ihn und Lotte endgültig gar gekocht hätten.

Wenn Egon in den vergangenen Stunden auch nur irgendetwas gelernt hatte, dann seine Angst wenn nötig hinunterzuschlucken und einfach zu handeln. So schnell er konnte erklomm er das letzte Stückchen des Scheiterhaufens und erreichte Lotte, als bereits die ersten Flammen gierig nach seinem Rücken leckten. Der Knebel in ihrem Mund konnte warten. Zuerst musste er ihre Hände befreien. Zum Glück hatte Lotte durch ihr beständiges Gezappel den Knoten bereits selbst etwas gelockert, wodurch Egon das Kunststück gelang, die Fesseln innerhalb nur weniger Sekundenbruchteile mit einigen schnellen Handgriffen zu lösen.

Dann aber, genau in dem Augenblick, in dem das dünne Seil hinter Lottes Rücken hinabsank, spürte er, wie sich eine Hand auf seine Schulter legte – und alle Gedanken an seine Freundin den vor Aufregung ganz zittrigen Fingern seines Verstandes entglitten. Gleichzeitig färbte sich die Welt um ihn herum in ein geradezu bezauberndes Rosarot und erneut hörte er Babetts liebliche Stimme: »Ach Egon! Komm bitte wieder mit mir mit! Ich habe dich doch so gern!«

Aber dieser Vorhang löste sich ebenso schnell wieder in Wohlgefallen auf, wie er gekommen war, und Egon sah, wie sich nun die Hexe mit einem arg lädierten Schädel voran in das Innerste des Scheiterhaufens bohrte.

»Verfieh dich blof, du verfluchteft Miftstück!«, rief Lotte und als Egon sich zu ihr umwandte, sah er, wie sie mit ihrer Linken den letzten Rest des Knebels aus ihrem Mund herauszog. In ihrer Rechten hielt sie ein dickes schweres Holzscheit.

Aber die Gefahr war noch nicht gebannt. Die gewaltige Hitze des Feuers, welche die beiden umgab, als säßen sie im Inneren eines fleißigen Hochofens, wurde derart erdrückend, dass Egon kaum noch Luft bekam. Hinter der dichten Wand aus Flammen sah er die grinsende Fratze des Dämons. Die Stadtbewohner hingegen hatten Hals über Kopf die Flucht ergriffen, wodurch der Marktplatz wieder genauso verlassen dalag wie bei ihrer Ankunft.

»Hihihi!«, kicherte das Höllenwesen und rieb sich siegessicher die Hände. »Gleif fei auf einen Ftreif!«

»Ich korrigiere!«, rief Kopernikus, der sich dem Dämon unbemerkt bis auf wenige Schritte genähert hatte, und versetzte ihm unter dem kraftvollen Einsatz beider Hinterhufe einen solch gewaltigen Tritt, dass er nun ebenfalls auf den brennenden Scheiterhaufen katapultiert wurde. »Nicht einen einzigen!«

In demselben Moment erschien auf der Spitze des Scheiterhaufens eine hilfsbereite alte Tür. Egon ließ sich nicht lange bitten. Kaum hatte er den sich ihnen regelrecht entgegenreckenden Knauf ergriffen, da sprang zuerst Lotte, dann er selbst durch den heruntergekommenen Rahmen und hinaus auf – Egon konnte es nicht glauben – den fauligen Teppich von Madame Priscillas Haus.

Noch aber verspürte er nicht die geringste Freude über seine so lange erhoffte Rückkehr in die normale Welt. Denn vorerst gingen ihm noch ganz andere Ängste durch den Kopf. Er wandte sich um und sah – begleitet von einem erleichterten Stoßseufzer – wie auch Kopernikus zu einem gewaltigen Sprung in Richtung Tür ansetzte.

Genau in diesem Moment schrie der Dämon, dem die lodernden Flammen wenig überraschend nicht sehr störten: »Fo einfaf entkommt ihr mir nift!«

Als Kopernikus den Türrahmen erreichte, wurde Egon zum ersten Mal Zeuge, mit welcher Leichtigkeit sich sein schwarzer Begleiter verwandelte. Mit der Ungezwungenheit eines Wimpernschlages wich das schwarze Pferd, in eben dem Augenblick, in dem die vorderen Spitzen seiner Hufe den Türrahmen passierten, der schwarzen Katze, die er zuerst kennengelernt hatte. Mit einem missmutigen Miauen polterte das vollschlanke Tier in den Flur, überschlug sich ein, zwei Mal und blieb schließlich kopfüber an der nächsten Wand liegen, von wo es Egon aus seinen smaragdgrünen Augen leicht gequält anfunkelte.

Leider war Kopernikus keineswegs das Letzte, das den Rahmen der Tür durchquerte. Als Abschiedsgeschenk des widerwärtigen Dämons folgte ihm ein gewaltiger Regen lichterloh brennender Funken. Und das alte Holz von Madame Priscillas Haus hieß jeden einzelnen von ihnen herzlich willkommen.

19. Kapitel

Alles ist verloren!«, schluchzte Kopernikus. »Einfach alles! Die ganze Mühe! Vollkommen umsonst!« Die pummelige schwarze Katze lag zwischen Egon und Lotte auf dem Boden vor Madame Priscillas Haus, trommelte mit ihren weichen Pfötchen auf den von Unkraut überwucherten Boden und kriegte sich überhaupt nicht mehr ein. In den großen runden Tränen, die ihre plüschigen Wangen herunterkullerten, spiegelte sich der helle Schein der alles verzehrenden Flammen, die Madame Priscillas Haus fest in ihren flackernden Krallen hielten. »Jetzt werde ich diesen verdammten Fluch nie wieder los!«

Egon hatte Mitleid mit seinem kleinen Begleiter – auch wenn er weit davon entfernt war, zu verstehen, was genau jetzt eigentlich schiefgelaufen war. Wie hatte Kopernikus sich das ganze gleich noch einmal vorgestellt?

Eine unfreundliche kleine Verpuffung entfernte mit gewaltigem Getöse sämtliche Fenster und einen nicht geringen Teil der Wände des gesamten obersten Geschosses des auch vorher schon recht geschundenen Hauses. Glas- und brennende Holzsplitter rieselten auf die Gruppe hinab und Kopernikus, der sich abwehrend seine Pfötchen vors Gesicht hielt, machte den Eindruck, als könne er den schrecklichen Anblick nicht mehr länger ertragen.

Lotte kniete sich hin, entfernte ein paar kleine Splitter aus dem glänzend schwarzen Fell der Katze und kraulte ihr dann ein wenig den Kopf. »Nun schmeiß doch nicht gleich die Flinte ins Korn«, sagte sie aufmunternd. »So schlimm wird es schon nicht sein.«

Kopernikus entfuhr ein entspanntes Schnurren, gefolgt von einem genießerischen Brummen – dann aber riss er sich sofort wieder zusammen und duckte sich unter Lottes Hand hinweg. »So leid es mir tut meine Liebe, aber Sie können das einfach nicht verstehen. Ich bin keine Katze! Ich bin …« Er stockte und warf noch einen Blick hinüber zu dem brennenden Haus. »Ach! Eigentlich ist es doch auch vollkommen egal, was ich einmal war. Diese Tage sind nun endgültig gezählt!« Erneut begann er zu weinen und zu schluchzen, als gäbe es kein Morgen.

Lotte stand wieder auf. »Mannomann! Dein Freund hier ist schon eine ganz schöne Heulsuse«, sagte sie zu Egon und fügte mit einem verschmitzten Grinsen hinzu: »Der ist ja fast noch schlimmer als du.«

Egon verstand nicht recht. Was hatte er denn jetzt schon wieder falsch gemacht? »A-aber ich ha-habe doch ga-gar nichts …«

»Mensch! Das war doch nur ein Spaß«, rief Lotte, lächelte breit – und nahm Egons Hand. »Die Hauptsache ist, es geht dir gut.«

Egon hatte das dumme Gefühl, jemand hätte ihm hinterrücks Gelatine in die Kniekehlen gespritzt. Ihm schoss das Blut in die Wangen. Und obwohl er der festen Überzeugung war, dass er der ungewöhnlichen Situation irgendeine Form von Erwiderung schuldete, verabschiedete sich in diesem Moment auch noch das letzte Fitzelchen seiner sowieso eher zurückhaltenden Kommunikationsfähigkeit.

Dann aber sah er etwas, das ihn derart verwirrte, dass er darüber sogar vergaß, eigentlich vollkommen sprachlos zu sein. »Ko-Kopernikus! Dei-deine Augen!«

Und in der Tat ging mit den smaragdgrünen Augen der pummeligen Katze eine überaus merkwürdige Veränderung vonstatten: Ihre eigentümliche Farbgebung schien in den Pupillen zusammenzulaufen, ja geradezu zu gerinnen. Kurz darauf verließ sie ihr angestammtes Habitat als ein dichter smaragdgrüner Nebel, der sich mit derselben Leichtigkeit in die Luft erhob, mit der sich morgendlicher Dunst von einem Teich verabschiedet. Einen Moment lang verharrten die zwei kleinen Nebelschwaden einfach so an Ort und Stelle, dann vereinigten sie sich, nahmen Fahrt auf und sausten zwischen Lotte und Egon hindurch.

Als diese sich daraufhin umwandten, um die beiden Ausbrecher mit ihren Blicken zu verfolgen, war es diesmal Lotte, die sich gezwungen sah, ihren Zustand akuter Verblüffung zum Ausdruck zu bringen: »Was zur Hölle?«

»Ha! Glaube mir mein Kind, mit der Hölle habe ich wirklich rein gar nichts zu tun.«

»Madame Priscilla!«, platzte es unisono aus Egon und Kopernikus hervor, als sie sahen, wer dort nur wenige Meter hinter dem niedrigen Zaun des Grundstückes stand und sie über ihre markant lange Hakennase hinweg anschaute.

»A-aber, de-der Fluch?«, stotterte zur Abwechslung diesmal Kopernikus, dessen geweitete Katzenaugen jetzt ein unspektakuläres Gelb zeigten. »Habe ich es etwa geschafft? Hab ich ihn doch aufgelöst?«

»Sagen wir einfach, ich habe dir ein wenig unter die Arme gegriffen«, sagte Madame Priscilla und ein wissendes Lächeln umspielte ihre runzeligen Lippen. »Ich bin ja auch kein Unmensch. Aber überlege dir das nächste Mal besser zweimal, wen du eine abergläubische alte Schreckschraube nennst!«

»Ko-Kopernikus!«, empörte sich Egon über die Unhöflichkeit der frechen Katze. »Da-das hast du gegesagt?!«

»Es tut mir ja so schrecklich leid!«, rief Kopernikus und schlug beschämt die Augen nieder. »Aber bitte glauben Sie mir, wenn ich Ihnen versichere, dass ich meine Lektion gelernt habe.«

»Das will ich hoffen«, sagte Madama Priscilla und wandte sich zum Gehen. »Aber nun steh da gefälligst nicht länger herum, sondern komm mit!«

Mit Staunen stellte Egon fest, dass die Erscheinung der alten Wahrsagerin bei ihren letzten Worten begonnen hatte, durchsichtig zu werden. Neugierig wanderte sein Blick zurück zu Kopernikus.

Doch der war verschwunden. Das heißt: zumindest der Kopernikus, den Egon kannte. Denn eben dort, wo gerade noch die pummelige schwarze Katze gesessen hatte, stand nun ein kleiner dicklicher Mann in einer altertümlichen Aufmachung, dessen freundliches rundes – wenn auch etwas hochnäsiges – Gesicht von einem wirklich hervorragend gepflegten Schnurrbart verziert wurde.

»Ich komme! Warten Sie, ich komme ja schon!«, rief Kopernikus, machte eilig ein paar Schritte auf

Madame Priscilla zu, blieb dann aber noch einmal kurz stehen und wandte sich an Lotte und Egon. »Vielen, vielen Dank, euch beiden! Ohne euch hätte ich das nie geschafft!«

»Ge-gern geschehen«, erwiderte Egon – auch wenn er wirklich absolut keine Ahnung hatte, wofür sich Kopernikus da eigentlich genau bei ihm bedankte.

Der hingegen vollführte noch eine ebenso kurze wie gekonnte Verneigung und schloss einen Moment später zu Madame Priscilla auf. Zusammen traten die zwei durch das kleine Tor des Gartenzaunes auf die Straße, wobei sie nun gemeinsam immer durchsichtiger wurden und nach wenigen weiteren Schritten endgültig verschwanden.

»Und nun?«, fragte Lotte, nachdem das lautstarke Knistern des brennenden Hauses für einige Sekunden beinahe das einzige vernehmbare Geräusch in dem vernachlässigten kleinen Vorgarten gewesen war. In der Ferne ertönten schon die einsatzbereiten Sirenen eines heraneilenden Feuerwehrwagens.

Erst jetzt bemerkte Egon, dass seine Freundin noch immer seine Hand hielt – und scheinbar auch nicht vorhatte, sie in absehbarer Zeit wieder loszulassen. Ihm selbst ging es da nicht anders.

»Da-das weiß ich au-auch nicht so genau.« Er blickte hinab auf ihre Hände, zögerte einen Moment und schluckte dann mit einer für ihn noch vor wenigen Stunden vollkommen undenkbaren Leichtigkeit einen kleinen Happen Angst herunter. »A-aber es gibt da ein pa-paar Dinge, die ich wohl ä-ändern werde«, sagte er und gab Lotte einen verschüchterten kleinen Kuss.

Die Sprache der Zeit

Nach der Trennung von seiner Frau und seiner kleinen Tochter freut sich der erfolgreiche Anwalt Oskar sehr darüber, sein Leben endlich wieder ganz alleine für sich zu haben. Doch da hat er die Rechnung ohne Hermes gemacht – einen gruseligen kalkweißen Kerl mit Zylinder, der Oskar kurzerhand in eine ebenso fantastische wie groteske Bibliothek entführt. An diesem Ort fernab unserer Realität halten die gnomartigen Schreiber zwischen den knorpeligen Wurzeln eines riesigen Baumes in ihren magischen Büchern die Zeit selbst fest. Und immer dann, wenn Oskar eines der von Hermes aufgestöberten Bücher aufschlägt, versetzt es ihn zurück in seine eigene Vergangenheit. Doch wie er bald erfahren muss, gehört zum Schicksal der Menschen weitaus mehr, als nur das, was sich unserem bloßen Auge offenbart…

Leseprobe auf svenurban.de !!!